Raio de Sol

Raio de Sol

KIM HOLDEN

Tradução
Regiane Winarski

OUTRO Planeta

Copyright © Kim Holden, 2014
Copyright © Editora Planeta do Brasil, 2016
Todos os direitos reservados.
Título original: *Bright Side*

Preparação: Ana Cristina Rodrigues
Revisão: Elisa Nogueira e Maria Luiza Almeida
Diagramação: Vivian Oliveira
Capa: Elisa von Randow

CIP-BRASIL. CATALOGAÇÃO NA PUBLICAÇÃO
SINDICATO NACIONAL DOS EDITORES DE LIVROS, RJ

H674r

Holden, Kim
    Raio de sol / Kim Holden ; tradução Regiane Winarski. - 1. ed. - São Paulo: Planeta, 2016.

    Tradução de: *Bright side*
    ISBN 978-85-422-0745-3

    1. Ficção americana. I. Winarski, Regiane. II. Título.

16-32377

CDD: 813
CDU: 821.111(73)-3

MISTO
Proveniente de fontes responsáveis
FSC
www.fsc.org FSC® C005648

Ao escolher este livro, você está apoiando o manejo responsável das florestas do mundo

2023
Todos os direitos desta edição reservados à
EDITORA PLANETA DO BRASIL LTDA.
Rua Bela Cintra, 986 – 4º andar – Consolação
01415-002 – São Paulo-SP
www.planetadelivros.com.br
faleconosco@editoraplaneta.com.br

Para:
B., Debbie e Robin
Obrigada por amarem esses personagens tanto quanto eu.

Segunda-feira, 22 de agosto

(Kate)

— E aí, bunda mole?
— Ah, você sabe, acabei de dirigir por umas trinta horas seguidas e perdi a noção de tudo. Não durmo há uns dois, três dias. Tomei mais de vinte Red Bulls e mais de cinquenta litros de café. Acho que está tudo igual, então.
Ele ri.
— Cara, acho que você tem sangue de caminhoneiro nas veias.
— Pra você é Senhora Caminhoneira.
Ele ri de novo.
— Incrível! Acho que vou ter que aposentar Raio de Sol e começar a te chamar de Senhora Caminhoneira.
A conversa vem sendo boa, natural, como eu torcia para que fosse. Depois do jeito como Gus e eu nos separamos em San Diego, alguns dias atrás, eu não sabia o que esperar desse telefonema.
Mas aí veio o silêncio constrangedor.
Nunca tivemos momentos de silêncio constrangedor antes. Não nos dezenove anos em que o conheço.
— Então. Minnesota, hein?
— É.
— Você está na casa da Maddie?
— Estou.
— E como está indo? — pergunta Gus.
— Está indo. — Deus, as coisas não estão melhorando. Ele parece quase entediado, mas consigo sentir que está nervoso à beça. Eu me pergunto

por que ainda não o ouvi acender um cigarro. E, de repente, ouço o estalo do isqueiro e o som familiar da primeira e longa tragada. — Você devia...

Ele me interrompe.

— Acho melhor eu deixar você em paz, Raio de Sol. Acabei de chegar na casa de Robbie, todo mundo já está aqui para uma reunião da banda, e estou atrasado, como sempre. Estão me esperando.

Fico decepcionada, mas sei que as vidas das outras pessoas não podem parar nem entrar em modo de espera só porque Kate quer. Então, dou meu melhor sorriso e respondo:

— Tá. Claro. Você vai estar em casa amanhã à noite? Vou te ligar.

— Estou pensando em surfar amanhã depois do trabalho, mas à noite devo estar em casa. — A respiração dele está equilibrada, mas sei que é porque ele está se concentrando demais no cigarro, sugando a calma para dentro do corpo com a fumaça e a nicotina.

— Tudo bem. Eu te amo, Gus.

Sempre dizemos *eu te amo* um para o outro. Sempre dissemos. Ele cresceu ouvindo isso da mãe a cada quinze minutos, e ela queria mesmo expressar isso. Era natural. Eu cresci sem ouvir isso da minha mãe. Nunca, e era bem o que ela queria expressar. Era natural para ela. Ela *queria expressar* indiferença. Eu sentia isso todos os dias. Nos ossos. Acho que é por isso que sempre amei ouvir *eu te amo* de Gus e da mãe dele, Audrey. Seria estranho terminar uma conversa com eles sem dizer isso.

— Também te amo, Raio de Sol.
— Tchau.
— Tchau.

Estou na casa da minha tia Maddie, meia-irmã bem mais nova da minha mãe. A meia-irmã bem mais nova que minha mãe só soube que existia no enterro do meu avô (pai das duas) três anos atrás. Meu avô não participou de boa parte da vida da minha mãe. Ele foi embora quando ela tinha uns dez anos. Simplesmente desapareceu, ao que parece tinha outra família e tudo, depois voltou para a vida dela, alguns anos antes de morrer. Eu o vi algumas vezes e gostei dele. Não podia julgá-lo pelo que fez. Não sei como a vida dele era. De qualquer modo, Maddie aparece no enterro e minha mãe tem um ataque de raiva quando ela anuncia que é sua meia-irmã. Minha mãe esperou muito tempo para ter minha irmã, Grace, e eu. Talvez "esperar" não seja a palavra certa. Grace foi um acidente e eu fui uma tentativa fraca de segurar um homem que não a queria e não nos queria. Ela tinha 39 anos quando Grace nasceu e 40 quando eu cheguei. Maddie só tem 27 anos, é oito anos mais velha do que eu, o que quer dizer que minha mãe era 32 anos mais velha do que Maddie. É, pode fazer as contas; meu avô era um coroa cheio de tesão. Mas, como falei, não cabe a mim julgar.

Então tenho essa tia que eu não sabia que existia e mal conheço, exceto por uma visita que ela fez, quando ficou conosco na casa da minha mãe em San Diego por uma semana. Isso foi dois anos atrás. Então, quando soube que fui aceita (e ganhei uma bolsa de estudos) na Grant, uma faculdade pequena em uma cidadezinha com o mesmo nome perto de Minneapolis, liguei para Maddie e perguntei se podia dormir na casa dela durante uma semana antes de me mudar para o alojamento e as aulas começarem. Ela hesitou, como se eu estivesse pedindo a porcaria de um rim, mas acabou concordando. E agora estou aqui num quarto da casa dela e só faz uma hora, mas já me sinto como uma hóspede que ficou mais tempo do que era bem-vinda.

Desfaço minha mala e coloco a escova de dentes, a pasta, o xampu, o condicionador e a lâmina para depilação no enorme banheiro de hóspedes. Maddie tem um apartamento bem legal. Não sei nada sobre o custo de vida aqui em Minneapolis, mas parece caro. É muito chique. Sei que algumas pessoas adoram coisas chiques e respeito isso, mas acho supervalorizado. Faz com que eu deseje o simples. O chique esconde muito, enquanto o simples mostra tudo sem tentar justificar. Isso me faz pensar no apartamento que eu tinha em San Diego e no quanto sinto falta dele. Era uma garagem que aluguei do antigo jardineiro da minha mãe, o sr. Yamashita, que adaptou um pequeno banheiro lá dentro para poder alugar o espaço. A cozinha se resumia a um frigobar, um micro-ondas e uma chapa quente, mas sem pia. Os pratos tinham que ser lavados no banheiro. Era pequeno e apertado e escuro, a não ser que você abrisse a porta da garagem, mas eu adorava. Era simples. Era meu *lar*. Minha irmã Grace e eu fomos morar lá um ano atrás. Estávamos procurando um lugar para ficar, e o sr. Yamashita, um velhinho doce, nos fez uma proposta de aluguel ridiculamente barata que não pude recusar. Grace e eu dividíamos uma cama de casal e tínhamos uma mesa de carteado com duas cadeiras que servia de sala de jantar, ambiente de trabalho e mesa de jogos. Não tínhamos muito espaço, mas era aconchegante. Ficava a um quarteirão do mar, mas em um terreno de esquina que tinha vista direta para a água. Todas as noites, depois do jantar e de Grace tomar banho, nós abríamos a porta da garagem, nos sentávamos na beira da cama e víamos o sol se pôr no mar. E, quando o sol começava a mergulhar na água e o laranja se espalhava pelo horizonte, Grace segurava minha mão, levantava nossos dedos entrelaçados no ar e gritava: "Hora do show!" Eu gritava a mesma coisa, concordando. Ela segurava minha mão com as duas mãos dela, apertando com força até ficar escuro como breu. A escuridão despertava uma salva de palmas alegres dela. Eu também aplaudia. Ela dizia:

— Foi o melhor de todos, você não acha?

Eu concordava, e sempre estava falando sério. Em seguida, fechava a porta, colocava as pernas de Grace para cima da cama e ela ficava deitada. Eu a cobria, beijava sua testa e dizia:

— Boa noite, Gracie. Eu te amo. Durma bem.

E ela respondia:

— Você também. E eu também te amo, Kate. — E me beijava na testa. Sinto tanta falta disso.

Depois de arrumar tudo para minha estada temporária, saio e tento conversar com Maddie, mas ela está ao telefone, então faço sinal para a cozinha, como se pedisse permissão para comer alguma coisa. Ela concorda com a cabeça distraidamente enquanto ri acanhada para o telefone. Deve ser um cara do outro lado. As mulheres só riem assim quando falam com alguém com quem estão fazendo sexo. Ou com quem estão *tentando* fazer sexo.

A cachorrinha dela, Princess, me segue aonde eu vou. Não sei de que raça ela é, mas, se você piscar, não vai vê-la, de tão pequena que é. É simpática e gostei dela, mas preciso ficar me lembrando de prestar atenção por onde piso para não pisar errado e esmagá-la como uma formiga.

Entro na cozinha, arrastando os pés porque erguê-los, a esta altura, é trabalho demais. Abro a despensa de Maddie e encontro uma caixa de macarrão instantâneo com queijo, acompanhada de uma lata de sopa de legumes com carne e uma barra de proteína tão dura que tenho certeza de que venceu antes da virada do século.

Encontro uma panela e coloco para ferver a água para cozinhar o macarrão com queijo, tentando não ouvir a conversa de Maddie no aposento ao lado. Eu cantarolo baixinho, desejando estar com meu iPod, mas está no quarto, que fica a uns vinte passos, e tenho medo de que, se fizer esse esforço, a visão daquela cama esplêndida e atraente acabe me seduzindo. E preciso muito comer. A última vez que comi foi vários estados atrás, no Nebraska, acho.

Maddie desliga o telefone assim que jogo o macarrão na água e estou abrindo o pacote de queijo em pó. Ela entra na cozinha.

— Está com fome, Maddie?

Ela dá de ombros.

— Sei lá.

Nós comemos em silêncio, exceto pela reclamação dela sobre a quantidade de gordura no macarrão e o gosto horrível. Mas reparo que ela raspa a metade dela e praticamente lambe o prato. Eu achei delicioso; não dá para errar um macarrão com queijo.

Esperei até o final da refeição que ela fizesse o papel de anfitriã e iniciasse uma conversa ou até um papo mais trivial. Como nada acontece, entendo o silêncio como um sinal.

— E então, Maddie, você mora aqui há muito tempo? É um apartamento incrível.

— Estou aqui há pouco mais de um ano. É legal. — Ela parece entediada, como se falar desse trabalho demais.

— *Legal?* Caramba, é demais. Um arranha-céu nos arredores da cidade. O bairro pareceu bem legal quando cheguei, cheio de restaurantes e lojas. Seu prédio tem estacionamento, segurança, academia e piscina. Você está com tudo, Maddie.

Ela dá de ombros.

— Está bom por enquanto. Estou procurando outro apartamento. Em um bairro melhor. Com mais serviços. Mais metros quadrados. Mas assinei um aluguel de seis meses do qual acho que não consigo escapar. — Ao falar isso, ela faz beicinho.

Eu concordo com a cabeça. "Está bom por enquanto"? Jesus, estou tentando não fazer julgamentos aqui, mas, quanto mais tempo fico perto dela, mais algo parece estranho. É da natureza humana preencher os espaços, e a lista de coisas a preencher é longa, algumas boas, outras ruins.

Tenho a sensação de que Maddie é viciada em objetos, dinheiro, coisas materiais. Chegou ao ponto de estar sempre querendo mais e não se dar conta de que deveria ficar agradecida pelo que tem. É triste. A ganância é como aquela história infantil sobre a aranha e a mosca. A ambição, o dinheiro, os excessos, tudo isso é a aranha. E Maddie parece ser uma mosca e tanto. Tento desviá-la para longe do lado negativo.

— E como vai o trabalho? Você é advogada, né?

Faz tanto tempo desde a única visita dela, dois anos atrás, que estou revirando minha mente exausta em busca de lembranças.

— Sou. Na Rosenstein & Barclay. No centro de Minneapolis.

— Legal. — Acho que vou ter que seguir com isso. — Você deve viver ocupada com o trabalho, mas tem algum hobby? O que gosta de fazer no tempo livre?

Ao ouvir isso, ela se alegra, como se eu finalmente tivesse tocado em um assunto interessante.

— Gosto de fazer compras, fazer as unhas e o cabelo, me bronzear algumas vezes por semana. — Ela me olha de cima a baixo enquanto prossegue em sua lista. Claramente, percebeu que não temos nada em comum ao observar meu cabelo preso em um coque bagunçado no alto da cabeça, minhas unhas roídas até o sabugo e minha calça de moletom e camiseta da Manchester Orchestra, puída de tanto usar e lavar. Sou bronzeada, mas não é de bronzeamento artificial, é só de andar ao ar livre, e tenho certeza de que ela sabe disso. — Ah, e *tenho* que malhar todos os dias de manhã. — A ênfase que ela coloca em *tenho* é meio perturbadora.

— Então você malha na academia do prédio? Dei uma olhada quando cheguei. Parece legal. Pensei em correr em uma das esteiras amanhã.

Ela ofega como se eu tivesse acabado de pedir que mordesse um sanduíche de merda.

— Ah, Deus, não. Aquele lugar é horrível. Eu malho em uma academia particular perto do escritório: The Minneapolis Club.

Claro, eu tenho vontade de dizer, mas só concordo com a cabeça até a vontade passar.

— Ah, parece incrível, Maddie. — Empurro a cadeira e pego os pratos. — Acho que vou dormir agora. Obrigada pelo macarrão com queijo. Vou fazer umas compras amanhã, mas estou exausta agora.

— Você pode trazer iogurte desnatado de mirtilo? — pergunta ela quando estou colocando meus pratos e a panela na máquina de lavar louça. Uma máquina de lavar louça *de verdade*.

Estou tão apaixonada pela máquina de lavar louça que quase não a escuto. Luto contra a vontade de me ajoelhar e beijá-la, adorá-la.

— Claro. Ei, você tem cafeteira? A minha não sobreviveu à mudança e sou meio viciada em café.

Consigo ouvir seu "humf!" vindo de outro aposento e tenho a impressão clara de que a insultei de alguma maneira. Quando passo por ela a caminho do quarto, onde planejo entrar em coma por umas 17 ou 18 horas, ela está balançando a cabeça e me olhando como se eu tivesse três olhos.

— Por que eu teria uma cafeteira? Tem um Starbucks aqui do lado.

— Ah, certo, claro. — Acho que é assim que advogados conseguem energia. Balanço a cabeça e penso que preciso me lembrar de comprar uma cafeteira quando for ao mercado. — Boa noite, Maddie.

— Boa noite? Você não vai *mesmo* para a cama, vai? São 17h. — Ela está com as mãos nos quadris. — Achei que podíamos sair para beber.

— Vou ter que deixar para outro dia, minha querida. Mas amanhã à noite seria ótimo. Porque, sabe, no meu mundo, a boa noite devia ter sido a de ontem à noite, mas pulei isso porque estava eletrizada de tanta cafeína, então vou ter que cumprir aquela boa noite *e* a boa noite de *hoje* simultaneamente. Agora. Vejo você amanhã.

Terça-feira, 23 de agosto

(Kate)

Acordo às 10h37, e até que estou me sentindo bem nesta manhã. Botar o sono em dia é uma coisa que só tive o luxo de apreciar recentemente. O conceito me é estranho desde, sei lá, toda a minha vida.

Maddie deve estar no trabalho, então pego meu laptop e pesquiso um mercado próximo. Tem um que dá para ir a pé. Pego o elevador até a academia e corro por trinta minutos, depois tomo banho, pego a carteira e o celular e saio para ir ao mercado. Quando saio do prédio, me vejo atraída pelo Starbucks vizinho como uma mariposa é atraída pela luz. Não gosto de cafés metidos a chiques. Gosto de lugares pequenos e simples. Mas já passei pela porta e minhas veias estão praticamente latejando. Peço um café preto grande, o que sei que os irrita porque eu devia usar a linguagem pretensiosa deles, mas tem séculos que não entro em cafés comerciais e estou desesperada por cafeína. Não tenho tempo de ler o cardápio gigantesco de bebidas cheias de frescura só para acertar o jargão do jeito que eles gostam.

Ouço a ladainha tradicional de perguntas.

— Leite, soja ou creme sem lactose?

— Não, obrigada.

— Alguma dose de algum sabor?

— Não, só preto mesmo. — Estou me balançando de ansiedade. E, quando ela me entrega o café, o que tenho vontade de dizer é "vem pra mamãe", mas o que digo de verdade é: — Muito obrigada. — E dou uma ênfase especial ao *muito*.

Encontro o mercado e compro o que consigo carregar até o apartamento. Por força do destino, vejo uma cafeteira pequena de duas xícaras que compro por quinze dólares na liquidação. No caminho de volta, seguro o saco de compras com uma das mãos e a cafeteira com a outra como se fosse a porra do Santo Graal.

Decido limpar o apartamento de Maddie. Imagino que ela trabalha muito, porque está tudo sujo demais. Não sou a pessoa mais limpinha do mundo, mas concluo que é o mínimo que posso fazer para ajudar. Passo o aspirador e limpo a cozinha e os banheiros até umas 17h, quando ela volta para casa.

Às 17h15, ela anuncia que está morrendo de fome porque não comeu nada o dia todo e eu *tenho* que experimentar o japonês na rua dela. Não sou muito fã de sushi, o que sei que é um sacrilégio entre algumas pessoas, e também sou vegetariana. Isso já reduz minhas opções, e quando acrescentamos o fato de que não gosto de arroz, não sobra muita coisa para escolher. Claro que não quero ser grosseira, porque sou a hóspede, então digo:

— Parece ótimo, vamos.

O restaurante está lotado, mas ela conhece o *maître* pelo nome e conseguimos uma mesa rapidamente.

— Você vem muito aqui? — pergunto, impressionada com o atendimento rápido.

— Não, só umas duas vezes por semana.

Eu concordo com a cabeça. Estou ficando acostumada a só assentir para superar meus choques com o estilo de vida dela. Acho que não deveria estar chocada, pois minha mãe sempre viveu assim, e elas são irmãs, afinal. Talvez gostar de luxo seja algo genético, sei lá. Mas eu e Grace não puxamos isso, se for esse o caso.

Quando começo a ler o cardápio em busca de alguma coisa que dê para comer, percebo que Maddie está pedindo martínis. Eu arregalo os olhos, mas os olhos dela já estão grudados no cardápio.

— De que você gosta?

Eu me inclino sobre a mesa e sussurro:

— Maddie, eu só tenho dezenove anos. Não posso beber, cara.

Não que eu não beba, mas não estou a fim. E não trouxe minha identidade falsa para o caso de o garçom resolver pedir quando voltar.

Ela faz um sinal com a mão para eu deixar pra lá.

— Venho aqui o tempo todo.

Isso é algum tipo de explicação? Dou de ombros e levanto as sobrancelhas.

— Tudo bem. — Vou oferecer a bebida a ela quando chegar. Algo me diz que ela não vai recusar.

— Voltando à comida. O que parece bom? — Ela parece quase bêbada só de olhar o cardápio. Como se estivesse ficando alta.

— Há, tá, é que sou vegetariana. Que tipo de opções tenho aqui? — Meus olhos percorrem furiosamente o cardápio em busca de alguma coisa que diga legumes e verduras.

Mais uma vez, ela faz um sinal com a mão para eu deixar pra lá enquanto o garçom volta com as nossas bebidas.

— Vou pedir para nós duas.

A comida chega, e fico perplexa quando o garçom acaba de botar tudo na mesa. Vários pratos compridos lotados de rolinhos coloridos, peixe rosa e branco e montes de wasabi ocupam a mesa toda.

— Maddie, acho que houve algum engano. É muita comida.

— Não, é tudo nosso.

Eu franzo a testa.

— Mas tem seis pratos aqui, e nós só somos duas.

Ela dá de ombros e olha para mim como se eu estivesse falando japonês.

— Sushi não enche muito a barriga. Além do mais, é legal ter variedade. Experimente um pouco de tudo.

Eu concordo com a cabeça pelo que deve ser a centésima vez.

— Hum, tá. Então me mostre o que não tem carne aqui, Maddie, porque é tudo igual para mim.

Ela ri como se eu tivesse dito uma coisa infantil.

— Acho que você vai estar em segurança com esses dois pratos aqui.

— Você *acha* ou *sabe*? Porque são meus intestinos em risco aqui. — Sinto que tenho que ser direta para ser compreendida.

Ela franze o nariz.

— Kate, isso é *nojento*.

— Me desculpe. Só estou explicando. Este corpo vai saber, e a rejeição é bem rápida quando chega ao ponto sem volta.

O nariz dela ainda está enrrugado.

— Coma desses dois pratos e você vai ficar bem.

Estou confiando uns trinta por cento no conselho dela, e infelizmente tudo na mesa tem cheiro de peixe porque tem uma porrada de peixe na minha frente. Decido acreditar nela. Dou uma mordida e sinto um gosto esquisito, mas não consigo saber o que pode ser arroz e o que pode ser peixe. De qualquer forma, tenho que lutar contra ânsias de vômito a cada mordida. Como três peças, tomando água entre cada mordida.

Maddie toma os dois martínis e come uma quantidade impressionante de comida, depois recusa a oferta de levar para casa o que ainda está na mesa. Se aquelas coisas não tivessem gosto de cu, eu teria conseguido sobreviver do que ela jogou fora por uns dois dias.

Quando a conta chega, ela estica a mão para a bolsa e depois bate delicadamente na testa. Ela tem um talento para a dramaticidade.

— Ah, meu Deus, devo ter esquecido a carteira no apartamento. — Ela vira o olhar de gazela para mim, e fica óbvio que não vamos dividir a conta.

— Tudo bem, eu pago — digo. Afinal, eu *sou* hóspede dela. É o mínimo que posso fazer por ela me deixar dormir na casa dela por alguns dias.

Ela empurra a conta por cima da mesa e eu quase me mijo, porque o total é 173 dólares! Só tenho cinquenta dólares na carteira, então pego meu único cartão de crédito. O que reservo para emergências, o que quer dizer que tento nunca usar. Parece que estou entregando meu primogênito quando entrego o cartão para o garçom. Sou controlada com meu dinheiro, não por ser avarenta, mas porque tenho contas a pagar todos os meses. E sou responsável. Sempre separo um pouco de dinheiro para diversão ou para ajudar alguém, mas acabei gastando toda essa cota em um jantar. Tudo bem, digo para mim mesma, e, quando o garçom volta, já estou resignada de que foi uma experiência de aprendizagem e uma coisa sobre a qual vou rir mais tarde.

Maddie pede licença para ir ao banheiro enquanto estou assinando o recibo do cartão de crédito. Quando volta, minha barriga começa a borbulhar. É um rugido baixo e de mau presságio, que fala de um momento no futuro próximo em que vai me fazer pagar pelo que acabei de dar a ela.

Corremos para o apartamento, e consigo chegar ao banheiro meio segundo antes de cagar na calça. O ápice da minha experiência com sushi é furioso e explosivo.

Depois que sou minuciosamente punida pelo meu cólon, decido relaxar no quarto e ler um pouco. Por volta das 21h30, começo a olhar para o relógio a cada cinco minutos. Às 22h, estou andando pelo quarto. Às 22h30, já quase gastei uma parte do tapete e minha mão está suada de tanto que aperto o celular. Estou olhando para ele há uns quinze minutos. Ainda está cedo na Califórnia. Repito para mim mesma que ele deve estar na praia. Mas e se estiver em casa me evitando porque a conversa da noite anterior foi tão desconfortável? Ah, merda, ligue para ele e acabe logo com isso, senão você vai se consumir. Passo pela lista de contatos e clico no nome dele. O rosto aparece na tela, com o cabelo comprido de um milhão de tons de louro por causa do sol caído em cima de um olho. Ele está rindo, mas o olho que está visível parece piscar para mim. Olho para essa foto por alguns segundos toda vez que ligo para ele, antes de levar o aparelho ao ouvido, porque parece que ele está me cumprimentando do jeito bobão dele antes mesmo de ouvi-lo atender. Dou um sorriso, o que me relaxa. O celular toca quatro vezes, e estou esperando a entrada da caixa postal depois do quinto toque. Mas aí ele atende.

Ele está ofegando, como se estivesse sem ar.

— Quartel de bombeiros do Gus, você bota o fogo, a gente apaga.

— Ei, onde *está* o fogo, cara?

Ele respira fundo algumas vezes.

— Me desculpe, eu estava botando a prancha no carro e ouvi o celular tocando, mas a porcaria da porta da picape estava trancada e...

— Achei que as trancas estivessem quebradas.

— Estavam. Agora não estão, ao que parece. Porra, não sei o que está acontecendo. O sistema elétrico está surtado.

— Pode ser uma boa ideia comprar uma picape nova — respondo, mas só porque sei que isso vai gerar um debate.

— Por que eu quereria isso? — Ele finge estar ofendido. Fazemos isso pelo menos uma vez por semana.

— Ah, não sei, talvez porque sua picape seja de 1989. Ou porque tem quase 500 mil quilômetros rodados. Ou porque tem sempre alguma coisa quebrada. — Eu ficaria arrasada se ele se livrasse dela. Amo a picape dele, principalmente *porque* é uma merda. Mas ele é tão protetor que é divertido provocá-lo.

— Cara, eu só estou domando a picape. Ela tem personalidade. — A defesa dele é espetacular.

Dou uma gargalhada.

— Eu sei. Adoro sua picape e a personalidade domada dela. — Nessa hora, paro com a brincadeira. — Como estavam as ondas hoje?

— Uma porcaria. A praia estava lotada, e acho que todos os turistas e os irmãos deles escolheram esta noite para alugar uma prancha e tentar conquistar as ondas. Estava um caos. Por que as pessoas pensam que só por assistirem a um filme de surfe de vez em quando estão qualificadas a alugar uma prancha e tentar nos matar no mar? Montar num touro selvagem me pareceu bem divertido aos seis anos quando vi um cara fazendo isso em um rodeio, mas eu não pularia em um. Existe uma etiqueta, sabe? Existem regras.

— É.

— Enfim. Como está Minnesota no segundo dia?

— Ah, comi sushi com Maddie hoje.

— Sushi? Você odeia sushi. — Ele fala com conhecimento. Adoro saber que tem alguém que sabe tudo sobre mim.

— É, o sushi também não gosta muito de mim. Acho que Maddie se confundiu um pouco entre o que tinha peixe e o que não tinha.

— Cara, a caganeira de carne? — Ele parece preocupado, mas pela voz dá para perceber que também está se divertindo. Gus também não come carne há anos e sabe que até um pedacinho pode bagunçar o sistema digestório de uma forma muito violenta.

— É. Foi horrível.

— Ah, que droga. Que pena. — Mas ele está dando aquela gargalhada que sobe do fundo da barriga, que eu amo.

— Só é divertido porque não foi você que quase cagou na calça na frente de uma tia que mal conhece. — Também estou rindo, aliviada por termos uma conversa normal hoje, e não como a de ontem.

Ele ri ainda mais, mas respira fundo para se controlar.

— Me desculpe, Raio de Sol. Ah, eu precisava disso hoje.

Ficamos em silêncio depois que as últimas risadinhas residuais escapam dele. E, com o silêncio, o nervosismo surge em mim de novo.

— Gus. — Tento disfarçar, mas minha voz me trai.

— O quê? — A pergunta sai longa e exausta, como se ele soubesse o que viria.

— Podemos ser sinceros por um minuto? Aconteceu. Não podemos mais ignorar o elefante branco na sala. Temos que falar sobre isso.

Ele expira alto.

— Concordo.

Segue-se uma pausa que nenhum de nós dois quer encerrar, até que Gus fala:

— Escuta, sei que estávamos bêbados e isso é um grande clichê, mas aconteceu. Eu não tinha nenhum plano grandioso de fazer você encher a cara e fazer o que eu quisesse com você.

Ele está sendo cavalheiro? Porque precisamos falar mesmo sobre isso.

— *Eu* não estava bêbada. Tinha tomado duas taças de vinho em umas quatro horas. E sei que você não tomou muito mais do que eu. Você está com raiva de mim? Não quero que as coisas fiquem esquisitas entre nós. Eu também não planejei isso, sabe?

— É, eu sei. — A voz dele soa sincera de novo.

Ficamos em silêncio por mais um tempo.

— Ainda está aí? — pergunto.

— Estou.

— E o que vai acontecer agora? Porque acho que não existe um manual para nos ajudar com isso. — Minha voz está calma, mas minhas entranhas estão dando um nó, coisa que odeio. Normalmente, não deixo as coisas me incomodarem. Não consigo. Não me sinto assim há alguns meses.

— Você se arrependeu? — Ele soa quase tímido.

Eu solto o ar que estava prendendo nos pulmões, e um pouco do nervosismo vai embora junto.

— Você está *me* perguntando isso mesmo? Gus. Você me conhece. Esse é praticamente meu lema: *sem arrependimentos*. Arrependimentos só servem para imaginarmos alternativas e sentirmos raiva e tristeza, e não posso me dar ao luxo de nada disso.

— É.

Ficamos em silêncio por mais um bom tempo, e espero que ele fale mais, mas Gus sempre fica quieto quando está pensando, então dou tempo a ele.

Quando não consigo mais aguentar, pergunto:

— *Você* se arrepende?

Ele bufa, e não consigo saber se é de exasperação ou outra coisa. Mas, quando as palavras chegam, sei que ele está achando graça.

— Raio de Sol, sou um *cara* de vinte anos, *porra*. Foi sexo. O que você acha?

Ele tem razão, mas quero respostas. Não mais perguntas.

— Mas foi sexo *comigo*.

— Espere um segundo. — Escuto o estalo do isqueiro e uma inspiração funda quando ele dá a primeira tragada no cigarro.

— Você devia parar — comento delicadamente, para irritar. É um hábito chamar a atenção dele por causa do cigarro, e, apesar de não poder vê-lo nem sentir o cheiro de tabaco no ar, eu tenho que falar.

Ele traga de novo, e o ouço soprar a fumaça.

— Eu sei, não comece agora. — A voz dele parece tão triste de repente. Então paro e deixo que ele termine o cigarro, porque fumar sempre o acalma, um pouco como tocar violino fazia comigo. Então, permito o vício dele.

— Me desculpe — diz ele. — Não sei, era você, mas era... Quer dizer, o que aconteceu alguns dias atrás foi... Sei lá...

Não digo nada porque sei que ele está lidando com a situação. Escolher as palavras certas é importante para ele. Ele é compositor e é emotivo e quer se expressar direito. Gus sempre foi assim. É um comunicador. Não fala por falar. Então eu espero. Sempre fui bem paciente.

— Posso falar com você por um segundo como homem? Como se você não estivesse aí, tipo, envolvida no que aconteceu? — É o Gus calmo, racional e sincero do outro lado da linha agora. O meu Gus.

— Você sempre pode falar comigo, mas, se isso ajudar, tudo bem. Vá em frente.

— Aquela noite foi, sei lá, incrível pra caralho. — A voz dele está animada agora, do jeito que fica quando ele acaba de tocar uma música nova para mim pela primeira vez ou do jeito que fica quando acaba de pegar uma onda enorme que o leva até a areia. — Sei que soa brega à beça, mas você balançou meu mundo. — Ele está certo, soa brega à beça. Mas é Gus, e sei que veio da parte mais sincera e pura dele, porque ele não fica com vergonha de falar assim na minha frente. A voz dele baixa alguns tons, e ele continua. — Já estive com muitas garotas, *muitas garotas*, mas aquela noite foi diferente. Não foi uma coisa qualquer. Teve uma... sei lá... ligação. Nunca tive isso antes. Eu queria mais. — Ele suspira e baixa a voz. — E aí acabou, e você foi embora da cidade.

— Gus — digo, tentando consolá-lo. Consolar nós dois. Porque eu também senti tudo isso.

Eu o escuto acender outro cigarro.

— Eu sei, eu sei — diz ele.

Eu espero, porque a essa altura não sei onde essa conversa vai dar. Só sei que a pessoa do outro lado da linha e a amizade dele são tudo para mim. Ele é meu melhor amigo. Sempre foi. É tudo o que tenho.

— Raio de Sol, não vou mentir. Isso está acabando com a minha cabeça. Eu sei que não podemos ficar juntos. Porra, nem sei se eu ia querer isso. Você sabe que não curto relacionamentos. Sem querer ofender. Não falo como insulto. Nem um pouco. É só que... *cara*, você é minha melhor amiga desde... sempre. Já fizemos de tudo juntos. Já passamos por umas merdas muito *sérias* juntos. E aí, bam! Você se muda para 1.600 quilômetros de distância, e eu vou pra Deus sabe onde com esse contrato de gravação, e aí a gente faz sexo... e é o melhor sexo que já fiz. E é com *você*, minha melhor amiga. E sinto que tem... sei lá, que tem... uma finalidade nisso. Quase como uma despedida. Mas não posso perder você. Eu *preciso* da minha melhor amiga.

Mal sabe ele o quanto acerta na mosca. Às vezes, acho que ele lê meus pensamentos.

— Caramba, Gus, quando você ficou tão filosófico assim?

Falo como um elogio, como concordância, mas ele interpreta errado. Odeio telefones. Preciso de interação física quando converso. Preciso ver a outra pessoa e que a outra pessoa me veja. Preciso de linguagem corporal e dicas não verbais.

E Gus também, obviamente. Ele parece irritado, apesar de ter acabado de expressar seus sentimentos.

— Raio de Sol, não tire sarro. *Porra*, estou tentando ser sincero aqui.

— Não estou tirando sarro, falei sério mesmo. — Eu devo soar desesperada. Odeio estar do lado errado de uma incompreensão. — Droga, queria poder ver você agora. Precisamos muito nos falar pelo Skype ou alguma coisa do tipo, porque essa porra de celular não vai dar certo. — Agora eu bufo, e não tem problema, porque nós nos conhecemos tão bem que conseguimos nos comunicar por bufadas e suspiros e grunhidos e passar mensagens e emoções que a maioria das pessoas não consegue usando palavras. Adoro isso na nossa amizade. — Tudo o que você falou é *exatamente* o que sinto. Eu mantenho o que disse antes; não quero que as coisas fiquem estranhas entre nós. Eu te amo. Você sabe disso. E sempre vou amar. Também não posso te perder. Preciso de um melhor amigo mais do que qualquer outra pessoa no planeta nesse momento, então você está ensinando o padre a rezar missa. Você está falando com Kate Sedgwick, a solitária escolhida por Deus.

— Não diga isso — interrompe ele.

Ele está certo.

— Eu sei, desculpe. É que, apesar de nossas vidas estarem indo em direções opostas agora... eu quero saber, eu *preciso* saber que você está a uma ligação de distância. Se eu precisar reclamar de um exame...

Ele me interrompe.

— Você nunca reclama, Raio de Sol. E, mesmo que reclamasse, você nunca precisou reclamar de exames porque sempre foi a melhor aluna, sua maluca.

Dou uma risada porque ele sempre pegou no meu pé por causa das notas, principalmente depois que me formei no ensino médio com mérito. Mas sempre sentiu orgulho de mim porque melhores amigos são assim. O que ele não sabe é que eu não estava falando de exames escolares. Mas deixo pra lá e continuo.

— E quando precisar que você procure um restaurante vegetariano pra mim porque meu celular é pré-histórico sem internet e não sei andar por Minnesota... e *não* quero ter caganeira de carne de novo...

Ele me interrompe mais uma vez.

— Meu Deus, isso é colocar o carro na frente dos bois, você não acha? E por acaso existem restaurantes vegetarianos em Minnesota? Não existe alguma lei contra isso? Aí é o Meio-Oeste, afinal. Imagino que eles comam carne no café, no almoço e no jantar, né?

— Ou se simplesmente precisar ouvir sua voz, porque você é meu amigo e minha família e meu passado... e eu.

Ele volta a ser o Gus calmo.

— Estou sempre aqui. Você vai fazer coisas incríveis, Raio de Sol. Vai ser a melhor professora que o mundo já conheceu.

Não vibro com elogios nem com encorajamento, mas meu coração incha quando ele diz isso. Eu sempre quis ser professora de crianças com necessidades especiais.

— Eu aceito ser só professora, que tal? E você vai ser o maior astro do rock que o mundo já viu.

Gus também não vibra com elogios e encorajamento.

— E eu aceito só fazer shows que paguem as contas, que tal? Acho que não consigo trabalhar naquela porra de sala de correspondência nem por mais seis meses.

Só que adoro fazer elogios, não do tipo puxa-saco que só quer que a pessoa se sinta bem, mas do tipo genuíno, direto, dito de coração.

— Você tem tanto talento que vai ser *superfamoso*, Gustov Hawthorne. Só não deixe o ego fugir do controle, tá?

Eu estava brincando sobre o ego dele, mas ele responde com sinceridade.

— É para isso que você serve, Raio de Sol. Para continuar me lembrando de que sou só o Gus... e de que não sou tão incrível quanto os filhos da mãe mentirosos dizem que sou.

— Combinado. — Mas, como não consigo me segurar, acrescento: — Mas você é incrível.

Ele precisa saber. É o músico mais talentoso que já vi, e já vi muitos músicos. Antes, a música era a minha vida. Gus e eu estudamos em uma escola particular de ensino fundamental e médio em San Diego dedicada à música, chamada The Academy. (Ficava no fim da rua onde morávamos, então eu fui abençoada pela proximidade e por um pouco de talento. Gus não precisava da proximidade.) Gus tocava violão, piano *e* cantava. Eu tocava violino. As pessoas iam de todo o país estudar na Academy. Havia alguns alunos com um talento bizarro, mas Gus sempre se destacava. Ele me impressionava. E toca com a banda Rook há dois anos. Ele compõe todas as músicas e letras. Eles tocam quase todos os fins de semana pelo sul da Califórnia, mas, alguns meses atrás, um executivo de uma gravadora indie de sucesso estava em um dos shows deles em Los Angeles e assinou um contrato com a banda na hora. Eles terminaram de gravar o primeiro álbum duas semanas atrás. Gus não gosta de ter seu som rotulado em um gênero, mas eles fazem rock alternativo com guitarras pesadas. A banda é incrível, e Gus é o centro, o líder. Ele vai longe.

De repente, ele parou de falar sério e voltou a ser o cara brincalhão e autodepreciativo de sempre.

— Cara, você deveria ser o antídoto pro meu ego descontrolado. Pare de estimulá-lo.

Dou uma risada. Sinto que a conversa está prestes a acabar e fico feliz por estar acabando bem. Estou me sentindo eu mesma, somos Kate e Gus de novo.

Mas a voz dele fica séria novamente, quase nervosa.

— Raio de Sol?

Isso me deixa agitada.

— O quê?

— Posso perguntar uma última coisa? Depois, não falo mais nisso.

— Claro. — Minha resposta sai em parte como pergunta, em parte como declaração. Claro? Claro. Apreensiva.

Ele solta uma gargalhada nervosa.

— Não estou pedindo que você agrade meu ego — ele diz, calmamente. — Mas preciso saber, para poder encerrar isso, sabe, essa coisa toda. — Eu me encolho, porque achava que isso tinha ficado para trás. — Como foi pra você? Sei que você já esteve com outros caras e tudo... mas foi, sabe, foi diferente comigo?

Faço uma pausa e dou um sorriso, porque a conversa não está tomando o rumo que pensei que tomaria. Gus é homem e *precisa* de agrados no ego. E, como falei, não faço elogios de graça. São de coração e reais, então respondo com sinceridade.

— Você balançou meu mundo.

— Cara, não seja condescendente. — Ele acha que estou distorcendo a frase brega e sincera dele em uma coisa debochada.

— Não estou sendo! Agora, chega. Vou baixar o Skype assim que desligar o celular. Me escute, Gus: acho que foi a melhor noite da minha vida.

— Humm. — Consigo sentir o sorriso na voz dele. O agrado foi suficiente.

— Não deixe subir à cabeça — digo, como provocação.
— Tarde demais. Te amo, Raio de Sol.
— Também te amo, Gus.
— Boa noite.
— Boa noite.

Com minha paz de espírito renovada, ligo o laptop e faço uma busca no Google sobre o Skype. Vou descobrir exatamente como funciona, até o último detalhe. Depois disso, vou dormir.

Quarta-feira, 24 de agosto

(Kate)

Durmo até as 9h, e Maddie já está no trabalho quando saio da câmara de hibernação. Droga, advogados bombeiam oxigênio puro dentro de casa? Porque durmo como um cadáver aqui. Sinto-me uma preguiçosa. Sei que o dr. Ridley disse que preciso dormir mais, mas dormi mais nesses últimos dois dias do que costumo dormir em uma semana. Decido levar Princess para uma caminhada, depois desço para a academia e corro alguns quilômetros na esteira. Não posso surfar, então corro. Lembro a mim mesma que a dor nos meus músculos exaustos não é dor, é vida. E a vida é divina. Todos os dias, todos os minutos, todos os segundos.

Tomo um banho, passo um pente no cabelo molhado e escovo os dentes. Estou vestida e pronta para sair em dez minutos. Gus nunca conseguiu entender como uma garota consegue tomar banho e estar pronta num prazo tão curto. Ele demora 45 minutos para ficar pronto e maravilhoso para ir a qualquer lugar. Acho sim que a sociedade impõe algumas expectativas em relação às mulheres, mas nunca dei bola para elas. O tempo é precioso, e não o desperdiço. Quando eu era pequena, as manhãs eram sempre corridas, e tive que aprender a apurar minha rotina. Nunca passei maquiagem e não tenho secador de cabelo nem chapinha. Para falar a verdade, nem saberia o que fazer com nenhuma das duas coisas. No segundo ano do ensino médio, uma amiga decidiu que eu precisava de uma transformação, então me maquiou e alisou meu cabelo. A sensação foi de estar usando uma máscara com toda aquela merda no rosto. Não gosto de me olhar no espelho e ver outra pessoa. Gosto de me olhar no espelho e ver a velha Kate de sempre. A única coisa com que sou chata são minhas roupas. Odeio qualquer coisa que não seja original. Uso jeans na maior parte do tempo, mas, no que diz respeito a blusas, não uso nada saído de uma arara. Reviro brechós em busca de camisas com estampas interessantes. Eu as corto e guardo as melhores partes para misturar com as camisetas que Gus sempre compra para mim. Gus chama meu estilo "roqueira boêmia". Sei lá. Eu gosto. Quando estou fechando a mala, desdobro a camiseta "I ♥ San Diego" que Gus me deu antes da viagem. Meus dedos estão coçando para transformá-la em uma peça única.

Pego meus óculos de sol e saio para o carro usando minha regata customizada "surf or die". O dia está quente e úmido. O clima me faz lembrar da minha cidade, então me visto para ela. Estou feliz à beça. E preciso dar uma olhada na minha futura casa, então estou pronta para fazer o trajeto de 25 quilômetros até Grant e o campus da faculdade. Não tenho ideia do que esperar. Só vi o campus on-line e em panfletos.

O apartamento de Maddie fica na extremidade ocidental da cidade de Minneapolis, perto da rodovia. Grant fica a oeste da casa dela. Encontro a rampa e entro na rodovia, e em segundos já passei por todos os carros por perto. Foram dez. Eu contei. Com tão poucos carros na rodovia, tenho uma sensação sinistra. O apocalipse está chegando e ninguém me contou? Onde está todo mundo? Estou acostumada com engarrafamentos e buzinas e pessoas dirigindo a 150 quilômetros por hora. Que diabos? As pessoas dirigem no limite de velocidade aqui? Sinto-me uma criminosa quando passo voando por elas, disparando pelos 25 quilômetros e chegando a Grant em apenas dez minutos. Vou mais devagar pelas ruas residenciais, e em pouco tempo a Grant College aparece.

Grant é bonita, pitoresca, até. O campus é pequeno e os prédios são antigos, mas não no sentido de ferrados e maltratados, e sim grandiosos e bem-cuidados. Os alojamentos também são antigos. São quatro andares de tijolo, cimento e hera, mas têm personalidade e são convidativos. Dou um suspiro de alívio. Em poucos dias, aquele prédio vai ser minha casa, e tem mesmo cara de casa. Cai a ficha de que está mesmo acontecendo. Sou uma estudante universitária em Minnesota. Também estou sozinha pela primeira vez na vida. E, apesar de saber que vou precisar me acostumar a ficar sozinha, no momento não está sendo tão assustador quanto achei que seria.

Depois do alojamento, fica a rua principal da cidade de Grant propriamente dita. Paro no sinal e olho ao redor. É uma rua fofa com uma floricultura, uma loja de bebidas, uma *delicatessen*, um pequeno mercado e farmácia e um salão de beleza. E é aí que vejo: um café. E não uma loja detestável de rede, mas um café verdadeiro, realista, despretensioso, aninhado no final do quarteirão em um prédio de tijolos com grandes janelas viradas para a rua. E apesar de já ter tomado três xícaras do café que fiz no Santo Graal na casa de Maddie, não consigo resistir a dar uma olhada. Digo para mim mesma que vou só dar uma paradinha e me apresentar, mas, quando paro no meio-fio em frente, já estou pensando se preciso de um pequeno ou do grande de sempre. Café é crack, juro. Não consigo resistir. Não consigo dizer não. Começo a racionalizar a visita dizendo para mim mesma que pode ser que estejam contratando. E preciso de um emprego, tipo pra ontem.

A porta é enorme, tem detalhes intrincados e parece pesar uma tonelada, então seguro a maçaneta e empurro com toda a força. Quase caio quando a porcaria voa e se abre, leve como uma pena. Um sino toca. E foi *barulhento*. De olhos arregalados, espio ao redor. Tem um cara com o nariz enfiado em um livro, sentado no sofá de dois lugares de um lado do aposento, um casal sentado a uma pequena mesa do outro lado e um cara atrás do balcão, e todos olham para a confusão que criei. É instintivo tentar parar o sino e afastar a atenção de mim, mas, quando estico a mão acima da cabeça, não consigo alcançar. Tenho um metro e meio, e o sino parece estar uns trinta centímetros além do meu alcance. Dou um sorriso sem graça, e quando o sino para de tocar, anuncio, em pouco mais de um sussurro:

— Cheguei.

O homem moreno e sorridente atrás do balcão confirma.

— Sem a menor sombra de dúvida. — Ele tem um sotaque, mas não consigo localizar de onde é. Deve ter uns quarenta anos, tem cabelo preto como carvão, pele da cor de caramelo e olhos enormes, escuros e sorridentes. E o tom dele não é de deboche, é gentil e receptivo. Já gostei dele. — Você é nova aqui, não? — Ele faz sinal para eu chegar mais perto. — Sou Romero. Bem-vinda ao Grounds on Main, minha amiga. — Ele faz uma saudação para mim e, em vez de ser uma coisa boba, é fofo.

Constrangida, respondo com uma saudação.

— Há, é, eu sou Kate. — Quando me transformei nessa tola socialmente inapta que murmura? Eu limpo a garganta e estico a mão para Romero. — Sou Kate Sedgwick e você está certo, sou nova aqui. — Dou uma gargalhada. — É tão óbvio assim? Caramba, destruí meu disfarce. Eu estava tentando ficar na minha, mas aí acabei acordando os mortos com seu sino.

Ele dá uma risada calorosa.

— Não se preocupe. Somos uma comunidade pequena. Conheço todo mundo. Mas você nunca vi, Kate Sedgwick. Você é da Califórnia? — Quando ele diz Califórnia, parece que são cinco palavras diferentes: CA LI FÓR NI A.

Junto as sobrancelhas enquanto tento entender como ele descobriu.

— Sim, isso mesmo.

Ele percebe minha confusão e aponta para o meu carro pela janela.

— Sua placa. De onde na Califórnia?

O franzido na minha testa some.

— Ah, claro. Sou de San Diego, nascida e criada lá.

O rosto dele demonstra sofrimento.

— Ah, Kate, minha querida, desejo sorte a você no inverno. Sou de El Salvador e garanto que os invernos de Minnesota não são para os fracos. — Minnesota soa como quatro palavras separadas: MIN NE SO TA.

Eu bufo; ele mencionou meu único medo verdadeiro em me mudar para cá, o frio.

— É, ouvi falar que são um horror.

Ele ri e seus olhos brilham.

O cara sentado no sofá se mete.

— *São* mesmo um horror.

Olho para ele, seu nariz ainda está no livro, mas ele está sorrindo. Ele tem cabelo ruivo e uma barba densa. Não consigo deixar de pensar que deve estar sufocando no calor úmido. O sorriso é inocente, juvenil, até. Ele tem hipster escrito na testa. Como não diz mais nada, me volto para Romero.

— E então, Kate, o que posso fazer por você? — pergunta ele.

Olho para o cardápio na parede atrás dele. Sei que vou ser uma cliente habitual e não quero insultá-lo de cara ao não seguir o protocolo. Fico aliviada quando vejo que os itens estão arrumados por preço de acordo com os tamanhos pequeno, médio e grande.

— Posso sugerir alguma coisa? Você gosta de torra clara, média ou escura? De expresso? Cappuccino? Talvez uma bebida gelada para refrescar?

Nunca fui esnobe em relação a café. Café é café. Não me preocupo com semântica.

— Há, só quero um café grande e forte.

Aparentemente, é a resposta certa, porque ele bate no balcão duas vezes com os nós dos dedos, uma batida leve. É um gesto feliz que diz *Concordo cem por cento com você e sei exatamente de que você precisa*.

— Ah, então você precisa experimentar o café da casa.

Preciso mesmo. Agora.

— Parece perfeito.

Romero inclina a cabeça de forma inquisitiva.

— Alguma coisa no café?

— Não, obrigada, puro mesmo.

O sorriso dele se alarga, e ele olha para o cara barbado no sofá enquanto aponta para mim.

— Está ouvindo, Duncan? Só café puro.

Duncan sorri e levanta a caneca de cerâmica que tem na mão na minha direção, como em um brinde.

— Estou ouvindo, Rome. Bem-vinda ao clube, garota nova.

O sorriso largo de Romero ainda está brilhando, mas ele baixa a voz.

— Ninguém nunca quer café puro. — O sotaque dele é carregado, e tenho que me concentrar em cada palavra para ter certeza de que entendi tudo. — Estragam acrescentando coisas. — Ele pisca para mim. — Poucos de nós sabem apreciar o café puro.

Enquanto Romero serve meu café, sinto que quebrei o gelo e somos amigos, afinal, parece que entrei no clube, então reúno minha coragem e pergunto:

— Por acaso você não está contratando, está? Acabei de chegar na cidade e começo as aulas na segunda, e preciso arrumar algum dinheiro pra ontem.

Romero suspira enquanto me entrega um copo de papel enorme.

— Ah, Kate, infelizmente não estamos. Sou dono da loja com meu companheiro, Dan. Só temos um funcionário que ajuda na maioria das manhãs. — Ele bate no queixo com o indicador, e seu sorriso se ilumina de novo. — Mas você pode tentar na floricultura Three Petunias, na esquina. Mary me disse ontem que está precisando de alguém.

Deslizo duas notas por cima da bancada para cobrir o café e a gorjeta.

— Legal, você é demais. Obrigada. — Sopro o café e tomo um gole enquanto me viro e sigo na direção da porta. O gosto do café é intenso e forte, como eu gosto. Com a mão na maçaneta, me viro e levanto o copo para Romero. — Esse café é épico, Romero. Tenha uma ótima terça.

Ele faz uma reverência.

— Você também, Kate Sedgwick.

O calor ainda está sufocante quando atravesso a rua e sigo para o Three Petunias. E aí percebo que está fazendo uns 35 graus com cento e dez por cento de umidade, e sou a imbecil tomando um copo grande de café fumegante. Mas dou um sorriso para o copo que tenho na mão, pois consigo sentir a cafeína se espalhando pelo corpo e tenho uma perspectiva de emprego a dois quarteirões.

Abro a porta da floricultura com delicadeza, mas, pode acreditar, também tem um sino ali. Solto um "Cara!" exasperado de descrença. Qual o problema com os habitantes das cidades pequenas de Minnesota e sua obsessão por sinos? Mas esse é pequeno e tilintante. Tenho a impressão de que vou me tornar especialista em sinos enquanto estiver morando aqui.

A mulher atrás do balcão tem uma presença dominadora. Parece um pouco mais velha do que eu, é alta e cheia de curvas nos lugares certos. Algumas mulheres são bonitinhas, algumas são belas e outras são sexy. Essa é sexy. Ela tem cabelo preto cortado na altura do ombro com uma franja grande, e os olhos escuros estão contornados com lápis preto esfumado. A aparência dela é sombria, mas não de um jeito gótico e deprimente. Mais num estilo de "não faço prisioneiros". Não sou intimidada com facilidade por nada nem por ninguém, mas ela é… *intimidante*.

— E oi para você — diz ela em resposta à minha explosão. A voz é rouca, como se ela tivesse fumado dez maços de cigarro por dia desde que nasceu *e* estivesse se recuperando de um resfriado há um ano. Tenho a sensação de que só a voz dela poderia me dar uma surra. É tipo o superpoder dela.

"Não deixe que ela sinta o cheiro do medo", digo para mim mesma.

— Ah, oi — respondo, indiferente. — Me desculpe. Foi uma grosseria. Mas por que essa cidade gosta tanto de sinos?

Ela avalia minha aparência, mas não me olha com ar superior como Maddie faz, só está curiosa ou achando graça. Não consigo saber qual das duas coisas.

— Sinos?

— É, nas portas. — Aponto para a porta atrás de mim.

Ela ainda está com a mesma expressão no rosto, mas responde de forma direta.

— Eles avisam quando alguém entra.

— Ah, jura, Sherlock. — Percebo tarde demais que meu comentário pode ter sido inadequado. As coisas não são tão casuais aqui quanto na minha cidade, e acabei de conhecer essa mulher intensa e intimidadora.

Ela solta uma gargalhada perplexa. Não sei se está achando graça ou se sentindo insultada.

— Sim, juro — confirma ela. — E sou Shelly, não Sherlock.

Acho que gosto dessa garota, apesar de ela ainda meio que me dar medo. Ela é direta, e gosto de gente direta; acaba com todas as suposições. Eu me aproximo e estico a mão, embora, depois de olhar para as mãos dela, eu perceba que estão entrelaçadas de forma intrincada nas flores dentro do vaso à frente. Então, só digo:

— Sou Kate.

— E então, Kate, o que a traz aqui? — Ela olha para o arranjo de flores à frente, como se tivesse perdido o interesse.

— Acabei de sair do Grounds. — Levanto o copo de café como se fosse prova disso. — E Romero disse que Mary estava procurando alguém para contratar.

Shelly sopra a franja do rosto e olha de novo para mim, como se estivesse tentando decidir se mereço ser levada em consideração.

— Mary é minha mãe, a dona da loja.

— E aí, vocês estão contratando? — pergunto, esperançosa, sentindo as bochechas ficarem quentes de repente.

— Você já trabalhou em uma floricultura?

Eu balanço a cabeça.

— Não. — Isso deve acabar com minhas chances, mas não vou mentir para ela de jeito nenhum.

— Tem alguma experiência com jardinagem? — Sinto-me como se estivesse sendo interrogada em uma espécie de programa policial, com o parceiro dela me observando do outro lado de um espelho.

Eu dou de ombros.

— Meu último senhorio, o sr. Yamashita, era jardineiro. Acho que isso não conta, né? Graus de separação demais?

Ela bufa. *Ela é do tipo que bufa.* Já a adoro.

— Sabe diferenciar um cravo de uma rosa?

— Claro.

A fachada de durona permanece, mas, para minha surpresa, ela diz:

— Mexa essas pernas e venha para trás desse balcão me ajudar. Estou sobrecarregada esta tarde. Vamos ver como você vai se sair.

Coloco o avental que ela me entrega.

— Cara, que entrevista foi essa? Você me deixou tensa.

Ela revira os olhos para o meu sarcasmo.

— Ótimo. *Cara.*

A loja é pequena e antiquada. E, quando digo antiquada, não quero dizer velha, quero dizer encantadora. Há várias mesas antigas no lado dos clientes, exibindo arranjos de plantas e flores. É fofo. E o cheiro... ah, o cheiro, é o paraíso aqui dentro.

Atrás da bancada, reparo que tudo tem seu lugar. É organizado de forma obsessiva. Shelly trabalha como um furacão. Está por toda a parte, fazendo quatro arranjos ao mesmo tempo. Eu observo e escuto, tentando ajudar quando posso. Na maior parte das vezes, finjo.

Trabalhamos em silêncio por uma hora, o que incomoda meus ouvidos.

— Você não tem rádio nem nada? — pergunto.

Ela aponta para a prateleira do outro lado da sala sem olhar para mim.

Sinto que devia perguntar, porque não sei se isso foi uma permissão ou não.

— Você se importa se eu ligar? Este lugar precisa de um barulho de fundo. O silêncio é ensurdecedor.

Ela balança a cabeça.

Vou até lá e ligo o rádio, porque preciso de música enquanto trabalho. Caramba, preciso de música o tempo todo, mas principalmente enquanto trabalho. A música me prende à realidade. É pura emoção, e preciso dessa extensão.

Mexo no botão por um minuto até encontrar uma estação. Shelly se anima com o som.

— Essa música é boa. Começaram a tocar na semana passada. A guitarra é irada. Você já ouviu?

Concordo com a cabeça enquanto volto para a bancada de trabalho. Conheço a música, e ela está certa sobre a guitarra. Ouvi essa música pela primeira vez quatro ou cinco meses atrás, quando o disco foi lançado, mas não quero parecer uma babaca sabe-tudo, então não conto.

— Já. É boa. Essa estação é local?

Shelly grunhe a resposta com amargura.

— Sim, é a estação da faculdade. É a única que temos. Todas as outras são uma merda.

Dou uma cutucada na lateral do corpo de Shelly com o cotovelo.

— Não me diga que você é uma esnobe musical, Shelly.

Ela levanta a sobrancelha como se soubesse que foi pega no flagra.

— Culpada. Amo música, e é tão difícil encontrar coisa boa. — O rosto dela parece um pouco mais aliviado. — Pareço uma viciada, né?

Sei como ela se sente. Gus e eu reviramos a internet o tempo todo em busca da mais nova atração musical, como dois viciados procurando a dose seguinte. Compartilhamos nossa coleção de música há anos, e é gigantesca. Meu iPod está lotado, e o restante preenche o disco rígido do meu laptop.

— Talvez você não tenha encontrado o traficante certo. Vou trazer meu iPod um dia desses. Você tem um dock ou uma caixa de som? — Adoro criar uma ligação com as pessoas por meio da música, principalmente quando posso apresentar músicas novas que as pessoas nunca ouviram. Descobrir uma coisa nova é como magia. A música está no mundo para ser ouvida, e sou da opinião de que o maior número de pessoas devia ouvir. De tudo. Porque música é uma coisa poderosa. Conecta as pessoas.

Ela hesita e assente.

— Tenho um dock station que posso trazer. O que você escuta?

— Ah, sou eclética. Escuto de tudo, mas não consigo gostar de country. Soa artificial. Não sei como explicar, mas faz meus dentes doerem de tão meloso que é. E é meio deprimente, até as músicas felizes. — Ela concorda com a cabeça. — Tenho a tendência de preferir bandas menos conhecidas. Gosto de ver as pessoas fazerem sucesso, sabe? E sempre apoio as bandas da Califórnia. É uma coisa meio de culpa e lealdade. Que bom que eles mandam bem.

Ela arregala um pouco os olhos, como se tivesse acabado de decifrar um enigma.

— Claro. Você é da Califórnia. Eu passei a tarde tentando descobrir. Concluí que era de algum lugar ensolarado porque você está bronzeada, mas achei que a camiseta "surf or die" era óbvia demais. Você é *poser* ou surfa mesmo?

Dou uma gargalhada diante da acusação rude.

— Eu surfo, claro.

— É mesmo? — Ela duvida de mim.

— É.

Ela assente.

— Essa camiseta é irada. Onde você comprou?

Dou de ombros.

— Eu fiz.

Mais uma vez, a dúvida.

— É mesmo?

O escrutínio não me incomoda.

— É. Eu faço todas as minhas camisetas.

— Há. — É só o que ela diz, e, embora pareça ligeiramente impressionada, tenho a sensação de que morreria antes de admitir. Ela não esconde as emoções muito bem. Elas espiam por trás da máscara severa, se você prestar atenção.

Continuamos ouvindo a estação da faculdade, que acaba sendo boa mesmo. É quase tudo indie e rock alternativo, o que me faz pensar em Gus. Ele adoraria essa estação. Fico na expectativa de ouvir uma música do Rook começar a tocar nos alto-falantes.

Shelly dá um tapinha nas minhas costas quando terminamos.

— Você foi bem para quem não tinha ideia do que fazer.

Franzo a testa.

— Obrigada... eu acho. — Depois, dou um sorriso, para ela saber que estou brincando.

Os olhos dela quase sorriem, mas nunca se entregam totalmente ao sorriso.

— Sei lá. Você pode trabalhar no período da tarde às segundas, terças, quartas e alguns sábados?

— Claro.

— Está contratada.

Vibro por dentro, mas, por fora, estou calma.

— Obrigada.

— Suponho que você também seja aluna da faculdade, embora não tenha perguntado. Sou formanda deste ano na Grant. Vou me formar em música, piano clássico.

— Está brincando... Piano clássico? Que careta, Shelly. — Sei que pareço um pouco surpresa, e estou mesmo. Ela é durona, e eu jamais teria imaginado que fazia piano clássico. — Estou a alguns créditos do segundo ano, o que quer dizer que sou mesmo uma caloura. — Faço uma careta, pensando no meu caminho incomum até a faculdade.

Eu me formei um ano e meio atrás e recebi uma bolsa completa para tocar violino aqui, mas a vida aconteceu... e fiquei em San Diego. Trabalhei meio período na sala de correspondência com Gus, na agência de propaganda da mãe dele, e tive aulas na faculdade comunitária da cidade. Eu era feliz. Tudo estava indo bem. Mas aí, dois meses atrás, em junho, outra bomba explodiu. E virou a porra do meu mundo de cabeça para baixo. Precisava sair de San Diego. Então, apesar de o semestre de outono estar chegando, eu me candidatei à Grant de novo, mas não para tocar violino. Achei que não tinha nada a perder. Passei um aperto até o meio de julho, quando chegou a carta anunciando que, além de me aceitarem, estavam me concedendo uma bolsa acadêmica que pagaria meus estudos, alojamento e comida. Não consegui acreditar. Comuniquei ao sr. Yamashita, saí da garagem dele no último dia de julho e fui para o quarto vazio de Audrey Hawthorne, onde fiquei até me mudar para cá, alguns dias atrás. A mãe de Gus é uma das minhas pessoas favoritas no planeta.

Eu a conheço desde sempre. Quando penso na palavra "progenitora", penso em Janice Sedgwick, mas quando penso na palavra "mãe", penso em Audrey. Gus ainda mora com ela. Ele é um filhinho de mamãe.

Shelly me olha com tristeza.

— Então você vai morar no alojamento?

— Vou. Todos os calouros têm que morar no alojamento, né?

O olhar triste permanece.

— Sim — confirma ela.

— Passei por lá hoje. Achei que parece ser ótimo. Estou pilhada pra ir pra lá. — E estou mesmo.

Ela me dá um tapinha no ombro.

— Continue *pilhada*. — Ela está se diverte ao debochar do meu vocabulário. — Mas um aviso: a faculdade é pequena e pobre de espírito, se é que você me entende. Tem muita gente mimada, filha de gente rica. Não deixe que peguem no seu pé, só isso.

Concordo, agradecida pela preocupação dela.

— Entendi. Que bom que meu pé é praticamente intocável.

Juro que ela quase ri.

Ao ir embora, enfio a cabeça pela porta do Grounds para agradecer a Romero pela dica de emprego antes de voltar para a casa de Maddie. Faço o trajeto em nove minutos desta vez e não consigo deixar de me sentir otimista quanto ao meu primeiro dia em Grant. Eu sabia que era a escolha certa.

Ainda está cedo na Califórnia e Gus está no trabalho, então mando uma mensagem dando a boa notícia.

Eu: *Consegui um emprego em uma floricultura.*

Gus: *Legal! Tenho que correr pra uma reunião da banda depois do trabalho. Nos falamos amanhã? Te amo.*

Eu: *OK. Boa sorte. Mande um oi pra todo mundo. Te amo.*

Quinta-feira, 25 de agosto

(Kate)

Ponto alto do dia: Gus e eu tentamos usar o Skype e decidimos que a pessoa que o inventou merece o Prêmio Nobel e/ou uma medalha de honra e/ou algum outro prêmio incrivelmente importante, mesmo que não seja tecnologicamente aplicável, porque o Skype é *genial*.

O ponto não tão alto do dia: tive minha primeira consulta com o dr. Connell no Hospital Metodista de Minneapolis. Foi como eu esperava. Igual ao dr. Ridley em San Diego. Ele abordou minha situação com realismo, coisa que aprecio e respeito, e deu uma explicada em todas as opções de tratamento e planejamento. Ele é do tipo de médico que acha que mais é mais e quer ir com tudo. Sou do tipo que acha que menos é mais e não quero ir com tudo. Ele não ficou feliz com isso. Fui embora com o cartão de visitas dele, uma consulta marcada para um mês depois e o rosto preocupado dele gravado na minha memória.

Médicos costumam ser melhores em fazer cara de paisagem, mas tenho certeza de uma coisa: se um dia eu for a Las Vegas, não vou convidar o dr. Connell para jogar comigo.

Sexta-feira, 26 de agosto

(Kate)

Estou atrasada, como sempre, então, quando entro no refeitório, observo o lugar rapidamente em busca de qualquer assento disponível. Há alguns em todas as mesas, mas paro quando meus olhos encontram um cara pequeno sentado sozinho. Ele está usando uma camisa risca de giz vintage em estilo carteiro, gravata borboleta xadrez, calça vermelha intencionalmente curta, meias azuis com estampa de losangos e sapatos Oxford pretos e brancos. Por algum motivo, sei que é ali que devo estar. Ele tem um estilo *incrível*, e, para usar uma coisa assim, é preciso ter uma personalidade ousada. Decido que preciso conhecê-lo. Quando me aproximo, consigo perceber que ele está tentando ser forte, mas seus ombros estão encolhidos, e ele deve estar nervoso à beça. Sinto vontade de dar um tapinha nas costas dele para aliviar um pouco a tensão. Mas não faço isso. Eu adoro tocar nas pessoas, mas aprendi por tentativa e erro que algumas pessoas ficam surtadas com toques. As apresentações vêm primeiro.

— Essa cadeira está ocupada? — pergunto educadamente.

Ele leva um susto com a proximidade da minha voz, mas se vira para me olhar.

Eu dou um sorriso. A gravata borboleta dele é fofa demais. Pergunto de novo:

— Essa cadeira está ocupada? — E aponto especificamente para a cadeira ao lado dele, apesar de todas as cadeiras estarem vazias.

Quando ele abre um sorriso, os ombros começam a relaxar.

— Não. Não tem ninguém sentado aqui. Pode se sentar. — Sei que a palavra "duende" não é exatamente uma descrição masculina, mas é a primeira palavra que me vem à mente quando vejo o sorriso dele. Ele é um duende, bem-cuidado e bem-vestido.

— Cara, essa camisa é demais — digo, indicando a camisa dele enquanto me sento. Tem até um nome bordado em estilo antigo: Frank. Ele não deixou passar nada. — Sou Kate.

Estico a mão, que ele segura com leveza. Suas mãos são macias.

— Obrigado... eu acho. Kate é apelido de Katherine? Sou Clayton. — Ele é formal, mas não de um jeito metido e esnobe. É formal de um jeito sutil e sofisticado. Ainda assim, esse cara precisa relaxar. — E sua camiseta também é fabulosa — acrescenta ele. Estou usando uma regata que diz "Tijuana is muy bueno." O texto foi tirado de três camisetas originais, com as alças feitas de fita preta grossa.

— Ah, obrigada, Clay. — Ele parece sincero. — E é só Kate. Katherine é um nome que nem minha mãe teria escolhido.

— De nada, Katherine. — Ele dá um sorriso malicioso. — E é só Clayton. Clay é um nome que nem minha mãe teria escolhido.

Dou uma gargalhada.

— Então vai ser assim? — Gostei dele. É espirituoso. E não está recuando, embora pareça estar morrendo de medo de estar aqui.

Nessa hora, alguns membros da faculdade entram pela porta e começam uma apresentação de uma hora sobre a *Experiência da Grant College*. Uma risadinha escapa de mim quando o reitor diz as palavras *Experiência da Grant College* ao dar as boas-vindas. Clayton também sufoca uma gargalhada e faz sinal para que eu fique quieta, colocando o indicador nos lábios. Paro quando percebo que somos os únicos que estão rindo. O reitor não está sendo engraçado nem irônico, ele está falando sério. E todo mundo está babando. *A Experiência*. Demoro vinte segundos para perceber que não só o cara está falando sério como está *realmente* animado para nos contar. Ele vive *A Experiência*. Agora que sei que esse dia tem nome, não consigo deixar de sentir que entrei em uma barraca itinerante de uma igreja ou em um seminário de autoajuda. A porra do entusiasmo que esse cara exala é inacreditável. Assim, me rendo e me entrego à situação pelo mero entretenimento, e, apesar de não estar necessariamente acreditando no que ele diz como todo mundo parece estar, ainda é divertido à beça assistir. Algumas de suas falas, mesmo ele estando tão sério quanto um ataque cardíaco, estão dentre as coisas mais engraçadas que ouvi ultimamente. Apesar da gargalhada sufocada durante a apresentação e de olhares ocasionais na minha direção quando o reitor diz alguma coisa particularmente hilária, pelo menos para nós dois, Clayton está tão concentrado que parece que está aprendendo neurocirurgia e vai ter que fazer uma operação ainda hoje. As anotações dele são tão extensas que começo a me sentir desleixada por não ter nem colocado a caneta no papel. Pensando em retrospecto, houve algumas frases clássicas que gostaria de ter anotado, porque Gus teria morrido de rir. Tudo que restou na minha cabeça foram os clichês gastos. O reitor é um *grande* fã de clichês.

Depois de se despedirem com um "Viva a Experiência da Grant College" coletivo do corpo docente, solto um "Yee-haw!" descontrolado que se mistura bem com os aplausos e assobios dos outros calouros. Clayton revira os olhos para mim como se meu entusiasmo o tivesse constrangido.

— Que foi, cara? — pergunto. — Eu estou animada. Foi uma merda inspiradora. — Aponto para ele e imito a voz do reitor com expressão séria. — "Seu destino está nas suas mãos." "O futuro é incrível." "Somos todos uma grande família feliz aqui na Grant." "Sua vida começa agora."

Ele balança a cabeça solenemente, mas tem um sorriso nos cantos dos lábios. Ele não faz cara séria muito bem.

— Katherine, foi uma hora da minha vida que nunca vou recuperar — diz, secamente.

Dou uma gargalhada.

— Ah, Clayton, eu não iria querer essa hora de volta nem por todo o café de Columbia.

— Acho que a expressão é "nem por todo o chá da China".

Balanço a cabeça.

— Eu odeio chá.

Ele balança a cabeça como se não tivesse certeza do que fazer.

Eu sufoco uma risadinha e continuo.

— Meus olhos foram abertos como os olhos de um bebê recém-nascido para a *Experiência da Grant College*. Vai ser magnífico pra caralho.

Ele abre um sorriso e joga o lápis em mim.

— Katherine, shh!

Aponto para o caderno dele, ainda na mesa.

— Você anotou alguma das pérolas de sabedoria do reitor? Meu Deus, você estava escrevendo um ditado, Clayton? Tem coisa pra caramba aí.

Ele fica vermelho.

— Sou detalhista.

Agora, me sinto mal por fazê-lo corar. Dou um tapinha no ombro dele quando me levanto.

— Ah, estou brincando, Clayton. Sou preguiçosa. Você é um aluno dedicado. Vamos dar um jeito nisso. Vamos procurar nossos quartos no alojamento.

Fico meio surpresa quando, depois de levantar e pendurar a bolsa-carteiro no ombro, ele passa o braço pelo meu. Sou a favor de contato físico, mas ele não está liderando, ele quer ser liderado. Estou começando a me perguntar se emito um aroma de leite azedo como uma mãe que amamenta, porque certas pessoas gravitam até mim por um motivo, e por um só motivo: elas precisam de alguém que cuide delas. Tenho uma nova missão: proteger Clayton da tempestade, ou pelo menos apresentá-lo delicadamente a ela. Tenho a sensação de que nem tudo foi fácil para Clayton. Ele escolheu a amiga certa. Sou uma guia *fantástica*, pode acreditar.

Cubro a mão dele, que segura meu braço.

— Vamos começar logo essa porcaria de *Experiência da Grant College*.

Nossos quartos no alojamento acabam sendo um em frente ao outro. *Coisa do destino*. Nossos nomes e dos nossos colegas de quarto estão presos em cada porta. O dele é Peter Samuel Longstreet III. Faço uma oração silenciosa: "Por favor, Deus, *por favor*, que Pete não seja um filho da mãe homofóbico." Porque, apesar de só conhecê-lo há uma hora, tenho 99,9% de certeza de que o doce e adorável Clayton gosta de garotos tanto quanto eu.

Minha colega de quarto parece carregar uma sobrecarga desde o nascimento com o nome (não estou de brincadeira) Sugar Starr LaRue. Os pais dela pensaram bem? Estou me esforçando para não deixar minha imaginação se descontrolar, mas o primeiro pensamento que surge na minha cabeça é... stripper. Eu sei, eu sei. Ela pode ser uma jovem donzela adorável, casta e pudica, mas se chamar Sugar Starr LaRue quase faz com que seja obrigatório honrar esse nome artístico, você não acha? E quando a ideia de uma stripper gruda na minha cabeça, fico pensando que vou me decepcionar se a garota for comum.

Ajudo Clayton a carregar os pertences dele até o quarto, e depois ele me ajuda. Peter Samuel Longstreet III aparece no meio do processo, então também o ajudamos a levar as coisas dele. Ele é alto e meio rechonchudo. Tem cabelo castanho-claro cortado em estilo militar, um pouco de acne e usa calça cáqui com pregas e uma camisa polo verde-floresta com mocassins marrons. O cara parece um vendedor de seguros de meia-idade preso no corpo de um garoto de dezoito anos. É um cara com aparência comum, acho, só que parece loucamente inocente. Tipo, *loucamente* inocente. Depois de passar cinco minutos perto dele, descubro que não errei muito. Ele é muito tímido e muito, muito tenso. Paro um minuto para dar um grito silencioso para Deus: "Obrigada, Deus. Pete parece meio nervoso, mas não deve ser um palhaço cheio de ódio no coração. Muito obrigada. Câmbio e desligo."

Sei que é estranho, mas gosto de pensar em Deus como meu amigo. Não sou religiosa; só falo com ele com frequência. Peço muitos favores. Às vezes, as coisas funcionam a meu favor, e às vezes, não. É a vida. A gente só precisa aproveitar ao máximo.

Claro que agora que meu nível de interesse está no máximo e estou me perguntando se Sugar vai montar o poste de dança no canto do quarto ou no meio, ela não aparece. O mistério vai ter que esperar mais um dia. Desempacoto tudo sozinha, acompanhada pelo meu fiel iPod. Pego a cama mais distante da porta, ao lado da janela.

Clayton aparece para pedir a pasta de dentes emprestada, e o sigo até o quarto dele. *Jesus Cristo*. É o quarto mais arrumado e organizado que já vi na vida. Os dois já desempacotaram e guardaram tudo. Caramba, é o destino. Clay e Pete estavam destinados a serem colegas de quarto. Quais são as chances de dois caras obsessivamente organizados serem aleatoriamente escolhidos para o mesmo quarto? A chance deve ser de uma em um milhão, né? Espero que Sugar não tenha um TOC assim, senão ela vai ter uma decepção monumental. Não arrumo a cama, nunca. Não ponho minha roupa suja em um cesto, nunca. Não que eu seja porca. Só bagunceira.

Já está tarde quando termino de me acomodar na minha nova casa. A última coisa que faço é colocar dois porta-retratos lado a lado na mesa perto da minha cama. Antes de apagar as luzes, olho para as fotos.

— Boa noite, Gracie. Boa noite, Gus. Amo vocês dois.

Sábado, 27 de agosto

(Kate)

Acordo com o celular tocando em cima da mesa, mas levantar é exigir *demais* de mim a essa hora da manhã. Aperto os olhos e vejo que o relógio marca 6h47. Meu primeiro pensamento é Gus. É sempre Gus. Mas não são nem 5h na Califórnia. Não pode ser ele... a não ser que tenha passado a noite na rua, o que é totalmente possível. Puxo as cobertas e vou ver o que é tão importante.

É uma mensagem de Maddie: *Vc deixou coisas aqui. Venha antes de 12h hj.*

— E bom dia para você. — Eu bocejo para o celular. Está cedo demais para escrever abreviando assim.

Eu me espreguiço e decido que é uma hora tão boa quanto qualquer outra para dar uma olhada nos chuveiros no fim do corredor. Uso meus chinelos de praia porque Gus me disse que posso pegar algum fungo horrível se não usar.

Às 7h10, já saí do alojamento e estou a caminho da casa de Maddie. Se ela quer me chamar ao nascer do sol, é melhor estar preparada para me receber.

Ela atende depois da terceira sequência de batidas na porta, envolta em um roupão fofo e com uma daquelas coisas que cobrem os olhos empurrada até a testa.

— Kate! São 7h25 da manhã.
— Ah, é? — *Dã*. — Você estava dormindo?
— Estava. — Ela está fula da vida.
— Me desculpe. Achei que sua mensagem matinal era uma permissão para vir. — Estou com um ótimo humor e tento brincar com a situação. É o único jeito de lidar com as merdas dela tão cedo.

— Eu acordei cedo porque Princess precisava sair e mandei a mensagem antes de voltar para a cama. — Ela dá uma gargalhada condescendente. — Falando sério, Kate, você não sabe nada sobre a vida num alojamento? — Consigo ver que ela adora bancar a superior comigo, mas, para ser sincera, é divertido, hilário, até. — É uma cortesia comum botar seu celular no modo silencioso à noite, senão sua colega de quarto vai passar a odiar você. É uma das primeiras regras da vida em alojamentos. Se estivesse no silencioso, *como deveria*, minha mensagem não teria acordado você.

E, como Maddie é uma dessas pessoas que pensam que todo mundo acredita em tudo que ela diz, deixo passar.

— Obrigada, Maddie, por me lembrar disso. — "Pelo amor de Deus, eu dormi no mesmo quarto que Grace por dezenove anos, então devo saber algumas coisinhas sobre cortesia e compartilhamento de espaço" tenho vontade de acrescentar, mas mordo o lábio.

E como Maddie também é uma dessas pessoas que não conseguem ver quando estão sendo babacas, ela sorri.

— De nada. — Em seguida, balança a cabeça e me olha com pena. — O que vou fazer com você?

"Você pode jogar minhas merdas pela porta para eu poder ir embora, porque ainda não teve a cortesia de me convidar para entrar", é o que passa pela minha cabeça, mas aí me coloco no lugar de Maddie. O que eu pensaria de mim? Ela não me conhece, só sabe o que aconteceu comigo. Talvez pense que preciso que cuidem de mim, e essa é a versão dela de ter boas intenções. Sei lá.

— Vou só pegar minhas coisas e deixar você em paz. — Estou meio de saco cheio dela. Ela não está mais engraçada.

— Ah, certo. — Ela dá um passo para o lado e indica uma pilha de roupas no sofá.

— Ótimo — digo enquanto pego as roupas. — Obrigada por não jogar na sarjeta nem tacar fogo.

Ela contrai o rosto, confusa.

— Eu não faria isso.

Ela ainda não conhece meu senso de humor.

— Brincando. Eu estou brincando, Maddie. Relaxa.

O rosto relaxa, mas ela continua parecendo magoada. Eu me sinto meio mal.

— Como você já está acordada, quer ir comer alguma coisa? — A culpa me faz agir. Sinto-a como se fosse uma cutucada nas costelas.

Ela fica superansiosa, e isso me surpreende.

— Claro, só me dê alguns minutos para me arrumar.

— Tudo bem, não tem pressa.

Se eu soubesse que ela levaria o comentário de *não tem pressa* tão literalmente, eu teria dito *não tem pressa, você tem quinze minutos*. Uma hora e treze minutos depois, ela rebola para fora do banheiro vestida para uma noitada na cidade. Esse é outro detalhe sobre Maddie: ela não sabe se vestir de forma casual. Eu estou vestindo um moletom, uma camiseta dos Sleigh Bells e tênis, e ela está usando um minivestido tomara que caia e sandálias plataforma.

— Uau, que vestido bonito. Mas, cara, é só um café da manhã.

— Ah, Kate. — Ela balança a cabeça como quem diz *Ah, Kate, tão tola e imatura*. — Nunca se sabe quando você vai encontrar o príncipe encantado. Sempre temos que estar com a melhor aparência possível. — Ela avalia meu traje. — É uma coisa que você vai aprender com o tempo.

"Tenho certeza de que não." Acho que todo mundo tem definições diferentes de príncipe encantado. A minha definição se baseia mais em substância e personalidade. Pode me chamar de maluca.

O vestido que ela está usando mostra muita pele, e é a primeira vez que reparo em como ela é magra. Puro *osso*. Sou obrigada a desviar os olhos. Parece que uma espécie de mecanismo interno foi deflagrado para me proteger de coisas apavorantes.

De repente, Maddie fica toda alegre e animada. Ela fala sem parar até o café sobre a ida à academia ontem e o cara lindo e rico que pegou o número de telefone dela.

Assinto nos momentos certos. Alguém está mesmo caçando um homem. E ela aceita todos os candidatos com uma carteira cheia, um pênis e um coração que esteja batendo. Boa sorte com isso.

A refeição no café se desenrola como no restaurante japonês e Maddie pede um monte de comida. Mas, ao contrário do sushi, nada é desperdiçado. Ela come um prato de ovos, batatas fritas, linguiça, bacon *e* presunto, assim como três panquecas do tamanho de pratos grandes, encharcadas de xarope. Como dispenso as linguiças que acompanham meus ovos e torrada, ela come mais isso. Ela poderia participar de competições de comida. Deve ter um metabolismo superveloz.

Quando voltamos ao apartamento, pego minhas roupas no sofá.

— Obrigada de novo por me hospedar por alguns dias, Maddie.

Ela levanta um dedo e começa a se afastar.

— Só um minuto. Já volto.

Estou ali há menos de um minuto quando lembro que não estava com a lâmina de depilar no chuveiro pela manhã. Devo ter deixado no banheiro de Maddie. Enquanto a espero, posso muito bem ir pegar. A porta do banheiro de hóspedes está fechada, mas ela deixa Princess ali quando não está em casa. Abro a porta devagar, mas, quando faço isso, ouço tudo que estava no estômago de Maddie ser esvaziado na privada com um som nojento. O cheiro é fortíssimo. Meu estômago se contrai.

— Maddie, você está bem?

Acho que vou encontrá-la suada ou abalada, vítima de uma intoxicação alimentar violenta, mas ela está sentada na beirada da banheira segurando os cachos louros e parada delicadamente acima da privada, tomando o cuidado de não tocar em nada. É muito esquisito. Ela parece determinada e confiante. Não sei quanto às outras pessoas, mas, quando rezo para a deusa de porcelana, eu me ajoelho no chão na frente dela, curvada em submissão. Fico péssima.

— Que merda, Kate. — Ela limpa a boca com as costas da mão antes de dar descarga. Seu rosto fica vermelho, e não consigo saber se ela está puta porque está com vergonha ou se está puta só porque, bem, está puta.

— Me desculpe, Maddie. Eu não sabia que você estava aqui. Achei que tinha esquecido minha lâmina e vim...

— Você podia ter batido!

Fico sem palavras quando a vejo lavar as mãos, bochechar um pouco de enxaguante bucal e ajeitar o cabelo na frente do espelho. Se eu não a tivesse visto despejar 14,95 dólares de comida na privada, não ia acreditar ao olhar para ela agora. Ela está completamente alheia, e isso me apavora. Um alarme começa a tocar na minha cabeça como uma sirene de ataque aéreo. Todas as peças se encaixam agora: o exagero nas refeições, a obsessão com exercícios, ir ao banheiro logo depois de comer, o corpo assustadoramente magro. Ela é bulímica.

— Maddie, precisamos conversar sobre isso. — Aponto para a privada porque não quero deixá-la na defensiva ao dar um nome para o problema dela.

Ela dá de ombros, o que me diz que não quer conversar.

— Não tem nada sobre o que conversar. — A irritação sumiu da voz dela. E acho que eu gostava mais da raiva, porque agora ela está impassível. E não dá para conversar com gente impassível. Elas erguem muros que bloqueiam tudo.

Eu a sigo até a sala.

— Maddie, escute, sem querer julgar... sinceramente. Só me deixe ajudar.

Ela solta a gargalhada mais sem emoção que já ouvi.

— Você vai me ajudar? Que incrível. Você tem o quê, dezoito anos?

— Maddie, você é minha tia, é da família. Eu me preocupo, é só o que estou dizendo. Há quanto tempo isso está acontecendo?

— Pequena Kate, você é tão ingênua. — É aquele tom condescendente de "vou falar com você como se fala com uma criança de cinco anos", mas não ligo porque no momento só quero que ela me escute.

— *Ingênua*? Maddie, você acabou de vomitar a porra do café da manhã inteiro na privada... *de propósito*.

— Kate, querida, não é *nada*. — Seu rosto está tranquilo e desconectado. Balanço a cabeça, mas não afasto os olhos. Isso não pode ser real.

— Cara... — Falo em tom suplicante e triste.

Ela balança a cabeça para mim.

— Kate, só me entupo de comida e vomito de vez em quando. Não é um hábito. Às vezes sinto muita fome. Desse jeito, posso comer muito, mas não engordo. É muito melhor. — Ela está tentando me convencer, com seu sorriso branco resplandecente.

— Cara, não é muito melhor. Você está ferrando seu corpo. Corpos não gostam de serem ferrados. Em algum momento, se rebelam. — Tenho uma implicância com pessoas que fazem mal ao próprio corpo. Muitas pessoas dariam qualquer coisa por um corpo saudável. Seu corpo é um templo. Não se caga no templo.

Ela me dispensa com um aceno de mão, como fez tantas outras vezes esta semana. Eu a estou perdendo. Ela não vai ouvir. E não tenho referência, não tenho conhecimento do assunto. Não sei o que dizer, então, sem pensar, digo a mesma coisa que sempre digo para Gus.

— Você devia parar. — Sinto-me uma idiota quando as palavras saem da minha boca.

Os olhos dela estão ardendo de raiva. Fui longe demais. Ela respira fundo e diz:

— Kate, acho que você devia ir embora.

É, definitivamente ultrapassei os limites. Expus o segredo dela, e ela está furiosa, e com razão. Preciso dar espaço a ela. Pego minhas roupas e sigo para a porta.

— Obrigada de novo por não ter queimado minhas roupas.

Espero uma resposta dela, mas não há nada. Nem mesmo um *de nada* ou um *vai tomar no cu*. Só um silêncio opressivo, que desperta arrepios em mim. Olho para trás e, de repente, não estou mais na sala com Maddie; estou na sala com Janice Sedgwick. Maddie assumiu a imagem da minha mãe; até na forma como apoia o peso no pé esquerdo e cruza os braços. Elas poderiam ser a mesma pessoa. Minha mãe não era um monstro. Só nem sempre conseguia evitar. Quando não tomava os remédios, não era ela mesma, e quando tomava os remédios, não era ela mesma. Doença mental não é brincadeira. Havia vezes em que ela era amorosa e gentil. No restante do tempo, era furiosa ou indiferente. A raiva e a indiferença são totalmente diferentes, mas quando você é uma criança qualquer uma dessas duas coisas vai partir seu coração. Aprendi cedo a não levar para o lado pessoal, mas, quando ela fazia com Grace, acabava comigo. Eu tentava cuidar para que isso nunca acontecesse. Nas raras ocasiões em que falhei, *me odiei por isso*.

Preciso sair daqui.

Saio pela porta e, logo antes de ser fechada nas minhas costas, eu digo:

— Por favor, procure ajuda.

Fico achando que ela não me ouviu, mas vejo os ombros dela murcharem pela fresta da porta.

No meu quarto no alojamento, pesquiso sobre bulimia no laptop por uma hora, mas paro porque é deprimente. Minha cabeça está cheia de perguntas.

É hora do almoço, e apesar de comer ser a última coisa que tenho vontade de fazer depois daquela leitura, tenho que sair do quarto. Preciso pensar em outra coisa. Sou relativamente boa em compartimentalizar a vida. Se algo ruim está acontecendo, consigo me concentrar nisso por um tempo e deixar de lado quando preciso. Uma infância como a minha me ensinou essa lição útil. Não posso deixar o ruim me consumir, senão acabaria comigo. O ruim fica no canto ruim da minha mente, não deixo que passe pela porta para se misturar ao bom, porque o ruim é um estraga-prazeres.

Assim, atravesso o corredor e bato na porta de Clay. Peter atende.

— E aí, Pete?

Ele acena com a cabeça rígida.

— Kate.

Eu estico as mãos, seguro os braços de Peter e o sacudo com gentileza.

— Relaxe, Pete. Clayton está?

Peter abre bem a porta, e vejo Clayton lendo uma revista na cama.

— Oi, Clayton. E aí? Estou indo ao refeitório comer alguma coisa. Quer ir comigo?

— Bom dia, Katherine. Claro. Esse artigo é horrível. Está me dando sono. — Ele se espreguiça e coloca a revista na mesa. Às vezes, me pergunto se Clayton foi britânico em outra vida. Quem mais fala assim?

Olho para Peter, ainda segurando a porta.

— Quer ir, Pete?

— Não quero atrapalhar.

Ele é tão formal.

— Pete, cara, é só um almoço. Além do mais, Clayton e eu nem estamos namorando ainda. Ele anda ignorando minhas investidas. — Dou meu sorriso mais sedutor e pisco para Clayton.

Ele balança a cabeça.

— Ah, Katherine — ele diz. Adoro que ele entende meu senso de humor.

— Sabe, Pete, vou precisar de muitas estratégias criativas de paqueras antiquadas. Clayton é difícil. Então, você *não* vai atrapalhar.

Pete sabe que estamos brincando porque Clayton contou para ele na noite anterior que é gay e disse que não queria que as coisas ficassem constrangedoras entre eles nem que Pete ficasse na dúvida. Pete reagiu bem. De alguma forma, eu sabia que reagiria.

O almoço com Clayton e Pete foi incrível. Fizemos piadas e contamos histórias. Quando Pete consegue relaxar, até que é engraçado. E Clayton, bem, Clayton é seco e sarcástico. A gente morreu de rir. E, considerando que gargalhadas são como oxigênio para mim, posso dizer que eu estava mesmo precisando. Uso como medicação. Descobri duas pessoas que me fazem rir ao ponto de ficar com lágrimas nos olhos e quase fazer xixi na calça. Esse é o tipo de pessoa com quem gosto de andar. E agora tenho duas. Sorte minha.

Volto para o quarto e descubro que foi ocupado como a França durante a Segunda Guerra Mundial. Tem coisas para todo o lado, dela e minhas.

Aceno para a garota de pé no meio do quarto, com as mãos nos quadris.

— Oi, sou Kate.

Ela olha para mim, sopra o cabelo que cobre o rosto e puxa o elástico do rabo de cavalo. Com uma expressão fria, ajeita os cabelos espalhados e prende-os no elástico de novo.

— Sou Sugar.

Ela é bonita, estilo modelo. Tem cabelo louro comprido, olhos grandes e escuros, lábios carnudos e, caramba, é muito alta. As pernas são praticamente do tamanho do meu corpo todo. Ela é magra, mas em forma. E tem peitos gigantescos. Posso fazer uma avaliação segura do corpo dela porque ela não está escondendo nada. Está usando um sutiã de biquíni e o menor short jeans que já vi. Quando começaram a vender calcinha jeans? É, isso não vai me ajudar com aquela imagem de stripper.

— Precisei mudar algumas coisas de lugar. Não estava bom para mim — diz Sugar, balançando a cabeça e olhando a bagunça. — Não, não estava bom mesmo.

— Tudo bem, podemos resolver.

Sugar dá ordens como uma capitã de fuzileiros. Depois de rearrumarmos o quarto inteiro três vezes, finalmente fica satisfeita. Estou suando como um porco. Parece suspeito que, apesar de termos a mesma quantidade de mobília, ela tenha ocupado dois terços do quarto. Mas tudo bem. Tenho espaço suficiente para todas as minhas coisas, então não vou reclamar. É óbvio que Sugar tem sempre o que quer. Eu? Eu escolho minhas batalhas.

Não conversamos sobre nada além de decoração e a posição dos móveis, mas faço perguntas. Descubro que Sugar tem dezoito anos e é de Minneapolis. Os pais são divorciados e ela tem um meio-irmão de três anos e um cocker spaniel chamado Mercedes. Conhece "um monte" de gente que estuda na Grant. E não descobre nada sobre mim. Quando as pessoas estão interessadas em você, elas fazem perguntas. Eu fiz. Ela, não.

Ah, e ela não falou nada sobre striptease. E não tem um poste de pole dance.

Droga, sinto que fui enganada.

Domingo, 28 de agosto

(Kate)

— Quem é o cara? Namorado? — Sugar joga as perguntas em cima de mim assim que meu pé atravessa o limite da porta do quarto quando volto do banho. Ela está apontando para uma das fotos na minha mesa. Acho que quer compensar por não ter perguntado nada ontem.

— Não. Melhor amigo.

Ela faz uma bola de chiclete.

— Humm. Ele é gato. Tem olhos bonitos.

É a mesma foto que tenho no celular, cortada para mostrar só o rosto dele. Aparece toda vez que ele liga. A foto no porta-retrato mostra nós dois. Estamos rindo. Estou de pé, com a cabeça jogada para trás, e ele está inclinado para a frente, com o cabelo comprido caído em cima de um olho. O outro olho mira a câmera com uma expressão de alegria e malícia, calma e entrega. É uma pose clássica de Gus. Nosso amigo Franco tirou a foto um ano antes quando estávamos na praia.

— É, ele tem olhos lindos mesmo. — São de um castanho tão escuro que parecem pretos. E brilham.

Ela olha para a foto de Grace como um pensamento que surgiu depois.

— Quem é?

— Minha irmã.

Fico olhando para o rosto de Grace. Tirei essa foto em uma noite de abril, quando fomos à praia ver o pôr do sol. Grace está em frente a um céu laranja ardente. A luz do sol está espalhada no horizonte e dança na água como fogo, mas fica pálida perto do sorriso no rosto dela. Ilumina a foto. É o mesmo sorriso que ela tinha todos os dias. É o mesmo sorriso que tornava tudo melhor. É o mesmo sorriso que era a prova tangível de que eu estava cercada de bondade. É o mesmo sorriso que me fazia sentir a pessoa mais sortuda no mundo por tê-la como irmã. Aquele sorriso, essa foto, são tudo o que existe de puro e honesto no mundo.

— Bem, estou de saída. Tenho gente para ver e lugares para ir. — Ela pega a bolsa.

Ela está usando um short branco muito curto e uma regata branca sem sutiã. Sou a favor de não usar sutiã de vez em quando, mas dá para ver claramente os mamilos escuros pelo tecido branco e fino. E se ela esqueceu o sutiã? Não posso deixar que saia sem dizer nada.

— Há, Sugar. — Eu indico meus próprios seios, tentando ser sutil.

Ela olha para os peitos enormes e incrivelmente empinados. Não podem ser de verdade, podem?

— O quê?

— Não sei se foi intencional, mas você sabe que os gêmeos estão à mostra, né?

Ela dá de ombros.

— Sei.

Faço um sinal de positivo.

— Tudo bem, então está tudo certo. Até mais.

Decido que hoje é o dia em que Clayton vai ser apresentado ao Grounds. Abro a porta com delicadeza desta vez, mas, inacreditavelmente, o sino toca forte de novo. As leis da física foram contrariadas; a quantidade de força exercida na porta não pode ser igual ao volume arrancado daquela porra de sino. A fera não pode ser domada. Romero está lá novamente e se lembra do meu nome e sobrenome. Apresento-o a Clayton, que pede um mocha macchiato com leite de soja e chantilly. Ele parece à beira do êxtase enquanto bebe. É possível chegar ao clímax com café? Seria de se imaginar que eu saberia a resposta para isso. Clayton está sem palavras. Meu café preto está delicioso mais uma vez, mas obviamente não me leva ao clímax. Talvez seja essa a graça de botar tanta merda no café.

Clayton e eu passamos a tarde ouvindo música no quarto dele. Ele gosta estritamente de música dance, dub step e house, que eu adoro.

Dançamos como garotas de treze anos. Adoro dançar. Gus e eu saíamos muito para dançar. Sempre havia fogueiras na praia que viravam festas. Grace sempre amou música, então eu a levava junto. Ou às vezes Audrey ficava com Grace durante a noite e Gus e eu íamos a uma boate onde sabíamos que o segurança nos deixaria entrar apesar de sermos menores na época. Gus é incrível na pista de dança. Depois de fazer sexo com ele, sei que uma coisa explica a outra. Digamos que ele fica muito à vontade com o próprio corpo e o conhece *muito bem*.

Pete entrou no quarto no meio da festa, ficou vermelho como uma beterraba, deu meia-volta e saiu. Acho que não tinha passos a acrescentar à pista de dança. Vamos ter que trabalhar nisso. Mas Clay é bom. Sabe quando você vai a uma boate e tem uma pessoa para quem todo mundo olha? Que faz parecer fácil? É Clayton. Fiquei impressionada.

Estou suada quando me preparo para voltar ao meu quarto, por volta das 18h.

— Clayton, meu amigo, você seria destruidor numa pista de dança. Precisamos encontrar uma boate com uma noite para menores de 21 anos.

O sorriso dele é de pura alegria, e ele bate palmas tão rápido que as mãos parecem asas de beija-flor.

— Ah, Katherine, seria fabuloso. Nunca fui a uma boate de verdade.

Isso me surpreende.

— É mesmo? E onde você aprendeu a dançar, garoto?

Ele cora e pergunta:

— Você acha que existe alguma boate gay em Minneapolis?

Eu dou de ombros.

— Claro.

Ele fica mais vermelho.

— Katherine, você gostaria, isso se eu conseguir encontrar uma em que a gente possa entrar, você gostaria de ir comigo? Não tenho mais ninguém para convidar.

Dou um aperto no ombro de Clay.

— Claro. É só me dizer quando.

Ele dá um sorriso tão largo que quase ocupa o rosto todo e joga os braços ao redor do meu pescoço.

— Obrigado.

Dou um tapinha nas costas dele, tentando pedir delicadamente que me solte do aperto mortal.

— Tudo bem.

Depois que tomo um banho, volto para o quarto vazio e decido que está na hora de usar o Skype de novo. Mando uma mensagem para Gus e, por um golpe de sorte, ele está disponível. Rook está novamente em Los Angeles. Eles gravaram durante todo o mês de julho e foram chamados de volta para aprovar a arte do álbum e se preparar para a turnê, que está marcada para começar no final de setembro. Depois do lançamento do álbum, o selo espera conseguir espaço nas rádios para promover a banda e encorajar uma turnê de sucesso. Parece fácil, né? Vai ser um mês estressante, e se tem uma coisa que deixa Gus maluco é estresse. Já estou preocupada com ele.

Uma onda quente de felicidade louca corre pelas minhas veias quando vejo o sorriso bobo dele iluminar a tela do meu laptop.

— Quanto tempo, Raio de Sol. E aí?

— Oi, Gus. Você primeiro. Como está indo tudo em Los Angeles? — Apesar de trocarmos mensagens de texto algumas vezes por dia, sempre quero saber os detalhes.

— Cara, está sendo cansativo pra caralho. — Observando melhor, consigo ver manchas escuras embaixo dos olhos dele.

— É, você está com uma cara péssima. Quando foi a última vez que dormiu?

Ele boceja e pensa por um momento.

— A noite de quinta foi a última que dormi inteira. — A banda recebeu a ligação na manhã de sexta-feira logo cedo, dizendo que eles precisavam estar em Los Angeles ao meio-dia. Então, botaram as coisas nos carros e na picape de Gus e partiram. Estão no estúdio desde aquela tarde, trabalhando com o produtor e repassando os cortes finais de todas as músicas. (Bem, pelo menos o que costumavam ser cortes finais.) É a primeira vez que eles veem a luz do sol desde então.

— Cara, você precisa descansar pra ontem.

— Quem está dizendo isso é a Senhora Caminhoneira que dirige por metade dos Estados Unidos sem dormir? — Ele levanta a sobrancelha.

— Sou um garoto crescido, Raio de Sol, vou me virar. Mas estou me sentindo péssimo.

— Aposto que está. E está tudo pronto com o RSC? — Quando eles conheceram o produtor em julho, ele se apresentou como Realizador de Sonhos. Gus deu corda, e depois de chamá-lo de RS por uma semana batizou-o de Realizador de Sonhos do Caralho. O sujeito ficou pilhado; Gus tem ele na palma da mão desde então.

— Está. Terminamos meia hora atrás. Estou orgulhoso do resultado, mas, caramba, esses últimos dias foram massacrantes. Escolher as músicas é como enfileirar seus filhos na frente de um esquadrão de fuzilamento. Todos demos palpites, mas o RSC tomava as decisões finais. — Ele passa os dedos pelo cabelo e puxa-o para formar um rabo de cavalo. Está frustrado. Cinco, quatro, três, dois, um. — Preciso de um cigarro. Espere. — Ele pega o laptop e começa a andar, fazendo a imagem na tela pular e tremer, como se fosse um filme ruim.

— Cara, você está me deixando enjoada.

— Desculpe, Raio de Sol, preciso ir até a varanda para fumar.

O laptop é apoiado em uma superfície, e ele procura o isqueiro no bolso, já com o cigarro entre os lábios.

— Você devia parar.

Ele sorri, com o cigarro preso com firmeza entre os dentes.

— Não vai ser essa a semana em que vou parar nem esse o mês, e, provavelmente, nem esse o ano, do jeito que as coisas estão indo, então nem comece. — Ele protege o cigarro com a mão esquerda e acende. O cigarro ganha vida e ele traga como se fosse sua última respiração. Depois que toda a fumaça é expirada, ele fecha os olhos e encosta na cadeira.

— Melhor?

Ele assente, de olhos ainda fechados, e dá um trago longo.

— E você está feliz com o resultado das músicas? — pergunto com nervosismo.

Ele dá um sorriso sonolento, ainda de olhos fechados.

— Estou feliz. — Ele está falando sério.

Ainda não sei que músicas entraram no disco. Eles gravaram quinze, mas só onze sobreviveram ao corte. Gus insistiu em fazer segredo. Acho que tem medo de estragar alguma coisa se falar demais. Como se ele fosse acordar e descobrir que tudo foi um sonho.

— E o que passou no corte? Você pode me dizer agora?

Ele abre os olhos e dá um sorriso que quer dizer que ele está mesmo feliz, feliz no fundo do estômago.

— *Missing You.*

Fico surpresa.

— Sem sacanagem?

Ele ainda está sorrindo.

— Sem sacanagem. Eu não queria dizer nada antes porque a música podia não dar certo, mas quando você estava no estúdio com a gente em julho, o RSC ficou doido por você. Achou que o violino era genial, *e é mesmo.*

— Uau, isso é... não sei o que dizer... é... incrível. — Relembro o mês de julho e a experiência no estúdio. — Ele não pareceu muito animado quando estávamos tocando. Achei que estava só puxando o saco quando disse que gostou.

Estou chocada. Gus escreveu a música e disse que era um presente meu para Grace. É uma das poucas baladas que escreveu. Ele compôs um trecho para violino e insistiu que eu tocasse na música. Saí da reclusão só por causa de Grace. Fui para o estúdio com a banda e toquei, esperando que aquilo fosse cortado em algum ponto da edição. E não teria havido problema, porque tocar em um estúdio foi uma coisa que nunca vou esquecer. Em outra noite, depois que todo mundo foi para casa, Gus me convenceu a cantar com ele só por diversão em outra música, *Killing the Sun*. Essa música é tipo um hino nos shows. Todo mundo canta. Fico arrepiada cada vez que os vejo tocá-la ao vivo. Cantamos juntos, e uma vez até cantei sozinha. Não tenho o mesmo treino, mas gosto de cantar e consigo sustentar uma melodia. Cantamos harmonias de duas vozes muito bem. Foi divertido. Ele gravou e fez o download das duas músicas para mim, então posso dizer que tive meu momento de estrela do rock.

— É, ele estava tentando bancar o descolado na sua frente, mas, no dia seguinte, quando ouvimos tudo de novo, ele surtou. Então, obrigado, sabe, por ser tão talentosa. — Ele pisca enquanto apaga o cigarro em um cinzeiro já transbordando. — Mas chega de falar sobre o álbum, não quero falar sobre isso agora. Quero saber o que está acontecendo na grande metrópole de Grant. Me conte tudo. — Ele puxa a cadeira para mais perto da mesa.

— Vamos ver, vou ser rápida e doce. Fiz dois novos amigos, Clay e Pete. Eles moram do outro lado do corredor. Minha colega de quarto, Sugar...

Gus me interrompe.

— Espere, pare, sua colega de quarto se chama Sugar?

Eu faço que sim.

— Sugar Starr LaRue.

Ele joga a cabeça para trás e gargalha.

— Puta merda, que clássico... Que porra os pais dela fumaram? — Ele se inclina na direção da tela. — Raio de Sol, me diga que ela é stripper ou... acompanhante ou alguma coisa assim... — Seus olhos ficam cintilantes e curiosos.

Eu bato palmas e gargalho.

— Foi a mesma coisa que eu pensei! — Eu balanço a cabeça, séria de novo. — Mas não é.

— Teria sido justo pra caralho. Você sabe que perdeu umas histórias sensacionais?

— Eu sei. Também fiquei meio triste. Mas ainda pode ser que eu tenha boas histórias, porque ela nasceu para a profissão e saiu usando uma regata branca transparente sem sutiã hoje.

Ele ergue as sobrancelhas.

— Caramba, qual é seu endereço mesmo? Acho que vou fazer uma visita mais cedo do que eu pensava.

— Pervertido.

Ele dá de ombros.

— Culpado. Sou homem, é automático. E aí, o que mais? E esses dois caras do corredor?

— Clayton e Peter?

— Isso. Como eles são? Preciso me preocupar com sua virtude?

Eu reviro os olhos.

— Cara, você sabe que esse navio já afundou anos atrás. Mas, há, é mais fácil o inferno congelar do que eu ficar com qualquer um dos dois.

— Por que você diz isso? — pergunta ele, quase esperançoso.

— Ah, Clay e eu jogamos no mesmo time, e acho que Pete é um desses caras que ou vai ser virgem até os quarenta anos ou é totalmente pervertido e tem alguma mania bizarra, mas usa uma fachada careta para ninguém desconfiar. Seja como for, estou fora.

Gus assente e sorri.

— Se eu fosse apostar, e você sabe que gosto de apostar, eu diria que Pete é um viciado em sexo que gosta de interpretar papéis e curte sadomasoquismo. Possivelmente, bondage. Você acha que ele é dominador ou submisso?

Eu cubro os ouvidos e balanço a cabeça.

— Eca, você sabe que vou imaginar Pete usando só uma calça de couro e chicote de montaria cada vez que almoçar com ele agora, né?

Ele abre um sorriso largo.

— De nada.

Eu mostro a língua para ele.

— Babaca.

— Sim. Então sua colega de quarto é uma stripper clandestina em treinamento e você anda saindo com gays e submissos. Eu não fazia ideia de que Minnesota era um lugar tão progressivo. É uma mistura impressionante. Talvez eu devesse ter ido pra faculdade. O que mais? Me conta. Me conta. — Ele balança as mãos como quem diz "manda ver".

Eu penso por um momento.

— Estive com Maddie ontem.

— Cara, não me diga... Ela misturou os grupos alimentares de novo e você acabou do lado errado da pirâmide alimentar? Segunda rodada de carne esta semana?

— Não, mas também tem a ver com comida. Para falar a verdade, estou meio surtada.

— Surtada? O que aconteceu?

— Cara, ela é bulímica.

A voz dele se suaviza.

— O quê?

— É. Saímos para tomar café da manhã. Ela comeu como uma louca e, dez minutos depois, botou tudo pra fora.

— Cara...

— Eu sei. Entrei e dei de cara com ela jogando o café da manhã na privada. Eu a enfrentei. Ela me dispensou. Eu insisti. Ela ficou puta da vida. Foi horrível. Não sei o que fazer.

— Uau. Ela ficou puta da vida, é?
— Ficou, recusou minha intervenção e me pediu para ir embora.
— Merda.
— É.
— O que você vai fazer?
— Ela está puta. Vou deixar que esfrie a cabeça e depois vou tentar falar com ela de novo.
— Boa sorte.
— Obrigada, eu preciso.
Ficamos em silêncio por alguns momentos.
— Raio de Sol, você tem dinheiro suficiente, sabe, para tudo de que precisa na faculdade e comida e...
Eu o interrompo.
— Eu arrumei um emprego.
— Não foi isso que eu perguntei.
— Eu vou ficar bem. Não se preocupe comigo — eu insisto, apesar de não ter certeza de que é verdade. Não sei o que vai acontecer nos próximos meses. Minhas poucas economias podem não durar, mas vou pensar nisso quando chegar lá.
Ele bufa.
— É meu trabalho me preocupar com você. Você está precisando de dinheiro? Recebemos um adiantamento pelo álbum. Posso mandar o que você precisar.
Eu abro um sorriso.
— Caramba, o que eu fiz para merecer você? Obrigada, mas, não, não estou precisando de dinheiro.
— Você me diria se estivesse?
Eu dou de ombros.
— Provavelmente não. Posso resolver.
— Droga, Raio de Sol. Se você precisar de alguma coisa, me liga, tá? Posso ajudar agora. Eu sei que você e Grace passaram por coisas difíceis... Deus, eu queria ter sabido na época. Acho que sempre achei que sua mãe tinha dinheiro. Ainda me sinto mal por isso. Então, me deixe compensar agora. Me deixe ajudar.
— Sabe como você pode me ajudar?

A expressão sofrida dele some.

— Como?

— Você pode acordar amanhã, e na manhã seguinte, e na seguinte, e trabalhar pra cacete pra garantir que esse álbum e essa turnê sejam épicos. — Ele sorri. — Seu novo lema é: *faça épico*.

Ele ri.

— Não posso *fazer* épico. É um adjetivo. Eu posso *ser* épico.

— Olhe só para você, seu espertinho. Você, meu amigo, pode *ser* e *fazer*.

Ele sorri e olha para baixo com uma bufada constrangida.

— Se você diz. É muita pressão.

— Estou falando sério: é melhor você me impressionar pra caralho.

— Você está mandona hoje. — Ele levanta uma sobrancelha. — Gostei. Te deixa gostosa.

Eu reviro os olhos.

— Não importa. É a falta de sono falando. Vá dormir, Deus do Rock.

— É, acho que eu devia fazer isso. — Ele boceja. — Boa sorte com seu primeiro dia de aula amanhã.

Eu levanto o punho no ar.

— Vou viver a porra da *Experiência da Grant College*!

— Esse é o espírito. — Ele ri, mas parece meio confuso, como se não tivesse entendido alguma coisa.

Eu dou de ombros.

— Acho que você tinha que ter estado presente para entender.

— É o que parece. — Ele dá uma risadinha sonolenta.

— Faça épico.

— Faça épico — ele repete.

— Te amo, Gus.

— Também te amo, Raio de Sol.

— Boa noite.

— Boa noite.

Segunda-feira, 29 de agosto

(Kate)

O primeiro dia de aula foi maravilhoso. Sei que debochei da *Experiência da Grant College*, mas fiquei arrepiada o dia todo. *Eu estava vivendo a experiência.* Andei pelo campus com um sorriso imbecil na cara. Por tanto tempo sonhei em fazer faculdade, uma faculdade de verdade. Nunca achei que pudesse acontecer, mas aqui estou. Literalmente tirei isso da minha lista de coisas a fazer antes de morrer. Minha lista não tem ordem, mas "fazer faculdade" era o número cinco. Acho que agora é uma boa hora para lembrar a Deus que sou feliz com o jeito como as coisas estão. "Boa segunda, Deus. Eu só queria agradecer, sabe, pela Grant. É um presente. Paz e tchau."

Shelly está totalmente dedicada a um arranjo de flores quando chego ao Three Petunias às 14h30, mas para e fala comigo:
— Cadê seu iPod? Eu trouxe meu dock station hoje. Vamos ver se você tem alguma coisa boa.
— É um desafio?
— Encare como quiser.

É um desafio, sim. E, de repente, sinto necessidade de defender a honra da minha música. Pego o iPod na bolsa, ligo no dock station e seleciono o modo aleatório.

A primeira música que toca é de Mozart. Shelly aperta o botão para avançar para a música seguinte e olha para mim quase pedindo desculpas.
— Eu toco isso quase o dia todo. Adoro, mas preciso ouvir outra coisa quando estou trabalhando.
— Tudo bem.

A música seguinte explode pela caixa de som. Começo a dançar atrás do balcão, e Shelly me observa, confusa.

— Vamos lá, Shelly. Sacuda o corpo que sua mãe deu a você.

Ela balança a cabeça. É inflexível.

Meus pés param, mas o restante do meu corpo não consegue.

— O quê? Não me diga que você não dança.

Ela balança a cabeça de novo e consigo ver que está ficando vermelha. Caramba, era uma coisa que nunca achei que fosse ver.

— Ah, temos que fazer alguma coisa quanto a isso. — Dou um sorriso brincalhão. — Você sabe que vou fazer você dançar até o fim do semestre, né? — Essa garota precisa fazer algo que nunca fez, uma coisa diferente da personalidade dela. De repente, isso se torna meu novo objetivo.

O rosado do rosto está sumindo, e ela balança a cabeça de novo para acrescentar convicção à declaração.

— Eu *não* danço, Kate.

— E eu acho que sua rainha interior da dança quer ser libertada. Ela está gritando, Shelly. Consigo ouvi-la, e ela está furiosa. Na próxima vez que Clayton fizer uma rave no quarto dele, vou convidar você.

— Uma rave?

— Tá, sem as multidões, as drogas e os acessórios que piscam, mas ainda assim é divertido.

— E quem é Clayton?

— Meu vizinho. Mora em frente ao meu quarto.

Ela assente enquanto continuo balançando os quadris com a batida. Está demonstrando um controle absurdo na categoria "essa garota está me divertindo pra caramba, mas não posso demonstrar".

— O que está dizendo é que você e seu amigo Clayton dançam as músicas do seu iPod no quarto dele no alojamento.

Eu a corrijo:

— As músicas do iPod *dele*, ele tem umas coisas boas lá. Mas, é, é basicamente isso que acontece.

Ela balança a cabeça, e um sorriso pequeno e genuíno surge. É o tipo de sorriso que se dá para alguém de quem se gosta, que faz você feliz. Tenho a sensação de que Shelly não os distribui com frequência. Sinto-me honrada.

— Kate, você é demais.

Sorrindo, danço até minha área e começo a trabalhar, diminuindo a dança para um balanço de cabeça. Meu corpo não consegue ficar parado quando estou ouvindo música boa. É como se corresse pelas minhas veias e eu não conseguisse me desligar fisicamente.

Em intervalos de poucas músicas, quando pensa que não estou olhando, Shelly se inclina e olha para a tela do meu iPod. Dou um sorriso discreto. Tenho bastante música europeia ali, e uma parte não é em inglês. Não falo nenhuma das línguas — francês, alemão e holandês —, então não faço ideia do que as letras querem dizer. Mas não importa. A música é fenomenal mesmo quando nem imagino o que está sendo cantado. Uma dessas músicas acaba de começar.

Ela olha intencionalmente para a tela e depois para mim.

— Que diabos é isso?

— Hip-hop francês. Gostou? — Sei que gostou, senão não estaria interessada.

— É legal. — Ela pega um pedaço de papel e um lápis e anota o nome do artista e da música. Reparo que ela anota mais seis ou sete músicas que havia gravado na memória. — Onde você encontra tudo isso?

— Meu melhor amigo e eu colecionamos músicas há muito tempo. É nosso hobby. — Eu não conseguiria viver sem isso.

Quando a música seguinte começa, eu pergunto:

— E então, Shelly, você tem namorado?

Ela faz que sim e dá um sorriso doce e vulnerável. Acho que acabei de encontrar uma abertura na armadura. Ela está apaixonada.

— Tenho.

— Tem? Então anote o nome dessa música. Se um disco já foi feito para namorar, é esse. — E é mesmo. A banda tem uma energia sombria dos anos 1980, e a voz da cantora é supersexy.

Ela anota.

— O namorado agradece.

Dou um sorriso e afirmo:

— É, agradece mesmo.

Conforme a tarde vai passando e trabalhamos, Shelly faz perguntas aleatórias. Acho que ela chegou à conclusão de que meu gosto musical não é ruim. Deve ser a parte dois do desafio musical.

— Cite suas três cantoras favoritas. — Ela aperta os olhos, que brilham. — E se você citar uma princesa pop, está despedida.

Dou uma risada por causa da ameaça. Eu poderia responder dormindo.

— Três? Número um: Romy Madley Croft, do XX. Número dois: Alison Moyet, do Yaz. E número três: Johnette Napolitano, do Concrete Blonde. A menção honrosa, porque andei ouvindo muito esta semana, vai para a garota do Royal Thunder. Ela sabe berrar.

— E o melhor guitarrista?

— Meu melhor amigo.

Ela parece em dúvida.

— Tantos grandes guitarristas por aí e você vai mesmo dizer seu melhor amigo?

Eu dou um sorriso.

— Claro.

— Tudo bem. Melhor baixista?

— Fácil. Nikki Monninger, do Silversun Pickups. O som dela é demais. Além do mais, ela usa vestidos lindos quando toca, então ela é foda e classuda ao mesmo tempo. Gosto disso.

— Melhor banda punk?

— Teenage Bottlerocket. Os shows ao vivo são tudo. É divertido de ver e o *mosh pit* é sempre louco.

— Banda mais depreciada?

— Dredg, sem a menor sombra de dúvida.

— Qual?

— Exatamente. É uma piada. Eles deveriam ser conhecidos por todo mundo.

— Se você pudesse conhecer qualquer banda ou músico, quem seria?

— Acho que seria legal pra cacete conhecer o Dave Grohl. Ele parece tão legal, tão humilde. Tipo um cara normal. Mas talentoso pra caramba.

— Shelly sorri ao ouvir isso, e eu sorrio para ela.

São 19h quando ela tira o dock station da tomada e me entrega meu iPod.

— Kate, acredito que encontrei a melhor fornecedora do mundo. — Ela tem uma lista na mão. — Tenho que conseguir algumas dessas músicas.

Eu aprecio o elogio.

— Que bom que você gostou. — Faço uma reverência. — Meu trabalho aqui está feito.

Ela revira os olhos.

— Quer comer uma pizza hoje? O Namorado, o colega de quarto dele e eu vamos até a Red Lion Road para tomar uma cerveja com pizza mais tarde. Podemos pegar você. — E assim, do nada, Shelly não me intimida mais. Ela não dá bola para ninguém, mas por algum motivo gostou de mim. E a verdade é que também gostei dela.

— Cara, desculpe, não posso. Tenho trabalho de faculdade e prometi a Clayton que comeria com ele hoje.

Ela dá um sorrisinho.

— Encontro com o cara da rave?

— Não. Só uma noite com um bom jantar platônico no refeitório.

Ela puxa o avental por cima da cabeça.

— Sua sem graça.

— Desculpa mesmo, cara, obrigada pelo convite. Outro dia, tá?

A verdade é que não tenho dinheiro nenhum. Tenho cinco dólares que precisam durar até sexta, quando recebo o pagamento. Isso provavelmente não pagaria nem uma fatia de pizza, e não tenho idade para comprar cerveja. Mas não posso dizer isso para ela. Não quero virar um caso de caridade. E o refeitório é de graça. Além do mais, já consigo sentir o gosto do copo de café de U$ 1,57 que vou comprar Grounds, no caminho da aula de literatura amanhã. Como não são permitidas cafeteiras no alojamento (nem o Santo Graal) e o café do refeitório tem gosto de lama, estou determinada a tomar aquele copo. Preciso dos cinco dólares.

Terça-feira, 30 de agosto

(Keller)

O sino toca, e é instintivo olhar. Não é bem uma reação treinada, é mais curiosidade involuntária. Como Romero tinha um compromisso de manhã, estou trabalhando sozinho no café até ele voltar.

A primeira coisa que reparo nela é o quanto é pequena. Em seguida, reparo nas roupas, no visual todo; ela não é daqui. A terceira é a cara feia para o sino pendurado na porta. Tenho a sensação de que ela tem uma história com esse sino. Ela é a coisa mais linda que já vi. O tipo de linda que faz você sorrir mesmo quando você não quer. Quando se aproxima do balcão, a cara feia some e é substituída pelo sorriso mais genuíno e sincero do mundo. Sorrisos não são sempre felizes, mas o dela é. É aberto, satisfeito e confiante. Ela parece simpática no sentido mais literal da palavra, como se você pudesse jurar que a conhece há anos e que ela sabe todos os seus segredos. E que ainda gosta de você apesar disso.

Depois do que me dou conta que é uma pausa exagerada minha, dou um sorriso e ofereço o cumprimento padrão do café.

— Bem-vinda ao Grounds. O que posso servir pra você? — Percebo que pareço bem mais animado do que o habitual e limpo a garganta.

O sorriso dela se aprofunda, como se soubesse que isso é atípico para mim, e, quando chega aos olhos dela, eles também sorriem. São do tom mais claro de jade e contam uma história única. É aí que tenho a confirmação do quanto essa mulher é bonita. Uma confirmação como uma pancada de um trem de carga; dos olhos ao sorriso, ao cabelo louro de sol ondulado, ao corpo pequeno e excepcionalmente proporcional. Tudo nela é bonito.

Os olhos e a boca mágicos ainda estão sorrindo para mim.

— Bom dia.

A voz dela é tão sexy. Não consigo explicar o som, mas chega no fundo de mim e se enraíza. É o tipo de voz que não exatamente se ouve, mas se sente. E, assim que a sinto, quero sentir de novo... e de novo. Percebo que estou tentando corresponder ao sorriso dela. O canto direito da minha boca se eleva.

— Bom dia para você. — Posso estar perdendo a cabeça, mas não quero que esse momento com ela termine rápido. Então, eu tento flertar. Coisa que não faço há muito tempo. — Vou tentar adivinhar: cappuccino de caramelo com leite de soja e sem creme?

A testa se franze um pouco e a cabeça se inclina delicadamente para o lado, mas o sorriso não diminui.

— Então você é bom nisso? Em adivinhar o pedido das pessoas?

Não consigo evitar esse sentimento. Quero ficar mais perto dessa mulher que está a um metro e meio de mim, do outro lado do balcão. Então, eu me inclino para a frente, entrelaço os dedos e apoio os cotovelos no balcão. Missão cumprida: estou trinta centímetros mais próximo. Ela tem uma leve cobertura de sardas no nariz. Também são lindas.

— Normalmente. — É mentira. Nunca fiz isso.

Ela coça a cabeça como se estivesse pensando no que falei. Quando afasta a mão do cabelo, está mais desgrenhado do que antes. Não é ruim. *Nem um pouco*. Ela me desafia.

— Então sou o tipo de garota que gosta desse troço aí de caramelo? Droga, não sei como responder.

Mantenho os cotovelos e mãos apoiados no balcão. Eu teria medo de tê-la ofendido se o sorriso não estivesse mais no lugar, mas ela parece tão espirituosa.

— É meu melhor palpite.

— Uau — responde ela. — Para falar a verdade, me senti um pouco ofendida pela sua avaliação arrogante, mas vou deixar passar. Sempre achei que minha paixão pelo café estava na cara, como uma medalha de honra no peito. Um copo grande do café da casa... preto, por favor.

Preto? Ela não pode estar falando sério, ninguém nunca pede isso. As pessoas sempre querem dizer *preto até você botar todas as outras coisas dentro*. Aperto os olhos.

— Xarope de que sabor?
Ela levanta as sobrancelhas.
— Não.
Eu insisto.
— Creme? Leite? De soja?
Ela balança a cabeça.
— Não, obrigada.
— Açúcar?
— Que nada, já sou doce o suficiente.

Vindo da boca de qualquer pessoa, isso soaria brega e exagerado e barato, mas ela fala com tanta segurança que acho que nem está tentando ser sugestiva. *Droga*, ela me deixou perdidinho aqui. Dou uma gargalhada e balanço a cabeça.

— Aposto que é. — Sirvo o café e ofereço o copo quente. Quase dou um pulo quando ela pega e desliza os dedos sobre os meus. Não foi intencional, mas tenho que sufocar uma reação vocal. Limpo a garganta de novo e tento parecer normal. — Acho que interpretei você mal. Bem-vinda ao clube.

Quando me entrega as duas notas de um dólar, ela pisca.

— Isso acontece muito comigo.

Ela piscou para mim. Fico agradecido por estar atrás do balcão, porque estou perto demais de me constranger em um nível de adolescente. Coloco o troco na palma da mão dela porque não posso arriscar outro contato físico.

Ela coloca as moedas no pote de gorjetas e levanta o café.

— Obrigada. Tenha uma terça estupenda.

Quem diz estupenda? Ela. Pode ser minha nova palavra favorita.

— Estupenda — repito. Não consigo parar de sorrir para ela. Parece que ela ligou um interruptor dentro de mim. — Para você também. — Faço uma saudação preguiçosa. É um hábito que peguei ao trabalhar por tanto tempo com Romero.

Olho para o relógio. São só 6h55 e o dia já foi *estupendo*.

Que diabos acabou de acontecer? Parece que passei anos adormecido e acabei de acordar.

Quarta-feira, 31 de agosto

(Kate)

Passei as duas últimas horas no quarto de Clayton e de Pete. Conversamos na primeira hora, quando Clayton sugeriu:

— Vamos jogar *ferir de morte, transar ou firmar união civil*.

Olho para Pete para ver se ele entendeu, mas ele está tão confuso quanto eu. Mas, de repente, entendo.

— Cara, eu *não* vou jogar *matar, trepar ou casar*.

Clayton parece atônito por eu ter dito "não" para ele.

— Soa tão ofensivo quando você fala assim. Por que não vai jogar?

Eu reviro os olhos.

— Não brinco disso desde os quinze anos.

Peter ainda está confuso.

— O que é *matar, tre...* — Ele nem consegue dizer a palavra. Não há dúvida de que nunca brincou disso.

Agora estou sorrindo, porque a inocência de Pete é adorável.

— Clayton. — Desvio o olhar para os olhos ansiosos dele. — John, nosso supervisor do alojamento, Hector, o cara que trabalha no refeitório, e Sugar, minha colega de quarto.

O sorriso dele some.

— Pelo amor de Deus, Katherine, essas opções são horrendas.

Dou um sorriso e provoco.

— Foi você quem quis brincar. E Hector não é horrendo. É superlegal.

— Como você sabe que ele é legal?

— Falo com ele todas as noites quando levo os pratos sujos para a cozinha do refeitório.

— O que vocês fazem não é falar. É uma mistura triste de espanglês e mímica.

— Ele está me ensinando espanhol. Eu estou ensinando inglês para ele — digo em minha defesa.

Ele dá um sorrisinho debochado.

— O que ele ensinou para você?

Dou uma gargalhada, porque sei que ele me pegou. O inglês de Hector é extremamente limitado, e o que fazemos é mais mímica do que uma conversa verbal, mas nós nos esforçamos. Estufo o peito.

— Eu sei "*Mi nombre es Kate*" e "*Como estas*" e "*gato*". E "*A mi no me gustan las zanahorias*", o que quer dizer que cenoura tem gosto de merda.

Pete parece duvidar.

— Ele ensinou você a dizer "Cenoura tem gosto de... bosta"?

Balanço a mão, descartando o que ele disse.

— Deve ser "não gosto de cenoura", mas prefiro "cenoura tem gosto de merda". Porque tem mesmo. — Olho para Clayton, que está se mexendo com desconforto. — Voltemos ao jogo, Clay: John, *mi amigo* Hector e Sugar. Manda ver.

Pete ainda não entendeu.

Clayton suspira.

— Ferir de morte tem que ser Sugar, porque não dá pra fazer nenhuma das duas outras coisas com ela. — Ele faz uma pausa. — Os outros dois estão me deixando enjoado.

— Decide, cara.

Ele cobre os olhos, e vejo Pete entender a brincadeira. Suas bochechas estão no tom exato de quem está morrendo de vergonha. Clayton diz:

— Eu transo com John porque ele é cruel demais para eu ter que passar o resto da vida com ele, e a união civil é com Hector, apesar de eu não falar uma palavra de espanhol e da rede de cabelo, da calça jeans larga e desbotada e dos tênis brancos e grandalhões dele serem atrozes. — Ele não consegue falar as palavras rápido o bastante e cruza os braços sobre o peito em um gesto de mau humor. — Não quero mais brincar.

Eu bato palmas e gargalho diante da expressão de nojo no rosto dele.

— Essa foi clássica, Clayton. — Pete não parece nem um pouco à vontade, como se tivesse medo de ser o próximo, então mudo a direção. — Tudo bem, outro jogo.

Invento um jogo novo em que uma pessoa faz uma pergunta e temos que contornar um círculo imaginário e responder. Descobri que Pete nasceu no Texas, mas passou a infância em Omaha, Nebraska. A comida favorita dele é bife malpassado com alho e cogumelos, o brinquedo favorito de infância era um microscópio (isso é brinquedo?) e ele prefere que cortem o dedinho do pé dele com uma tesoura de podar árvores a atravessar o campus pelado. E o livro favorito de Clayton é *O senhor dos anéis*, e ele detesta cachorros, principalmente os pequenos. Ele participava de competições de patinação artística quando criança (eu pagaria para ver isso) e não teria problema em andar pelado pelo campus para não perder um dedo do pé, desde que pudesse usar meias vermelhas sete oitavos e os coturnos pretos até os joelhos (tenho que admitir que é algo que eu gostaria de ver).

Depois que Pete foi dormir, uma hora atrás, Clayton e eu fizemos o trabalho da faculdade, mas agora meus olhos não querem mais ficar abertos.

Fecho o livro de história europeia e sussurro:

— Clayton, você sabe fazer uma garota se divertir, mas acho que é melhor eu ir. Estou acabada.

— Tudo bem, querida. É melhor que eu durma meu sono da beleza também.

Jogo a bolsa no ombro.

— Boa noite, Clayton.

— Boa noite, Katherine. — Ele joga um beijo de onde está, sentado com as pernas cruzadas no chão.

Eu jogo um beijo e atravesso o corredor. Reparo na fita vermelha amarrada na maçaneta, mas infelizmente isso não desperta um alerta na minha cabeça sonolenta até ser tarde demais. Tudo acontece tão rápido que só vejo um emaranhado de pernas e nádegas nuas. Então, os gemidos são interrompidos por xingamentos agressivos.

— Que porra é essa? — grita Sugar. Ela está tentando gritar comigo, mas está sem fôlego, obviamente no meio de uma sessão aeróbica intensa. — Sai daqui, sua vaca!

A cena *e a fita vermelha* finalmente fazem sentido.

— Ah, merda. Desculpa, cara.

Fecho a porta rapidamente. Meu coração está disparado. Estou bem desperta agora. Sigo pelo corredor e uso o banheiro, onde jogo água na cara e avalio minhas opções. Devo esperar do lado de fora ou devo dormir em outro lugar? Volto para o quarto de Clayton e bato de leve. A adrenalina passou e estou com sono de novo. Ele abre a porta, já de pijama. É de seda vinho.

— Esqueceu alguma coisa, Katherine?

— Não. Cara, primeiro de tudo, quando foi que você virou o Hugh Hefner? Esse pijama é fantástico.

Ele sorri e faz uma reverência.

— Obrigado.

Faço sinal com um polegar na direção da minha porta.

— Então, é que Sugar está transando com um cara e atrapalhei. Você se importa se eu ficar com vocês hoje?

Ele abre a porta.

— Claro que não, Katherine. — Ele olha para a porta do meu quarto. — Você não viu a fita vermelha amarrada na porta?

Balanço a cabeça e sussurro porque não quero acordar Pete.

— Eu sei, eu sei. Acho que foi o cansaço. Eu não estava pensando. Além do mais, nunca discutimos o sinal *não me interrompa, estou fazendo sexo animal*.

Clayton sobe na cama e puxa a coberta.

— Venha, Catherine. Somos pequenos e tem bastante espaço.

— Ah, não, Clayton. Vou dormir aqui no chão.

Ele faz sinal para mim.

— Besteira, venha. — Ele pisca. — Você é linda, mas não faz meu tipo.

Dou um sorriso e me deito na cama.

— Obrigada, Clayton. Você é demais. Boa noite.

Ele me dá um beijo na bochecha.

— Boa noite, Katherine.

Sempre dividi a cama com alguém, quase a vida toda, e só percebi agora que estava com saudade. Isso é bom.

Quinta-feira, 1º de setembro

(Kate)

Qual é o segredo do café? É a bebida perfeita. Me aquece o corpo e a alma. E me deixa insanamente feliz. Nem o sino barulhento me aborrece nessa manhã. Decidi fazer as pazes com ele, pois sei que não pode ser evitado nem há possibilidade de diálogo. Tentei um empurrão médio na porta só para ter certeza. Ainda soou alto pra caramba.

É cedo e Romero me cumprimenta como sempre.

— Bom dia, Kate — diz ele enquanto entro no final da fila curta.

Enquanto estou esperando, o cara que estava trabalhando na terça sai da sala dos fundos. E continua *impressionante* de se olhar. Ele ainda não me viu, mas observo-o enquanto passa o avental pela cabeça e amarra-o desajeitado, nas costas.

Ele parece mais velho do que eu, mas acho que também é aluno, considerando que trabalha aqui. É de altura mediana, magro e esguio, mas parece forte à beça, dá para ver os contornos dos músculos no tríceps e nos ombros, além de despretensiosamente confiante. É uma confiança que suponho ter raízes profundas, mas que o deixa na mão com regularidade. Eu também apostaria que ninguém repara quando oscila, porque ele é muito bom em encobrir essa vulnerabilidade com uma personalidade simpática. E não é simpática de forma exagerada, na cara. É sutil. O tipo de simpatia que atrai você e, antes que você perceba, já comprou a passagem, entrou no ônibus e percorreu quilômetros de uma viagem agradável antes de questionar aonde estava indo mesmo.

Por sorte, essa viagem vem com uma vista espetacular. O cabelo dele é desgrenhado, como se ele tivesse acabado de sair da cama, e castanho tão escuro que é quase preto, assim como a barba por fazer. E, ah, meu Deus, o rosto. É um rosto de bebê que você sabe que o safaria até de um assassinato. Não que seja inocente, é só um rosto que tenho certeza que torna impossível que alguém diga não para ele. Deixando tudo isso de lado, o mais impressionante são os olhos. São azul-claros, quase como água-marinha, o fato de serem emoldurados por cílios grossos, longos e pretos que os fazem parecer tão intensos e profundos que você sente que seria capaz de cair dentro deles. De um modo geral, ele é ridiculamente lindo.

Ele cumprimenta Romero com um "bom dia, Rome" grave e simpático e se vira para atender a pessoa seguinte da fila, que, por mera culpa do acaso, sou eu.

Silenciosamente, solto um "obrigada, Deus, o homem de pé na minha frente é um exemplar estonteante. Excelente trabalho". E encaro aqueles olhos tão azuis.

Um lado da boca dele sobe em um sorriso torto.

— Ah, a expatriada retorna. — De perto, os olhos são ainda mais brilhantes do que me lembro e cintilam. Ele poderia ser um problema e tanto para mim. Que bom que só estou olhando.

Sorrio em resposta porque não consigo evitar.

— Expatriada?

— É, você não é daqui, sem dúvida nenhuma.

Romero olha para nós enquanto prepara espuma de leite na máquina de expresso.

— Kate é da Califórnia. — O nome sai como se fossem cinco sílabas separadas de novo: CA LI FÓR NI A.

— Ah, da Califórnia. Eu estava certo, você não é daqui. — O Deus do Café olha de mim para Romero e para mim de novo antes de voltar a olhar para ele. — Kate? Vocês já estão íntimos assim? Me dá uma ajuda aqui, Rome, que tal me apresentar, cara?

Romero ri, e seus ombros balançam.

— Keller Banks, essa é Kate Sedgwick. Kate Sedgwick, esse é Keller Banks. — Ele olha para Keller. — E ela gosta de café *preto*.

Keller sorri.

— Eu me lembro disso, Rome. Ela é do clube. — Ele volta a atenção para mim e estica a mão. — É um prazer conhecer você oficialmente, Katie.

Eu aperto a mão dele. É quente e as pontas dos dedos são calejadas onde tocam as costas da minha mão. O aperto é forte, mas estranhamente gentil, convidativo, até. Não quero soltar, mas solto.

— É um prazer conhecer você também, Keller. E é só Kate.

Ele dá seu sorriso torto e assente.

— Grande, marca da casa, preto?

— É. Hoje não é dia de quebrar tradições... — Minha mente divaga para o mocha macchiato indutor de êxtase de Clayton. — ... nem de testar teorias. — Já estou com calor só de ficar ali, olhando para Keller Banks.

As sobrancelhas dele se erguem em uma pergunta enquanto ele coloca a tampa no meu copo de café e o entrega para mim.

— Testar teorias?

Balanço a cabeça e entrego o dinheiro.

— Não é nada. — Mordo o lábio inferior para tentar segurar o sorriso que quer tanto surgir.

O sorriso torto volta ao rosto dele, como se pudesse ler meus pensamentos.

— Me avise se eu puder ajudar com os testes de alguma teoria. — Ele coloca os cotovelos no balcão e se inclina, olhando nos meus olhos, e baixa a voz. — Posso ser *extremamente* prestativo. — Ele empurra meu troco pelo balcão.

Meus batimentos aumentam até virarem uma batucada louca no peito. Espero não demonstrar quando coloco as moedas no pote das gorjetas. Deus, parece que ele sabe que há uma espécie de referência sexual escondida, mas talvez flerte assim com todas as garotas. Eu levanto meu copo para ele e dou um sorriso.

— Aposto que pode, Keller Banks. *Aposto que pode*. Tenha um dia incrível.

Ele não tira os olhos de mim. Nem pisca.

— Incrível mesmo. Você também, Katie.

Minhas entranhas ainda estão vibrando quando saio. Puta merda, é ruim entrar inocentemente numa loja para comprar um copo de café e sair imaginando o cara atrás do balcão pelado? E como é na cama? Eu respiro fundo. Até deixei que me chamasse de Katie.

Caramba.

Sexta-feira, 2 de setembro

(Kate)

Gus e eu passamos vários dias à base de mensagens de texto diárias e telefonemas de dois minutos em suas pausas para fumar. A agenda dele está brutal. Os integrantes da banda vão para o apartamento por poucas horas à noite para dormir um pouco e depois voltam. Por isso, fico chocada ao receber uma mensagem de texto quando estou no refeitório, jantando com Clayton e Pete. Está escrito: *Quer falar no Skype?*

Respondo *CLARO Q QUERO! Me dá 15 min.*

Peço licença e volto correndo para o alojamento e ligo o laptop.

Sinto aquela onda familiar de felicidade quando vejo o rosto dele na tela. Ele parece exausto, mas satisfeito.

— *Hola señorita bonita.*

— *Como estas*, cara?

— Estou bem, Raio de Sol, estou bem. E você?

— Estou ótima. O que anda acontecendo no mundo do rock'n'roll? Você vai me contar quais outras músicas vão estar no disco? Quanto tempo tenho que esperar? Minha paciência chegou ao limite.

Gus está na varanda e já está com um cigarro aceso na mão. Não é surpresa parecer tão calmo. Sorri.

— Está pronta?

Estou quicando na cadeira.

— Sim, estou! Você está me matando. Cara, estou esperando tipo, minha vida toda, a eternidade, para saber. Então, manda ver. — E, como ainda não falei, aponto para o cigarro na tela do meu laptop. — Ah, e você devia parar.

— Estou tão empolgada com tudo que não pareço tão convincente.

Ele só sorri. E lista as músicas.

Vou marcando as músicas mentalmente conforme ele cita. Estou tão animada.

— Cara, tenho que dizer uma coisa.

Ele parece preocupado.

— O quê?

— Esse *vai* ser o melhor disco de todos os tempos. Espero que você esteja preparado para ficar rico e famoso, se mudar para sua ilha particular quando não estiver em turnê, se casar com uma supermodelo nova a cada dois anos, ter um leão de estimação e viver de uísque e heroína.

Ele ri.

— Raio de Sol, você faz tudo parecer tão glamouroso. Jura que vai ser assim? — Adoro quando ele é sarcástico.

— Definitivamente, mas se você quiser um macaco em vez de um leão e vodca em vez de uísque, fique à vontade. Você é o mestre do universo rock'n'roll.

Ele ri ainda mais.

— Cara, sabia que eu não tinha entrado nessa pela música, não com esse mundo de devassidão me esperando.

— Acho que devassidão e cotidiano são sinônimos no mundo dos Deuses do Rock.

— Ah, você me conhece, Raio de Sol, mesmo se, por algum golpe de sorte, a gente conseguir certo grau de sucesso, eu provavelmente vou continuar morando com a minha mãe, surfando todo o tempo que puder e vivendo de tacos vegetarianos e cigarros.

Dou um sorriso, porque ele está certo. Mesmo se fosse multibilionário, seria assim que viveria. Ele é pé no chão. O dinheiro não quer dizer nada para ele. Acho que é por isso que nos damos tão bem. As pessoas são nossa prioridade. Adoro isso nele.

— Falando sério, cara, estou orgulhosa *pra caralho* de você. Quando vou poder ouvir?

— Espero botar as mãos em alguma coisa na semana que vem para mandar pra você, mas você tem que prometer não me enrolar. Preciso de críticas sinceras.

Levanto a mão direita.

— Eu juro solenemente não enrolar você.

Ele sorri.

— Essa é a minha garota. — Em seguida, uma pausa. — Cara, eu estava ouvindo *Missing You* hoje e fiquei pensando, sabe, se você já pensou em voltar a tocar violino.

Eu balanço a cabeça.

— Não. Sinceramente, não sinto falta. É meio triste, né? Talvez um dia eu toque. Quem sabe? Mas agora não consigo. — Me faz lembrar demais de Grace. Dói demais.

— Tudo bem. — Ele soa triste. — É que o mundo fica um lugar mais bonito quando você toca. É só o que estou dizendo. — Ele faz uma pausa, mas, como não falo nada, continua. — E o que está acontecendo no seu mundo? Como estão as aulas, o trabalho, a stripper, o submisso?

Fico aliviada com a mudança de assunto e dou uma risada.

— As aulas estão ótimas, ainda não consigo acreditar que estou aqui! E o trabalho está demais. Você adoraria a garota com quem trabalho, a Shelly. Ela é meio raivosa por fora e doce por dentro.

— Isso aí. Parece meu tipo de garota.

— A stripper está, bom... como posso dizer de forma educada?

— Educada? Puta merda, isso nunca impediu você antes. Conta logo.

— A stripper tem uma vida sexual bem ativa no nosso quarto. Testemunhei pessoalmente.

— Pessoalmente? Minnesota está transformando você em uma pervertida sexual. Você ficou olhando? Só falta me contar que está fazendo filmes pornôs com o submisso que mora em frente.

— Cara, entrei e dei de cara com ela. Fiquei morrendo de vergonha. Ela fala palavrões como um estivador, mesmo no meio do sexo.

Ele inclina a cadeira para trás de tanto rir.

— Não acredito! Isso é muito engraçado.

— É, mas não é tão engraçado quando sou eu a babaca que dá de cara com ela. E outra coisa, me corrija se eu estiver errada, mas quando você vai para a casa de uma garota malhar deitado, você não dorme lá a noite toda, né?

Ele ainda está rindo.

— Cara, é o básico das ficadas de uma noite. Você sai de lá assim que termina o serviço. — Ele para de rir. — Espere um pouco. Onde você passou a noite enquanto ela estava brincando de festa do pijama?

— Ah, Clayton me deixou dormir com ele.

O rosto dele fica sério de repente.

— Clayton é o vizinho gay ou o pervertido de roupa de couro?

— Clayton é definitivamente cem por cento homossexual.

Ele assume um tom paternal.

— Raio de Sol, você não pode dormir em um quarto com dois homens que acabou de conhecer.

— Gus, eles são completamente inofensivos. Gatinhos são mais assustadores do que aqueles dois.

Ele passa os dedos pelo cabelo e prende em um rabo de cavalo. Está ficando frustrado comigo. Ele sempre brinca com o cabelo quando está frustrado.

— Raio de Sol, me escute, você não faz ideia do quanto é linda nem do efeito que tem nos homens. Eles querem tirar sua calcinha assim que botam os olhos em você. E se apaixonam depois de passarem cinco minutos com você. — Ele bufa. Sei que outro cigarro vai ser aceso a qualquer segundo. — Só estou dizendo que você precisa tomar cuidado, tá?

Reviro os olhos.

— Exagerado. Gus, você está falando com Kate Sedgwick, lembra? Eu não namoro. E sei conter avanços indesejados.

Ele balança a cabeça.

— Não dá para conter um estupro, Raio de Sol. Você pesa 45 quilos. Só prometa que vai ficar em segurança e tomar cuidado. Se algum filho da puta abusasse de você... *porra*. Eu teria que ir até Minnesota e cometer um assassinato, e tenho certeza de que a prisão não está nos planos do RSC.

— Gus...

Ele me interrompe.

— Você vai receber muita atenção aí. Os caras vão se jogar em você. Seja seletiva... porque você merece muito mais do que um cara qualquer comendo você nos fundos de uma van ou seu melhor amigo no quarto de hóspedes da casa da mãe dele.

Isso resume meu passado sexual. Foram poucos caras e eu *fui* seletiva. Não sou piranha. Uma vez e pronto, sem compromisso, sem desculpas. Gostei de todas as vezes. Mas Gus foi diferente. Ele não foi planejado, mas está longe de ser um cara qualquer. E agora estamos falando dele.

— Gus. — Queria que ele não fizesse isso. Ele está se menosprezando.

— Não, Raio de Sol, escute, você é *muito* especial. Merece alguém que a leve a encontros de verdade. Alguém que compre flores e essas merdas. Porque se existe alguém no mundo capaz de quantidades insanas de amor e que merece ser amada assim é você.

Eu balanço a cabeça.

— Não gosto de corações e flores, Gus.

— Quando você encontrar o cara certo, vai gostar. Só não encontrou ainda. — A voz dele soa triste.

A vida nunca me deu tempo nem oportunidade para sair em encontros. Os amigos e a família sempre foram minhas prioridades e sempre os amei com todo meu coração. Homens e sexo foram só uma atração física, um ato físico. Com Gus, foi mais, foi amor, mas não foi *amor*. O *amor* é um conceito elusivo, irreal e estranho. Sei que algumas pessoas sentem e não é que eu tenha o coração endurecido. Sou otimista, mas acima de tudo sou realista. Minha vida não vai seguir um conto de fadas, e tudo bem. Minha vida é a realidade. E, na minha realidade, as pessoas não se apaixonam, se casam e vivem felizes para sempre, porque a vida é complicada. E confusa. Fico feliz de saber que contos de fadas existem para pessoas como Shelly. (Shelly provavelmente me daria uma porrada se soubesse que coloquei o nome dela e "conto de fadas" na mesma frase.)

Desta vez, levanto o dedo para interromper o momento.

— Espere um segundo.

Eu me levanto, atravesso o corredor e bato na porta de Clayton e Pete porque agora preciso fazer Gus se sentir melhor.

Pete atende.

— Oi, Kate.

— Oi, Pete. Você e Clay podem vir até meu quarto? Vai ser só um segundo.

Pete olha para Clayton, que está escondido atrás da porta. A voz de Clayton soa:

— Claro, querida.

Eles me seguem pelo corredor. A cabeça de Gus está apoiada no encosto da cadeira e os olhos estão fechados. Ele está na metade de um cigarro. Está se concentrando tanto na calma que se espalha por ele que não me ouve entrar de novo no quarto.

— Acorde, bela adormecida.

Ele sorri antes de abrir os olhos.

— Quero apresentar você a dois amigos meus. — Eu chego para o lado para que Gus possa ver Clayton e Peter.

Gus sorri ao observá-los. Obviamente, não está mais preocupado com a minha segurança. Eles são os dois caras menos ameaçadores que qualquer um pode conhecer, e tenho certeza de que isso é percebido claramente mesmo pela tela do computador.

— E aí, caras?

Clayton acena e fica vermelho.

— Oi.

Ah, merda, posso estar testemunhando um caso de amor à primeira vista. Gus não está usando camiseta e é mesmo lindo. Clayton está praticamente hiperventilando. Sinto que devia dar um saco de papel a ele ou administrar uma massagem cardíaca. No nosso alojamento tem desfibrilador?

Peter levanta a mão esquerda, mas parece confuso e apavorado ao mesmo tempo.

— Oi.

Eu me intrometo e aponto para a tela.

— Esse é meu melhor amigo, Gus Hawthorne. Gus, esses são meus amigos de Minnesota, Clayton e Peter.

Clayton e Peter parecem em pânico. Acho que Gus é meio intimidador. Ele é alto e largo e musculoso. Tem uma presença intimidante... mesmo pela tela do computador. E quando caras são lindos como Gus, as pessoas parecem querer desafiá-los, flertar com eles ou se esconder com medo. Clay e Pete estão querendo se esconder, apesar de Clay ainda parecer abalado. Clayton e Peter ainda não sabem, mas Gus é como um urso de pelúcia gigante.

Clayton e Peter de repente começam a tropeçar nas palavras e falam um por cima do outro.

— É bom conhecer você.

— É um prazer conhecer você.

Os dois soam tão formais.

Gus sorri, e sei que está prestes a gargalhar, mas está se esforçando para ser educado.

— Também é legal conhecer vocês.

Eu bato palmas.

— Ótimo, legal, todo mundo conhece todo mundo. Somos uma grande família feliz. — Eu olho para Gus. — Feliz agora?

Ele está com um sorriso gigante.

— Você nem faz ideia.

Olho para Clayton e Pete.

— Obrigada por virem conhecer Gus. Vou até lá assim que terminar essa ligação.

Os dois concordam sem falar nada.

Gus está adorando.

— Tenham uma noite esplendorosa e cuidem da minha garota, tá?

Eles concordam ao mesmo tempo, com as bocas ligeiramente abertas, e saem um atrás do outro de volta para o quarto, parecendo bastante confusos. Pete está impressionado e Clayton deve estar com uma ereção enorme. Gus tem esse efeito nas pessoas.

Gus bate palmas e cai na gargalhada quando ouve a porta se fechar.

— Meu Deus, Raio de Sol, não que você não precise ficar atenta, mas está totalmente segura com esses dois. Tenho que dizer que Pete não gosta de incorporar personagens nem de sadomasoquismo, mas juro que não consegui deixar de imaginar o cara usando roupa de couro. Que merda engraçada.

Tento não rir, mas não consigo evitar. A gargalhada de Gus é contagiante.

— Eu falei.

— Mas, falando sério, eles parecem legais.

— É porque são. São bons sujeitos.

Ele sorri e assente. Ficamos em silêncio por vários segundos.

— Mas obrigada por se preocupar comigo — digo. — É bom saber que tem alguém no mundo que se importa. Obrigada.

— Disponha. É minha missão de vida me importar.

Eu dou um sorriso.

Ele dá um sorriso.

— Raio de Sol, vou deixar você em paz agora. Foi sensacional, animal.

— Sempre. E idem.

— Eu te amo, Raio de Sol.

— Também te amo, Gus.

— Boa noite

— Boa noite.

Eu fecho o laptop e atravesso o corredor. A porta está aberta, então entro sem bater.

— Me desculpem se foi esquisito, mas obrigada. Gus ficou meio surtado quando soube que dormi aqui, então quis que ele conhecesse vocês para largar do meu pé.

Clayton está deitado na cama, se abanando com uma revista. As bochechas dele ainda estão vermelhas.

— Katherine, porque você não me contou que seu namorado é o Adônis?

— Ele é bem lindo, né, Clayton?

— Lindo? É magnífico.

— Mas não é meu namorado. É meu melhor amigo.

Pete se intromete:

— Então por que ele disse "cuidem da minha garota"?

Eu balanço a cabeça.

— Não sei, Pete. Ele sempre me chama assim. É tipo uma forma carinhosa de tratamento.

Clayton levanta as sobrancelhas.

— Sem dúvida nenhuma. Olha, não sei o que está rolando entre vocês, mas você vai ser louca de pedra se deixar aquele ali escapar.

— Louca de pedra?

Ele assente.

— Louca. De. Pedra.

Domingo, 4 de setembro

(Kate)

Mando uma mensagem de texto para Maddie e torço para ela não estar com raiva de mim. Estou preocupada e digo isso claramente.
Ela não responde.
Acho que ainda está com raiva.
Vou dar mais um tempo e tentar de novo.

Segunda-feira, 5 de setembro

(Kate)

Clayton está esperando por mim em frente ao refeitório às 19h30, como combinamos. Acabei de sair do trabalho e estou atrasada como sempre. Ele passa o braço pelo meu cotovelo quando entramos.

— Katherine, eu disse recentemente o quanto te amo?

Olho para ele com desconfiança.

— Não... O que foi?

Ele baixa a voz a um sussurro.

— Descobri uma boate em Minneapolis com uma noite para menores de 21 anos.

Eu esfrego as mãos.

— Legal! Quando vamos?

Ele faz uma careta, mas tenta parecer esperançoso.

— Hoje?

Dou de ombros.

— Tudo bem, que horas a gente sai?

Ele para e me vira para ficar de frente para ele.

— Você está falando sério?

— Estou! Eu falei que iria com você, não falei?

Ele me puxa para o abraço mais apertado do mundo e me levanta do chão. Eu não achava que ele tinha força para isso. Acho que nenhum de nós passa de 45 quilos.

— Ah, Katherine, eu amo você de verdade. Você é demais.

— Ah, Clay. Ei, você se importa se minha amiga Shelly for?

Ele bate palmas.

— Quanto mais, melhor.

Ligo para Shelly enquanto Clayton e eu estamos comendo.

— Oi, *cara*. — Ela fala com sarcasmo, mas acho que, secretamente, ela ama usar essa palavra. Ainda vou convertê-la.

— Você vai fazer alguma coisa hoje?

— Não, por quê?

— Que bom. Meu amigo Clayton e eu vamos sair para dançar e você vai com a gente.

— Você quer que *eu* saia para dançar?

— Quero.

— Não estou com humor para uma rave de mentira no quarto de Clayton.

— Não, a gente vai numa boate de verdade.

— Onde?

— Um lugar chamado Spectacle. É em Minneapolis.

— Kate, é uma boate gay.

— É, eu sei. — O silêncio é tão longo que penso que ela dormiu ou colocou o telefone na mesa e foi embora. — Shelly?

— É uma boate *gay* — ela repete.

— E? — *E daí?*

— Nós somos héteros, Kate.

— Estou ciente.

Silêncio.

— Não barram quem tem vagina na porta, Shelly. Vai ser divertido. Vamos. *Por favor.*

— Não sei. — Consigo perceber que ela está prestes a ceder.

— Shelly, sua rainha interior da dança está planejando uma revolução para sair do armário se você disser não. Não quero que você passe por esse tipo de drama. Vamos pegar você às 21h30.

— Ah, inferno. — Consigo ouvir o revirar de olhos dela pelo telefone, mas então, com uma bufada, ela cede. — Tudo bem.

No alojamento, passo mais de uma hora deitada na cama de Clay vendo-o experimentar roupas. Ele está mais ansioso do que nunca.

— Coloque a calça cinza de novo. — Preciso ajudá-lo ou não vamos sair daqui nunca. Ele é pior do que Gus.

Com a calça cinza, ele dá uma voltinha.

— Use essa. Sua bunda fica linda.

Ele sorri e concorda.

— Tenho mesmo um traseiro legal.

— Tem mesmo — digo. Eu me levanto da cama e sigo para o quarto. — Falando em calça linda, também tenho que trocar de roupa.

— O que você vai usar? — pergunta ele enquanto veste uma camisa.

— Ah, não sei. Acho que minha calça jeans preta.

Ele sufoca um gritinho.

— Calça jeans? Você vai de calça jeans? Não tem um vestido nem nada assim?

Eu dou uma gargalhada.

— Querido, antes de mais nada, vou com você a uma *boate de homens gays*. Meu equipamento não é o certo para chamar a atenção lá. Além disso, todo mundo vai estar olhando pra sua bunda gostosa com essa calça. E não tenho como competir com drag queens. Elas são lindas. Portanto, meu papel nessa noite é ir com Shelly para sermos as amigas hétero, as únicas mulheres que não vão ter pênis. Vou dançar loucamente e ter a melhor noite que Minneapolis tem a oferecer.

— Você pode ao menos usar saltos? Ah, e alguma coisa brilhante em cima? Você tem alguma coisa de lantejoulas? Se não tiver, pode pegar alguma coisa emprestada.

Adoro o entusiasmo dele.

— Pode deixar. — Dou um sorriso quando saio andando para o meu quarto.

Volto alguns minutos depois usando minha calça jeans apertada, saltos pretos e um top de costas baixas e lantejoulas. Gus chama essa roupa de "Johnny Cash chic" porque é toda preta. Clayton dá um gritinho quando me vê.

— Ah, minhas estrelas, seu peito está incrível.

Não consigo evitar uma gargalhada quando olho para o decote. É a primeira vez que desperta um elogio genuíno, totalmente desprovido de qualquer motivação ou interesse sexual.

— Não se deve subestimar o poder de um sutiã *push-up*, meu amigo.

Pegamos Shelly e vamos para Minneapolis. Quando chegamos à boate e encontramos uma vaga, são quase 22h.

Clay solta o painel do meu carro e limpa a garganta.

— Katherine, faço questão de iniciar isso dizendo que você sabe que eu amo você. — Ele pigarreia de novo. — Mas essa foi a viagem de carro mais apavorante que já vivi.

Olho para Shelly no banco de trás e ela assente. Os olhos escuros e enormes não piscam e estão grudados em mim. A respiração está curta.

— Kate, não me assusto com facilidade, mas isso foi apavorante mesmo. Acho que mijei na calça.

Eu dou de ombros diante do exagero dela.

— O que você quer dizer?

— Não sei se o limite de velocidade na Califórnia é 150 quilômetros por hora, porque sei que vocês fazem as coisas de forma diferente lá, mas aqui o limite é só cem, que é a velocidade com que você dobra a porra das esquinas.

Olho para Clay e para Shelly de novo. Os dois estão assentindo, com olhos arregalados e rostos pálidos. Levanto a mão direita e fecho os olhos.

— Prometo ir um pouco mais devagar no caminho para casa.

— E usar a seta — acrescenta Clayton.

— E usar a seta — prometo. Então, faço uma pergunta silenciosa para Deus: "Por que você não me avisou que dirijo mal? A Califórnia é cheia de gente que dirige mal? Eu não achava tão ruim. Nunca sofri um acidente. De qualquer modo, obrigada por não me deixar matar ninguém, eu acho. Até mais."

A fila está grande. Estão verificando documentos na porta, e Shelly recebe uma pulseira, pois tem 22 anos. Eu ganho um X grande e preto nas costas da mão. A música lá dentro está alta; o baixo ressoa no fundo do meu peito. As luzes piscam e a pista de dança já está lotada. Estou me coçando para ir para lá.

— Venha, Shelly, vamos dançar!

Ela me olha e aponta para o bar atrás.

— Ah, não, preciso de coragem líquida primeiro. Não tem como ir para lá sóbria. Pode ir na frente.

Clayton segura minha mão e andamos até a pista de dança. Paramos na beirada para podermos ficar de olho em Shelly. A música vibra em mim. Adoro essa sensação. Mais pessoas chegam, e logo estamos encostados uns nos outros, nos movendo no ritmo da música. Nós dois conhecemos a música e estamos cantando a letra toda. Clayton parece tão feliz naquele mar de homens bonitos.

Clayton e eu dançamos mais algumas músicas, e reparo em um cara ao nosso lado, olhando Clayton por trás. Ele é bonito, de altura média e moreno, com uma pele da cor de chocolate amargo. A cabeça está raspada, o que enfatiza seu rosto majestoso. Ele me olha e levanta as sobrancelhas na direção de Clayton, como se pedisse permissão. Dou um sorriso e faço que sim. Ele dá um tapinha no ombro de Clayton, que se vira de costas para mim, e, antes que eu perceba, já fui trocada pelo sr. Maçãs do Rosto. Eu dou de ombros. Foi para isso que fomos ali. Além do mais, vi Shelly tomar duas doses e uma cerveja. É hora de dançar.

Chego na beira da pista de dança e faço um sinal com o indicador para que ela se junte a mim. Ela parece um pouco mais relaxada do que quando entramos, mas vira o restinho da cerveja antes de se aproximar.

— Não consigo acreditar que vou fazer isso — murmura, ressentida.

Dou um sorriso porque, apesar de estar fazendo cara feia, suas feições se suavizaram. Sinto que estou prestes a ver uma transformação.

— Shelly, relaxe. Escute a música. Sinta. Você vai mandar bem. — Seguro as mãos dela até as batidas serem absorvidas.

Ela segura meus dedos com força e tenta imitar o que estou fazendo. Está toda dura e envergonhada, mas relaxa o bastante na segunda música para soltar minhas mãos.

— Sua rainha interior da dança está tão feliz agora! A revolução foi cancelada! — grito no ouvido dela por cima da música.

Ela mostra a língua para mim, mas sorri, e é um tipo de felicidade totalmente libertadora. Não sei se é o álcool ou se ela só decidiu que não está ligando para nada.

Nessa hora, sinto mãos na minha cintura, que me pegam de surpresa, mas são gentis e pertencem à pessoa encostada nas minhas costas. Não olho para trás, mas, seja lá quem for, consegue acompanhar meus movimentos. Adoro dançar com gente que sente a música do mesmo jeito que eu. E esse cara sente. Dançamos mais duas músicas e ele grita no meu ouvido:

— Caramba, garota, você dança muito! Normalmente, não danço com mulheres, mas não consegui resistir. Obrigado.

Ele me dá um beijo na bochecha. Olho para trás e sorrio. Ele pisca para mim antes de se afastar pela multidão em direção ao meio da pista. Caramba, ele era lindo. Ah, paciência. Não dá para vencer todas.

Shelly está me olhando boquiaberta. Pego a mão dela e a puxo-a.

— Venha, vamos tomar alguma coisa. Estou suando.

Ela ainda está com a boca aberta, mas os cantos estão curvados em um sorriso.

— Puta merda, isso foi o mais próximo que já vi de sexo usando roupas.

Ela me faz rir.

— O quê? A gente só estava dançando.

— Aquilo não foi dança. Foi sexy pra caramba. Você tem que me ensinar.

Então, ensino. E Shelly aprende rápido. Uma hora depois, ela faz com que eu pergunte a mim mesma quem foi que disse que ela não sabia dançar. Era só colocar um pouco de álcool para todas as inibições voarem pela janela.

Por volta de 1h, Shelly e eu estamos exaustas e decidimos que é hora de ir embora. Demoramos um tempo para encontrar Clayton porque a pista de dança ainda está lotada. Nós o encontramos dançando com o mesmo cara que o tirou de mim antes, quase três horas atrás. A camisa de Clayton está molhada de suor. Sinto-me péssima ao dizer para ele que temos que ir e ainda pior quando o sr. Maçãs do Rosto puxa o rostinho adorável dele e o beija intensamente quando Clayton diz tchau. Mas me sinto um pouco melhor quando ele escreve seu número de telefone na mão de Clayton e o beija de novo antes de irmos embora.

Espero sairmos para dar um tapinha na mão de Clay e um abraço de parabéns.

— Cara, que beijo quente, meu amigo. Estou com um pouco de inveja. — Não estou com inveja, na verdade. Estou feliz à beça por Clayton.

Ele flutua pela calçada até o carro em uma onda de puro êxtase.

— Foi a melhor noite da minha vida. — Ele está vibrando.

Shelly assente.

— Eu não fazia ideia de que dançar podia ser tão divertido. — E, com a mesma velocidade, seus olhos escurecem e a voz de durona volta.

— Não ouse dizer para ninguém que falei isso, Kate. Tenho uma reputação a manter.

Passo o dedo pelo peito duas vezes, formando um xis.

— Juro por Deus. O que acontece na Spectacle fica na Spectacle. — Olho para Clayton e aponto para Shelly. — Você viu a minha garota lá?

Ele balança a cabeça e fecha os olhos.

— Me desculpe, eu estava meio ocupado.

— Ela é uma rainha da dança do caralho.

Clayton dá o sorrisinho mais adorável do mundo.

— Eu achava que *eu* era a rainha da dança.

Shelly ri. Ela tem uma gargalhada ótima.

— O título é todo seu, Clayton.

Apesar de eu estar exausta, a noite valeu a pena.

Terça-feira, 6 de setembro

(Kate)

Quase uma semana inteira de vida perfeita e sem percalços se passou, mas, quando volto de uma corrida noturna na academia do campus, encontro a fita vermelha amarrada na maçaneta de novo.

Clayton me recebe mais uma vez. Depois que tomo banho, ele insiste em me emprestar um pijama. Nem fica tão grande em mim.

Agora *eu* me sinto o próprio Hugh Hefner.

Ele também comprou uma escova e pasta de dentes para mim, caso a mesma coisa acontecesse de novo, e me entregou em um saco Ziploc, para eu poder guardar depois e deixar na mesa dele.

Clayton é demais.

Quarta-feira, 7 de setembro

(Kate)

Chego ao Grounds cedo demais nessa manhã. Eu estava agitada e não aguentei ficar enfiada no alojamento, então decidi dar uma corrida. Previsivelmente, a corrida terminou na fonte do meu vício matinal. O ar está frio e estou um pouco suada depois da corrida, então me sento em um banco do lado de fora do Grounds com os braços ao redor do corpo. Estou ouvindo música clássica no iPod e lendo o jornal local, que encontrei no degrau de entrada. Está no meu colo, para eu não precisar segurar e poder manter as mãos enfiadas nas mangas. Mesmo de camiseta e moletom, estou com frio. São 5h45. O café abre às seis. Estou aqui desde as 5h30.

Há uma batida no vidro atrás de mim. Keller está indicando a porta. Quando a porta é aberta e o sino toca, eu mal reparo. Que progresso.

— Bom dia, Katie. — Ele parece cansado. Não se barbeou, e o cabelo escuro está espetado em todas as direções, como se ele tivesse acabado de acordar. Está meio comprido, como se tivesse passado da hora de cortar. E os olhos ainda estão sonolentos, mas a cor não é menos impressionante debaixo das pálpebras pesadas. O azul combina em um tom quase perfeito com a camiseta que ele está usando. Apesar de tudo, ou talvez por causa de tudo, ele está muito, *muito* bonito.

Eu dou um sorriso. Ele se lembrou do meu nome.

— Bom dia, Keller. — Eu entrego o jornal para ele. — Aqui está seu jornal. Dei uma olhada nele. Não houve nenhum grande escândalo em Grant, mas tem uma liquidação de carne moída no Sam's Meat Palace, caso você esteja interessado. Ah, e a igreja Our Lady of Eternal Light vai oferecer um jantar com espaguete no sábado, das 17h às 19h, para arrecadar dinheiro para as reformas no salão.

O sorriso torto surge e vira uma leve careta. Ele balança a cabeça de leve, como se o mero movimento fizesse sua a cabeça doer.

— Isso é informação demais para as 5h45, Katie.

— O mundo não para porque você está dormindo... ou de ressaca.

O sorriso dele se equilibra enquanto coloca o avental atrás do balcão.

— *Touché*. Só estou cansado. Passei a noite estudando. — Ele olha para mim por alguns segundos. Percebo que estou sorrindo como uma idiota. Não consigo evitar. — Você sempre é feliz assim de manhã?

Eu dou de ombros.

— É uma falha genética. Mas já estou acordada há algumas horas. Não consegui dormir. — Estou tentando dormir mais ultimamente, mas às vezes não consigo ficar confortável e o sono desaparece. Estou mais cansada do que me lembro de já ter ficado.

— Acho que você vai precisar daquele copo grande de café nessa manhã, certo?

Meus braços envolvem meu corpo e um tremor me percorre.

— Sim, por favor.

Ele acena com a cabeça para o casulo que fiz com os braços.

— Com frio?

Estou meio que quicando no lugar, tentando me aquecer.

— Está congelando lá fora.

Ele levanta as sobrancelhas.

— Katie, deve estar uns dez graus lá fora. Você acha isso frio? *Está quentinho.* Espere até o inverno, quando estiver quarenta abaixo de zero.

Eu cubro as orelhas.

— Pode parar. Vou fingir que não ouvi isso.

Ele aponta para os fones de ouvido pendurados para fora do meu moletom.

— O que você está ouvindo?

Eu baixo as mãos.

— Mozart.

— Música clássica? É sério? Música clássica é chato. — Ele tenta franzir o rosto, mas só um lado da boca se inclina para baixo. Ele está debochando de mim, mas não é grosseiro.

— Chato, é? — Não fico ofendida. A maior parte das pessoas da minha idade parece ter a mesma opinião. Às vezes, me sinto uma embaixadora da música clássica.

— É tudo igual.

Lá vamos nós para um debate musical matinal. Eu topo.

— Isso aí é uma generalização tão pobre. É como dizer que rock clássico é ruim porque você não gosta de Led Zeppelin ou que o new wave dos anos 1980 é fenomenal porque você ama The Cure, mesmo sem nunca ter ouvido mais nada do gênero.

Ele me entrega o café, que pego agradecida com as duas mãos.

Ele apoia os cotovelos no balcão, entrelaça os dedos longos e finos e responde.

— Primeiro, ninguém diria que Zeppelin é ruim.

Eu faço que sim.

— Concordo. Foi um péssimo exemplo.

Coloco meus dois dólares na bancada.

— E The Cure é medíocre — continua ele.

Não consigo nem fingir autocontrole.

— Cara?! Não estou acreditando. Isso é uma blasfêmia absurda. The Cure é épico, atemporal, uma das maiores bandas. Do mundo. Ponto.

Ele balança a cabeça.

— Não mesmo. — Ele sorri. — The Smiths é melhor.

Eu me permito um sorriso.

— Adoro Morrissey, mas Robert Smith é... ele é um deus! — É uma declaração.

Ele levanta as mãos em um sinal de derrota, mas está sorrindo. Coloca minhas notas na registradora e me entrega o troco.

Coloco o troco no pote de gorjetas.

— Só estou dizendo que você devia dar uma chance à música clássica. Tem uma reputação ruim. Claro que algumas músicas são chatas, mas tem umas lindas e sensuais. Dê uma ouvida em Debussy.

— Sensuais, é? — O sorriso torto surge. Eu o imagino treinando o sorriso na frente do espelho, totalmente ciente do efeito que tem sobre o sexo oposto.

Dou uma piscadela.

— Você pode se surpreender. — Levanto o café em uma saudação. — Obrigada pela conversa. Tenha um dia estelar, Keller.

Ele responde a saudação.

— Nos vemos por aí, Katie. E obrigado pela dica da carne moída no Sam's.

— Não esqueça do jantar com bolo de carne na Our Lady of Everlasting Glory — respondo sem me virar. Às vezes, eu testo as pessoas só para saber se elas estão mesmo ouvindo.

— É Eternal Light. — Consigo ouvir o sorriso na voz dele. — E vai ser espaguete — acrescenta ele antes de a porta se fechar atrás de mim.

Também sorrio, porque ele passou com *louvor*.

Quinta-feira, 8 de setembro

(Kate)

São 15h30 e estou a caminho de Minneapolis. Tenho que estar lá às 16h, mas, como na última vez que fiz esse percurso Clay e Shelly foram rezando por suas vidas, decidi sair mais cedo e diminuir minha velocidade para respeitáveis 120 quilômetros por hora. Sinto-me geriátrica.

A escola de ensino fundamental que estou procurando fica a algumas quadras do prédio de Maddie. Não demoro a encontrar.

Em algum momento na semana anterior, percebi que uma necessidade minha não estava sendo satisfeita. Então, falei com meu orientador sobre oportunidades de trabalho voluntário. Não entrei em detalhes porque não preciso de psicanálise. Além do mais, não preciso de ninguém para me dizer o que está errado. Eu já sei. É simples. Eu sinto falta de Grace.

O sr. Orientador me colocou em contato com uma escola de ensino fundamental em Minneapolis que trabalha junto com a Grant. Tem um aluno do quinto ano, Gabriel, cujo professor particular da Grant não vai estar disponível por duas semanas por causa de uma cirurgia. É aí que eu entro. Estou empolgada, porque, para ser sincera, tenho tempo livre demais. Não estou tendo dificuldades de acompanhar as aulas e trabalhar, e preciso de mais alguma coisa. *Mais alguma coisa* que me faça sentir bem. *Mais alguma coisa* é ajudar outra pessoa. Mas também sou meio egoísta, porque *mais alguma coisa* pode me ajudar de formas que as pessoas nunca vão saber nem entender.

Passo na secretaria, mas como já mandei meus documentos por e-mail alguns dias antes, eles me levam direto para o refeitório, onde o pessoal do programa extracurricular se reúne. A mulher da secretaria me apresenta à diretora do programa. O nome dela é Helen e ela é simpática, mas mantém os olhos grudados em mim enquanto conversamos, como uma ursa protegendo os filhotes.

— Gabriel tem síndrome de Down. É um garoto muito doce... noventa e nove por cento do tempo. De vez em quando, ele tem crises.

— Parece com a maioria das crianças. Estou familiarizada.

— Familiarizada com crianças com síndrome de Down? — pergunta ela, parecendo duvidosa.

— Sim. Minha irmã. — "Mais familiarizada do que você pode imaginar", penso.

— Ah, entendo. Sim, claro. Espero que você possa dar a atenção e paciência que ele merece.

— É por isso que estou aqui.

Ela faz que sim brevemente.

— Espero um relatório completo depois de cada aula, antes de ir embora, para que eu possa passar as informações para a mãe dele. Você vai me procurar se houver algum problema de comportamento?

— Posso fazer isso. Onde está Gabriel? Eu gostaria de conhecê-lo.

Ela inspira e expira. Vira-se lentamente e chama:

— Gabriel.

Uma cabecinha com cabelo escuro se vira na mesa mais perto de nós. Helen o chama. Ele se levanta com hesitação e fica de pé ao lado da mesa, como se esperasse permissão.

Ela abre um sorriso largo.

— Gabriel, venha aqui, por favor. Tem uma pessoa que quer conhecer você. — Ela fala devagar e com cautela, como se ele fosse um animal assustado.

Gabriel se aproxima de nós e olha para o chão. Antes que Helen possa dizer qualquer coisa, fico de joelhos na frente dele. Ele está mais alto do que eu agora. Eu ofereço a mão.

— Sou Kate, Gabriel. Eu gostaria de ser sua amiga. Você quer ser meu amigo?

Ele não aperta minha mão, mas está sorrindo quando levanta o queixo para me olhar. O sorriso dele é lindo.

— Ei, sorridente, vamos para a biblioteca para você me mostrar que tipo de livros tem nessa mochila superlegal. — Eu aponto para a mochila no chão ao lado da mesa. A mochila é preta, coberta com uma estampa de guitarras coloridas.

O sorriso dele cresce, e ele corre para pegar a mochila.

— Andando, Gabriel — repreende Helen com severidade.

Ele volta andando, sorrindo para mim. Ainda estou de joelhos e sussurro para ele:

— Vamos, sorridente.

Ele estica a mão, segura a minha e sussurra no meu ouvido:

— Eu gostaria de ser seu amigo.

Engulo um caroço do tamanho de uma bola de golfe que surgiu na minha garganta e me levanto. Em seguida, dou um sorriso, porque não consigo falar por alguns segundos. Vejo Grace nos olhos dele.

Andamos pelo corredor, e eu balanço nossas mãos. Só falamos quando chegamos à biblioteca, onde nossas aulas acontecerão.

— Sorridente, essa escola é sua e eu sou nova aqui, então preciso que você me diga onde temos que sentar.

Ele observa a sala e, depois de refletir seriamente, me leva até uma mesa pequena com duas cadeiras perto de uma janela.

— Que bom que deixei você escolher, porque essa mesa é perfeita. Eu teria escolhido aquela mesa ali — eu digo, apontando para o canto —, e a gente ia perder essa vista. — Tem um pequeno canteiro de flores ainda abertas em frente à janela.

Ele dá um sorriso largo. Está orgulhoso de si mesmo. Tenho a sensação de que não recebe elogios com frequência.

Eu aponto para a mochila.

— Você pode me mostrar o que aprendeu na aula de matemática hoje, Sorridente?

Enquanto abre a mochila, ele faz uma expressão intrigada.

— Por que você me chama de Sorridente?

— Porque você tem o sorriso mais bonito que já vi. — Ele tem mesmo. Ilumina o ambiente.

Ele ainda está intrigado, mas não consegue esconder o sorriso.

— Mas meu nome é Gabriel. Todo mundo me chama de Gabriel.

Pego o livro de matemática que ele me entrega e coloco na mesa.

— É um apelido. É como um nome especial que só os amigos usam para chamar você. — Ele gosta da ideia. Vejo nos olhos dele. — Se você não gostar de Sorridente, posso chamar você de Gabriel. É um nome lindo.

Ele pensa no assunto.

— Gosto de Sorridente.

— Eu também.

— Agora você precisa de um apelido.

Eu faço que sim, encorajando-o.

— Também acho que preciso de um apelido. Como você quer me chamar?

Ele inclina a cabeça para trás e para a frente enquanto pensa e enruga os olhos em intervalos de segundos. Ele está concentrado no meu rosto e examina cada centímetro quadrado antes de dizer:

— Pintinhas!

— Pintinhas?

Ele aponta para o meu nariz.

— É, Pintinhas.

Demoro um segundo, mas percebo que ele está falando das minhas sardas.

— Claro, tenho pintinhas no nariz, não é?

Ele faz que sim com entusiasmo.

— Pensando em todos os apelidos que já tive, acho que Pintinhas é meu favorito. — Meu coração está tão feliz agora.

Sorridente é *mais alguma coisa*, sem dúvida alguma.

Sexta-feira, 9 de setembro

(Kate)

Shelly está insistindo a semana toda. Está ao telefone agora, e a conversa se deteriorou para sua versão de choramingos, que parece mais uma ordem do que um pedido.

— Kate, você tem que ir. É a *Farra da Volta à Grant*. É uma tradição idiota, mas todo mundo vai.

— Shelly, por que eu tenho que ir? Tenho certeza de que todos os seus amigos vão estar lá. — A verdade é que estou cansada demais hoje.

Eu simplesmente sei que ela está fazendo beicinho e emburrada.

— Porque, *cara*, você é mais divertida. — Ela sabe que eu adoro o *cara*. Está tentando me amaciar, dos dois lados, na frente e atrás, de cima a baixo. Está funcionando. — Falando sério, Kate, eu me divirto mais com você. Você me faz sair da minha zona de conforto.

— Mas você odeia isso. — Odeia mesmo.

— Eu sei... mas também gosto.

Essa pequena admissão me deixa menos cansada.

— Vai ter dança? Porque se você me garantir que vai dançar comigo hoje, eu estou dentro.

Shelly suspira. Parece um som sofrido.

— Eu danço — diz ela, embora seja um sussurro por entre os dentes.

— O quê? Você vai ter que falar mais alto. Não estou ouvindo. — Digo a última parte com uma voz cantarolada.

— Caramba, Kate. Tudo bem, eu danço. Você quer que eu vá lá fora e grite para o mundo ouvir? Isso faria você feliz? — Tem um sorriso em algum lugar enquanto ela fala. Está enfiado entre a careta e a ameaça.

— Há, é, na verdade, isso me faria a garota mais feliz em Grant hoje. Você pode balançar a bundinha ao mesmo tempo que grita? Seria perfeito.

— Não força, Sedgwick.

— Mas não vou me arrumar. Ouvi dizer que é uma festa a fantasia, mas eu não uso fantasias.

— Nem eu — ela concorda.

Shelly me pega no alojamento às 22h, e dois minutos depois estamos estacionadas em frente a uma casa de fraternidade no campus. Parece uma cidade-fantasma.

— Mas o que é isso? Onde está todo mundo? — Ela parece irritada. Sei que ela disse que era algo idiota, mas acho que estava ansiosa pelo evento. Ela vê alguém sair pela porta lateral da casa e fica tensa. Parece um leão prestes a dar o bote. — Fique aqui. Vou descobrir o que aconteceu.

Ela vai atrás da presa e começa a interrogar o pobre sujeito como fez comigo quando nos conhecemos. Sei o quanto ela pode ser intimidante quando você não a conhece. (E às vezes até quando conhece.) O cara está encolhido como se estivesse protegendo sua virilha macia e vulnerável de um ataque. Em seguida, ela tira o celular do bolso e liga para alguém. Há uma conversa curta e com muitos gestos, e ela volta com o resultado.

— A polícia interrompeu a festa vinte minutos atrás. Algum idiota bêbado vestido de Super-Homem decidiu pular de uma janela do segundo andar depois de ser desafiado. Ele quebrou o fêmur. Foi tão feio que tiveram que chamar uma ambulância. Foi nessa hora que a polícia veio. Você sabe o resto. — Ela revira os olhos, irritada. Shelly não tolera estupidez. — Idiota.

Eu ofereço minhas condolências.

— Desculpe, cara. Para falar a verdade, estou mais chateada por não ter visto um adulto pular de uma janela usando uma roupinha colada de Super-Homem. Acho uma pena a festa ter sido encerrada e acho *muito* triste o cara estar machucado, mas deve ter sido hilário.

— É ridículo — corrige ela.

— Hilário. Ridículo. A diferença é sutil. — Vou ficar falando até ela dar um sorriso. — Funcionam bem juntos, como se fossem dois membros da mesma estrutura cômica, mas...

Um sorriso surge nos olhos dela.

— Cale a boca, Kate. — O sorriso sai numa risadinha.

— Falando sério, um cara de vinte anos usando meia-calça que acha que pode voar? Essa merda não é engraçada pra você? Sei que sou simples e me divirto com facilidade, mas acho que é material dos bons.

Ela está rindo agora e até ronca um pouquinho. Só a ouvi rir assim quando gargalhou na boate em Minneapolis. É o ápice dela. Toda vez que a ouço rir, fico satisfeita por saber que consigo levar esse tipo de felicidade desinibida para aquela garota. Ela me deixou entrar na vida dela, e a sensação é boa.

Ela bate no volante com a base da mão.

— Obrigada, *cara*. Eu precisava disso. — Ela parece resignada. — Vamos beber alguma coisa.

— Tudo bem. Mas prometa que vai parar antes de bancar a super-heroína dando saltos de fé do segundo andar.

Quando paramos na frente da floricultura, concluo que vamos para o apartamento dela. Não tem problema, dá para andar para o alojamento dali. Quando ela sai e atravessa a rua, fico confusa.

— Aonde vamos?

— Ver o Namorado. — É engraçado o jeito como ela o chama. Acho que nunca ouvi o nome dele. É sempre Namorado. — Vamos ver se ele e o colega de quarto já voltaram para casa. Eles estavam quase em casa quando falei com ele alguns minutos atrás.

— A que distância eles moram? — Estou esfregando os braços porque só estou usando camiseta e casaco de moletom, e está frio demais para essa época do ano. Eu não contava em andar para longe.

— No fim da rua. Eles alugam o quarto atrás do Grounds.

A caminhada é curta. Dobramos a esquina e andamos até os fundos do prédio. Há um Suburban antigo gigante estacionado no beco. É verde-claro e está enferrujado, mas a porta do motorista é vermelha. Ao lado do carro vejo a porta que suponho que deva ser do apartamento do Namorado, ou do "quarto", como ela chamou.

Ela experimenta a maçaneta, mas está trancada, então bate com o punho na porta.

Um ruivo alto com uma barba densa abre a porta e segura-a como se não conseguisse ficar de pé sem se apoiar nela. Ele sorri para Shelly, o mesmo sorriso meloso que ela abre quando fala sobre ele. Mas enquanto o sorriso dela é pequeno e contido, o dele é enorme e aberto.

— Amor, você chegou! — Nunca vi alguém dizer uma frase arrastada com tanto entusiasmo.

Ela dá um beijo na bochecha dele ao entrar.

— Quando vocês dois começaram a beber?

A fala arrastada continua.

— Não me lembro. Às 15h, talvez? É a *Farra da Volta à Grant!* — O cara é um bêbado feliz. Gosto disso. Não aguento bêbados raivosos. Eles me lembram minha mãe.

Ele leva um susto quando me vê esperando na porta. Não quero ser grosseira nem fazer movimentos repentinos, porque o cara parece estar vendo em dobro, talvez em triplo. Ele está se esforçando muito para se concentrar em só uma de mim.

Eu levanto a mão e aceno devagar.

— Oi, e aí? Você deve ser o Namorado.

Ele aperta os olhos, como se minha imagem fosse uma aparição fora de foco flutuando na frente dele.

— Kate? — Ele olha para Shelly devagar. — Mô, essa é *A* Kate? Sobre quem você fala sem parar? Finalmente vou poder conhecê-la em carne e osso?

Shelly revira os olhos.

— Cale a boca, Duncan. Deixe a pobre garota entrar, está gelado lá fora.

Duncan dá um passo para trás e, com um gesto amplo e dramático, me convida para entrar no apartamento.

Eu faço que sim.

— Obrigada, cara.

Ele dá uma risadinha, o que é impagável, porque um cara grande e peludo assim não devia dar risadinhas, mas não há outro jeito de descrever.

— Espere, eu conheço você. Não conheço? Como eu conheço você?

Shelly me entrega uma cerveja antes que eu possa recusar ou mesmo tirar o moletom.

— Duncan, você não a conhece. Como conheceria Kate?

Olho para ele de novo e, de repente, ele também parece familiar. Já vi aquela barba antes, mas onde? Acabo lembrando.

— Do Grounds. A gente se conheceu no Grounds antes do início das aulas. Bem, conheceu mais ou menos. Acho que falamos sobre o tempo.

Ele tenta estalar os dedos, mas falha. Nem parece perceber.

— Sim. *Sim!* Eu sabia. — Ele aponta para mim. — Você é do clube. — Ele se vira para Shelly. — Mô, ela é do clube.

Dou um sorriso e faço que sim.

— É, eu sou do clube.

Shelly balança a cabeça, mas não consegue deixar de sorrir para ele como um cachorrinho apaixonado.

— Duncan, sente ou vai acabar caindo. E chega de álcool. Não vou deixar você beber mais.

Ele vai até o sofazinho de dois lugares e cai ao lado dela.

Olho ao redor e entendo agora por que Shelly chamou de quarto e não de apartamento. Porque é um quarto, só um espaço pequenininho com teto alto. Tudo é pequeno, mas aconchegante e confortável. Tem uma pequena cozinha no fim da parede de tijolos, um sofá de dois lugares, uma espreguiçadeira velha no meio e dois biombos montados em lados opostos da porta por onde entrei. Estou supondo que a cama de Duncan fica atrás de um e a cama do colega dele atrás de outro. Privacidade nenhuma. Consigo entender, mas quando dividi um quarto pequeno com uma pessoa, foi com minha irmã, e privacidade não era minha prioridade. Tem mais três portas, todas fechadas. Uma deve ser um banheiro. Outra deve ser um armário. E a terceira parece levar aos fundos do Grounds.

Duncan estica a mão, desajeitado, e bate na espreguiçadeira ao lado dele.

— Venha se sentar, Kate. Não vamos morder. É melhor você se sentar enquanto pode, antes que meu colega de quarto saia do banho. Uma garota estava tentando dar em cima dele na casa da fraternidade, mas, como ele não ficou a fim, ela jogou um copo de cerveja nele. Como pode? Quem faz coisas assim? Ele estava fedendo. Teve que tomar banho quando chegou em casa. — Ele é dramático ao contar histórias e bem mais falante do que Shelly.

Shelly ri.

— Tenho certeza de que ele deu abertura. Você sabe como ele provoca quando está bêbado.

— Mô, ele é meu garoto. Por que você tem que falar assim? — Ele se inclina na direção dela e quase cai em cima. O cara está caindo de bêbado.

— Você sabe como ele é. Quando está sóbrio, não dá a menor bola, mas quando está bêbado, flerta loucamente só para deixar todas as garotas animadas. — Ela está me olhando agora. — Ele acha engraçado dar esperanças a elas, e aí, quando as rejeita, elas ficam furiosas. E ele adora. É um jogo cruel. Ele é tão provocador... — Shelly para no meio da frase porque a porta do banheiro foi aberta, e ela sorri com malícia, como se soubesse que ele mordeu a isca.

Ouço a voz antes de vê-lo.

— Shel, essa porta é fina que nem papel. Você acha que não estou ouvindo? E isso aconteceu uma vez. E foi por causa de um desafio do seu homem aí. Não precisa exagerar. — Ele não está ofendido. Na verdade, parece achar a conversa engraçada. — Obrigado por me defender, Dunc.

Shelly ri. Ela fica bem mais relaxada junto com o namorado. Gostei disso.

E aí eu o vejo e fico paralisada e quase solto a garrafa de cerveja que tenho na mão. Saindo do banheiro, enrolado em uma toalha, está Keller Banks. O Deus do Café. Puta. Merda. Ele é glorioso pra caralho. Preciso piscar. E respirar. Não se esqueça de respirar. Ele ainda não reparou em mim.

Duncan aponta com ineficiência na minha direção.

— Banks, temos uma convidada.

— Oi, Keller. — O cumprimento soa normal apesar de o meu coração estar batendo em uma velocidade ridiculamente rápida.

Sua postura relaxada se enrijece e seus olhos sonolentos despertam.

— Katie? O quê? Como? — gagueja ele. — O que... o que você está fazendo aqui? — Ele não está sendo grosseiro. Só não sabe o que dizer.

E isso é meio lisonjeiro, porque ele não parece ser o tipo de cara que fica sem palavras, principalmente perto do sexo oposto. Não que ele seja confiante demais. É que caras bonitos assim parecem saber instintivamente como falar com mulheres. Talvez eu esteja em vantagem aqui.

— Eu saí com Shelly hoje. A festa foi cancelada, acho que o voo do Super-Homem foi um fracasso. Literalmente. Acabamos vindo parar aqui.

Shelly e Keller se olham e falam ao mesmo tempo.

— Como você conhece Kate?
— Você é amiga de Kate?
Os dois parecem confusos.
Eu olho para Keller primeiro.
— Eu trabalho com Shelly no Three Petunias. Ah, e ela é minha parceira de dança quando saímos — Não consigo dizer isso com uma expressão séria e estou sorrindo quando olho para Shelly, que está revirando os olhos e me olhando com irritação. É uma combinação impressionante. — E conheço Keller do Grounds. Falamos sobre música e eu o mantenho atualizado sobre as notícias importantes da cidade.

Keller balança a cabeça concordando. Tenho certeza de que é difícil pensar com toda a névoa do álcool no corpo. Ele não está tão embriagado quanto Duncan, mas bebeu bastante. De repente, levanta as duas mãos, com os braços esticados à frente do corpo, como se estivesse tentando nos mandar parar, e oscila para trás e para a frente. Eu quase me aproximo para ter certeza de que ele não vai cair.

— Espere. Me desculpe. Isso é...
— Acho que ele está surtado porque tem uma mulher no nosso apartamento — Duncan diz para Shelly no sussurro mais alto que já ouvi. — Quando ele a trouxe para casa?

Shelly interrompe a confusão bêbada antes que vá mais longe.
— Duncan, Keller não a trouxe para casa. Eu a trouxe... *comigo*. Lembra?

Duncan dá de ombros e coloca a cabeça no colo de Shelly.

Dou três ou quatro passos necessários para ficar ao lado de Keller. Ele ainda parece perplexo. Eu ofereço a mão.

— Precisa de ajuda?

Ele se esforça para se ajustar à minha proximidade repentina.

— Katie. — É mais uma respiração do que uma palavra. Ele está avaliando meus olhos. Em busca de quê? Eu ficaria excitada se não fosse o fato de ele não conseguir enxergar direito. Talvez esteja tão bêbado quanto Duncan.

Eu ofereço a mão a ele de novo.
— Venha, cara.

Ele levanta a mão lentamente e hesita.

— Você está mesmo aqui?
— Estou. Tomou uns gorós hoje, Keller?

Ele faz que sim, com a boca frouxa, mas acaba segurando minha mão. O aperto dele é delicado, como se ele tivesse controle total das suas habilidades motoras. Sei que não tem. Ele começa a se apoiar em mim, mas o aperto continua delicado.

— Mantenha a mão nessa toalha, chefe. Não precisamos de uma visão frontal completa e acidental. Deixe a bagagem bem guardada. — "Eu não me importaria, mas..." penso.

Duncan ri no sofá.

— Isso sim é uma novidade, Banks.

Preciso levar esse cara para a cama, mas esse pensamento desperta uma coisa em mim, uma coisa profunda... uma necessidade... mas, não, isso é egoísmo. Não! Nada de sexo.

Eu quero.

Eu quero *muito*.

Mas não vou.

Não *posso*.

Ele é um cara legal. Não posso fazer isso com ele. Nada de compromisso. Noites cheias de luxúria, inocentes, unilaterais? Sim, claro.

Preciso levar esse cara para a cama, mas para ele poder apagar e acabar com a bebedeira. Juntos, começamos a andar na direção dos biombos.

Shelly grita:

— A cama de Keller é a da direita.

— Obrigada — digo em um grunhido, porque, a essa altura, ele está com os dois braços apoiados no meu ombro e parece que estou arrastando um peso morto. Deus, ele é pesado.

Uma cama de solteiro e uma pequena cômoda são a mobília do quarto dele atrás do biombo. Há um violão acústico apoiado no canto, ao lado de uma bicicleta.

— Você toca violão, Keller?

— Toco. — Isso é tudo que ele consegue dizer.

Estou ferrada. Violonistas e guitarristas acabam comigo.

Eu me inclino para a frente diante da cama dele, e ele cai como um dominó. Um dominó que ainda está me segurando.

Estamos deitados cara a cara em cima do colchão. Tenho certeza de que ele já apagou e, apesar de poder ficar deitada ali a noite toda, encostada na pele quente dele, sei que é errado em vários níveis. Então, fecho os olhos e me permito cinco segundos de paraíso. Inspiro o aroma fresco de sabonete, de hortelã e limpeza. Aperto as mãos no peito dele, onde os músculos estão rígidos, apesar de ele estar relaxado. Hummm...

Os cinco segundos acabam. Abro os olhos, apoio as mãos na cama ao lado dos ombros dele e empurro meu corpo para cima, tentando me soltar dos longos braços envoltos no meu corpo. Eles nem se mexem. Estou prestes a gritar para Shelly quando ouço a voz sonhadora e baixa no meu ouvido.

— Fique, Katie.

Meu coração dispara de novo. Levanto a cabeça e olho nos olhos dele. Ele está tão perto. E os lábios são tão rosados. E parecem tão suaves. Ele está prestes a adormecer, então eu sussurro:

— Você precisa dormir, Keller. Feche os olhos.

As pálpebras se fecham. Ele está adormecendo.

— Eu ouvi Debussy. Não achei chato. Achei lindo... e sensual. — E ele apaga, perdido para o álcool e para a exaustão.

Dou um sorriso, me empurro para a frente e dou um beijo leve na testa dele, porque preciso evitar aqueles lábios.

— Boa noite, querido.

Desta vez, quando tento me soltar do aperto dele, os braços caem para os lados. As pernas estão para fora da cama na altura dos joelhos, mas a toalha ainda está no lugar. Coloco o travesseiro debaixo da cabeça dele e o enrolo como uma panqueca com o edredom, para ele não sentir frio. A carinha de bebê parece tão inocente quando ele está dormindo. Alguma coisa desperta em mim, não a necessidade sexual que senti antes, mas um tipo diferente de vontade. Um tipo diferente de atração. Meu peito dói quando olho para ele. Todas as partes de mim querem se sentar ali e vê-lo dormir, acariciar o cabelo, passar as pontas dos dedos em cada parte perfeita do rosto e ficar perto dele. Nunca senti isso antes. E, em vez de ficar surtada, isso me deixa calma.

Preciso ir. Agora.

Quando volto, vejo que Shelly ainda está no sofá. Duncan está roncando com a cabeça no colo dela.

— Me desculpe pela noite ser tão sem graça, Kate. Você nunca mais vai sair comigo. — Ela parece chateada.

Dou um sorriso.

— A noite não foi sem graça. Só não foi como você queria que fosse. Não é a mesma coisa. É claro que vou sair com você de novo. — Olho para Duncan dormindo. — E o Namorado parece bem legal.

Ela dá um sorriso triste.

— Ele é, principalmente quando está sóbrio. Me desculpe por você tê-lo conhecido assim. Ele passa o tempo todo no trabalho ou nas aulas; o pobre coitado quase nunca sai. E mesmo quando sai, raramente bebe. — Ela desvia o olhar para ele. — Consigo contar em dois dedos a quantidade de vezes que o vi assim neste ano em que namoramos.

Ouço o amor na voz dela. Meu coração fica feliz quando as pessoas sentem esse tipo de amor. É raro. As pessoas não dedicam tempo a encontrar algo assim. Ou deixam escapar com facilidade ou não sabem o quanto é preciso quando o têm.

Shelly sabe.

Acho que Duncan também sabe.

Depois de deslizar por baixo de Duncan e deixá-lo um tanto confortável no sofá, ela o cobre com um cobertor e dá um beijo na bochecha.

— Então, *cara*, vamos voltar para a minha casa, eu faço ovos mexidos e depois levo você para casa. Não quero você andando sozinha por aí no meio da noite.

Ela sabe o quanto eu adoro ovos mexidos. Falamos sobre isso no trabalho na semana passada. É uma das minhas comidas favoritas.

— Combinado.

Quando acende a luz e segue para a porta, Shelly me olha com uma expressão severa de aviso e preocupação.

— Por favor, não se apaixone por Keller. Vi o jeito como você olhou para ele. Não me entenda mal, ele é um cara ótimo. Na verdade, é um dos meus melhores amigos. É o tipo de pessoa que quer saber tudo sobre você e o tipo de pessoa para quem você não se importa de contar. Na verdade, você meio que fica com vontade de falar com ele, porque é tão bom ouvinte e está sempre presente quando você precisa dele. — Ela suspira. — Mas, por outro lado, ele é extremamente retraído no que diz respeito à vida dele. Não deixa ninguém chegar perto demais, exceto Duncan e talvez Romero. Ele e Duncan são amigos há anos. Duncan morou com ele e com a família dele em Chicago antes de virem para Grant. Ele é como um irmão para Duncan e eu o amo por isso, mas ele é... misterioso. Eu acho que tem muitos esqueletos no armário. Por exemplo, ele se mata de trabalhar, mas não gasta dinheiro com nada exceto com voos para Chicago a cada duas semanas...

— O que tem em Chicago? — interrompo.

Shelly dá de ombros.

— Só Duncan sabe e não me conta. Sempre achei que fosse uma namorada, porque ele *nunca* sai com ninguém. Toda vez que pergunto, ele disfarça. Ele está escondendo alguma coisa. É o grande segredo de Keller.

— Segredos não são sempre ruins, Shelly. Todo mundo tem bagagem na vida. — Parece uma confissão, como se eu devesse dizer logo em seguida um humilde *Amém*.

— É, eu sei. Mas o segredo de Keller é como um feromônio no que diz respeito às mulheres daqui. Ele não parece disponível, então o que elas fazem? Entram na fila para ficar de coração partido. Porque vão ser *elas* a tirá-lo de um relacionamento a distância e ganhar o coração dele. Mas tenho que dizer que ele não dá esperanças. Eu só estava pegando no pé dele antes. Se ele não estiver em um relacionamento, eu não me surpreenderia se ele for gay ou virgem. Não que eu ligue para a vida sexual de Keller. Ele é meu amigo. E você também. E quero que as coisas continuem assim. A moral dessa historinha é que Keller deixa um rastro não intencional de corações partidos e destruição por onde passa. Por favor, *por favor*, não deixe que ele parta o seu.

— Keller e eu somos amigos, só amigos, e não estou procurando mais nada. — Quando as palavras se formaram na minha mente, elas eram verdadeiras, mas assim que saem da minha boca e pairam no ar entre nós, alguma coisa muda. Por que soam como mentira? É aquela porcaria de carinha de bebê... e aqueles malditos olhos azuis... e aquele corpo... e aquele sorrisinho torto... e aquela voz sexy.

Droga.

Que bom que não posso me envolver. E que bom que não tenho essas coisas de coração partido. Então, repito na minha mente sem parar: "Keller e eu somos apenas amigos. Keller e eu somos apenas amigos." Quando chegamos ao apartamento de Shelly, estou quase acreditando.

Quase.

Sábado, 10 de setembro

(Kate)

Meu celular vibra no bolso. É Gus. E são 6h45 na Califórnia.

— *Bonjour*, Gustov — eu digo quando atendo. Meu sotaque francês é exagerado e irritante.

— Oi, Raio de Sol. Não acordei você, né? — Ele sabe que eu acordo cedo.

— Não, já é praticamente de tarde aqui. Estou indo para o Grounds agora mesmo tomar café. O que faz você parecer tão alegre tão cedo em uma manhã de sábado?

— Temos o dia de folga por bom comportamento. Estou indo para casa para almoçar com a minha mãe e surfar com Mags e Stan à tarde.

— Legal. Manda um oi para todo mundo.

— Cara, eu queria que você estivesse aqui. Esse é o primeiro dia normal que tenho em muito tempo e não parece certo sem você. — Ele fala com sentimentalismo.

E sei como é isso.

— É, seu filho da mãe sortudo, vou ter que viver esse dia com você em pensamento. Não se esqueça disso enquanto estiver fazendo tudo por nós dois.

— Quer que eu tire uma foto do pôr do sol e mande pra você?

Ele sempre sabe o que dizer.

— Eu adoraria. Grace adoraria.

Ouço o sorriso na voz dele.

— É mesmo. E vou fazer uma visitinha à srta. Grace antes de ir para a casa da minha mãe. Comprei umas tulipas amarelas ontem à noite. E vou parar em um posto de gasolina para comprar um chocolate. O ar-condicionado da picape não está funcionando e não quero que o chocolate derreta, então vou comprar quando estiver perto.

Como ele é atencioso.

— Compre Twix. Ela adora.

— Raio de Sol, devo ter comprado no mínimo *três mil* chocolates Twix para Grace ao longo dos anos. Eu sei de que tipo de chocolate ela gosta.

Dou um sorriso porque não é exagero. Ele deve ter comprado mais do que isso.

— Eu sei.

Ficamos em silêncio por vários segundos.

— Sinto saudades dela, Gus — eu sussurro.

— Eu sei, Raio de Sol.

O silêncio volta, e ele me deixa senti-lo.

E então me arranca dele.

— Me conte uma coisa incrível que aconteceu com você esta semana.

Penso por um momento. Gabriel. Minha voz se anima.

— Na quinta dei minha primeira aula particular em uma escola de ensino fundamental de Minneapolis.

— Ah, é, isso mesmo! — O entusiasmo volta. — Como foi? Você deu aula para um menino ou para uma menina?

Isso aumenta meu entusiasmo e me sinto melhor.

— Foi incrível. Ele é do quinto ano. O nome dele é Gabriel, mas eu o chamo de Sorridente. Gus, ele tem um sorriso lindo.

— Aposto que tem. Ele é especial? — Gus é a melhor pessoa para se conversar porque é uma das poucas que sei que realmente escuta quando alguém conversa com ele. Dá para sentir, até pelo telefone.

— Tem síndrome de Down. Ele é meio tímido.

Gus me interrompe com uma gargalhada.

— Ah, ele encontrou a pessoa certa para tirá-lo do casulo. Você é uma cura para a timidez, não é?

— Na verdade, acho mesmo que posso ser. Espertinho.

Ele ri.

— Essa é a minha garota.

— O pessoal da secretaria disse que ele tem problemas de comportamento, e o programa extracurricular fez uma referência a isso, mas ele foi um anjo comigo. Acho que tantas pessoas tratam crianças com necessidades especiais de forma diferente de todas as outras que elas acabam reagindo. São crianças, elas só querem atenção e gentileza, sabe? É o que toda criança quer.

— E é por isso que você vai ser a melhor professora que o mundo já viu. Você vai revolucionar a profissão. — Ele sempre é tão encorajador.

— Adorei estar com ele.

— E aposto que ele também adorou. Ele fez você se lembrar de Grace? Foi difícil?

— Os olhos dele me lembram Gracie. Tem aquela expectativa e aquela inocência, sabe. E eles se enrugam quando ele sorri, como os olhos de Gracie. Mas é bom. É bom estar com ele.

— Fico feliz. Você merece.

— Como estão as coisas com você, Deus do Rock?

— Boas, estão boas. Consigo ver uma luz no fim do túnel. O álbum sai na terça. Mas não quero pensar em nada disso hoje. Hoje o dia é para surfar com amigos e passar um tempo com a minha mãe.

— Não pode ser melhor.

— Escute, Raio de Sol, vou parar para botar gasolina e comprar o Twix de Grace. Você vai estar aí mais tarde? Ligo na volta para Los Angeles se você não tiver um encontro. — Talvez seja coisa minha, mas a voz provocadora soa meio triste.

— Nada de encontros. Vou estar aqui se não tiver que deitar de conchinha com Clayton no caso da Sugar trazer outro cavalheiro para casa. Vou estar por aqui. Pode ligar.

Ele fica em silêncio por tempo demais e depois pergunta:

— Você e Clayton dormem mesmo de conchinha?

— Cara, você não foi substituído. Não existe conchinha como a sua.

Passei centenas de noites na casa de Audrey e Gus ao longo dos anos e sempre dormi com Gus. Principalmente nas semanas que morei com eles antes de me mudar para Minnesota. Não houve uma noite em que eu tenha dormido sozinha. Fosse no quarto dele, no quarto de hóspedes ou no sofá, nós sempre dormíamos juntos. E até a última noite foi tudo completamente platônico, apesar de eu estar sempre abraçada com ele. Acho que nunca me senti tão segura quanto naquelas semanas. Eu não conseguia dormir sem os braços dele ao meu redor, e como Gus é enorme e delicado, ele parecia um casulo que me protegia do mundo. Fiquei tão agradecida por termos esses momentos.

Ouço o clique do isqueiro e a primeira baforada de um cigarro.

— Bom saber.
— Você devia parar.
— É. Devia.
— Você está falando sério? — pergunto com esperanças.
— Não. Eu te amo, Raio de Sol.
— Eu também te amo, Gus.
— Tchau.
— Tchau.

O sino barulhento anuncia minha entrada no Grounds, que está vazio. Tenho certeza de que Keller não vai estar trabalhando porque ainda deve estar em coma. Mas ali está ele, atrás do balcão, com as mãos sobre as orelhas, os olhos fechados e o rosto contorcido de dor.

Ele abre os olhos quando me aproximo do balcão e o som do sino para.

— Me desculpe pelo sino — digo, baixinho. — Você está péssimo, cara. — Quer dizer, ele ainda está bonito, *muito bonito*, mas está pálido e com olheiras escuras debaixo dos olhos. Só Keller conseguiria ter uma ressaca sexy. E aí eu lembro a mim mesma: "Keller e eu somos só amigos."

Eu o pego desprevenido, e ele dá uma gargalhada.

— Acho que mereço isso.

E, com esse diálogo, sei que tudo está bem entre nós. Keller e eu *somos* só amigos. Porque é assim que amigos agem. E tudo bem. É ótimo, até, porque amigos são como presentes.

— Não sei se você *merece* se sentir mal, mas foi puro resultado das suas ações.

Ele balança a cabeça, esfrega os olhos com a base das mãos e geme:

— Nunca mais vou beber.

Eu faço que sim, concordando.

— Até a próxima vez? — Eu dou um sorriso.

Ele responde ao meu sorriso com outro.

— Caramba, parece que você me conhece.

Eu arqueio as sobrancelhas.

— Bem, ficamos em uma posição um tanto íntima e vulnerável ontem à noite. Isso costuma levar as pessoas a se conhecerem melhor.

A expressão dele se transforma rapidamente em pavor.

— Merda. Eu achava que me lembrava de tudo que aconteceu. Você *esteve* na minha cama. — Ele faz um gesto apontando para mim e para ele mesmo. — Nós não... você sabe... — Ele está mordendo a pontinha da unha do dedo anelar.

Eu balanço a cabeça e dou uma gargalhada.

— Não... nós não fizemos nada. — Não que eu não tenha pensado nisso. E desejado.

— Tem certeza? Porque, agora que você falou, eu me lembro de você deitada em cima de mim, e tenho certeza de que eu não estava usando uma camisa porque lembro como suas mãos estavam frias no meu peito. — Ele fica vermelho enquanto lembra. Está *corando*. E está tão fofo. Parece improvável demais, mas pode ser que ele *seja* virgem.

— Você tinha acabado de tomar banho quando Shelly e eu chegamos, por isso estava sem camisa. Eu ajudei você a ir para a cama porque estava com certa dificuldade em ficar de pé e andar. Você caiu na cama e me puxou junto sem querer. Foi totalmente inocente. Você desmaiou assim que encostou no colchão.

Ele baixa os olhos para o chão.

— Quanta classe — ele murmura baixinho. Em seguida, levanta a cabeça e aperta os olhos como que arrependido do movimento súbito, mas o rosto se transforma em uma careta infeliz e suplicante. — Seu café é por minha conta hoje. — Ele pega um copo grande na pilha.

Eu faço que não.

— Não precisa, Keller. Escute, é sério, não aconteceu nada. Você foi um perfeito cavalheiro, um cavalheiro praticamente pelado, mas cavalheiro mesmo assim.

As bochechas dele ficam vermelhas.

— Eu sou um babaca. Me desculpe.

Tenho que rir, porque essa versão constrangida de Keller fica cada vez mais fofa.

— Cara, você não é um babaca. Estou brincando. Não peça desculpas. — Para tranquilizá-lo, eu acrescento: — É sério.

Ele abre a boca e fecha, talvez pensando melhor no que está prestes a dizer. Ele inclina a cabeça e sorri para mim depois de um momento de hesitação.

— Katie, podemos recomeçar? Sair qualquer dia? Como amigos?

Apego é perigoso, mas amizades são necessárias.

— Claro — digo, e estico a mão por cima do balcão. — Oi. Sou Kate Sedgwick.

O sorriso derrotado se anima, e ele aperta minha mão.

— Keller Banks.

Coloco dois dólares no balcão e rabisco o número do meu celular em um guardanapo. Ele pega as duas coisas, coloca o guardanapo no bolso e as notas na registradora.

Depois de colocar o troco no pote de gorjetas, dou um sorriso para o rosto sonolento dele.

— Tenha um ótimo dia, Keller. Espero que você se sinta melhor.

— Já estou me sentindo melhor. Obrigado, Katie. Tenha um bom dia.

Eu me viro e pisco para ele.

— Sempre.

Domingo, 11 de setembro

(Kate)

Tento ligar para Maddie.
    Ela não atende.
    Deixo um recado.
    Ela não retorna a ligação.
    É, ela ainda está com raiva.

    Mais tarde, meu celular vibra no bolso. É uma mensagem de texto de Gus. *Skype às 8h30 daqui?*
    Eu respondo: *Parece bueno.*
    Quando o rosto de Gus aparece na tela, está cercado de vários outros, e um "oi, Kate!" instantâneo e planejado surge pelas minhas caixas de som. Menos Gus, que diz "oi, Raio de Sol!". São os quatro integrantes do Rook encolhidos ao redor da tela.
    — Uau. Pessoal, e aí? Não é meu aniversário nem nada. Para que a bagunça?
    — Raio de Sol, apresento a você o álbum de estreia do Rook. — Gus mostra o CD para que eu possa ver a capa.
    Encosto na cadeira, tomada por uma súbita emoção. Tento falar, mas minha voz não passa de um sussurro.
    — Ah, meu Deus. Gus, é de *verdade*. — E então eu quase grito: — É de verdade! — E volto a me inclinar para a tela. — Abra, quero ver!
    Ele abre. O CD lá dentro é brilhante e diz Rook em letras pretas com o corvo que usam como símbolo de pé ao lado.

Uma risadinha histérica começa a subir pela minha garganta, ameaçando fechá-la. Não consigo me lembrar da última vez em que fiquei tão feliz.

— Deus, queria estar aí porque eu daria o maior abraço do mundo em cada um de vocês. Parabéns!

— A gente queria que você fosse a primeira a ver. E queria dizer obrigado, como banda, pelas suas contribuições. Você já sabe que *Missing You* é épica por causa do seu supertalento. — Ele pisca. — Você faz épico como ninguém.

Eu descarto o elogio com um movimento de mão.

— Não me provoque, Gus. Quando vou poder ouvir as músicas?

Gus sorri.

— Já mandei um CD para seu quarto no alojamento. Você deve receber amanhã. Me desculpe por não ter conseguido um antes. Ainda não podemos fazer download.

— Não tem problema. Obrigada, cara. Estou ansiosa. Vocês, cavalheiros, fizeram meu dia.

Gus parece meio apreensivo.

— Tem mais um motivo para todos nós querermos falar com você hoje. Temos uma surpresa para você. — Ele olha por cima do ombro para os colegas da banda.

Eu aperto os olhos.

— O quê? — Sinto que essa novidade não vai me deixar feliz.

Gus faz uma careta e enrola. E então ouço Franco, o baterista, falar atrás de Gus.

— Conte logo para ela, boiola. Meu Deus.

— Raio de Sol, promete não ficar com raiva?

Minhas desconfianças se confirmam.

— Depende.

O rosto de Franco aparece por cima do ombro de Gus, revirando os olhos de exasperação.

— Kate, você colocou as bolas de Gus na mala e levou para Minnesota?

O rosto de Franco é afastado à força da minha tela e Gus surge no lugar dele.

— Vá se foder, cara.

Meus batimentos se aceleram e tenho uma sensação horrível na boca do estômago.

— Conta.

Gus respira fundo.

— Queremos que você ouça a versão final de *Killing the Sun*. — Ele aperta a tecla play no aparelho e segura-o perto do microfone do laptop. — Acho que o som vai ficar uma merda assim, mas você vai entender.

— Qual é a do aparelho de CD? Você não vai bancar o hipster careta comigo, vai? Tem certeza de que não tem em fita cassete ou em cartucho? — Adoro pegar no pé dele.

E ele também adora. É por isso que somos melhores amigos desde sempre.

— Vá se ferrar e escuta.

A guitarra solitária e familiar toca e aumenta, e a voz de Gus surge, macia e rouca como sempre. Quando o primeiro verso chega perto do fim, a bateria, o baixo e a segunda guitarra começam a soar junto, e a voz dele vai aumentando até chegar ao refrão estilo hino. Adoro essa música. Estou ficando arrepiada, como fico toda vez que a escuto. Mas, quando o refrão começa, percebo que não é a voz de Gus cantando a letra... é a minha. Estou perplexa, perplexa demais para falar. O resto da música passa em um estado de sonho enquanto fico ouvindo minha voz repetidas vezes.

Sacudo a cabeça quando acaba.

— Há, Gus, eu espero que isso seja uma pegadinha, porque eu *não* devia estar cantando o refrão de *Killing the Sun. Esse é seu trabalho.*

Gus guarda o aparelho de CD, sem graça, dá um passo para trás e empurra Jamie, o baixista, para sua frente, mais perto da tela.

— Raio de Sol, não me mate, mas era assim que a música tinha que ser. Nunca percebi que podia ser tão mais até ouvir você cantar naquela noite no estúdio. Mostrei a gravação para o pessoal, e todos concordamos que sua voz era o que faltava.

— Gus, eu não sou cantora.

Jamie fala.

— É ruim que não é. Eu sempre soube que você cantava bem, mas acho que posso estar apaixonado por você agora, Kate. Quer casar comigo? Teríamos bebês lindos e talentosos...

Gus segura a manga da camisa dele, puxa para trás e entra na frente outra vez.

— Já chega, bonitão. Mas Jamie está certo. Você tem uma voz linda e cheia de emoção. — Ele olha para os colegas de banda.

Estão todos assentindo, menos Franco, que está balançando a cabeça com vigor.

— Eu acho que ela poderia ter feito melhor. — Franco sorri e pisca para mim por trás de Gus. Ele sempre me provoca, mas fica claro que jogou o comentário no ar para ver se Gus estava prestando atenção.

E então uma coisa me ocorre.

— Vocês não têm que ter a minha permissão?

Ele sorri.

— Nós temos. Lembra os documentos que você assinou quando entrou no estúdio com a gente?

Eu penso.

— É, acho que eu devia ter lido, né?

— Não fique com raiva. Deixamos seu nome fora dos créditos das duas músicas porque você insistiu tanto em relação a *Missing You*. Você está listada só como "amiga" nos créditos, como você queria, o que eu ainda acho uma merda e... errado. Mas, Raio de Sol, tocar e cantar com a gente e o que isso acabou virando... pode ser a maior coisa que você já fez por mim. E isso é dizer muito, porque você sempre esteve ao meu lado. Então, do fundo do meu coração, obrigado.

Ah, merda, quando ele fala assim, não tenho como ficar com raiva.

— De nada — digo, bufando e me rendendo. — E não estou com raiva.

Gus bate palmas uma vez.

— Essa é minha garota.

Eu balanço um dedo para todos eles em aviso.

— Mas vocês me devem. Muito.

Ouço a voz de Franco vinda de trás de novo.

— Kate, você está sugerindo que eu pague o favor com sexo? Porque está ficando *constrangedora* a forma como você fica se jogando em mim assim. Principalmente na frente do resto da banda.

Eu dou uma gargalhada.

— Vai sonhando, Franco. Não é *esse* tipo de coisa que vocês me devem. É tipo uma entrada pra primeira fila com passe para os bastidores pra um show de vocês.

Gus ri.

— Raio de Sol, vamos te dar ingresso para todos os shows e te trazer para cá se você quiser.

Eu dou um sorriso.

— Um show está bom.

— Bem, a gente tem que ir. O RSC vai nos levar pra jantar e comemorar. Em um lugar chique, e ele disse que não podemos ir de short, então temos que trocar de roupa. — Ele olha diretamente para a câmera. — Queríamos que você estivesse aqui.

Todos os colegas de banda de Gus se despedem.

Eu aceno.

— Tchau, pessoal. Parabéns de novo.

O rosto de Gus fica muito perto da tela, e ele baixa a voz.

— Estou falando sério, do fundo do coração, obrigado. Eu te amo, Raio de Sol.

— Também te amo, Gus.

— Boa noite.

— Boa noite.

Segunda-feira, 12 de setembro

(Kate)

O pacote que Gus enviou estava na recepção quando passei lá entre as aulas, no horário do almoço. Passei o CD para o iTunes e para o iPod e estou ouvindo a tarde toda. As músicas sempre me deixam arrepiada. Ele me transporta para um lugar quase perfeito. Para um lugar onde tudo é bom e nada dá errado e não há más notícias. É onde preciso estar hoje, porque, por mais que eu tente não pensar e não deixar a vida me deprimir, às vezes ela me deprime. E não quero isso. Porque a vida é um dom. Então, ouvir essas músicas hoje... é como se Gus tivesse jogado uma boia salva-vidas para mim. E é *tão* bom.

Terça-feira, 13 de setembro

(Kate)

Mando uma mensagem de texto para Gus quando estou caminhando para o Grounds. *Feliz dia de lançamento de disco!! Estou TÃÃÃÃÃO orgulhosa de você, Deus do Rock!! Te amo!!*

Meu celular vibra no meu bolso mais tarde, quando estou indo para meu turno de três horas na floricultura. É Gus.

— Puta merda! É o Deus do Rock!

Ele ri.

— Pare com isso, Raio de Sol. Estou interrompendo alguma coisa? Você já está no trabalho? — É engraçado como ele, mesmo com tudo que está acontecendo na vida maluca dele, sabe meus horários de cor.

— Não, estou indo para lá agora. Tenho uns dez minutos. E aí?

— Acrescentamos algumas datas à turnê hoje de manhã e tenho uma notícia incrível. — Ele parece superanimado, o que quer dizer que fico superanimada por associação. — Vamos tocar no auditório da Grant um dia depois do seu aniversário.

Paro de andar. Não é possível que eu tenha ouvido certo.

— Cara... em Grant? De Grant, Minnesota?

— Exatamente.

— Não acredito! — Estou dando pulinhos. As pessoas estão olhando. Eu nem ligo. O Rook vai vir aqui em algumas semanas.

— Sim! — grita ele. Tenho certeza de que também está dando pulinhos do outro lado da linha. — Só me avise quantos ingressos você precisa. Vou conseguir passes VIP para você e todos os seus amigos.

— Uau, isso é... isso é... *sensacional*. — Conto meus amigos em pensamento: Keller, Shelly, Duncan, Clayton, Pete e Maddie. Apesar de Maddie não estar falando comigo, é melhor incluir por garantia. E devo acrescentar mais um caso Clayton ou Pete tenham companhia. — Oito ingressos, contando comigo. É muita coisa? — De repente, me sinto egoísta e respondo minha própria pergunta. — É muita coisa.

Ele ri da minha preocupação.

— Deixa que eu cuido disso. Quero conhecer esses seus amigos. De certa forma, sinto que já conheço.

— Eu juro, Gus, se você disser alguma coisa para me constranger quando conhecer meus amigos, eu te mato.

— Deus, Minnesota sugou a parte divertida que existia em você, não é, cara? Você sabe que não consigo funcionar assim.

Ele está certo, não consegue. Provavelmente vai me fazer morrer de vergonha. Mas adoro, porque é um dos seus modos de demonstrar amor. Baixo a voz.

— Não acredito que vou ver você de novo e não vai ser na tela do meu computador. E você vai ver onde moro e onde estudo. — Estou perdida em pensamentos. São coisas que não achei que fossem acontecer.

— Mal posso esperar. — Ele baixa a voz. — Raio de Sol, tenho um favor a pedir. Há, você acha que, bem... que poderia tocar violino com a gente em *Missing You* ou cantar com a gente em *Killing the Sun*?

Fico arrasada por desapontá-lo, mas ele sabe que está forçando a barra.

— Cara, não posso.

Ele solta o ar como se estivesse prendendo a respiração.

— Imaginei. Tudo bem. — Ele parece decepcionado.

— Gus, eu só quero ver vocês, como fazia antigamente. Você vai deixar todo mundo impressionado. Além do mais, não quero roubar seus holofotes — digo, provocando. Porque ninguém poderia roubar os holofotes de Gus. Quando ele está no palco, você mal repara no resto da banda. O foco está sempre nele. Não que ele tente. Só é assim.

Ele bufa.

— Querida, você pode roubar meus holofotes quando quiser.

Eu dou uma gargalhada.

— Nosso tempo está quase acabando.

— É, eu estou chegando no trabalho. Obrigada pela notícia sobre o show e parabéns de novo pelo lançamento do álbum. Ainda não consigo acreditar. Estou tão feliz por você. Você sabe disso, né?
— Eu sei. Eu te amo, Raio de Sol.
— Eu também te amo, Gus.
— Tchau.
— Tchau.

Quarta-feira, 14 de setembro

(Kate)

Gus manda uma mensagem de texto: *Skype? Agora?*
    Eu acabei de sair do banho e só tenho que estar no trabalho em meia hora. E Sugar está em aula, então tenho o quarto só para mim. Mando uma mensagem de texto enquanto ligo o laptop: *Sim e sim.*
    Na tela vejo apenas uma cadeira vazia e nada de Gus.
    — Oi. Gus, você está aí?
    Ouço a voz dele, alta e clara.
    — Estou aqui, Raio de Sol. E oi. Preciso da sua opinião sobre uma coisa.
    — Tudo bem. Cadê você?
    — Estou atrás do laptop para você não me ver. Cara, quero que você seja sincera. Por favor, não ria, tá?
    — Claro.
    Vejo o short azul e verde favorito dele aparecer na frente da tela, e ele se senta na cadeira.
    Antes que consiga me segurar, dou um soluço, em choque.
    — Puta merda, Gustov Hawthorne!
    O cabelo liso quase até a cintura sumiu. Agora, vai só até os ombros. Sem o comprimento, fica um pouco ondulado, como o meu, embora o dele esteja em camadas e desgrenhado, no estilo astro do rock.
    — Pois é, né? O selo contratou um estilista para nós. Disse que não poderíamos fazer uma turnê parecendo um bando de surfistas. Não vai rolar short de surf e chinelos por um tempo.
    Não sei o que dizer. Ele parece uma pessoa diferente.
    Ele está mordendo o lábio inferior.

— Está tão ruim, Raio de Sol? Diga logo. Estou com cara de idiota? Sacudo a cabeça.

— Cara, não sei como dizer isso sem ser direta. Você está lindo pra caralho.

A julgar pela expressão de choque no rosto dele, não era o que esperava ouvir.

— É mesmo? Achei que você gostava do meu cabelo comprido.

— Eu gosto, mas não vejo seu cabelo assim desde que éramos crianças. Está sexy pra caramba. Vai ter que lutar pra se livrar das mulheres, você sabe, né? — Mulheres de todas as idades sempre se jogaram em cima dele, mas o corte de cabelo pode levar a situação a um novo patamar.

— Você acha? — Ele parece meio envergonhado.

"Definitivamente", eu penso.

Quinta-feira, 15 de setembro

(Kate)

Enquanto caminho para o carro depois da minha última aula com Gabriel, reparo em uma mensagem de texto no meu celular. É de Clay. *FALE COMIGO QUANDO VOLTAR PRO ALOJAMENTO!*

Mando uma mensagem enquanto estou andando. *NÃO GRITE COMIGO! Vejo você em 10 min. :)*

Meu celular apita de novo quando estou ligando o carro. *OBEDEÇA O LIMITE DE VELOCIDADE E NOS VEMOS EM 20.*

Dou uma gargalhada, porque ele sabe que estou em Minneapolis.

Clay me deixou culpada, então sigo em velocidade mais baixa e entro no estacionamento quinze minutos depois.

Clay abre a porta no instante em que bato.

— Cara, qual é a emergência? — Dou uma meia gargalhada porque ele parece histérico, mas não de um jeito que indica que alguma coisa horrível aconteceu, só de um jeito que indica que estava em pânico e não sabia o que fazer.

Ele segura meus ombros e me puxa para dentro do quarto. A porta se fecha atrás de mim. Pete está sentado na cama do outro lado do quarto, absorto em um livro, mas fala comigo:

— Oi, Kate.

— E aí, Pete? — Eu dou um cumprimento de cabeça e volto o foco para o homenzinho desesperado na minha frente.

Clay está apertando meus ombros e seus olhos ficam mirando em um olho meu e depois no outro, como se ele não conseguisse decidir a qual dar atenção total.

— Katherine, preciso de você — diz ele, com a voz totalmente séria. Só há um jeito de abordar esse nível de drama... Eu me viro para Pete:

— Ei, Pete, lembra quando eu falei que Clay era difícil? Acho que ele finalmente sucumbiu aos meus métodos lascivos de sedução. Você pode nos dar uns minutos sozinhos? Uns trinta minutos no máximo.

As bochechas de Pete ficam muito vermelhas, mas ele abre um sorriso. Meu Deus, eu o estou corrompendo.

Clayton me balança delicadamente e suspira, como se não tivesse tempo para piadas.

— Katherine, isso é sério.

Eu levanto as sobrancelhas.

— Merda. Então bota pra fora.

— Katherine, preciso que você vá à Spectacle comigo hoje.

— É isso? Eu achei que fosse sério. Você não precisa tirar ninguém da cadeia? Nem de um dos meus rins? — pergunto, provocando.

Ele bufa.

Dou uma gargalhada e diminuo o sarcasmo, pois sei que isso é muito importante para ele.

— Mas hoje é quinta, cara. Não vamos poder entrar. Não tenho identidade falsa.

Ele tira as mãos dos meus ombros e começa a morder a unha do polegar.

— E se eu dissesse que conheço uma pessoa e que vamos poder entrar?

— Então, claro! — Eu olho para ele com desconfiança, pois não está me contando alguma coisa. — Quem você conhece, Clayton?

Ele dá de ombros, mas as bochechas ficam vermelhas e o entregam.

Eu ando até a cama dele e me sento com as pernas cruzadas.

— Tudo bem, Clayton. O que você não está me contando? Porque, a julgar pela cor do seu rosto, *ele* é bem importante.

Ele bate o pé.

— Como você soube?

— Cara, você está vermelho feito uma prostituta na igreja. Só pode ser um cara.

Pete ri.

— Tudo bem, tudo bem, lembra daquela coisinha picante com quem dancei na noite em que fomos à Spectacle?

— Como eu poderia me esquecer do sr. Maçãs do Rosto? Ou daquele beijo quente?

Ele revira os olhos.

— Bem, o nome dele é Morris, e finalmente arrumei coragem para ligar para ele...

— *Isso aí*, Clayton! — exclamo.

O rubor fica mais profundo, e ele pigarreia.

— Morris gerencia a Spectacle e me ligou mais cedo e disse que quer me encontrar lá essa noite.

Eu olho para Pete, que está se esforçando para se concentrar no livro e ficar fora da conversa.

— Ouviu isso, Pete? Nosso garotinho está crescido. Mas não sei se estou pronta para ele começar a namorar. E você? Já teve a conversa com ele, sabe, sobre as cegonhas e as DSTs? Talvez a gente precise de uma demonstração de camisinha no pepino. E aí, está disposto?

Pete balança a cabeça de leve e um sorriso surge novamente.

Clayton bate o pé de novo. É tão fofo quando ele faz isso.

— Katherine, preciso que você vá comigo.

Eu me levanto da cama e abraço Clayton. Não posso mais provocá-lo.

— Estou com você, cara. — Dou um beijo na bochecha dele. — Estou com você. Que horas?

— Podemos sair às 20h? Precisamos chegar lá antes de abrir para que Morris possa nos botar para dentro.

Eu o solto e vou para a porta.

— Seu desejo é uma ordem.

Clayton está na minha porta às 19h45, praticamente tentando me arrastar. Ele sabe que costumo me atrasar. Ligo para Shelly, mas ela tem planos com o Namorado, então parece que estou sozinha.

Como prometido, Morris está esperando por nós na porta dos fundos da boate. Deus, a sensação é muito suspeita. Acho que é por *ser mesmo* ilegal, mas quando eu ia à boate com Gus na Califórnia, sempre me faziam entrar pela porta da frente. Sinto-me como se devesse conhecer um tipo de batida ou aperto de mão especial, ou uma senha para entrar pelos fundos.

Morris tem mesmo as maçãs do rosto esculpidas de que me lembro e, além disso, é de Manchester, Inglaterra, então tem um sotaque fantástico.

É educado, adequado e encantador. Eu poderia ouvi-lo falar a noite toda: o jeito como ele não pronuncia a primeira ou a última letra de certas palavras ou o jeito como deixa sílabas inteiras de fora, como se não fossem importantes o bastante para merecer atenção. E você se vê concordando e pensando por que nos damos ao trabalho de dizer o "r" no final de "melhor". Fica tão sexy sem essa letra. Ao menos no sotaque dele. Não é surpresa Clayton estar todo caidinho. Depois de conversar com Morris alguns minutos, porque Clayton parece sem palavras na presença dele, descubro que ele é um perfeito cavalheiro, isso sem contar o sotaque encantador, o que me deixa mais tranquila. De alguma forma. Ainda assim, meu motivo primário ao acompanhar Clayton é cuidar para que Morris não tire vantagem do meu inocente amigo.

Só para ter certeza, peço que ele busque duas Cocas no bar. Assim que ele se afasta, eu me viro para Morris.

— Morris, cara, vou direto ao ponto. Você parece muito legal e acho que gosto de você, então não me entenda mal. — Eu olho para ele direto nos olhos. — Não ferre a vida do Clayton. Ele é especial e é um doce e gosta muito de você. Sei que isso tudo é só o começo entre vocês dois, mas não deixe que ele fique animado demais se não pretende ir mais longe com ele. Clayton nunca teve namorado, mantenha isso em mente. O coração dele está guardado há dezoito anos, então, quando ele tirar do bolso e oferecer para compartilhá-lo com você, não trate como se fosse um brinquedinho novo e brilhante que vai ser esquecido quando você acabar de brincar com ele. E não pegue mais do que deve se não estiver disposto a dar um pouco do seu também. Só... só não ferre a vida dele por causa de uma noite, tá?

Morris levanta as sobrancelhas.

— Caramba, Kate, você vai mesmo ao ponto, né?

Levanto as sobrancelhas também. Estou esperando a resposta dele, e ele sabe.

— Eu gosto de Clayton. Quero conhecê-lo melhor. — ("Melhor" com um "r" suave é melhor mesmo.) — Apesar de parecer egoísta trazê-lo aqui hoje, só tenho boas intenções. Penso nele o tempo todo desde que nos conhecemos. Eu achei... — Ele faz uma pausa e parece constrangido. — Eu achei que ele nunca ligaria. Mas ele ligou.

Eu dou um sorriso. Morris parece genuinamente empolgado com Clayton. Mas eu tenho mais uma pergunta.

— Quantos anos você tem?

— Tenho 21.

— E é gerente de uma boate? — Eu aperto os olhos. O coração do meu amigo ainda está em jogo aqui.

— Meu tio é o dono. Ele mora em Londres e me pediu para ajudar, já que acabei de terminar a faculdade. Só estou aqui há um mês. É uma longa história. Nem tenho onde morar ainda. — Morris baixa a voz a um sussurro. — Ele está vindo. Eu não vou magoá-lo. Você tem minha palavra.

— Obrigada.

Ele assente.

Como Morris está tecnicamente trabalhando, Clayton passa a maior parte do tempo dançando comigo. Nas ocasiões em que Morris para de trabalhar durante uma ou duas músicas e o rouba, vejo que não faltam parceiros de dança disponíveis. E eles sabem *dançar*.

Clayton e eu ficamos até a hora de fechar e aproveito a alegria dele durante todo o caminho de volta até o alojamento. Ele está tão eufórico de amor ou desejo que nem reclama do jeito como dirijo.

Na frente do quarto, damos de cara com a fita vermelha na minha porta. Clayton, como sempre, me recebe.

— Cara, me sinto esquisita dormindo com você agora que tem dono.

— Katherine, pare com isso. Você é sempre bem-vinda na minha cama. Agora, boa noite — diz ele, ainda com um brilho especial nos olhos.

— Boa noite.

Sexta-feira, 16 de setembro

(Kate)

Ouço o alerta de uma nova mensagem quando passo pela porta do Three Petunias. Não vou trabalhar hoje, mas Shelly me pediu para passar lá. Ela gravou um CD para mim e quer que eu ouça.

Pego o celular no bolso enquanto espero que ela termine uma ligação. A mensagem de texto é de Maddie. *Posso pegar 500 dólares emprestados? Tenho que pagar o aluguel amanhã.*

O aborrecimento que a mensagem me causa deve ter ficado evidente na minha cara porque, assim que Shelly desliga o telefone, ela pergunta:

— Qual é o problema, Kate?

Eu balanço a cabeça.

— Nada. Acabei de receber uma mensagem de texto da minha tia. Não tenho notícias dela há um tempo.

— A tia que mora em Minneapolis?

— É, ela estava com raiva de mim. Ando tentando falar com ela há algumas semanas.

— Ela ainda está com raiva?

Eu dou de ombros.

— Não sei. Ela diz que precisa de dinheiro.

Shelly parece chocada.

— E está pedindo para você? Quantos anos ela tem?

Ainda estou repassando a mensagem na minha cabeça.

— Vinte e sete.

— Você não vai emprestar, vai?

Eu expiro enquanto chego a uma conclusão.

— Provavelmente. Ela está lidando com coisas complicadas. Disse que precisa. Não pediria se não estivesse desesperada, né?

Shelly está me olhando. No rosto dela, vejo Audrey, a mãe de Gus, maternal e preocupada.

— Não sei, Kate. Você trabalha duro pelo seu dinheiro. Também precisa dele.

Aponto para o computador na bancada.

— Posso usar rapidinho?

— Claro — responde ela ainda com sua expressão maternal.

Pesquiso o endereço da Rosenstein & Barclay, a firma de advocacia na qual Maddie trabalha, e anoto em uma folha de papel junto com instruções de como chegar lá. Tenho tempo livre à tarde, e ela disse que o aluguel tem que ser pago amanhã, então vou levar o dinheiro agora. Por que ela está pagando o aluguel no meio do mês, aliás?

O prédio em que Maddie trabalha fica bem no centro de Minneapolis, então, depois de achar uma vaga com parquímetro e colocar algumas moedas, entro e pego o elevador para o terceiro andar. As portas se abrem no saguão da Rosenstein & Barclay. O piso é de pedra e polido até brilhar. Tem flores frescas na mesa em frente à porta de entrada do escritório de Maddie. Sinto-me malvestida de chinelo, jeans e minha camiseta "Virginia is for lovers". De repente, fico arrependida de não ter ligado primeiro. Advogados são superocupados, né? Ela deve estar em alguma reunião importante ou talvez no tribunal. Quem sabe? Sinto-me uma idiota. Depois de respirar fundo, abro uma das portas gigantescas, e um sino toca, anunciando minha chegada. Jesus, é um primo do sino do mal.

Uma mulher levanta o rosto do outro lado do balcão da recepção. É educada e fala comigo diretamente.

— Boa tarde. — Ela está usando um terninho preto bem-cortado e ajustado e parece profissional demais para estar sentada atrás daquele balcão.

Limpo a garganta.

— Boa tarde. Lamento incomodá-la, mas estou procurando Maddie Spiegelman. Ela está?

A mulher sorri.

— Claro. Ela deve voltar a qualquer momento. — A mulher levanta a mão para proteger a boca e baixa a voz. — Ela deu um pulinho no banheiro. Estou cobrindo os telefones até ela voltar.

Tudo bem, estou confusa.

— Cobrindo para ela? Você quer dizer que Maddie é a recepcionista?

A mulher faz que sim, mas parece confusa com a minha pergunta.

— Me desculpe, Maddie é minha tia. Eu só... Eu não sabia qual era a posição dela aqui.

Ela assente.

— Bem, aqui está ela.

Eu me viro, e o rosto de Maddie despenca quando me vê. A voz soa baixa e cruel quando ela se aproxima.

— Kate, *o que você está fazendo aqui?* — sibila ela.

Eu levanto o cheque que preenchi, tirando dinheiro da minha conta de emergência.

— Sua mensagem de texto pareceu urgente. Eu queria ter certeza de que você poderia ir ao banco ainda hoje, já que precisa pagar o aluguel até amanhã.

— Você podia ter ligado, Kate. Um pouco de cortesia, por favor — repreende ela.

— Desculpa, cara. Se você não precisa mais, não tem problema...

Ela me interrompe e arranca o cheque da minha mão.

— Não, eu fico com o cheque. Tive muitos gastos imprevistos este mês... coisas que você não entenderia.

Não consigo deixar de revirar os olhos para ela.

— É sério isso? — Senti vontade de dizer "que tal experimentar". *Já passei por isso* é meu sobrenome.

Ela não responde.

Estou meio irritada, mas também preocupada com ela.

— Por que você não respondeu minhas mensagens? Como você anda?

Ela inspira fundo e baixa a voz.

— Estou bem. Não há nada para conversarmos.

Eu baixo a voz.

— Por que você mentiu para mim sobre seu trabalho? — Não estou sendo cruel, só estou fazendo uma pergunta. Uma pergunta que ela devia ser adulta o bastante para responder.

Ou não... Ela só me olha como se eu a tivesse insultado.

— Você tem que ir embora agora. Tenho que trabalhar. Uma coisa que você não deve nem saber o que é, sendo filha de Janice Sedgwick. Aposto que passou o maior sufoco morando na praia com todo o dinheiro da mamãe.

Eu pisco em meio ao choque por vários segundos.

— Uau... tudo bem... então é assim... — Eu paro de falar, estupefata, e minhas bochechas vão ficando quentes com a raiva que sinto. Eu me viro para a porta, e agora a adrenalina corre à toda nas minhas veias. Quando passo pela porta, me viro e olho nos olhos dela.

— Fico feliz por você poder pagar seu aluguel este mês, Maddie. *De nada.*

Deixo a porta bater atrás de mim.

Sábado, 17 de setembro

(Kate)

Uma mensagem de texto de Maddie: *Vc precisa ligar antes de vir. É grosseria.*

Maddie tem um jeito péssimo de pedir desculpas. Respondo: *Claro.* Porque preciso morder a língua. Não vale a pena brigar por isso.

Não espero resposta e estou pronta para deixar tudo para trás, mas ela responde. *Podemos conversar?*

Claro que já não estou mais com raiva. Não consigo guardar ressentimentos. Ou talvez eu seja uma otária. Seja como for, eu perdoo com facilidade. *Me liga*, respondo.

Maddie liga e desabafa tudo que tem em seu coração superficial. E como é o coração superficial dela, não falamos do verdadeiro problema, a bulimia. Então, falamos sobre dinheiro. E, sejamos sinceros: se todo o dinheiro do mundo sumisse, ela sobreviveria. Se a bulimia não parar, vai matá-la. Mas ela ainda não está pronta para falar sobre isso, então não forço. Ao menos, estamos conversando.

Ela diz que mentiu sobre o emprego porque achou que eu não ficaria impressionada se soubesse que ela era recepcionista, e não advogada. Como se eu ligasse. Ela poderia ser gari que eu não ficaria menos impressionada do que se *fosse* advogada. As pessoas se prendem demais a rótulos e títulos. Depois, ela me diz que está enrolada com cartões de crédito e contas, que a colega de apartamento saiu de lá inesperadamente em julho e que ela não conseguiu encontrar ninguém para cobrir a outra metade do aluguel. Ela não paga o aluguel há dois meses e começaram a ameaçá-la de despejo. Foi por isso que me procurou. Ela não sabia o que fazer. Sinto pena dela, mas sempre me impressiona o quanto as pessoas se acostumam com certo estilo de vida e decidem que qualquer coisa menor é inaceitável. Eu passei de uma infância em uma casa em frente à praia a morar em uma garagem com a minha irmã. E quer saber? Eu gostava mais da garagem. Acho que Maddie não aguentaria isso. Revelo parte da história para Maddie, mas poupo os detalhes, a dor. Sempre foi uma luta, e isso é tudo que ela precisa saber. Não estou procurando pena, mas às vezes, estabelecer uma relação de empatia é meio como dar conselhos sem realmente *dar* conselhos. Esquisito, eu sei, mas ninguém gosta de ouvir o que deve fazer. As pessoas gostam de descobrir sozinhas. Quando a sessão de psicologia reversa está terminando, eu me lembro da conversa com Morris na noite anterior e tenho uma ideia.

— Você se oporia a um colega de apartamento homem?

A voz dela se alegra.

— Não, principalmente se for bonito e solteiro.

— Bonito, sim, solteiro, não exatamente.

— Todos os bons estão comprometidos.

— Além do mais, ele é gay. Isso não faz você se sentir melhor sobre ele ser comprometido?

— Há, não exatamente. — Ela ri, e, pela primeira vez desde que a conheci, sinto que estou falando com a verdadeira Maddie. Ela parece sincera e exausta, como se a vida fosse demais para ela e, no momento, não estivesse preocupada com o que as outras pessoas pensam.

— As maçãs do rosto dele são extraordinárias. Eu não me importaria de olhar para ele todos os dias.

— Vou aceitar sua palavra. — Ela ri de novo, e o som é bom na voz dela.

— Vou falar com ele hoje e pedir para ligar para você. O nome dele é Morris.

— Tudo bem.

— Legal. Espero que dê certo.

Mando uma mensagem para Clay, pedindo o número de Morris e depois ligo para ele. Uma hora depois, Maddie e Morris já se encontraram, conversaram e, às 17h30, Morris já tirou tudo de seu quarto de hotel e se mudou para o quarto vago do apartamento de Maddie.

Adoro quando um plano dá certo.

Domingo, 18 de setembro

(Kate)

— Há, Sugar, posso ajudar com alguma coisa?

Minha colega está mexendo no meu armário quando entro em nosso quarto. Eu a peguei de surpresa, e ela pula ao ouvir minha voz. É uma surpresa cheia de culpa, e lembro-me de flagrar Gracie comendo biscoitos escondido antes do jantar. Acho que ela não me ouviu entrar... nem esperava que eu voltasse logo.

— Não... não... Eu, há, não consegui achar uma blusa minha e achei que talvez... talvez tivesse ficado misturada com suas merdas no chão e você tivesse botado no seu armário sem querer.

Ela está mentindo. As bochechas estão em um tom de vermelho de culpa, um sinal definitivo. Não gosto, mas não vou chamar a atenção dela, porque, enquanto ela tenta se justificar com pouca convicção, só consigo ouvir a voz de Gracie na minha cabeça, dizendo "eu não ia *comer*, Kate". Passo por ela e penduro minha bolsa nas costas da cadeira da escrivaninha. Reparo em duas blusas minhas em cima da cama dela. Eu sei que não as deixei ali. Finjo não reparar.

— Como é sua blusa, cara? De repente, eu posso ajudar a encontrar.

Ela umedece os lábios e os olhos se desviam para a cama dela e minhas blusas. Ela sabe que foi pega, mas é agressiva mesmo assim.

— Deixa pra lá. Deve estar lavando — diz ela.

Deus, será que ela sabe o quanto mente mal?

Enquanto ando até a porta, eu digo:

— Se você diz. Estou apertada e vou ao banheiro. — Aponto para as minhas blusas na cama dela enquanto estico a outra para a maçaneta.

— E Sugar, se você quiser uma blusa minha emprestada, só precisa pedir. Mas elas são como minhas filhas: sou protetora e gosto de saber onde estão o tempo todo.

Não olho para trás e deixo a porta fechar atrás de mim.

Esbarro em Peter, que está saindo do quarto do outro lado do corredor.

— Ei, Pete, desculpe.

— Oi, Kate. Tudo bem, eu também não vi você.

— Para onde você está indo, *mon frère*?

— Para o refeitório. Eu estava esperando Clayton, mas ele mandou uma mensagem dizendo que vai jantar com Morris em Minneapolis.

Isso me deixa feliz. Clayton falou com Morris todos os dias desde que fomos à Spectacle, e eles saíram todas as noites. Clayton está nas nuvens.

— Certo. Bom, sei que não sou Clayton, Pete, mas, se você não se importar de esperar dois segundos enquanto vou ao banheiro, como com você a *entrée du jour*.

Peter dá aquele sorriso nervoso que diz que: (a) Ele está aliviado por não ter que ir ao refeitório sozinho e (b) Está aliviado por não ter que pedir a alguém para ir com ele *para que* não fique sozinho.

— Não me importo. Vou esperar lá fora.

Nosso jantar era uma rotina, mas Pete e eu estamos ficando acostumados a comer sem Clayton. Sinto falta de Clay, mas não me importo em passar um tempo sozinha com Pete.

No começo, tive que guiar a conversa com Pete, porque ele é quieto e tímido. E não me importei, porque ele é gentil e engraçado, e gosto de estar com ele. Mas, aí, descobri que ele tem uma sede insaciável por notícias nacionais e mundiais, políticas ou não. E apesar de termos opiniões diferentes, porque ele é meio de direita e eu sou meio de esquerda, nós dois somos mente aberta o bastante para ouvir as opiniões do outro. Poucas pessoas são assim, e eu valorizo mentes abertas. E, para mim, o intelecto de Pete é um dom. Tenho que ser sincera: fiquei um pouco insultada pelo choque que ele teve quando consegui acompanhá-lo em debates envolvendo política estrangeira ou a crise econômica da Europa, mas estou quase acostumada às pessoas acharem que sou apenas uma loura burra. E admito que às vezes perpetuo essa noção, porque é mais fácil e meio engraçado. Se você é importante para as pessoas, elas dedicarão um tempo a perceber que você não é uma loura burra. Pete dedicou esse tempo.

Estamos falando sobre a situação atual no Congo quando reparo que os olhos de Pete se desviam várias vezes por cima do meu ombro esquerdo. Eu me viro e finjo estar procurando alguma coisa no bolso do moletom, pendurado nas costas da cadeira. O refeitório está quase vazio, mas tem uma garota sentada sozinha atrás de mim. Eu a vejo aqui todos os dias. Ela sempre se senta sozinha e está sempre lendo, totalmente absorta. Ela é pequena e tem cabelo castanho, sempre preso em um coque desajeitado. Usa óculos apoiados na ponta do nariz, do mesmo jeito que pessoas velhas usam óculos de leitura, mas os dela não são de leitura. São grandes e redondos. Como sempre, ela está totalmente absorta no livro. Duvido que ela repararia se o prédio desabasse ao redor dela. Admiro essa concentração intensa. Ler é uma fuga do mundo externo. Todo mundo precisa de um pouco disso para manter a sanidade.

Eu me viro e volto a comer as ervilhas, separando e empurrando a cenoura para o canto do prato. Cenoura cozida tem gosto de comida de bebê misturada com terra. Só nesse refeitório eu vi ervilhas e cenouras servidas juntas. Que combinação decepcionante. Sempre achei que inventaram isso em *Forrest Gump*, "como ervilhas e cenouras", mas acho que não. Gosto de Forrest e Jenny juntos, e agora, ao separar as cenouras das ervilhas, fico pergunto-me se eles não eram certos um para o outro, afinal. Forrest e Jenny eram mais como ervilhas e manteiga ou ervilhas e sal... qualquer coisa, menos cenouras. Indico a menina por cima do ombro com o garfo.

— Ei, Pete, você conhece aquela garota?

As bochechas dele queimam e ele faz que não.

Dou um sorriso por dentro porque tenho certeza de que ele estava olhando para ela.

— Ela sempre se senta sozinha. Talvez a gente devesse convidá-la para sentar com a gente.

O rosto dele fica ainda mais vermelho, mas, fora isso, não há nenhum movimento. Ele não fala.

Eu me inclino por cima da mesa e sussurro:

— Ela é bem bonita, Pete. Tem um ar despretensioso e sexy de bibliotecária.

Ele dá um sorriso leve que o entrega, mas desvia o olhar e concentra-se na pilha de purê de batata com tanta atenção que posso jurar que espera que o purê fale com ele.

Eu baixo a voz com esperança de não o constranger mais.

— Cara, você devia convidá-la para sair.

Ele parece apavorado e faz que não de novo.

Suspiro, mas mantenho a voz baixa.

— Pete, você está olhando para ela desde que nos sentamos aqui. Não me diga que não está interessado.

— Eu não saberia o que dizer — diz ele, suspirando. Ele parece perdido, ou talvez sem esperança, ou talvez um pouco de cada coisa.

Estico a mão por cima da mesa, em um gesto de apresentação.

— Que tal: "Oi. Sou Peter Longstreet. Você se importa se eu me sentar aqui?" A conversa vai correr naturalmente a partir daí.

— E se não se correr? E se ela me ignorar ou... ou... ou me mandar sumir? — É, o que ouço na voz dele é puro pânico.

Dou um sorriso.

— Cara, acho que as pessoas não mandam ninguém sumir. Tenho certeza de que você está em segurança.

Ele abre um sorriso.

— Você sabe o que quero dizer.

Estico a mão e coloco em cima da mão dele para fazer com que os dedos parem de bater com a colher na mesa.

— Pete, cara, você é um sujeito incrível. Ela parece uma garota legal. O que você tem a perder? Você devia falar com ela. Escute, já terminei aqui e tenho um trabalho para começar, então vou voltar para o alojamento.

— Você não devia andar sozinha — diz ele quando me levanto. Ele e Clayton sempre se preocupam comigo andando sozinha pelo campus à noite. Eles compraram duas latas de spray de pimenta: uma para meu chaveiro e uma para ficar na minha bolsa.

Dou um sorriso e solto a mão dele.

— Vou ficar bem. Quando eu sair, junte coragem por uns minutos e prometa que vai parar e falar com ela no caminho, tá?

Ele parece prestes a desmaiar ou vomitar, mas assente e parece decidido de um jeito novo e apavorado.

— Tá.

Coloco o moletom e pego os pratos.

— Você é o cara, Pete. Esse é seu novo mantra: Eu sou o cara. — Eu pisco. — Boa sorte.

Ele expira.

— Obrigado, Kate.

Deixo os pratos sujos na cozinha, digo "Hola" para Hector e, na saída, reparo que Pete está levando a bandeja de pratos sujos também. Sei que tenho uns 45 segundos para agir, então vou direto até a mesa da garota. A bibliotecária bonita não levanta o olhar, apesar de eu estar a menos de trinta centímetros dela. Estou invadindo o espaço dela e me sinto mal por isso, mas não tenho tempo a perder. Eu limpo a garganta. Nada. Então eu me ajoelho e começo a falar.

— Com licença — Ela vira o olhar para mim. — Oi, meu nome é Kate. Me desculpe por interromper, mas em uns trinta segundos meu amigo Peter vem falar com você. Ele está muito nervoso, mas saiba que ele é um cara legal, muito legal. Por favor, ouça o que ele tem a dizer. — Ela franze a testa, mas assente. — Obrigada. — Saio rapidamente sem olhar para trás.

Pete bate na minha porta uns quinze minutos depois. O sorriso dele é tão grande que reparo pela primeira vez que ele tem covinhas nas duas bochechas. Ele começa a falar na mesma hora. *Falar!* Ele costuma ser reservado e controlado mesmo quando está sendo engraçado, então é uma grande diferença.

— O nome dela é Evelyn. Ela é caloura e estuda história americana. Gosta de ler clássicos, mas também gosta de biografias e ficção científica. — Ele parece imensamente satisfeito com o que fez.

Olho para o relógio.

— Foi um relatório e tanto.

O sorriso dele não diminui nem um milímetro.

— Ela é fácil de conversar.

Eu dou um tapinha no ombro dele.

— Excelente. Está vendo? Ela já ama você. Você pegou o número dela?

O sorriso diminui um pouco.

— Achei que seria direto demais pedir na primeira vez que falei com ela. Teria sido direto demais?

Eu balanço a cabeça.

— Não. Se você está a fim e ela correspondeu, não teria sido direto demais. — A inocência dele me mata.

Ele afasta o olhar e os lábios se apertam de frustração. Ele está chateado.

— Droga.

— Não se preocupe. Você vai ter algo para falar na próxima vez que a vir.

O sorriso com duas covinhas volta.

— Vou encontrá-la no refeitório amanhã. Vamos jantar juntos.

Eu bato palmas.

— Caramba, Pete, isso é praticamente um encontro.

— Obrigado, Kate. — Ele olha para o chão e depois para mim. — Sabe, pelo encorajamento... Eu passaria o resto do semestre só olhando para ela se não fosse você.

Não espero que me agradeçam por tudo; na verdade, nem espero agradecimento. Mas nunca faço pouco caso, principalmente sendo um agradecimento tão sincero.

— Teria sido esquisito. — Dou uma piscadela. — Então, de nada.

Ele assente e se vira para abrir sua porta.

— Pete.

Ele se vira.

— Sim?

— Eu ia dizer antes... Você é um cara incrível. E Evelyn é uma garota de sorte. — Dou um sorriso. — Boa noite.

Ele dá um sorriso tímido.

— Boa noite.

Sinto que acabei de ver felicidade e confiança florescerem no meu amigo pela primeira vez. Que combinação incrível.

Segunda-feira, 19 de setembro

(Kate)

— O que está rolando?

— Oi, Gus. Nada de mais. E você, *mon ami*? — É bom finalmente ouvir a voz dele. Só conversamos por mensagem nos últimos dias porque ele está tendo uma reunião atrás da outra, mas não é a mesma coisa. Gosto de ouvir a voz dele. É o que me prende à realidade, ao meu eu real.

— Mais do mesmo. Mal posso esperar para pegar a porra da estrada.

Gus não é o tipo de pessoa capaz de apreciar cada parte do processo. Ele sempre foi meio mimado pela mãe e a vida dele sempre foi bem fácil. Não que ele não trabalhe para caramba. É só que a vida tem sido fácil. Ele prefere pular aquilo de que não gosta, mesmo se for importante a longo prazo, para chegar àquilo de que realmente gosta. Acho que somos todos assim. Não é ser egoísta, é a natureza humana. Às vezes, precisamos ser lembrados de que tudo é importante, o bom e o ruim. Então, digo:

— Eu sei, cara, mas a preparação é essencial, certo?

Ele supira, e é o som menos parecido com Gus que ouço em muito tempo.

— É que a preparação e o marketing deviam ser trabalho de outra pessoa, sabe? Quer dizer, é o que a gravadora e nosso agente e gerente recebem montanhas de dinheiro para fazer, certo, preparação e marketing? — Ele está ficando animado. — Nosso trabalho é tocar. Nós não devíamos nos preocupar com mais nada. É como tentar guiar gatos, Raio de Sol. Tudo muda o tempo todo. E a maior parte das coisas é besteira. Tivemos que passar uma hora ouvindo uma porra de um sujeito nos ensinar sobre entrevistas. O que dizer, o que não dizer. Olha uma novidade: ser sincero e falar sobre a porra da música quando alguém fizer uma pergunta!

— Opa, Gus. Calma. Eles só estão tentando proteger sua imagem. Você está em algum lugar onde possa fumar? — O nível de ansiedade de Gus anda aumentando demais nesse último mês. Não gosto de vê-lo estressado assim. Adoro os colegas da banda, mas sei que ele carrega o peso do que está acontecendo sozinho, porque, bem, eles não carregam... ou não querem carregar.

— Sim. — Ele fala com rispidez.

— Talvez...

Sou interrompida pelo clique do isqueiro e por aquela primeira tragada profunda.

— E não diga porra nenhuma, Raio de Sol.

Sei que não devia, porque ele está com um humor de merda, mas também sei que não é por minha causa, então não levo para o lado pessoal.

— Mas você devia... parar.

— Não. — A resposta dele é curta e final. Eu me sento e espero que ele termine o cigarro. Depois vem o pedido de desculpas. — Me desculpe. Eu não pretendia descontar em você.

— Tenho uma pergunta para você. Como você se sentiria se o RSC entrasse no estúdio com as músicas dele e mandasse você gravá-las no lugar das suas?

— Eu mandaria ele se foder.

— É justo, porque ele precisa que você, obviamente, esteja envolvido no processo de gravar a música, porque é a *sua* música.

— Isso aí.

— Mas ainda foi colaborativo, não foi? O RSC se envolveu bem, né?

— É.

— Certo, então o passo seguinte é preparar o lançamento do álbum e da turnê.

— É. Aonde você quer chegar com isso? — Ele soa impaciente e curioso ao mesmo tempo.

— Ah, você tem que saber que eles *são* os especialistas em relação ao lançamento do álbum e à turnê, mas isso não isenta você de fazer sua parte. Se você não se adiantar e tomar conta de cada passo do processo, o processo todo vai te ferrar. E você não vai ter ninguém para culpar além de si mesmo. Então proteja-se.

Ele bufa e sei que concorda comigo a contragosto.

— Mas é um saco. As reuniões são uma falação sem sentido. Fico sentado ali e, depois de cinco minutos ouvindo eles falarem, me pergunto quando foi que viraram adultos do mundo de Charlie Brown. É só "wah, wah, wah". E estou cansado pra caralho de tirar fotos. Para que tantas sessões de fotos?

Eu acrescento um toque de humor.

— Talvez você seja tão lindo que eles não consigam se controlar. — É hora de trazer Gus de volta à realidade. — Escute, Gus, estou do seu lado, você sabe disso. *Mas, falando sério, cara,* você está fazendo uma coisa que algumas pessoas venderiam a alma para fazer. Você gravou um disco com suas músicas. Músicas de Gustov Hawthorne. E é o melhor álbum que ouço em muito tempo, de verdade. Vai ser lançado em algumas semanas, e você vai sair em uma *porcaria de turnê pelo país*. Vai viver a vida de um astro do rock todos os dias pelos próximos três meses. E só estão pedindo em troca que você tenha um papel ativo na divulgação da banda, do álbum e da turnê para que tudo faça o máximo de sucesso possível. Gus, preciso lembrar a você que é a *sua* banda, o *seu* álbum e a *sua* turnê? Você não precisa se sacrificar nem abandonar quem você realmente é, mas é do seu interesse participar em *todos* os aspectos. Não fique reclamando. Vá lá e faça. É seu trabalho.

Ele suspira e sei que passei a mensagem para ele.

— Você está certa. Eu sei. Estou choramingando como uma porra de um bebê.

Eu dou um sorriso.

— Coisas boas estão a caminho. Antes que você perceba, vai estar tocando em uma cidade diferente por noite, e sua maior preocupação vai ser tentar decidir se quer a morena sexy da fileira da frente que mostrou os peitos ou as gêmeas louras idênticas que vão aparecer nos bastidores depois do show. Talvez todas. — A ideia deixa meu estômago embrulhado, mas sei que estou falando a linguagem de Gus: mulheres.

Gus ri.

— Tudo bem, chega de falar de mim e da minha resmungação. Como foi o jantar hoje?

Eu tento meu sotaque britânico exagerado.

— Foi adorável, querido. Purê de batata com queijo, vagem e salada de alface. Jantei na companhia de Clayton, Peter e da namorada dele, Evelyn.

— Espere, Pete? O Pete da calça de couro está namorando? Quando isso aconteceu? Por onde eu andei? — Gus acompanha minha vida como se fosse uma novela. É engraçado o quanto ele fica interessado em todas essas pessoas, principalmente com tudo que está acontecendo na vida dele. Talvez seja *por causa* de tudo que está acontecendo na vida dele. É uma fuga. Como reality shows na TV.

Paro com o sotaque porque dá muito trabalho.

— Ontem à noite. Pete a viu no refeitório vazio e foi amor à primeira vista. Estou orgulhosa dele. O sujeito nunca teve namorada. Estava morrendo de medo, mas falou com ela mesmo assim, e eles logo se entenderam. Já fizeram planos de jantar juntos e estudar na biblioteca todas as noites durante a semana. É fofo à beça o jeito como ficam constrangidos juntos. Os dois estão se esforçando tanto. Sinto que isso restaurou minha fé na humanidade.

— Você nunca perdeu a fé na humanidade, Raio de Sol. Mas que bom para ele. Como ela é? — Ele está mesmo interessado.

— Bem parecida com ele, na verdade...

Ele me interrompe.

— Então ela gosta de sadomasoquismo e também usa calça de couro? Eu dou uma risadinha.

— Não. — E dou uma gargalhada mais intensa. — Não... Eca... Eu não... quero... essa imagem.

Ele também está rindo. Depois de alguns momentos, diz:

— E você, Raio de Sol?

— Eu não gosto de sadomasoquismo nem de calça de couro — respondo imediatamente. — Minha bunda é achatada demais, ia ficar esquisita na calça. Seria decepcionante.

Ele dá uma gargalhada, mas é forçada.

— Não vou nem comentar sobre a calça. — Ele acrescenta baixinho: — Mas não tem *nada* errado com a sua bunda. *Nadinha.*

Volto à pergunta original dele:

— O que tem eu?

— Ah, Clayton tem namorado e agora Pete tem namorada, então eu estava pensando se você... sabe... conheceu alguém? — Ele parece nervoso, o que é coisa rara para Gus, ao menos comigo. Ele sabe que pode me perguntar qualquer coisa.

— Eu não quero um namorado, Gus. Você sabe disso.

— Deus, como a pessoa mais positiva que conheço pode não acreditar no amor? Você é uma contradição tão grande. Tenho certeza de que tem caras dando em cima de você o tempo todo, assim como era aqui.

Eu limpo a garganta

— Na verdade, não. Ninguém me chamou para sair desde que cheguei.

Há uma gargalhada nervosa e ele diz:

— Você sabe que não é porque eles não querem, é porque você é intimidante pra caralho, sua merdinha. É preciso coragem até para flertar com você, ainda mais convidar para sair. Você apavora todos os caras porque eles já sabem que você vai recusar. Eles sabem que não têm chance nenhuma.

— O único cara que flertou um pouquinho comigo foi o Keller, que trabalha no café. Mas foi um flerte inocente.

— Você se sente atraída por ele? — A voz dele soa hesitante.

— Não sei, quer dizer, ele é bonito, claro, mas não estou querendo me envolver agora.

— Mas se estivesse? — Ele está forçando a barra.

— Não estou. Além do mais, ele talvez esteja envolvido em um relacionamento a distância, então não sei por que estamos falando disso. Não vou me meter. Somos apenas amigos. — É minha palavra final.

Ele suspira. Acho que não está satisfeito com minha resposta. Ficamos em silêncio.

— Escute, cara, tenho que fazer meu dever, mas Gus?

— O quê?

— Sei que tudo que está acontecendo na sua vida agora, o álbum e a turnê e tudo o mais... sabe, que não é tudo divertido e algumas coisas *são* um saco, mas é a vida, cara. Às vezes, é um saco. Mas quer saber?

— O quê?

— Gus, *sempre* melhora. — No coração, ainda acredito nisso, mas preciso ficar lembrando a mim mesma. É difícil quando os sentimentos e atitudes que antes eram naturais viram uma coisa que preciso me esforçar para ter.

Ficamos em silêncio por vários segundos:

— Você faz jus ao seu nome todos os dias, sabia, Raio de Sol? — O sorriso é leve, mas está na voz dele.

— Eu tento, cara. Eu tento. — Todos os dias, todas as horas, todos os minutos, eu tento. — Faça épico — lembro a ele.

— Faça épico — ele repete. A repetição é o segredo. Um dia, ele vai acreditar. — Estou com saudade.

— Também estou com saudade. Sinto saudades todos os dias.

— Eu te amo, Raio de Sol.

— Eu também te amo, Gus.

— Boa noite.

— Boa noite.

Terça-feira, 20 de setembro

(Kate)

Estou indo até Minneapolis para buscar uma encomenda de vasos para Shelly. Ela está estressada porque o fornecedor fez besteira e precisa fazer três arranjos de vasos para uma entrega amanhã cedo.

O trajeto é bom: estradas vazias, céu limpo. Estou ouvindo a estação de rádio da faculdade.

Quando estou parando em frente ao meu destino, uma nova música começa a tocar. Ouço as três primeiras notas e meu coração para. É *Killing the Sun*... no rádio! Ah, meu Deus. É de verdade. A música de Gus está na porra do rádio! E o som é muito melhor do que no meu iPod, porque sei que centenas de outras pessoas estão ouvindo agora comigo.

Reviro a bolsa em busca do celular. Preciso ligar para Gus. Preciso compartilhar esse momento com ele. Isso só acontece pela primeira vez uma vez. É a primeira vez que escuto a música *dele* no rádio.

Ele atende no segundo toque.

— Raio de Sol...

Eu interrompo.

— Gus, cale a boca e escute. — Eu aumento o volume e coloco o celular perto do alto-falante do painel. A essa altura, a música chegou ao primeiro refrão, e minha voz preenche o carro. Coloco o celular no ouvido e grito porque não consigo me controlar. — Cara, sua música está tocando no rádio do meu carro, porra!

— Tá. — Ele parece confuso. — Você está ouvindo o CD? Está bêbada? Por que está gritando? — Ele não entendeu.

— Cara, não é CD! A estação de rádio da faculdade está tocando sua música! No rádio!

— O quê?

Abaixo o volume para não precisar gritar.

— Gus, estou sentada no carro em Minneapolis, na porra de Minnesota, ouvindo a estação 93,7 FM, e está tocando Rook.

— Não acredito! — Agora ele entendeu.

— É! Tive que ligar para dividir com você. Isso é demais!

— Não acredito. — Ele está perplexo. — Está falando sério, não é, Raio de Sol?

— Ah, claro que estou. Esse é seu momento, cara. Sua música está no rádio e sua turnê começa neste fim de semana. É melhor você viver intensamente cada minuto.

Ouço o clique do isqueiro do outro lado e a inspiração familiar que dá vida ao cigarro dele.

— Você devia parar. — Não espero a resposta dele. — Ah, e cara, já que estou reclamando, só vou dizer isto uma vez, porque sinto que devo a você, como amiga.

— Tudo bem, manda.

Ele parece receptivo, então continuo.

— Na turnê, três regras: sem drogas, não diminua a experiência, cara; use camisinha *todas* as vezes; e não perca a cabeça, tá?

— É muita coisa para lembrar. — Ele está me provocando. — Você acha que pode digitar para mim para que eu possa colar na minha cama como lembrete? Ou quem sabe tatuar *na minha bunda*?

— Ha, ha.

— Eu sei, Raio de Sol. Nada de drogas, estou ficando velho demais para essas merdas, de qualquer modo. Camisinhas são garantidas, elas são as melhores amigas de um homem e nunca saio de casa sem algumas. Mas perder a cabeça... — Ele faz uma pausa. — Você pode ter que me lembrar de novo sobre isso. Você sempre foi a minha voz da razão.

— Razão é meu sobrenome.

— Achei que fosse espertinha: Raio de Sol Espertinha Sedgwick.

— Elogio aceito. Bom, cara, tenho que ir. Só queria ligar para contar que você está oficialmente no radar.

— Obrigado, Raio de Sol.
— Disponha. Eu te amo, Gus.
— Eu também te amo.
— Tchau.
— Tchau.

Quarta-feira, 21 de setembro

(Kate)

A batida na porta é inesperada. Acabei de voltar da aula e não vi ninguém no corredor.

Quando abro a porta, é John, o supervisor do alojamento.

— Este pacote do FedEx chegou para você hoje de manhã — murmura. Caramba, ele parece irritado. Ele não faz parte da *Experiência da Grant College*. Já me perguntei como, com toda essa falta de entusiasmo, ele conseguiu o emprego. Ele é aluno de mestrado, então deve ter se empolgado no começo e foi desanimando ao longo dos anos. Meu objetivo até o fim do semestre é fazer esse cara sorrir.

Pego o envelope.

— Obrigada, John. Foi muita gentileza sua trazer para mim. — Estou exagerando porque acho que ele não recebe atenção de ninguém. E todo mundo precisa de atenção. Ele não tem muitos amigos, e todo mundo no alojamento acha que ele é um babaca. Acho que ele só é solitário e está meio exausto. Deve fazer isso há tempo demais.

— Eu estava fazendo uma coisa importante quando tive que ir abrir a porta.

Eu faço que sim, acreditando completamente no que ele está dizendo.

— Ah, aposto que estava e agradeço muito.

— Tudo bem, preciso voltar.

— Obrigada de novo, John.

Ele assente rapidamente e vai embora.

Não faço ideia do que é aquilo, mas quando abro vejo os oito ingressos VIP para o show do Rook em Grant, que Gus me prometeu. Isso é inacreditável. Não que eu nunca tenha visto um ingresso para um show do Rook, mas isso é incrível pra caralho. Os ingressos começaram a ser vendidos ontem e já estão quase esgotados. Acho que Minnesota ama o Rook. E deveria mesmo.

Mando um agradecimento enorme para Gus e levo os ingressos para poder entregar a todos. Minha amizade com Gus não é segredo, mas a identidade dele como astro do rock é. A maioria dos meus amigos sabe que meu melhor amigo da Califórnia se chama Gus, mas ninguém sabe que Gus é Gustov Hawthorne, vocalista do Rook. Porque ele ainda é só o Gus. Sempre vai ser. O Rook é incrível e morro de orgulho dele, mas a melhor parte de Gus... é Gus. O Gus que sempre foi meu melhor amigo, o Gus com quem eu surfava, o Gus que comprava chocolates Twix para Grace, o Gus que me deixou chorar no ombro dele no pior dia da minha vida, o Gus que me provoca sem parar, mas que também me encoraja o tempo todo. Gus.

Sempre acreditei que não existem coincidências, então, quando entro na floricultura naquela tarde e ouço *Killing the Sun* tocando no rádio, abro um sorriso.

Shelly está cantando junto baixinho. Ela levanta o rosto e aponta para o rádio.

— Você já ouviu essa música, Kate? É minha nova música favorita em todo o planeta.

— Ah, é? Em todo o planeta? — pergunto. O entusiasmo dela deixa meu coração feliz.

— Está tocando a semana toda. É de um grupo novo chamado Rook. Eles são demais. Não sei como esse cara é, mas a voz dele é tão sexy.

Dou um sorriso porque não consigo me segurar e digo:

— Procura no Google.

Ela dá um sorrisinho.

— Por que não pensei nisso, espertinha? — Ela tira o celular do bolso e começa a digitar. — Puta *merda*. Ele é lindo, Kate. O nome dele é Gustov Hawthorne. Dá uma olhada. — Ela vira a tela para mim.

Dou uma gargalhada porque eu poderia olhar para o meu celular e ver o mesmo rosto, mas ele está diferente com o cabelo mais curto. Essa foto é uma das numerosas fotos de divulgação que eles tiraram no mês passado, depois da mudança de visual da banda com o estilista. Dou de ombros.

— Ele é passável se você gosta de caras altos, fortes, superlouros e bonitos.

— Passável? *Passável?* Kate, qualquer pessoa baixaria a calcinha para esse cara.

Eu faço uma careta. Já fiz isso.

— Achei que você gostasse de ruivos. Ruivos que cultivam barbas espetaculares. — A barba de Duncan parece ficar maior a cada dia.

— E gosto. Eu amo o Namorado com todo o meu coração. Ele é de verdade. Esse cara não é. É coisa para uma fantasia. *E* sabe cantar e tocar guitarra. — Ela está olhando para a tela. — Merda — sussurra ela.

Eu enfio a mão no bolso, pego dois ingressos para o Rook e jogo na bancada na frente dela.

— Você devia vê-lo em pessoa. Mas nada de baixar a calcinha quando *Gustov* subir ao palco. Duncan vai estar lá e seria constrangedor. O outro ingresso é para ele.

O queixo dela cai e ela olha para mim, para os ingressos e para mim de novo.

— Como foi que você conseguiu isso? Ouvi hoje que os ingressos estão esgotados. — Ela olha com mais atenção e levanta os ingressos para me mostrar. — Kate, esses ingressos são VIP.

— Vamos dizer que uns amigos me deviam isso. Muito. Nós todos vamos. — A essa altura, Shelly já me envolveu em um abraço de urso e tenho dificuldade de falar, mas estou com um sorriso enorme no rosto.

No jantar, dou a Clayton e Pete dois ingressos para cada, para que possam levar Morris e Evelyn. Clayton já me ouviu escutando o Rook antes, e, apesar de não ser o tipo de música de que gosta, ele curte a banda. Pete nunca ouviu falar, mas aceita com gentileza.

Faço um desvio e passo pela casa de Keller a caminho do alojamento depois de sair do refeitório. Não tem ninguém lá. Eu já tinha colocado o ingresso em um envelope para o caso de isso acontecer. Escrevo um bilhete nele:

Keller, espero que você possa ir. Kate.

Enfio o envelope pelo buraco para correspondência na porta.

Uma mensagem de texto de Keller chega algumas horas depois: *Obrigado pelo ingresso! Não vejo a hora!*

Domingo, 25 de setembro

(Kate)

Meu celular me acorda de um sono que é quase um estado de coma. Tiro a mão que está embaixo do travesseiro e estico-a para pegar o aparelho, mas derrubo um livro no caminho. Mesmo assim, não abro os olhos, então, quando aperto o botão para atender e levo o celular ao ouvido, não sei com quem vou falar.

— Alô — Acho que falo algo parecido com isso.

— Merda, me desculpe, Raio de Sol. Você está dormindo, não está?

Pisco algumas vezes e minto.

— Não… não… Oi, Gus.

— Cara, me desculpe. Me ligue mais tarde. Quando estiver acordada, tá? — Ele está preocupado.

Eu bocejo e olho para o relógio. Oito e meia da manhã. Faz muito tempo que não durmo tanto.

— Não, sério, está tudo bem. Preciso levantar.

Gus parece hesitante.

— Eu só queria ligar para, sabe, contar sobre o show de ontem.

Meus olhos se abrem e, de repente, sinto-me bem mais desperta. Ontem, ajudei Shelly com flores para dois casamentos. Estava exausta quando cheguei em casa e esqueci do show do Rook. Que amiga de merda eu sou.

— Caramba, Gus, me desculpe por não ter ligado nem mandado uma mensagem ontem. Fui para a cama cedo. Como foi? A galera da nossa cidade foi amorosa? — O primeiro show foi em San Diego.

— O show foi ótimo. A plateia foi demais! Eu queria que você estivesse lá.

Dou um sorriso porque ele parece tão empolgado. Adoro quando ele fica empolgado assim com alguma coisa.

— Eu também queria estar lá. — Olho para o relógio de novo e faço umas contas sonolentas. — Cara, são umas 6h30 na Califórnia. Você já dormiu?

— Não. Não consigo. Estou pilhado demais.

— Refresque minha memória... Quando vocês vão tocar agora e onde?

— Em Los Angeles essa noite e em Phoenix na terça.

— Deus, você percebe o quanto essa conversa é louca? Você está em turnê! — grito. Espio a cama de Sugar e fico feliz ao ver que ela não está lá e que não a acordei.

— Eu sei. É loucura, né?

— Você é meu herói, Deus do Rock.

— Sei lá.

Ouço alguém gritando o nome de Gus, e a voz dele fica abafada.

— Só um minuto.

— Estou atrapalhando você em alguma coisa — digo.

— Não é nada. O RSC arrumou uma suíte em um hotel para nós depois do show, como presente, sei lá, então todo mundo ainda está comemorando lá dentro. Estou na varanda.

— Volte para sua comemoração, cara, você merece. E boa sorte hoje. Esse é o começo de uma coisa grande. Posso sentir.

— Vamos ver. Obrigado, Raio de Sol. Tenha um domingo supersensacional.

Não escuto "supersensacional" há muito tempo e abro um sorriso.

— Sempre. Você também. Eu te amo, Gus.

— Também te amo.

— Tchau.

— Tchau.

Sexta-feira, 7 de outubro

(Kate)

Encontrei uma nota de cinco dólares no bolso da calça jeans durante a aula de história americana essa tarde, o que encarei como um sinal de que devo me presentear com um copo de café para o trajeto até a escola de Gabriel em Minneapolis. A escola dele me ligou ontem à tarde quando o professor dele não apareceu e perguntou se eu podia substituí-lo de novo e encontrar com Gabriel hoje depois das aulas. Se minha semana fosse um arco-íris, ele seria o pote de ouro no final. Gabriel é cooperativo e perguntador e feliz e doce e teimoso, tudo ao mesmo tempo. Adoro isso, porque ele é real. Ele diz o que vem à cabeça e não se segura. A vida seria bem mais fácil se todo mundo fosse assim.

Por obra da sorte, a vaga na frente do Grounds está vazia.

O sino toca e eu o ignoro. Estou em uma missão.

Espero ver Romero atrás da bancada, mas é Keller quem está lá.

Ele está dando aquele sorriso torto dele. Isso quer dizer que está disposto a flertar. Estou começando a entendê-lo.

— Ouviu que eu estava aqui e não conseguiu ficar longe?

Reviro os olhos.

— Não se vanglorie. Não estou atrás de você. — Pego a nota amassada no bolso e coloco no balcão. — Encontrei uma nota de cinco no meu bolso hoje. Interpretei como um sinal dos deuses do café.

Ele pega a nota e olha para ela, virando-a. Está macia e apagada, obviamente passou pela lavadora uma ou duas vezes.

— Isso está um lixo, Katie. — Ele olha novamente e me devolve. — Não posso aceitar.

— O quê? — Olho para a nota na mão dele. O que ele acabou de dizer? Estou determinada a tomar esse café. Eu *preciso* desse café. — Você está me rejeitando, Keller Banks?

Ele serve um café grande, coloca no balcão e empurra para mim.

— Não você, só seu dinheiro. Este é por minha conta. — Ele pega duas notas no bolso, coloca na registradora, pega o troco e coloca no pote de gorjetas.

Eu levanto as sobrancelhas e indico o pote de gorjetas.

— É sério?

Ele sorri.

— O quê? Estou cobrindo para Rome por uns vinte minutos. Essas são as gorjetas dele, não as minhas. Eu me sentiria mal se não desse gorjeta a ele. Tenho fama de pão duro, mas não me rebaixaria tanto.

Tenho certeza de que ele está falando a verdade, então levanto o copo.

— Obrigada, cara. Te devo uma.

— Não se preocupe. Mas não sei como você toma isso tudo às 15h30. Eu ficaria ligado a noite toda. Ou você vai sair? Está planejando não dormir?

— A cafeína e eu somos assim. — Cruzo os dedos. — Não durmo muito mesmo, mas, agora que você falou, tenho mesmo uma noite importante pela frente. — Ultimamente, meus ciclos de sono têm alternado entre semanas de insônia e semanas de sono tipo coma. Nessa semana, a insônia é minha nova melhor amiga. Meu corpo não gosta muito de mim. Estou tentando fazer as pazes com ele, mas está difícil. No passado, eu só dormia quatro ou cinco horas por noite e ficava bem no dia seguinte. Agora, se eu tiver sorte e dormir três ou quatro horas, acordo sentindo necessidade de mais dez ou quinze. Mas é a vida, acho.

Ele parece em dúvida.

— Noite importante, é? Nunca vejo você sair.

— Não sou muito de balada. Com o trabalho e as aulas, não tenho muito tempo livre. É que eu *estudo* à noite em vez de sair. — Arregalo os olhos e o sarcasmo fica evidente. — *Loucura, né?*

Ele ri.

— Entendi. Também não saio muito. O que você vai fazer hoje?

— Vou dar aula para um garoto adorável de dez anos, às 16h, em Minneapolis. — Olho para o relógio. — E vou me atrasar se não sair logo.

Ele sorri.

— Garoto de sorte.

Eu também dou um sorriso.

— Não, a sorte é minha. Você não conhece esse garoto.

Ele assente.

— E depois? O que você vai fazer?

Eu resmungo.

— Tenho que escrever um trabalho sobre *Um conto de duas cidades* para a aula de literatura de segunda. Só estou no capítulo quatro. Não estou gostando muito. Vai ser uma noite longa.

Ele aperta os olhos.

— Você nunca leu *Um conto de duas cidades*?

De repente, fico envergonhada.

— Não.

Ele se afasta do balcão e passa as mãos pelo cabelo desgrenhado.

— Não acredito. Que pessoa se formou no ensino médio sem ler *Um conto de duas cidades*?

Eu levanto a mão timidamente.

— Há, euzinha.

Ele apoia os cotovelos no balcão e baixa a voz.

— É um dos meus favoritos. Li pelo menos dez vezes. Posso ajudar se você quiser.

Uau, que surpreendente! Não que eu não achasse que ele era inteligente. Ele é uma pessoa tranquila, um observador silencioso. Esse tipo de gente é sempre inteligente. Mas não sabia que o cara gostava de literatura clássica. Deus, estou ferrada. Keller já é sexy pra caramba, mas isso o eleva ao status máximo. Eu adoro caras inteligentes.

— Achei que você ia para Chicago nos fins de semana.

— Só consigo ir duas vezes por mês. Estarei aqui nesse fim de semana.

— Tudo bem — digo com a mente em disparada. — Podemos nos encontrar aqui amanhã às 8h? Ou é cedo demais? — Eu mordo o lábio, torcendo para não estar abusando da sorte.

Ele baixa a cabeça.

— Ah, Katie, você está me matando.

Agora, me sinto uma imbecil. Que universitário acorda tão cedo no sábado se não for para estudar ou se não sofrer de insônia como eu? Ele não vai trabalhar.

— Desculpe, cara, deixa pra lá. É muita gentileza sua, mas...

Ele me interrompe.

— Você não me deixou terminar. — Ele ainda está apoiado no balcão, e quando levanta o queixo, me olha por aqueles cílios incrivelmente longos e pretos. Ao ver aqueles lindos olhos azuis, meu coração quase para. — Por você, eu faço. Mas não se atrase. — Ele balança o dedo para mim em aviso. — Conheço você. — Ele olha para o relógio na parede. São 15h45. — Falando nisso, ouvi dizer que você dirige como alguém fugindo do inferno, mas é melhor você ir.

Perdi a noção do tempo... de novo. Se não sair agora vou me atrasar.

— Merda. — Vou direto para a porta e grito por cima do ombro: — Vejo você amanhã... e o café vai ser por minha conta. — Eu levanto o copo. — Obrigada, cara. Tenha um fim de dia fantástico.

O sorriso torto volta e ele faz uma saudação.

— De nada. Tenha um fim de dia fantástico também, Katie.

Sábado, 8 de outubro

(Kate)

O sino anuncia minha chegada às 8h10. Keller está balançando a cabeça, decepcionado com meu atraso, mas também está sorrindo, então não deve estar muito irritado.

Coloco minha bolsa ao lado do sofá de dois lugares onde ele está. É o melhor lugar do café, diretamente em frente à lareira. Ando até lá e aqueço um pouco as mãos enquanto recupero o fôlego e peço desculpas.

— Desculpe, cara. Acordei na biblioteca dez minutos atrás e vim correndo para cá.

— Por que você está dormindo na biblioteca?

— Às vezes, meu quarto fica *indisponível*... mas isso é história para outra hora. Fui lá ler ontem à noite e devo ter adormecido. Na última vez que olhei o relógio, eram 5h. — Finalmente estou sentindo meus dedos de novo. Preciso comprar luvas. Olho para o balcão e para Romero enquanto abro o moletom. — Bom dia, Romero. Como está?

O sorriso de Romero é caloroso e simpático.

— Bom dia, Kate. Estou bem. E você?

Dou um sorriso em meio à névoa sonolenta na minha cabeça.

— Não posso reclamar. — Olho para Keller enquanto jogo o moletom no braço do sofá. — Preciso de café. — Aponto para ele. — Você? Grande? Preto?

Ele olha para a ponta da mesa ao lado dele.

— O café está servido. — Vejo dois copos grandes de café e dois folhados em cima da mesa.

— Um desses é de cereja? — Estou praticamente babando quando vejo os doces. Não jantei na noite de ontem.

— Um de cereja, um de maçã. Eu não sei de qual você gosta.

— Keller Banks, acho que amo você neste momento. — Deus, eu posso até estar falando um pouco sério... o que é meio assustador, mas estou com tanta fome e tão cansada que não ligo.

Ele sorri e me entrega o folhado de cereja e o café.

— É o melhor elogio que recebi hoje. Rome normalmente espera até depois do almoço para declarar o amor dele.

Reparo que Romero está de pé atrás de mim, tirando dois copos de uma mesa e limpando-a.

— Não preste atenção a esse garoto bobo, Kate.

Keller levanta as mãos em frustração fingida.

— Pare com isso, Romero. Seria muito pedir uma palavra gentil na frente de Katie?

Romero balança a cabeça.

— Tudo bem, *niño*. — Ele olha para mim. — Keller é como um filho para mim. Ele é um bom homem, Kate.

Dou um sorriso pela sinceridade dele.

Keller olha para ele.

— Assim está melhor, Rome. Impressionante. Devo um jantar para você e Dan.

Romero dá um tapa no ombro de Keller.

— Faça seu fettuccine alfredo com frango, amigo, e está tudo acertado.

— Pode deixar. É só escolher o dia.

Gosto de vê-los juntos. É fofo.

Estou terminando o último pedaço de folhado quando a atenção de Keller se volta para mim e ele esfrega as mãos.

— Tudo bem. *Um conto de duas cidades*. Você terminou?

— Não. Mas quase. — Sinto que preciso pedir desculpas, porque ele está ali para me ajudar, e sinto-me sob o escrutínio de um dos meus professores. — Me desculpe.

Ele descarta o pedido de desculpas.

— Tudo bem. Vamos superar isso. Mas prometa que vai terminar. — Mais uma vez, com expressão de autoridade.

— Pode deixar. — Não gosto da culpa associada a não terminar um livro. — Se você começa um livro e depois de dois capítulos decide que não gostou é uma coisa, mas quando se chega na metade, não dá para voltar. É obrigação. — Ele está me olhando, e balanço a cabeça. — É besteira, eu sei.

Ele balança a cabeça de forma quase imperceptível.

— Não. Não é. Eu termino até livros de que não gosto desde a primeira página. — Ele está falando sério. Está no modo acadêmico agora e está lindo.

Preciso quebrar o feitiço que ele está lançando sobre mim, então puxo a mochila e tiro o laptop.

— Então, meu trabalho precisa ser concentrado em um personagem do livro. O objetivo por trás do trabalho é nos ensinar a escrever com *persuasão*. É um trabalho de duas partes: o policial bom e o policial ruim. A primeira metade vende o personagem para o leitor; a segunda o condena exatamente pelos mesmos motivos. Uma coisa estilo advogado do diabo. Está tudo na virada.

Gosto de ele não parecer ter pressa, de me ouvir e não olhar para trás de mim. Ele está presente, como está todas as vezes que falo com ele. É raro que as pessoas façam isso. Ele arrasta os dedos pela barba de poucos dias.

— Humm, interessante. Muitas possibilidades. Sobre que personagem você vai escrever?

— Quem você escolheria? — Parece a oportunidade perfeita para conhecer um novo lado dele. O Keller aficionado em livros é ainda mais sexy do que o Keller de todo dia. E o Keller de todo dia é sexy demais.

Ele levanta uma sobrancelha.

— O trabalho é *seu*, você me diz primeiro. — Mais uma vez, uma resposta que vira tudo para mim e não entrega nada.

— Sydney Carton.

— Por quê? — A voz soa baixa, gentil e instigante. Faz com que eu sinta que estou em um caminho bom. Como se ele estivesse arrancando a informação de mim sem esforço.

— Porque eu o achei um babaca.

Ele ri.

— É justo.

— O quê? Ele é.
— Não estou discutindo. E? — Ele está me instigando de novo.
— E... eu meio que gostei dele. É cheio de defeitos. Mas também é o mais humano de todos, sabe? As pessoas são esquisitas, então ele me pareceu crível. Eu também o entendi, porque ele era inteligente pra caramba. Nunca achei que advogados são sexy, mas agora acho que deixei passar alguma coisa. Estou meio vidrada nele.

Ele dá um sorrisinho por causa do meu último comentário.
— Irônico.
— O quê?

O sorriso diabólico ainda está no lugar e ele balança a cabeça.
— Nada. Você acha que consegue apresentar os dois lados de Sydney?

Dou de ombros.
— Claro. Sempre fui boa em aceitar as pessoas por inteiro, o bom e o ruim. Vejo tudo, mas tento não deixar o ruim atrapalhar minha avaliação. As pessoas são complicadas. A vida é complicada.
— É bem isso. — Por um momento, ele tem uma expressão distante nos olhos, mas some tão rapidamente quanto apareceu. — É importante você terminar o livro antes de escrever o trabalho. Não quero revelar nada, mas talvez você olhe para ele de forma diferente no final.

Estou sentada de lado no pequeno sofá de dois lugares, com uma perna dobrada e apoiada na almofada. Minha caneca está tocando a lateral da coxa dele.
— Eu vou terminar. — Cutuco o joelho dele com o pé. — E você, professor Banks? Que personagem escolheria?
— Sydney também. Ele é fascinante, provavelmente pelos motivos errados. — Ele levanta as sobrancelhas. — Por pior que isso possa parecer, o que ele faz no final do livro sempre me intrigou. Pensar no que o motivou. Deve ter sido intenso.

Minhas sobrancelhas se erguem.
— Você aumentou meu interesse, cara.
— Você pode se arrepender — diz ele, como um aviso.
— Você vai se formar em letras? Está na cara que ama literatura.

Um sorriso surge, meio triste, meio malicioso.
— Amo mesmo... mas estou estudando direito.

Eu cubro os olhos com a mão e lamento o comentário sobre advogados serem sexy. Desejo ter guardado minha fixação por Sydney Carlton só para mim.

Ele ri e me poupa de uma explicação ao direcionar a conversa para mim novamente.

— Em que você vai se formar?

Descubro os olhos, grata pela escapatória.

— Educação especial.

Ele assente.

— Legal. Mas talvez você precise controlar a linguagem quando começar a trabalhar como professora.

Apesar do meu esforço, eu fico vermelha.

— Eu sei, cara. Mau hábito. É o que ganho por andar com garotos a vida toda.

Uma voz repentina me faz pular.

— Keller B, e aí?

Keller desvia a atenção para um cara de pé atrás do sofá. Os dois levantam os queixos do jeito que os homens fazem quando dizer "oi" é trabalho demais.

— Nada de mais, cara. — Sem hesitar um segundo, Keller se vira para olhar para mim. — Jeremiah, esta é Kate.

Jeremiah levanta a mão em um aceno preguiçoso.

— E aí, Kate?

Dou um sorriso enquanto o avalio rapidamente. Jeremiah é a primeira pessoa que vejo em Minnesota que me deixa com saudades da Califórnia pela simples aparência. Eu poderia passar por esse cara em uma esquina de Los Angeles e não achar nada de mais, mas aqui ele se destaca como um alienígena. O cabelo preto cortado com navalha é obviamente pintado, com uma franja longa caída sobre os olhos castanhos. Os lábios e o nariz têm piercings, e as orelhas têm alargadores. Ele está usando um casaco preto de lã no estilo da época da Guerra Civil, e consigo ver tatuagens subindo pelo pescoço e por cima da gola. Os dedos são decorados cada um com uma letra tatuada, mas não consigo ler que palavra formam. A calça jeans preta furada está enfiada dentro dos coturnos pretos até os joelhos.

— Oi, Jeremiah. — Eu aponto para ele. — Esse casaco é demais, cara.

O canto da boca dele treme em um quase sorriso, como se o elogio o surpreendesse.

— Obrigado. — Ele volta a olhar para Keller. — Ei, cara, você vai no show do Reign em Milwaukee hoje?

— Não, Duncan está com a Máquina Verde hoje e é longe demais. — A decepção no rosto dele é evidente.

Jeremiah assente devagar.

— É, também não. Não tenho grana. — Ele bate no braço do sofá com as pontas dos dedos. — É melhor eu ir. Até mais, mano. — Ele me dá um cumprimento preguiçoso. — Prazer em conhecer você, Kate.

Eu mexo a cabeça uma vez.

— Você também, Jeremiah. Até mais.

Quando Keller me olha de novo, a decepção ainda está lá. Parece que estou olhando para uma criança que não ganhou nada no Natal.

— O que é a Máquina Verde?

— Meu Suburban. Dunc e eu dividimos.

— Ah. E quem vai tocar em Milwaukee?

Ele dá de ombros.

— Reign to Envy. Minha banda favorita.

Procuro no meu catálogo mental de músicas e encontro pelo menos duas que conheço. E são boas. Se o Deftones e o The 69 Eyes tivessem um filho, ele soaria como o Reign of Envy. A banda toca rock pesado e meio sombrio, mas não tanto a ponto de não conseguirem espaço no rádio. Ainda são meio underground, mas estão crescendo rápido. Vão fazer sucesso em breve.

— Ah, conheço algumas músicas. A banda é boa.

— É.

— A gente devia ir — proponho. — Eu dirijo se você pagar a gasolina e os ingressos. Só tenho cinco pratas, mas prometo que pago quando receber na sexta. — Agora que a ideia está na minha cabeça, não sei o que vou fazer se ele disser não. Preciso de um show.

Ele descarta o que eu disse.

— Katie, Milwaukee fica a seis horas daqui.

— E? São só 9h, Keller. Podemos sair às 14h e chegar lá às 20h.

Keller está travando uma batalha interior. Consigo ver nos olhos dele.

— Não posso. Tem muita coisa acontecendo e preciso estudar. Tenho uma prova na segunda de manhã.

— É? E tenho um trabalho sobre um livro que ainda não terminei de ler. Juro que você vai estar em casa para o café da manhã amanhã.

Isso não devia ser tão difícil quanto ele faz parecer. Ele para de morder a unha e passa as mãos pelo cabelo desgrenhado, segurando-o acima da testa.

— Isso é loucura. — Consigo sentir que ele está quase cedendo. Ele olha nos meus olhos, e quase consigo ver o cabo de guerra na cabeça dele. — Você é sempre impulsiva assim? — Tenho a sensação de que a vida de Keller é bem estruturada e organizada. Ele não faz nada no calor do momento.

— Você tem que aproveitar o momento, cara. Você já os viu tocando ao vivo?

Ele está mordendo a unha do polegar de novo, e pela primeira vez reparo que as unhas dele são roídas até não haver quase nada.

— Não.

Está decidido. Fecho o laptop e coloco-o na bolsa.

— Então essa é uma coisa que você tem que fazer. Não vou aceitar não como resposta. — Eu me levanto e coloco o moletom. — Você só vai se arrepender depois. — Coloco a bolsa no ombro. — Ninguém devia ter que se arrepender. — Pego o café e bato o joelho no joelho dele quando passo. — Obrigada pelo café e pela ajuda. Você é meu herói, Keller Banks. Agora, vá estudar. Pego você na sua casa às 14h.

Claro que só chego à casa de Keller às 14h15. Ele está esperando do lado de fora, com uma bolsa-carteiro a tiracolo. Nossa, como está lindo. Está com seu visual típico: All Star preto, calça jeans preta e justa, camiseta preta de manga comprida e moletom preto com capuz. Simples, mas não desleixado. Ele sempre parece arrumado, mas sem exagero. Não está tentando chamar atenção para si, o que ironicamente parece atrair mais atenção ainda. Deve ser uma maldição ser tão bonito.

Quando ele entra no carro, reparo que está usando óculos de armação preta que nunca vi antes. Ele me diz que os usa à noite, quando tira as lentes de contato. Os óculos tornam os olhos azuis ainda mais intensos e vívidos. E, emoldurados desse jeito, não dá para não ficar olhando. O Keller CDF está me matando. Não sinto tanta atração por alguém há muito, *muito* tempo.

Keller está olhando para o painel do meu carro.

— Que carro legal, Katie. E turbo. Legal. Aposto que é rápido. — Ele parece impressionado.

— Ele consegue me acompanhar, é isso que importa — digo, provocando.

Ele franze a testa, não totalmente convencido, enquanto coloca o cinto de segurança.

— Shel me disse, e estou citando as palavras dela: "Kate Sedgwick é a pior motorista da face da Terra." Então... devo sentir medo?

— Você vai ficar bem. Tenha fé. — Eu pisco. — Além do mais, tem muita coisa para acontecer nos próximos meses. Não posso morrer hoje. Qual seria a diversão?

Entramos na rodovia e dirijo na minha velocidade normal. O jeito como dirijo não parece incomodá-lo. E ele não está fingindo. Eu saberia se estivesse. Quando ele está nervoso, rói as unhas. Eu sei porque é meu gesto revelador também.

— Há quanto tempo você tem esse carro? Gosta dele? — Ele está mesmo interessado em falar de carros.

— Eu o amo. Só é meu há poucos meses. Eu tinha uma minivan.

Keller ri.

— Uma minivan?

Dou um sorriso e aperto os olhos de forma ameaçadora.

— Ei, cara, não fale mal da minivan. Eu amava a Velha Azul. Foi meu primeiro carro. Nós íamos para todos os lugares nela. Era uma espécie de necessidade. Longa história.

Ele levanta as sobrancelhas em rendição.

— Tudo bem.

— Assim que fui aceita na Grant, meu amigo começou a questionar as capacidades da Velha Azul na neve. Ela só tinha tração traseira, sabe? Então a vendi e comprei o carro velho da tia dele. Tem tração nas quatro rodas, então deve ser bom quando tivermos uma nevasca, né?

Keller balança a cabeça.

— Quando você ficou tão fresca, Katie? Achei que fosse uma mulher forte e independente. Está com medo de neve?

Eu arregalo os olhos para aumentar o efeito.

— Cara, não sou *fresca*, sou do sul da Califórnia. Fui criada em cativeiro. Nunca vi neve solta por aí.

Ele ri e bate no meu braço para me tranquilizar.

— O inverno não é tão ruim. Só tem neve. É moleza. Quando a neve chegar, vou ensinar a você.

A conversa morre, e Keller enfia a mão na bolsa para pegar um livro de direito mais grosso que a Bíblia. Ele lê durante todo o caminho. A única hora em que levanta o rosto é quando estou olhando pelo retrovisor e ele pergunta o que estou olhando.

— O pôr do sol — respondo. — É hora do show.

Ele inclina o pescoço para olhar pela janela de trás, e a luz reflete nas lentes dos óculos.

Vale a pena. Está laranja perto do horizonte e rosa no alto, como se o céu estivesse corando ao obrigar o sol a ir embora.

Quando o horizonte escurece, Keller volta para o livro e eu dou toda a minha atenção à estrada. Não digo, mas fico feliz por ter dividido isso com ele.

Graças às estradas vazias e a ter ultrapassado excessivamente o limite de velocidade, chegamos nas fronteiras da cidade de Milwaukee às 19h45.

O show foi sensacional! Eu já tinha ouvido várias músicas antes, mas não sabia que eram da mesma banda. O vocalista tinha uma energia incrível. Ele correu de um lado para o outro a noite toda e se arriscou na multidão algumas vezes. Lembrou Gus. Gus é um vocalista fenomenal.

Keller e eu não bebemos, mas isso não nos impediu de pular e cantar em cada música. A multidão foi envolvida pela energia da banda e a atmosfera era vibrante. Keller e eu tínhamos que nos segurar nos braços um do outro ou dar as mãos para não sermos separados pela multidão. Na última música, fomos tomados pelo impulso da galera e acabamos parando na frente do palco. O cantor pendurou uma guitarra no corpo e tocou como se estivesse tentando domar o instrumento. Quando a música terminou, ele se inclinou, sorriu para mim e me entregou a palheta. Para *mim*.

Espero até sairmos e, quando estamos indo para o carro, eu dou a palheta para Keller.

— Não diga que nunca te dei nada — digo, soando distante com meus ouvidos que ainda zumbem. Afinal, é a banda favorita dele. E ele toca guitarra, não eu.

Keller ainda está olhando para a palheta na mão quando se senta no banco do passageiro do carro. Meus ouvidos estão zumbindo tanto que me pergunto se vou conseguir ouvir alguma coisa pelo resto da noite, da semana ou da vida.

Ele olha para mim com os olhos mais brilhantes e com um sorriso que deixaria uma criança empolgada no chinelo.

— Obrigado, Katie. Por vir. Por *me* fazer vir. Foi o melhor show que já vi. Não me divirto tanto assim desde... — Ele faz uma pausa e dá de ombros. — Desde sempre.

Acho que estava certa quando desconfiei de que ele não costuma relaxar.

— Foi divertido. Acho que virei fã do Reign to Envy. Obrigada, cara. — Dou ré para sair da vaga e olho o relógio no painel. 00h13.

— Eu jamais teria vindo assim. Admiro sua espontaneidade, Katie. Não consigo ser assim.

Dou uma cotovelada no braço dele.

— Odeio dizer isso, mas você acabou de conseguir. Eu teria perdido alguns dos melhores momentos da minha vida se não fosse espontânea. Sinceramente, tento não pensar demais no futuro. Sou uma grande fã do presente.

— Estou sempre olhando para o futuro — diz ele, sério. — Não posso não ser assim. O futuro é tudo que tenho.

— Às vezes, o futuro é supervalorizado. — E assustador.

— Não para mim.

— Não estou dizendo que você não deva seguir seus sonhos e objetivos. Só não deixe o presente de lado por um futuro desconhecido. Muitas felicidades são deixadas para trás, ignoradas ou adiadas para um momento que pode não chegar nunca. Não fique esperando as coisas e perca o momento por um amanhã sem garantia.

Já estamos na rodovia. O silêncio vem, e o apreciamos por alguns minutos. Keller apoia a cabeça no banco e olha para mim com olhos pesados e felizes. Ele fica só me olhando. Consigo sentir.

— De onde você veio?

Dou de ombros.

— San Diego.

Ele balança a cabeça porque não era uma pergunta para ser respondida. Era retórica. Entendi isso.

— Você sente falta de lá?

Eu paro e penso.

— Não muito. Sinto falta do meu melhor amigo, Gus, mas ele está viajando agora, então nem está lá. E sinto falta da praia às vezes. Do surfe.

— Você surfa?

— Claro. — Por que isso parece surpreender as pessoas?

— Isso é sério. Você é mesmo do sul da Califórnia.

Eu reviro os olhos.

— Sei lá, cara.

— E esse Gus é seu namorado?

— Não, somos melhores amigos desde sempre.

— Você é amiga de um cara desde sempre? — Ele fala como se fosse uma coisa que não acontecesse nunca.

— Claro. O que tem de tão estranho?

Ele sorri, e o diabo brilha naquele sorriso.

— Não me entenda mal, mas se eu tivesse uma melhor amiga como você, teria dificuldade em manter tudo no plano da amizade. Ele é gay?

Meu sorriso se amplia com a ideia.

— Eu não teria problema com isso, mas não, Gus definitivamente não é gay.

— E o cara nunca deu em cima de você?

Dou uma gargalhada diante da pergunta inesperada e sorrio. Não sei se devo responder ou não.

Ele cruza a perna e apoia o pé no outro joelho.

— Ele deu. Dá para ver nos seus olhos.

Keller e eu somos amigos e me sinto mais próxima dele depois dessa viagem, então decido me abrir. Não tenho nada a esconder nem de que me envergonhar.

— Não sei quem *deu em cima* de quem primeiro — digo, fazendo aspas com os dedos. Ele ri da minha implicância com a escolha de palavras dele. — Mas as coisas ficaram meio... — Procuro um termo que não pareça vulgar demais — ... *fora de controle* na última noite que passei em San Diego.

A pergunta vem rápida.

— Vocês não estão juntos? Ele não é seu namorado?

Balanço a cabeça.

— Não.

Ele se mexe e se vira para mim.

— Tudo bem, só para eu entender direito o que você está me contando você transou com seu melhor amigo na última noite que passou em San Diego antes de vir para Grant?

Eu faço uma careta.

— É. — Não sei o que Keller deve pensar de mim.

— E vocês não estão juntos, mas ainda são melhores amigos? — Ele parece estar realmente tentando entender a situação.

— É. E não é uma amizade deturpada daquelas de amizade colorida.

— Amizade colorida não existe de verdade. Você sabe disso, né? Uma pessoa nesse tipo de situação *sempre* está a fim do outro e não está sendo sincera.

Eu faço que sim.

— Acho que você está certo. No meu caso, aconteceu. Foi uma vez só.

— E isso não é estranho?

Olho para ele porque me pergunto se ele está me olhando como se eu tivesse um terceiro olho.

— Não. Sei que é difícil entender e talvez não faça sentido, mas nossa amizade passou por tantas outras coisas. Acho que conseguiríamos resolver qualquer coisa que o mundo jogasse em cima de nós e sairíamos mais unidos do que antes. — Eu dou de ombros. — Não sou uma vagabunda que dorme com qualquer cara que conhece, Keller.

Ele ri.

— Não falei isso.

— Sei que não falou, mas, cara, seja sincero, você está me julgando agora. — Não estou pegando no pé dele. Só quero saber o que ele pensa de mim.

Ele reflete por um segundo.

— Você está certa. Estou julgando você agora, mas não deve ser o que você pensa. Não conheço o cara, mas espero que ele perceba a sorte que tem de ser seu melhor amigo. E não estou falando sobre dormir com você.

Eu dou um sorriso.

— Eu diria que nós dois sabemos exatamente a sorte que temos por termos um ao outro.

Ele concorda com a cabeça.

— Que bom. Nunca se venda barato, Katie. Você é inteligente e divertida e doce e linda. E a melhor parte é que faz tudo isso sem esforço. Espero que o cara sortudo que ganhar seu coração realmente mereça.

— Obrigada, Keller.

Ele boceja.

— De nada. — Vejo o sorriso torto com o canto do olho. — Me acorde em uma hora mais ou menos, e aí eu dirijo. Boa noite, Katie. — Ele se vira para a janela e, em menos de um minuto, está ressonando.

Fico sorrindo por vários quilômetros. Elogios não costumam me empolgar, mas às vezes, quando a pessoa certa oferece um, funcionam muito bem. Eu poderia viver só do que ele falou durante semanas.

Domingo, 9 de outubro

(Kate)

Gus está no ônibus da turnê, a caminho de um show em Nova York. Ele me mandou uma mensagem mais cedo contando que o pneu havia furado pela manhã e que estavam atrasados. É mais fácil para ele mandar mensagens quando está no ônibus, onde pode ser difícil conversar e nunca em particular. Quando termino o almoço, mando uma mensagem para ele.
 EU: *Vocês já chegaram?*
 GUS: *Faltam 3 horas.*
 EU: *Que saco.*
 GUS: *É.*
 EU: *Fui ver a banda Reign to Envy ontem em Milwaukee.*
 GUS: *Como foi?*
 EU: *Não é o Rook, mas sou fã agora. ;)*
 GUS: *Ouvi dizer que eles fazem um show muito bom.*
 EU: *É.*
 GUS: *A 2ª rodada de shows nos EUA está a caminho. Vai ser em meados da primavera. Lugares maiores.*
 EU: *Demais!*
 GUS: *Depois, Europa.*
 EU: *O QUÊ??!! EUROPA!!*
 GUS: *Fechamos hoje de manhã. Meados de janeiro. Ainda estou em choque. Quer ir?*
 EU: *Rá! Claro, mas você vai ter que ir sozinho.*
 Meados de janeiro. Não planejo mais a vida com tanta antecedência.

Quarta-feira, 12 de outubro

(Kate)

Nevou ontem à noite! Não consigo acreditar. Achei que o inverno começasse em dezembro, mas é outubro! Outubro mal começou!
 Eu estava boicotando intencionalmente o tempo frio e achei que pudesse atrasar a sua inevitável chegada se não comprasse um casaco. Sei que pode parecer estupidez, mas é só um jogo mental. Minha inimiga, a neve se mostrou uma oponente astuta.
 Aceito a derrota e vou até um brechó em Minneapolis. Seguro o volante com força e mantenho a velocidade num ritmo de vovó apesar de o Velho Inverno ter sido misericordioso e deixado as estradas só molhadas em vez de congeladas ou cobertas de neve. Ainda não estou pronta para isso. Preciso ir dando passinhos pequenos para me acostumar com essa merda.
 Meus esforços são recompensados quando consigo um casaco de lã com forro xadrez verde e azul e gola de pele por cinco dólares na seção de meninos. Cabe, é fofo e está novo. Ainda está com a etiqueta. E é tão quentinho.
 Mal posso esperar para mostrar meu achado para Clayton, que ele previsivelmente vai aprovar. Adoro ter alguém que aprecia meu senso bizarro de moda.

 Trinta minutos antes de encontrar Pete e Evelyn no refeitório, recebo uma mensagem de texto de Gus. *Você pode conversar?*
 Sugar não está, então respondo: *SIM!!!*
 Alguns minutos depois, estou vendo o sorriso bobo de Gus no meu celular.

— *Konnichiwa* — digo. — Como anda a vida nas estradas?

— Ah, Jamie me deu uma lavada no pôquer o dia todo e Franco está com caganeira de tanto beber no ônibus. Então, sabe, está fantástica, Raio de Sol. *Fantástica.*

— O tempo está bom?

— Está. Estamos em Austin. Chegamos aqui há uma hora. Deve estar uns vinte e sete graus.

— Eu queria poder dizer o mesmo daqui. — Dou um suspiro. — Mas nevou ontem à noite. Com flocos de neve de verdade, porra. — Estou tentando falar com irritação, mas não consigo, porque estou feliz demais por estar falando com Gus. Sei que não tenho muito tempo, então preciso aproveitar ao máximo.

Ele ri.

— Sério?

— É, estamos em outubro. Não é proibido nevar até antes de dezembro?

— Você está fazendo essa pergunta para o sujeito errado. Está frio?

— Está. Tive que comprar um casaco hoje. Mas os locais devem estar usando camiseta. Juro que esse pessoal de Minnesota tem algum tipo de gene mutante que os torna imune ao calor e ao frio. É bizarro.

Ele ri de novo, mas logo fica sério.

— E botas? Você comprou botas? Vai precisar de botas. — É engraçado quando ele banca o pai.

Eu exagero em um tremor do corpo todo.

— Pare. Comprar o casaco já foi bem ruim. Não quero ceder às botas de neve ainda. Preciso de tempo para chegar a isso. Talvez no mês que vem ou no outro. — A verdade é que vou precisar comprar botas novas, porque sapatos usados me dão nojo, e preciso economizar para isso. Vai demorar um pouco.

— Você está certa, é melhor se preparar. — Ele está me provocando.

Eu também o provoco.

— Preciso lembrá-lo de que você está fazendo uma turnê pelos Estados Unidos no inverno? Isso inclui os estados gelados do norte. Você também vai precisar comprar um casaco de inverno, sabe.

Ele expira por entre os dentes.

— Eu sei. Ainda estou em negação.

— É um lugar legal para visitar, a negação, mas não dá para viver lá para sempre, cara. — Talvez eu devesse seguir meu próprio conselho.

— Raio de Sol, você está citando Confúcio ou JFK? Parece tão familiar. — Sei, mesmo sem ver, que ele está com a expressão boba de deboche que sempre me faz rir.

— Cara, acho que foi Yoda em *O império contra-ataca*. Deve ter sido parte do treinamento Jedi do Luke.

Nós dois caímos na gargalhada. Gus e Grace amavam *Star Wars*. Nós vimos os filmes tantas vezes que perdi a conta.

Depois que nós nos controlamos, ele diz:

— Raio de Sol, estão me chamando. Acho que estão prontos para a passagem de som. Desculpe não podermos falar mais. Eu só queria ouvir sua voz.

— Não se preocupe. E vê se não some, cara.
— O mesmo vale para você.
— Eu te amo, Gus.
— Também te amo.
— Tchau.
— Tchau.

Quinta-feira, 13 de outubro

(Kate)

Encontro um post-it grudado na porta do meu quarto quando volto da aula à tarde. Está escrito: *Pacote na recepção para Kate Sedgwick*. Parece a letra de John.

Que estranho.

Pego a caixa na recepção e penso que deve haver algum erro. É de uma loja de artigos esportivos da qual nunca ouvi falar.

No quarto, abro a caixa. Dentro, sob duas folhas de papel de seda, estão botas de neve que vão até os joelhos, leves e que parecem ser insanamente quentes.

Tem um cartão dentro. *Faça bom uso. Estamos felizes por ser com você e não com a gente! Com amor, Gus e Audrey.*

Tiro os sapatos e experimento as botas novas. Cabem perfeitamente. Na mesma hora, meus pés parecem envoltos em um casaco de pele. São tão quentinhas. Parece que ganhei na loteria. Eu jamais poderia comprar botas assim sozinha.

Ligo para os dois. Cai na caixa postal. Deixo agradecimentos exagerados e melosos para os dois, porque estou muito agradecida, não só pelas botas, mas pelos Hawthorne.

Segunda-feira, 17 de outubro

(Kate)

Clayton me manda uma mensagem de texto quando estou saindo do refeitório. *Quer ir comigo à Spectacle hoje? Por favor, por favor?*
Faz tanto tempo que não saio com Clayton. Eu respondo: *OK ;)*

A Spectacle está lotada como sempre. Morris está trabalhando, então tenho Clayton só para mim durante boa parte da noite. Eu estava com saudade. Nós cantamos, dançamos e rimos durante horas. Antes de percebermos, são 2h da madrugada, hora de fechar. Esperamos Morris trancar o estabelecimento para irmos até o estacionamento do outro lado da rua juntos.

Quando saímos pela porta dos fundos, que dá no beco de trás, Morris percebe que esqueceu o celular no escritório.

— Já volto. Encontro vocês na calçada. Não quero que fiquem esperando no beco.

O beco está escuro; só tem uma lâmpada fraca acima da porta. É meio apavorante. Seguro a mão de Clayton, e o contato o relaxa. Não demos nem dez passos quando vejo dois caras andando pela calçada. Quando eles nos veem e param, eu fico nervosa. E quando se viram e começam a andar na nossa direção, meu coração pula na garganta. Estou com medo.

Logo descubro por quê.

— Olha o que temos aqui. Um veadinho.

Primeiro, eu rezo. "Deus, não deixe que nos machuquem." Depois, grito e me viro para correr, puxando Clayton comigo.

Não percorremos nem um metro e meio quando Clay é segurado por trás pelos dois homens.

Estou em pânico, mas não fico paralisada. Começo a gritar:

— Parem! Larguem ele, seus babacas! Parem! — Pulo nas costas de um cara quando ele está se levantando. Pego impulso com o braço direito e dou um soco na orelha dele, porque parece o ponto mais doloroso ao meu alcance. Ele tem um cheiro forte de álcool e meu estômago dá um nó. Ele se balança debaixo do meu peso.

Depois de recuperar o equilíbrio, ele consegue soltar minhas mãos e me joga no chão.

— Vaca! — Ele cospe em mim.

Eu caio de lado na calçada, e a força do impacto tira o ar dos meus pulmões. Ofego para tentar inspirar de novo. Minha visão fica escura nas beiradas; devo ter batido a cabeça. A calçada é áspera e arranha a pele da minha bochecha. Pontadas de dor surgem na minha coxa e barriga e acabam antes mesmo que eu perceba que ele estava me batendo ou chutando. Ele volta a atenção para Clayton, que mal consigo ver, encolhido embaixo dos joelhos do outro homem. Remexo na bolsa, que está sobre meu peito, encontro o spray de pimenta e seguro-o com força. Antes que meu agressor consiga bater em Clayton, jogo o spray na cara dele. Ele grita e leva os dedos aos olhos.

Pulo na direção do homem sentado em cima de Clayton e chuto-o na lateral do corpo com o máximo de força que consigo.

— Sai de cima dele, seu filho da puta! — Chuto de novo e de novo. Não jogo o spray porque posso acertar Clayton. Pelo menos, ele parou de dar socos. Ele segura meu pé e me derruba.

Nessa hora, eu ouço a voz de Morris.

— Tire a porra da mão de cima dele. — Do chão, consigo ver Morris desabotoar o paletó e puxá-lo para o lado, revelando uma arma em um coldre no quadril.

O cara montado em Clayton ergue as mãos e se levanta devagar. O outro cara já está recuando. Até babacas bêbados entendem o conceito de autopreservação.

A voz de Morris é controlada, mas está tomada de pura fúria. A mão direita paira acima da arma.

— Sumam daqui ou juro por Deus que vou estourar suas cabeças.

Os dois homens se viram e saem correndo para a rua sem nem olhar para trás.

Morris se ajoelha e ajuda Clayton. O lábio dele está sangrando e ele pressiona as costelas com a mão. Os olhos estão fechados e a testa está brilhando de suor. A voz de Morris soa suave e gentil.

— Você está bem, amor? — As mãos dele estão tremendo.

As bochechas de Clayton estão molhadas de lágrimas.

— Há, me dê um minuto. — Clayton avalia o tronco. — Não tem nada quebrado. Só doendo.

Morris não está convencido.

— Devíamos levar você para o hospital, Clayton.

Clayton funga. As lágrimas pararam.

— Querido, já apanhei tanto que eu saberia se precisasse ir para o hospital. Isso foi um quatro em uma escala de porrada. Vou ficar bem em alguns dias.

Sinto-me fisicamente mal e meu coração está partido. Eu imaginava que Clay tivesse passado por momentos difíceis, mas não fazia ideia.

— Devíamos chamar a polícia. Eles não podem sair ilesos.

Clayton olha para mim como se eu estivesse falando besteira.

— Katherine, meu namorado acabou de ameaçar essas pessoas com uma arma. Não pode ter sido a melhor ideia do mundo. Além do mais, nem sabemos quem eram aqueles caras. Sou vítima de um crime de ódio aleatório. Chamar a polícia só me faria perder tempo.

Eu me ajoelho do outro lado de Clayton e seco o sangue do lábio inferior dele com a minha blusa.

Clayton segura minha mão.

— Katherine, pare. Você vai estragar sua blusa.

Minha mão está tremendo.

— Clay, não estou preocupada com a blusa agora. — Acabei de ver uma das pessoas de quem mais gosto no mundo ser atacada e apanhar por causa de sua orientação sexual. A ignorância e a capacidade de violência das pessoas me enojam.

— Mas essa blusa é uma das minhas favoritas. Fica ótima com seu tom de pele.

Tenho que revirar os olhos, porque só Clayton conseguiria dizer uma coisa assim em uma hora dessas.

— Cara, posso arrumar outra blusa. Você não pode arrumar outro lábio. Clayton bufa, mas deixa que eu o ajude.

Morris está olhando para Clayton loucamente. Ele não sabe o que fazer.

— Sinto muito. Eu não devia ter deixado vocês dois saírem aqui sozinhos a essa hora. — Os olhos escuros e arregalados encontram os meus e estão bem mais do que ansiosos. — Você está bem, Kate?

Indico a arma no quadril dele e respondo com uma pergunta.

— Você sempre anda com isso?

— Só quando trabalho até tarde. Nunca achei que fosse preciso. — Ele está fechando as mãos em punhos, parecendo a fim de matar alguém.

Clayton está tremendo visivelmente. Eu o envolvo com delicadeza em um abraço, tomando cuidado para não o machucar.

— Ah, Clay. Me desculpe por não ter podido ajudar.

Ele se afasta e me olha nos olhos.

— Katherine, se você não estivesse aqui, eu talvez não estivesse respirando agora. Você é uma das pessoas mais corajosas que já conheci. Você me apavorou quando pulou nas costas daquele bárbaro. E quando ele jogou você no chão, meu coração parou. Você se machucou? Bateu a cabeça? Talvez *você* precise ir ao hospital.

Minhas costas estão doendo e minha cabeça está latejando, mas eu minto.

— Estou bem, querido. — Dou um beijo na testa dele e me levanto para ajudá-lo. Um hospital é o último lugar para onde quero ir, principalmente quando médicos começam a fazer perguntas.

Clayton olha para Morris.

— Eu devia ir para casa. Tenho prova de história em algumas horas.

Morris está ao lado dele, e seu rosto se suaviza quando ele acaricia a bochecha de Clayton.

— O que posso fazer por você? — Ele está implorando baixinho. — O que posso fazer?

Clayton sorri docemente.

— Pode me beijar e dizer que me ama e me levar até o carro de Katherine. Ele faz as três coisas.

Quando chegamos no alojamento, ajudo Clayton a ir até o banheiro masculino, onde termino de limpar o rosto dele. Observo os olhos dele e os meus em busca de dilatação ou algum outro sinal de concussão. Nada. Normal.

Em seguida, eu o ajudo a ir até o quarto. Apesar de tentarmos fazer o máximo de silêncio possível, acordamos Pete. Ele parece alarmado quando nos vê. Eu não o culpo; estamos péssimos. Enquanto ajudo Clayton a vestir o pijama, porque as costelas estão doendo tanto que ele não consegue levantar os braços acima da cabeça, Pete pega gelo no frigobar e enrola em uma toalhinha. Ele oferece para mim com olhos questionadores, mas não diz nada. Eu digo para ele voltar para a cama e prometo contar o que aconteceu amanhã. Pete assente com tristeza e volta para a cama. Entra debaixo das cobertas, mas não tira os olhos preocupados de nós. Clayton faz uma careta quando levo o gelo aos lábios e bochecha dele, mas expira quando o frio oferece certo alívio.

Inclinada sobre ele, eu beijo sua testa.

— Boa noite, Clay. — Estou exausta mental e fisicamente. Preciso ir para a cama.

O sussurro de Clayton me para quando chego à porta.

— Katherine.

Eu sussurro para ele:

— O quê?

— Obrigado. Ninguém nunca me defendeu antes.

Meu coração se aperta.

— Disponha.

— Eu te amo.

— Eu também te amo. Agora, descanse um pouco.

Terça-feira, 18 de outubro

(Kate)

Quando chego ao trabalho, o sino da porta da floricultura tilinta levemente e sou recebida por dois pares de olhos que me avaliam com o que só pode ser descrito como preocupação extrema. Eles grudam no hematoma que surgiu no lado esquerdo do meu rosto enquanto eu dormia ontem à noite. Não está doendo tanto quanto doeu quando acordei, mas tem uma aparência horrível, da têmpora até o maxilar. O que dói mesmo é o resto do meu corpo... todo. Se eu pudesse colocar ibuprofeno em uma solução intravenosa, faria isso. Apesar de meu corpo ter aceitado me deixar dormir durante quase quatro horas, ficou chateado comigo de uma forma inédita quando o arrastei para fora da cama para ir à aula. Nem preciso dizer que meu corpo e eu não estamos nos falando hoje. Espero que possamos ser amigos de novo algum dia.

O rosto de Clay desmorona e lágrimas surgem nos olhos dele.

— Ah, Katherine, sinto muito. Olhe para o seu rosto.

Eu ainda não tinha visto Clay. Ele estava dormindo quando saí para a aula e não estava no quarto quando passei por volta de 12h para dar uma olhada nele.

— Clay, como você está? — Não quero falar sobre mim.

— Sinto que fui atropelado por um rolo compressor e abandonado no acostamento para morrer.

Consigo compreender perfeitamente.

— Ah, sem querer ofender, você parece ter sido atropelado por um rolo compressor, querido. — Os cortes no rosto dele não estão tão ruins quanto ontem à noite, mas o lábio inferior e a bochecha direita estão inchados e em tons nada naturais de vermelho e roxo.

Ele dá um sorrisinho.

— Eu só queria dizer obrigado de novo por tudo o que você fez ontem à noite.

— Não precisa, Clay.

Ele me dá um beijo na bochecha que está boa.

— É sim. Você é a primeira amiga de verdade que já tive, Katherine. E tenho certeza de que, quando eu estiver sentado em uma cadeira de balanço em algum lugar como um cavalheiro idoso impecavelmente vestido, vou repensar na minha vida fabulosamente bem-sucedida e saber sem sombra de dúvida que eu não poderia ter sido abençoado com uma amiga melhor do que você.

Se eu abrir a boca para falar, lágrimas vão sair junto. Eu não choro. Só faço que sim.

Clayton se vira e balança o dedo indicador na direção de Shelly.

— Adeusinho, rainha da dança — diz ele.

Shelly nem dá uma resposta espertinha. Ela só parece triste.

Sei, pela forma como Shelly está me olhando, que Clay contou para ela o que aconteceu. Tudo. Eu preferia que ninguém soubesse, mas pelo menos não preciso repassar tudo.

— Shelly, estou bem. Podemos falar sobre outra coisa esta tarde? — Dou um sorriso para ela saber que não estou querendo ser mandona. — Vamos trabalhar.

Ela concorda, e sei que está morrendo por não poder dizer nada, mas a amo por isso.

— Preciso fazer algumas entregas hoje à tarde. Você consegue cuidar da loja?

— Claro. — Quando ela está saindo, eu acrescento: — Por favor, não conte para Keller sobre isto. — Eu aponto para o meu rosto. — Já tive que aguentar olhares de pena o dia todo. — Hesito, mas acrescento: — Como você está fazendo agora. — Ela afasta o olhar. — E fico pouco à vontade. Odeio pena. Suga toda a vida que tem em mim. — E suga mesmo.

Ela suspira alto. Parece mais derrotada do que irritada. Depois de alguns segundos, ela assente e sai pela porta.

Começo a trabalhar. Estou mais lenta do que o habitual e me movo no ritmo de uma pessoa de noventa anos se recuperando de uma cirurgia de reconstituição dupla de quadril.

O sino toca: sinal de um novo cliente. Estou de costas para a porta com as mãos temporariamente ocupadas com uma fita que estou tentando transformar em laço ao redor de um vaso de rosas.

— Só um segundo.

— Você não foi me ver hoje. O que aconteceu? Preciso recorrer a chantagem ou suborno? — É Keller. O que ele está fazendo aqui?

Fico de costas para ele enquanto respondo.

— Cara, meu vício é forte, mas também consigo me saciar com o café grátis, embora consideravelmente menos saboroso, que tem no refeitório. Além do mais, eu estava atrasada. — Com o laço no lugar, eu me viro para olhar para ele e me preparo para o choque. — E aí?

Ele inspira fundo.

— Meu Deus, Kate, o que aconteceu com você?

Estou agradecida por os hematomas na minha barriga e no meu quadril, que estão ficando amarelados de forma espetacular, estarem escondidos debaixo da roupa, senão ele surtaria.

— Você acreditaria se eu contasse que caí de um lance de escadas?

Os lábios dele estão tão apertados que formam uma linha fina e branca; vejo medo e raiva nos olhos dele. Ele balança a cabeça.

— Que decidi montar touros selvagens?

— Não.

— Que participei de um clube da luta clandestino?

— Está ficando quente. Quem é o filho da mãe que fez isso com você?

Por que é que quando uma mulher tem hematomas, principalmente no rosto, as pessoas concluem que são resultado de violência doméstica? Sou culpada de tirar as mesmas conclusões. É uma suposição da sociedade que infelizmente nasceu de uma realidade frequente demais.

— Não é o que você está pensando. — Eu solto o ar com exasperação. — Foi uma mistura nojenta de ignorância, ódio e álcool dirigida contra meu amigo Clayton nessa madrugada. — Eu aponto para o meu rosto. — Isso é um pouco do que respingou. Estou bem, Keller.

O medo e a raiva sumiram dos olhos dele, que ficam tomados de um sentimento de proteção. Pelo menos, não é pena.

— *Não* tem nada de bem aí. — Eu vejo que as mãos dele estão apertando a beirada do balcão com tanta força que os nós dos dedos estão brancos.

Eu estico as mãos e passo as palmas pelas mãos fechadas dele.

— Ei, relaxe. Estou bem. De verdade.

Ele balança a cabeça e tira o gorro de lã. O cabelo está espetado em todas as direções. Fico distraída. Até cabelo molhado fica bem nele. Não consigo deixar de sorrir.

— Por que você está sorrindo? — pergunta ele com a cabeça inclinada.

Meu sorriso se alarga.

— Seu cabelo. Você tem um cabelo lindo.

Ele levanta a mão e passa os dedos pelo cabelo, tentando sem sucesso domá-lo. Ainda assim, acho o cabelo uma das coisas mais atraentes nele. Ele limpa a garganta, e as bochechas ficam vermelhas.

— Como posso ajudar, Keller? — Agora que a questão do hematoma está fora do caminho, não posso negar que estou feliz em vê-lo.

Ele morde o lábio como se não soubesse o que responder, ou talvez não tivesse terminado o assunto anterior.

— Tem certeza de que está bem? Porque sinto dor só de olhar para esse hematoma.

Encerro o assunto.

— Estou bem.

Ele assente, mas continua parecendo arrasado. Ele segue em frente mesmo assim.

— Fui enviado em uma missão romântica por Rome. Ele me pediu para escolher uma orquídea para Dan. É aniversário deles esta noite. Ele queria vir no horário de almoço, mas não conseguiu sair. E então, você tem alguma coisa assim?

Saio de trás do balcão e juntos escolhemos uma orquídea branca nas prateleiras. Depois que ele paga, coloco uma camada grossa de papel ao redor da flor para protegê-la do frio.

Ele hesita quando chega à porta.

— Então — ele limpa a garganta —, você devia passar no Grounds amanhã. Eu pago o café. Para você não ter que beber aquele veneno do refeitório dois dias seguidos.

Eu dou uma gargalhada.

— Tento me manter em um revezamento rigoroso. Vejo você amanhã. Mas eu pago. Além do mais, ainda devo a você pela viagem até Milwaukee...

Ele me interrompe.

— Não deve, não.

Eu dou um sorriso. Ele não me conhece. Apesar de insistir em não aceitar dinheiro, vou encontrar um jeito de pagar.

— Em pouco tempo vou estar tão endividada que você vai ter que me aceitar como escrava para pagar a dívida com trabalho.

— Humm. — Os olhos dele se iluminam. — Tem muita coisa que eu poderia fazer.

Eu dou um sorriso.

— Não tão rápido. Eu prefiro manter um acordo financeiro. Não tenho muito tempo livre para fazer seu trabalho sujo.

O sorriso dele fica torto.

— Trabalho sujo? Melhor ainda. — Ele pisca e abre a porta.

Eu balanço a cabeça, mas minhas entranhas estão moles. Sei que nada pode acontecer entre nós, mas, Deus, adoro flertar com esse garoto.

— Preciso cortar o cabelo. Corte meu cabelo e estaremos quites — diz ele.

— Não sei cortar cabelo. Um corte ruim *não* nos deixaria quites.

— Confio em você.

Isso me deixa tão feliz. Confiança é importante para mim.

— Mesmo?

— Confio a minha vida... e meu cabelo. Está livre na sexta à noite?

Eu faço que sim.

— Estou.

— 20h?

Eu faço que sim de novo.

— Parece ótimo.

— Na sua casa ou na minha?

Sei que não é um encontro, mas não dá para imaginar o quanto gosto de ouvir essa pergunta.
— As noites de sexta no alojamento são imprevisíveis. Na sua, então.
Ele sorri.
— Excelente. Tchau, Katie.
— Tchau, Keller.

Sexta-feira, 21 de outubro

(Kate)

São 20h12 quando bato na porta de Keller, sentindo um nervosismo diferente. Nunca fui esse tipo de garota, então a sensação é estranha. Estou sóbria, mas parece que tomei alguns drinques e, apesar de minha mente não estar convencida de que está alterada, o corpo está confessando o escorregão. Acho que acabei de me apaixonar por essa sensação.

Quando Keller abre a porta e eu entro, ele pega meu casaco. Não dizemos nada. É meio constrangedor. Não desconfortável, só constrangedor. Então, digo:

— Não é tarde demais para desistir, cara. Tem certeza de que confia em mim agora que você teve uns dias para pensar? — A confiança dele é importante para mim. Há graus diferentes de confiança, e minha sensação geral é de que a maior parte das pessoas é boa, portanto confio na maioria. Amizades são vitais para mim, e confiança é parte disso. Mas, em um nível mais profundo, tem a *confiança*. Minha *confiança* é uma coisa que não encaro como besteira. Poucas pessoas a conquistaram: Grace, Gus e Audrey. Só. É uma coisa que leva anos para construir. Por algum motivo, sinto que Keller já caiu nessa categoria mais *profunda*. O que é bom, mas também é meio apavorante, porque aconteceu muito rápido.

Ele sorri, e o constrangimento desaparece.

— Implicitamente.

Que. Resposta. Do. Caralho.

— Tudo bem. Vamos começar a festa.

O lábio inferior dele está escondido sob o superior quando ele sorri de novo. Os olhos estão achando graça. Ele quer dizer alguma coisa, mas acha que não deve. Então, pega uma cadeira dobrável no armário e monta em um espaço aberto atrás do sofá de dois lugares. Estou vendo-o trabalhar, mas não estou exatamente vendo: estou sonhando acordada. Estou pensando em como é o peito dele debaixo da camisa. Estou pensando no quanto a pele é quente e nos músculos definidos. Estou pensando em como pode ser por baixo...

— Molhado ou seco? — Ele para quando não respondo e aponta para o cabelo. — Quer que eu molhe?

Ah. Certo. *O cabelo.* É por isso que estamos aqui.

— Há, molhado, acho. Não é assim que os profissionais fazem? — Audrey sempre cortou meu cabelo. Duas vezes por ano na cozinha dos Hawthorne, quer eu precisasse ou não. Nunca fui a um salão.

— Então, vai ser molhado. Já volto.

Keller desaparece no banheiro e volta dois minutos depois só de calça jeans. Jesus, Maria, José. Ele fica bonito pra caralho sem camisa. Minha mente é inundada, e sinto-me como se ele pudesse ver todos os meus pensamentos impróprios. E agora minha barriga está tremendo de novo. Que diabos há de errado comigo?

Ele se senta na cadeira e eu tento agir com casualidade.

— O que vai ser, sr. Banks? Uma aparadinha? Corte à máquina? Topo qualquer coisa. — Caramba, se topo!

— Eu ia dizer só uma aparadinha, mas o que você acha? Devo tentar alguma coisa diferente?

— Não. Gosto do jeito que é. — Gosto mesmo. Tanto.

— Então vai ser uma aparadinha.

Agora estou nervosa de outra forma, porque não quero fazer besteira.

— Keller, cara, existe um plano B caso eu faça alguma merda?

Ele ri e dá de ombros.

— É só cabelo, Katie. Se você fizer merda, *coisa que não vai fazer*, é só a gente raspar.

Isso não ajudou.

— Ah, sem pressão.

Ele está completamente à vontade.

— Nenhuma.

Quando começo a cortar, todos os outros pensamentos, os nervosos e os explícitos, parecem sumir com as mechas de cabelo caindo no chão. Ele tem mesmo um cabelo incrível. É castanho escuro, quase preto, e tem um ondulado leve que dá mais volume do que cachos. É denso e cheio, mas os fios são finos como de um bebê, macios e brilhosos. Ele usa meio compridinho. Cai abaixo das orelhas e toca na gola da camisa atrás. E está sempre meio rebelde, que é o melhor, na minha opinião. Não gosto quando os homens se dedicam demais ao cabelo. O naturalmente desgrenhado é sexy.

Uma hora depois, termino. A conversa é mínima. Fiquei concentrada em não transformar o cabelo de Keller em um fiasco, e ele me permitiu essa concentração ao ficar quieto. Depois de dar uma olhada no espelho do banheiro, ele volta até mim varrendo o cabelo que caiu no chão. Dou um sorriso para ele porque não fiz besteira.

— Bem, rápida você não é, mas é detalhista. Bom trabalho.

Dou uma gargalhada.

— Detalhista é meu sobrenome. Ou talvez eu só quisesse que você achasse que valeu o que pagou.

— Cada centavo. Obrigado, Katie. Quer beber alguma coisa? Tenho umas cervejas na geladeira. Você merece.

Quero ficar, mas minha consciência está no meu pé. Ele tem namorada. Tenho certeza. Eu não devia estar aqui sozinha com ele, principalmente com os pensamentos sórdidos que começaram a correr desenfreados pela minha mente de novo.

— Não, obrigada. Acho melhor voltar para o alojamento.

Ele olha para o chão. Uma expressão de decepção surge no rosto dele antes de ele olhar para mim e sorrir.

— Você veio de carro ou andando?

— De carro. Está gelado pra caralho lá fora.

Ele ri.

— Gelado. — Ele está me provocando. Ele pega o moletom no sofá e veste. — Levo você lá fora.

Estamos de pé ao lado da porta do meu carro, e não consigo evitar um sorriso porque um cara nunca me levou até meu carro antes. Mais uma vez, minha mente sabe que não estamos em um encontro, mas o gesto é cavalheiresco. Não costumo gostar desse tipo de coisa, mas acho que hoje gostei.

— Obrigado de novo, Katie.

— De nada. É bom estar livre do peso de dívidas e encargos.

Nós rimos, mas as gargalhadas viram silêncio. Nós nos olhamos, como se não soubéssemos o que fazer. Isso poderia continuar a noite toda, então faço o que faria com qualquer um dos meus outros amigos. Eu abro os braços.

— Vem cá.

Ele é lento para reagir, mas quando reage seus braços me envolvem e sou conquistada. Algumas pessoas se superam na arte de abraçar. Elas conseguem abraçar com o corpo todo, não só com os braços. O calor cerca cada centímetro da gente. Faz a gente se sentir amada e reconfortada.

Keller dominou a arte de abraçar.

O abraço dos sonhos dura o dobro do tempo de um abraço comum, mas nem de perto todo o tempo que eu gostaria que durasse. Quando nos separamos, sinto frio e estico a mão instintivamente para a maçaneta.

— Dirija com segurança, Katie.

— Sempre. Tenha um ótimo fim de semana, cara.

— Vou para Chicago. Voltou cedinho na segunda. — Ele está sorrindo.

É por isso que me comporto. Chicago. A outra vida dele. A namorada.

— Divirta-se. Vejo você na segunda.

— Segunda — repete ele. — Vejo você na segunda.

— Boa noite, Keller.

Ele assente.

— Foi, sim. Boa noite, Katie.

Segunda-feira, 24 de outubro

(Kate)

As aulas foram canceladas hoje. A neve estava descontrolada pela manhã. Todo mundo disse que era uma *tempestade prematura incomum*.

Eu chamo esse fenômeno de "Mãe Natureza tomando esteroides". E ela é imprevisível quando fica assim.

Agora, eu entendo por que tanta falação. Por sorte, está passando, mas hoje cedo, quando calcei as botas e andei pela neve fresca até o Grounds, aquela merda estava *caindo*. Valeu o trajeto para passar a manhã aqui tomando café e lendo.

O sino faz seu barulho, mas eu o ignoro em favor do livro no meu colo. Estou no sofá de dois lugares em frente ao fogo, e nada pode me distrair da minha manhã feliz.

Exceto, talvez, a voz grave ao lado do meu ouvido.

— Este lugar está ocupado?

Eu viro a cabeça de leve para a esquerda, e o rosto de Keller está bem ali. A dois centímetros do meu rosto. Ele está inclinado por cima do encosto do sofá, com o queixo apoiado nos braços cruzados. O rosto está barbeado. Faz um tempo que não o vejo assim. Ele parece tão novo com essa carinha de bebê à mostra.

— Oi. Claro que não. Sente-se. — Coloco a bolsa no chão para abrir espaço.

Ele se senta ao meu lado depois de tirar o gorro, o chapéu e as luvas.

— Caramba, parece até que moramos em Minnesota com toda aquela neve lá fora.

Eu reviro os olhos.

— Não me lembre.

Ele ri e cutuca meu braço enquanto pega um sanduíche embrulhado em papel vegetal dentro de um saco de papel pardo.

— Ah, nem está tão ruim. Olhe só. Está lindo lá fora. — Ele fala com tanta sinceridade que controlo uma segunda revirada de olhos e dou uma olhada para a grande janela atrás de nós.

Está nublado e parece anoitecer, apesar de ser só o final da manhã. Flocos de neve caem esporadicamente. As ruas estão desertas. E como estou em um lugar fechado e na frente de uma lareira, seca e aquecida, o dia *está* lindo.

— Como você pegou um voo de Chicago — pergunto, indicando a rua — com toda essa *beleza*?

— Peguei um voo cedo ontem à noite, antes de a neve começar a cair. Disseram que seria ruim. Acho que acertaram, pela primeira vez. — Ele me cutuca de novo. — Quer metade do meu sanduíche, Katie? É de peru.

— Não, obrigada. — Sempre procuro evitar a resposta "não, sou vegetariana" porque apavora algumas pessoas. Não sei por quê, mas às vezes as pessoas olham como se você tivesse dito uma coisa inimaginável. Ficam desconfortáveis. Então, só ofereço uma explicação quando sou obrigada.

Ele insiste.

— Não, sério, essa coisa é gigantesca. Me sinto grosseiro comendo na sua frente. Tome metade.

Estou sendo obrigada.

— Não se sinta mal, cara, sou vegetariana. E não estou com fome, de qualquer modo. Comi um bolinho ainda agora.

Ele pisca algumas vezes.

— Então... tem algum problema eu comer isso na sua frente? Deixa você com nojo? Porque posso esperar ou... ou ir me sentar ali. — Ele move a cabeça para o lado para indicar um lugar do outro lado da sala.

Eu olho para ele por alguns segundos antes de responder porque a pergunta era cheia de consideração.

— Não. Pode comer. Mas obrigada por perguntar. Foi... foi simpático.

Ele sorri e dá uma mordida, com maionese e mostarda escorrendo nos cantos da boca. Ele fala entre as mordidas.

— E por que o vegetarianismo? Motivos de saúde, religiosos, direitos dos animais?

Eu dou de ombros.

— Não sei. Nunca gostei da ideia de um animal nascer, crescer e ser morto só para termos alguma coisa para comer. Tem muitas outras opções por aí.

Ele levanta as sobrancelhas, como se nunca tivesse pensado dessa forma, e assente.

— Faz sentido. — Depois que termina o sanduíche, ele amassa o papel e coloca no saco. Então, bate palmas. — Devíamos dar uma volta de carro à tarde. Tem uns 45 centímetros de neve no chão.

Eu olho por cima do ombro e, a julgar pela neve no carro estacionado do outro lado da rua, ele está certo. É um momento tão bom quanto qualquer outro para aprender a dirigir na neve.

— Claro, que tal 13h? Tenho que trabalhar às 15h.

— Está ótimo.

Coloco o livro na mesa de centro na nossa frente para poder abrir minha bolsa.

— Pego você na sua casa?

Ele assente distraidamente enquanto pega meu livro.

— É bom?

— Você nunca leu? — Estou chocada.

Ele balança a cabeça.

— Não, mas sempre quis.

Penso na reação dele quando contei que não tinha lido *Um conto de duas cidades* e faço o mesmo com ele.

— Que estudante de ensino médio não leu *O sol é para todos*?

O sorriso dele se alarga.

— Mereci essa.

— É, mereceu. Leio uma vez por ano, mais ou menos. É um daqueles livros que consegue ficar melhor a cada leitura, e você se vê se apaixonando por ele a cada vez.

Ele sorri, e sei que consegue entender, pois me contou que leu *Um conto de duas cidades* várias vezes.

— Além do mais, um dos personagens é um herói meu. Sabe aquela frase "O que Jesus faria?"?

Ele assente.

— Bem, minha versão é "O que Atticus faria?" Ele sabe das coisas. Sempre sabe o que fazer. — Eu me levanto, enfio os braços no casaco de lá e tiro as luvas dos bolsos. Coloco a bolsa no ombro e cumprimento Keller. — Vejo você às 13h.

Ele me cumprimenta.

— 13h. Eu levaria você até o alojamento, mas Duncan está com a Máquina Verde.

— Não se preocupe. É o país das maravilhas no inverno lá fora. — Eu arregalo os olhos para dar ênfase. — Mal posso esperar.

Ele ri do meu sarcasmo.

Com a mão enluvada na maçaneta, ouço Keller gritar:

— Katie, você esqueceu o livro.

Dou um sorriso, porque o deixei intencionalmente.

— É seu. Outra pessoa deve ter a oportunidade de amá-lo. — É meu livro favorito. Me sinto bem sabendo que o estou deixando com uma pessoa que vai apreciá-lo.

— Mas você não terminou de ler. — Ele está segurando o livro e apontando para o marcador.

Eu dou uma batidinha na têmpora.

— Eu já sei como termina. Você, não. — Pisco e dou um sorriso, mas a sinceridade e a simplicidade das palavras me impressionam. Ele não sabe. Ele não sabe minha história. E é assim que precisa continuar, porque eu sempre preferi finais felizes. — Você devia conhecer Atticus Finch. Ele é um advogado bizarro.

Paro na porta de Keller às 13h15, e, antes que eu possa buzinar, ele aparece na porta, como se estivesse prestando atenção. Ele está balançando a cabeça.

— Cristo, mulher, você nunca chega na hora? — Ele está implicando, mas sei que é uma das coisas que o irritam.

— Não. Outro mau hábito. Crônico a essa altura, incurável. — Eu dou de ombros porque é quem eu sou. E, no grande esquema da vida, existem coisas piores do que atrasos. — Além disso, tive que apreciar toda essa *beleza*. Me fez vir devagar.

Ele sorri.

— Bem, você chegou. É um bom começo.

Preciso dizer que Keller nasceu para ser instrutor de direção na neve. A paciência dele é de santo. Ele me orienta pelas ruas desertas, limpas e geladas até o estacionamento do auditório. Fico feliz por não haver ninguém na rua, porque me sinto como um assassinato sobre rodas prestes a acontecer. Pelo menos, quando eu fizer besteira, não vai haver ninguém no caminho. Keller nunca eleva a voz acima do tom baixo, treinado, calmo, tranquilizador. É a voz que me guia em segurança por ruas geladas e que me lembra de afrouxar o aperto intenso no volante, de ir mais devagar, de apertar o freio com leveza e de não prender a respiração. A voz dele me relaxa. É um alívio firme e constante. Eu passei a amar alívios.

Sexta-feira, 28 de outubro

(Kate)

— Parabéns pra você, nessa data querida, muitas felicidades, muitos anos de vida! Feliz aniversário, Raio de Sol!

Você não viveu se não ouviu Gustov Hawthorne cantar parabéns no telefone. Ele faz isso todo ano... no volume máximo, com cada nota transbordando entusiasmo.

— Caramba, que toque de despertar, Gus.

— Merda. Acordei você, Raio de Sol? São 6h aí, né? Achei que você estaria acordada. — As frases dele estão se atropelando.

— Tudo bem, cara. Estou acordada. — Estou acordada desde as 4h45 e já fui correr na academia do campus do outro lado da rua do alojamento. Correr um quilômetro já é uma luta atualmente, mas estou de pé, tomei banho e estou seguindo pela Main na direção do Grounds para o meu café matinal.

— Ah, que bom. — Ele parece aliviado e, agora que voltou ao ritmo normal, parece meio bêbado.

— Cara, você parece detonado. Onde está?

— Há... — diz ele, sonolento, e levanta a voz. — Ei, Robbie, onde estamos mesmo, cara? — Ouço a resposta de Robbie, que Gus repete. — Indianapolis. Estamos em Indianapolis, Raio de Sol.

Ele encheu a cara. Não consigo lembrar a última vez que o ouvi tão bêbado. Tem muito barulho de fundo, então tenho certeza de que ele não está no ônibus.

— Como foi o show ontem?

— Foda pra caralho! — Soa animado demais, até mesmo para Gus.

— Legal. — É hora de trazê-lo de volta para a Terra. — Gus, entendi que você está em Indianapolis, mas *onde* em Indianapolis?

Ele faz uma pausa de alguns segundos, e o vejo olhando ao redor em busca de dicas que ajudem com a resposta.

— Não sei. Parece um quarto de hotel. A banda toda está aqui! — Ele faz uma pausa e grita: — E aí, Robbie?! — Ele fala como se tivesse acabado de reparar nele pela primeira vez e não se lembrasse de ter falado com ele vinte segundos antes.

— Gus, cara, obrigada pelo feliz aniversário. Vou deixar você agora. Me faça um favor e encontre alguém sóbrio que possa dizer onde você está. Tenho certeza de que vocês vão tocar em Chicago hoje. — Estou tentando acompanhar a programação da banda. Isso me ajuda a me sentir ligada a ele, já que não nos falamos mais todos os dias. — Acho que vocês já deveriam estar na estrada.

Ouço a ficha cair.

— Merda — diz ele ao celular antes de gritar: — Merda, pessoal! Vamos tocar em Chicago hoje. Temos que sair daqui.

— Muito bem, Gus. Você vai ficar bem. Vá até a recepção e peça para chamarem um táxi para vocês de volta para o local onde tocaram ontem. E ligue para o seu gerente de turnê. Ele deve estar surtado.

— Certo. Obrigado. — Ele parece um pouco mais sóbrio agora.

— Eu te amo, Gus.

— Também te amo, Raio de Sol. Feliz aniversário.

— Obrigada. Tchau.

— Tchau.

Sou esquisita com meu aniversário. Não conto para as pessoas porque nunca gostei de comemorar. Minha mãe adorava encher Grace e a mim de presentes nos nossos aniversários quando éramos pequenas. A gente não tinha atenção, então ganhava coisas. Era uma substituição que até uma criança de cinco anos consegue perceber. Conforme ficamos mais velhas e ela ficou mais instável, parou... Não havia mais presentes... nem atenção. Foi parte do declínio dela.

Pelo menos eu sei que os *parabéns* acabaram quando desligo o telefone com Gus porque ninguém aqui sabe. Ou pelo menos acho que ninguém sabe até eu receber uma mensagem de texto de Shelly por volta das 18h30. Estou na biblioteca.

SHELLY: *Feliz aniversário!*
EU: *Obrigada. Como você soube??*
SHELLY: *Carteira de motorista. Arquivo de funcionários.*
EU: *Violação de confidencialidade?*
SHELLY: *Pode ser. Pizza. 19h. Pego você no alojamento.*
EU: *OK.*

Não dá para discutir com Shelly, então corro para o alojamento e estou tirando o moletom e vestindo uma calça jeans e uma blusa limpa quando recebo outra mensagem de texto. São 18h45.

SHELLY: *Qual é o número do seu quarto?*
EU: *210*

Menos de um minuto depois, ouço uma batida na porta. Abro e vejo Shelly usando um sobretudo roxo. O nariz e as bochechas estão rosados por causa do frio.

Eu olho para o relógio.

— Mas como assim? Ainda tenho quinze ou vinte minutos.

Ela sorri, entra e se joga na minha cama.

— Eu sei. Keller está dirigindo. Ele sempre chega cedo... assim como você sempre chega atrasada. Ele é neurótico. Desculpa.

Tiro o elástico do rabo de cavalo e passo os dedos pelo cabelo.

— Keller vai?

Ela está olhando para as fotos na minha mesa.

— Vai. Falei para ele que era seu aniversário. Foi ideia dele. Você sabe, o jantar de aniversário.

— Estou ganhando mais regalias com esse aniversário do que com os outros dezenove.

Ela aponta para as fotos.

— E quem são essas pessoas, Kate?

Sou bem reservada. Não falo sobre família nem sobre Gus para ninguém. Só Clay e Pete sabem sobre Gus, e só por necessidade. E Sugar sabe nomes, mas, fora isso, está cagando.

— Essa é minha irmã, Grace, e meu melhor amigo, Gus.

Ela passa os dedos pelo rosto de Grace de um modo adorável.

— Eu não sabia que você tinha uma irmã.

— A melhor. — É aí que termina. Fico grata quando ela vai para a foto de Gus.

Ela a pega e segura com as duas mãos.

— *Caramba*, Kate, ele é gato pra cacete.

— Isso é uma declaração e tanto, considerando que metade do rosto dele está escondida atrás do cabelo. — Fico feliz por ela não o ter reconhecido como Gustov Hawthorne. Ele fica bem diferente com o cabelo comprido.

Ela me olha com aqueles olhos grandes, arregalados e escuros.

— Mas ele é, não é? Deve ser lindo de morrer.

— Ele é um colírio para os olhos, sim.

Ela balança a cabeça e coloca o porta-retrato na minha mesa.

— Caramba. — Isso é tudo que ela diz.

Pego meu casaco de lã e meu chapéu e saímos do quarto às 18h55. Talvez seja meu recorde pessoal: cinco minutos adiantada.

Shelly abre a porta de trás da Máquina Verde, que está estacionada em frente ao alojamento.

— Jogamos pedra, papel e tesoura antes. Os garotos ficaram com os bancos da frente, então temos que ficar atrás. Meus sinceros pedidos de desculpas.

— Tudo bem — respondo antes de reparar que há um probleminha com o banco de trás.

Não tem banco de trás. Nada de banco de trás, só três pufes.

— Jesus Cristo, Keller. Pufes?

Pufes.

Keller sorri.

— Oi, aniversariante. Me desculpe pela falta de assentos tradicionais.

— Ah, merda. — Eu entro e me sento em um dos pufes.

Shelly apresenta Duncan para mim de brincadeira, e ele pede desculpas pelo dia em que nos conhecemos quando trocamos algumas palavras e ele desmaiou de tão bêbado.

— Não foi meu melhor momento — diz ele.

Os pufes são bem confortáveis, e quando paramos no estacionamento na Red Lion Road, estou convertida.

— Por que os carros não têm pufes? — pergunto a Shelly.

Duncan se vira e concorda.

— Não é?

Shelly revira os olhos.

— Você quer dizer a garantia de morte certa se houver um impacto? Nossa, não sei, Kate.

Eu faço que sim e sorrio.

— É, fora esse detalhezinho mórbido. Vou pensar nisso na volta para casa. Obrigada por estragar meu momento Shangri-La, Shelly.

Nós saímos do carro e seguimos na direção do restaurante.

Shelly se senta ao lado de Duncan, o que deixa Keller ao meu lado. A mesa é pequena. Tento deixar alguns centímetros entre nós, mas nossos cotovelos ficam encostados.

Keller me cutuca.

— Devia ter perguntado primeiro, mas você gosta de pizza, né?

Faço que sim.

— Claro.

Shelly olha para nós.

— Duas grandes de pepperoni?

— Uma de pepperoni e uma de muçarela. Katie é vegetariana — diz Keller com conhecimento de causa.

Shelly franze a testa.

— Você é vegetariana?

Eu faço que sim.

Ela não parece convencida, como se Keller e eu estivéssemos tentando enganá-la.

— É mesmo?

Keller responde por mim.

— É mesmo, Shel — diz ele, jogando uma nota de dez dólares na mesa. É engraçado o orgulho que demonstra por saber isso sobre mim.

Shelly e Duncan jogam cada um uma nota de dez na mesa, e Shelly diz:

— A gente aprende uma coisa nova todos os dias.

Eu remexo no bolso e coloco uma nota de cinco e cinco notas de um na mesa. Keller pega e devolve para mim.

— Não vamos aceitar seu dinheiro, aniversariante.

Eu pego e olho para as notas de um lado e do outro.

— Por que você sempre tem problema com o meu dinheiro? Não passou pela lavadora nem nada. Se você não começar a me deixar pagar, vou me sentir uma exploradora.

Ele dobra meus dedos ao redor do dinheiro com a mão.

— É seu jantar de aniversário. Você não vai pagar. Nós vamos. Além do mais, sou barman aqui algumas noites por semana, então tenho desconto na pizza.

— Você tem dois empregos? — Sei que ele vive ocupado, mas não sabia que tinha dois empregos.

Ele dá de ombros.

— Eu preciso. As gorjetas são ótimas.

Duncan dá um sorrisinho.

— As gorjetas são ótimas porque mulheres sóbrias gostam de Keller... mas as bêbadas o *amam*.

— Sou um bom barman — defende-se Keller. É fofo como ele fala isso sério.

Duncan olha para mim e sorri.

— Kate, Keller acha que ganha boas gorjetas por causa das habilidades dele atrás do balcão do bar. — Ele olha para Keller com sinceridade. — Você é um ótimo barman.

Keller assente.

— Obrigado.

Duncan continua.

— O que meu garoto não admite é que metade das mulheres estão aqui por um motivo nas noites de terça ou quinta. E esse motivo é olhar para Keller Banks. É bem engraçado, na verdade.

Às vezes, sinto que vou ao Grounds só para olhar para ele. Ele é lindo. Consigo entender.

Como se esperasse a hora certa, uma ruiva linda passa e sorri para Keller.

— Oi, Keller — ela diz em tom de flerte.

Ele levanta a mão. É um aceno parcial para cumprimentá-la. É educado, mas meio confuso.

— Você a conhece? — Diz Duncan. Ele está com o mesmo sorrisinho.

Keller balança a cabeça.

— Não faço ideia.

Duncan ri com bom humor.

— Está vendo? Desligado. Não é sua habilidade como barman, cara.

Keller está corando, e é Shelly quem o salva. Ela se inclina para a frente por cima da mesa e faz um sinal entre nós dois.

— Odeio mudar de assunto, mas você está me dizendo que Keller Banks, o pão-duro, comprou uma coisa para você... com o dinheiro dele?

Eu dou de ombros enquanto Keller sai da mesa com o dinheiro para fazer nosso pedido no bar.

O sorriso de Shelly se alarga enquanto ele sai.

— Interessante.

Vinte minutos depois, uma jarra de cerveja e uma pizza de pepperoni são entregues na nossa mesa, seguidos por uma pizza de muçarela com vinte velas acesas. Shelly, Keller e Duncan iniciam uma interpretação caprichada de *Parabéns pra você*. Não gosto de ser o centro das atenções, mas é bom saber que tenho amigos tão atenciosos.

Sábado, 29 de outubro

(Kate)

Café. Preciso muito de café. Fiquei na rua até tarde ontem com Keller, Shelly e Duncan. Não bebi, mas tive dificuldade para dormir. Vou precisar de uma dose enorme de cafeína para iniciar meu dia. O show do Rook é hoje, e eles vão chegar no começo da tarde. Preciso acordar.

Tem algumas pessoas na fila quando chego ao Grounds. Romero me cumprimenta e sorri para mim enquanto recebe o dinheiro de um homem num terno. Keller está atrás do balcão, de costas para mim. Parece que ainda não me viu quando recebe o pedido de uma morena na frente da fila. Ela flerta. Ele não. Dou uma risada baixinha. Deus, nunca reparei antes, mas Duncan estava certo: as garotas se esforçam *tanto* com ele. Ele me vê e pisca. É sutil. Se eu não estivesse olhando, não teria reparado. Não fui a única que reparou, ao que parece. Tem outra pessoa olhando. A morena joga o cabelo por cima do ombro e me olha de cara feia. E, por um momento, sinto um desejo primitivo surgindo em mim, uma necessidade de reivindicá-lo de alguma forma. Luto contra o desejo sufocante de pular por cima do balcão e beijá-lo sem parar. Mas aí lembro que ele não é meu. A vontade passa, e fico me perguntando o que diabos acabou de acontecer.

Finalmente chega minha vez. Keller dá um tapinha no braço de Romero.

— Você pode pegar o café de Katie, Rome? Grande. Preto. Já volto.

— Ele corre na direção da porta do apartamento. — E vou pagar! Não aceite o dinheiro dela — ele grita enquanto abre a porta. Keller volta antes de Romero ter colocado a tampa e acena para mim do outro lado do balcão. Então, dá a volta e me entrega um envelope pequeno. *Feliz aniversário, Kate* está escrito nele. É uma caligrafia esquisita de garoto. Talvez ele devesse ser médico, e não advogado.

— Feliz aniversário, Kate — diz Keller, sorrindo.

— Keller! O que está rolando, semana de aniversário? Não precisa disso. Você me levou pra jantar ontem, lembra?

Ele dá de ombros.

— Aquilo foi um presente de todos nós. — Ele dá um sorriso doce.

— Esse presente é meu.

Abro. É um vale-presente do Grounds.

— Obrigada. É perfeito. — Eu penso na nossa conversa de algumas semanas antes na floricultura e acrescento: — Isso é chantagem ou suborno?

— Nenhuma das duas coisas. Estou fazendo um seguro.

— Seguro?

— É. São doze copos de café. Doze vindas ao Grounds. Doze chances de ver você. — Ele está com o sorriso fofo de menino. Está barbeado de novo, o que dá um visual irresistivelmente jovem a ele.

Eu o abraço, beijo na bochecha e sussurro no ouvido:

— Seguro é bem parecido com suborno. — Em seguida, me afasto para olhar nos olhos dele. — Você não precisa me subornar, sabe? Eu gosto de estar com você. Obrigada.

Eu espero o sorriso torto, mas a expressão dele continua doce e sincera.

— De nada. Gosto de estar com você também, Katie. — Ele indica o balcão atrás dele. — Escute, é melhor eu voltar para o trabalho, mas vejo você à noite. Mal posso esperar pelo show.

— O Rook vai arrebentar. — Dou uma piscadela enquanto recuo em direção à porta. — Prepare-se adequadamente.

Ele ri e faz um cumprimento.

— Pode deixar.

Gus me manda uma mensagem de texto pouco depois das 14h: *Estou aqui! Estamos no local do show.*

Eu respondo: *Chego em 10 minutos.*

Pego a bolsa em cima da cama e saio correndo para o carro. Estou procurando a chave nos bolsos enquanto desço correndo os degraus até o estacionamento quando o vejo encostado na porta do meu carro. Corro mais rápido, e o sorriso enorme no rosto dele é contagioso. Ele me pega em um abraço e me gira, com meus pés voando alto acima do chão. Amo os abraços de Gus. Ele é tão grande que fico perdida nos braços dele.

Ele me coloca no chão e segura meu rosto com as mãos.

— Não consigo acreditar que é mesmo você, Raio de Sol. O Skype é um substituto tão bunda pra realidade.

Eu concordo. Dou um sorriso e encosto no cabelo dele.

— Você está bonito.

Ele balança a cabeça e indica o prédio atrás de mim.

— É seu alojamento?

Faço que sim.

— Então me leve para ver. Preciso conhecer esses personagens que você chama de amigos. Só preciso voltar para a passagem de som às 17h.

Paramos no quarto de Clay e Pete primeiro. Clayton está em Minneapolis com Morris, mas Pete está aqui. Ele é educado, mas tímido no começo. Depois que ele e Gus começam a conversar por alguns minutos, Pete relaxa. Bem, o tanto que Pete *consegue* relaxar, claro. Digo para ele que Gus veio para o show (e deixo de fora que ele é o show). Gus pergunta de onde ele é, o que está estudando e se gosta de Minnesota. Acho que Pete fica meio surpreso com todas as perguntas e com o fato de Gus estar realmente ouvindo as respostas com interesse. Quando digo para Gus que é melhor deixarmos Pete em paz, os olhos de Gus batem em uma foto de Pete e Evelyn na mesa ao lado, e um brilho malicioso surge nos olhos dele. Não gosto. Já vi muitas vezes antes. Ele está tramando alguma coisa.

Ele pega o porta-retrato.

— Essa é sua namorada, Pete?

— É, o nome dela é Evelyn — confirma ele com seu sorriso com covinhas.

Gus coloca o porta-retrato na mesa.

— Que casal fofo. Me diga uma coisa, ela gosta de caubóis, Pete?

— Caubóis? — As sobrancelhas dele se unem com a pergunta estranha.

— De calça de couro talvez? — insiste Gus.

Ah, merda, ele vai falar *disso*.

Pete dá de ombros.

— Não sei. — Ele está confuso.

Gus se inclina como se fosse compartilhar informações secretas, mas não chega a baixar a voz.

— Cara, um conselhinho: garotas amam calças de couro. Um pouco de teatro anima as coisas no quarto. — Ele levanta a sobrancelha e sorri como se tivesse feito um favor a Pete. — É só o que vou dizer.

O rosto de Pete fica vermelho.

Enquanto empurro Gus para fora do quarto, falo com movimentos labiais para Pete:

— Me desculpe.

Gus grita alto por cima do ombro:

— É uma coisa a se pensar, cara. Uma coisa a se pensar.

O sorriso tímido de Pete surge.

— Obrigado.

Belisco o ombro de Gus assim que estamos no meu quarto.

— Não consigo acreditar que você fez isso.

— O quê? — pergunta ele com inocência. E cai na gargalhada. — Só fiz um favor ao sujeito. Você viu a cara dele quando saímos... Ele está pensando no assunto, cara. Evelyn vai me agradecer, Raio de Sol. Ela vai me agradecer pra caralho.

Balanço a cabeça. Talvez ele esteja certo.

Sugar não está aqui, então podemos relaxar. Gus olha cada centímetro do quartinho com um nível de curiosidade que só vi em crianças pequenas, gatos e Gustov Hawthorne. Ele não é xereta nem invasivo, mas quer saber todos os detalhes... intimamente. Seja um lugar, um objeto ou uma mulher, todos exigem o tipo de atenção de que a maioria das pessoas não é capaz ou não tem tempo para dar.

Eu o levo para conhecer o campus e mostro onde são minhas aulas. Ele faz um monte de perguntas sobre cada uma. Se fosse qualquer outra pessoa, eu acharia que estava sendo entediante, mas não Gus. Ele se interessa por tudo da minha vida mais ou menos como se interessa pela própria vida dele. E é uma via de mão dupla. Sempre foi. É um dos motivos de sermos melhores amigos há tanto tempo.

Nosso tempo está acabando, então andamos até meu carro.

— Quer tomar um café antes de irmos para o auditório?
— Do famoso Grounds, do qual sempre ouço falar?
Eu faço que sim.
— Ah, quero. Fiquei tão empolgado por saber que veria você hoje que quase não dormi. Café seria bom.
Sorrio.
— Também acho.

O sino faz barulho quando Gus abre a porta do Grounds. Ele leva um susto e olha para o alto enquanto segura a porta para eu entrar. Ele se inclina e sussurra no meu ouvido:
— Qual é a do sino?
Dou uma gargalhada e concordo.
— Né?
Paro para olhar de novo antes de voltar a atenção para o balcão. Não vejo Keller nem Romero. Nunca vi esse homem. Ele deve ter quarenta e poucos anos e é muito bonito. É alto e parece profissional, distinto até. O cabelo escuro está ficando grisalho nas têmporas, e os olhos escuros e sérios parecem deslocados nesse ambiente. O cumprimento dele é simpático e ele sorri para nós.
— Bem-vindos ao Grounds.
Nessa hora, me dou conta. Deve ser Dan, o companheiro de Romero.
— Dan?
Ele responde com hesitação:
— Sim.
Eu estico a mão para me apresentar.
— Já ouvi muito sobre você. Meu nome é Kate.
Os olhos dele se iluminam, como se tivesse feito uma associação.
— A Katie do Keller?
Gus me olha sem entender, e estou olhando para Dan com a mesma expressão de confusão.
— Há, sou amiga de Keller, sim.
Dan aperta minha mão por um pouco mais tempo do que seria considerado normal.

— É tão bom finalmente conhecer você. Também já ouvi muito sobre você.

Apresento Gus e reparo que Dan é meio frio com ele.

Peço meu café preto grande e Gus pede o mesmo, mas previsivelmente acrescenta quase meia xícara de açúcar quando recebe o copo. Meus dentes doem cada vez que o vejo fazer isso.

Gus me olha quando entramos no carro, enquanto colocamos o cinto de segurança.

— Raio de Sol, você está saindo com alguém?

— Não. Keller e eu somos só amigos.

— Ele sabe disso? Porque aquele cara agiu como um pai que conhece a futura nora. Foi meio estranho.

Vou com Gus para o auditório da Grant. Depois de abraços dos outros três integrantes do Rook, eu me sento para ver a passagem de som. Fico sem palavras. Tocar todas as noites no último mês foi bom para eles. Eles tocam com perfeição. Quando estávamos em San Diego, eu ia muito aos ensaios da banda. Eles sempre tinham materiais novos e refinavam o som, mas isso não os impedia de brincar um pouco com *covers*. E eu sempre cantava nos *covers*, porque era como um karaokê com banda ao vivo. Então, fico feliz quando Gus pergunta:

— Quer cantar uma música, Raio de Sol?

Olho para a banda, e estão todos sorrindo para mim. Parece mais um ensaio, apesar do tamanho do auditório vazio. Com a banda, minha sensação é de intimidade e segurança. Não consigo esconder meu sorriso.

— O que vocês vão tocar?

Franco está girando as baquetas entre os dedos. Acho que nem percebe que faz isso, é um hábito.

— Voto em *Sex*.

— O ato ou a música? — pergunto, provocando.

Ele massageia o queixo como se estivesse pensando.

— Posso dizer as duas coisas?

Gus está ajeitando o microfone para mim enquanto subo no palco.

— Não, não pode. E não vamos tocar *Sex* — diz ele.

— Por quê? — pergunto. — É uma música ótima. Você gosta de The 1975.

Gus sorri e balança a cabeça antes de olhar por cima do ombro para Franco.

— Porque, Raio de Sol, pense bem... Franco tem motivos escusos. Você cantando essa música seria...

Franco está assentindo e sorrindo de orelha a orelha.

— Garota com garota.

Gus balança a cabeça.

— Ela não vai cantar com a gente só para alimentar suas fantasias, babaca.

Franco ri com bom humor e dá de ombros.

— Eu tinha que tentar.

Gus está trocando de guitarra.

— Vamos cantar *Panic Switch*.

Ele sabe que amo essa música. A banda toda ama. Assim como todas as melhores músicas do Silversun Pickups, essa é um caos controlado. Se você dissecar a música e ouvir a bateria, o baixo, a guitarra e os vocais em separado, parecem quatro músicas completamente diferentes. Quando você junta tudo, é genial.

— Ah, pode contar comigo.

Depois que Gus ajeita os pedais de efeitos, começamos a música e tudo acontece. É bom me soltar e cantar de novo. Além do mais, todos estão envolvidos. Eu canto e danço pelo palco como se estivéssemos no porão de Gus. Eles tocam tão bem.

Mando mensagens de texto para Keller, Shelly, Clayton e Pete quando acabamos para avisar que vou encontrá-los no show. Depois espremo a banda no meu carro e levo-os até Minneapolis para jantar antes do show. As opções em Grant são limitadas. O show começa às 21h, então temos tempo para comer, beber (sou a motorista, então só bebo água) e recuperar o tempo perdido. As coisas não mudaram nada. Jamie continua doce, Franco continua paquerador e sarcástico e Robbie continua quieto. A amizade com eles, principalmente com Franco, sempre foi fácil. É natural e à vontade. Nós respeitamos e apoiamos uns aos outros.

Aproveito um minuto do nosso trajeto de volta a Grant para que eles opinem sobre um assunto controverso.

— Pessoal, tenho uma pergunta para vocês. Eu dirijo mal?

Gus vira o pescoço para olhar para mim do banco do passageiro. Há choque nos olhos dele. Mas, antes que ele possa abrir a boca, é a voz de Franco que escuto atrás de mim.

— Defina mal.

— Sei lá, cara. De forma perigosa. Você sente que sua vida está em risco comigo atrás do volante?

É a vez de Gus.

— Não tem nada errado com o jeito como você dirige. Quem disse isso? Eu ensinei você a dirigir, lembra?

Eu balanço o dedo no ar e descarto o que ele diz.

— E é exatamente por isso que sua opinião é tendenciosa. Boca calada, você não responde à pergunta. — Eu olho pelo retrovisor para os três passageiros no banco de trás. — Pessoal?

Jaime está sorrindo para mim.

— Por que você está perguntando?

Eu olho para a rua rapidamente antes de olhar para ele pelo espelho outra vez.

— Alguém pode ter expressado um nível alto de preocupação depois de andar comigo.

Robbie ri ao lado de Jamie e diz:

— O que Kate está tentando dizer é que ela apavorou um passageiro.

Dou um sorriso de culpa.

— Ou dois.

Gus começa a dizer:

— Que besteir...

Mas eu o interrompo levantando o dedo no ar de novo. Ele afunda no banco.

Franco bate com o joelho nas costas do meu assento com força suficiente para eu sentir.

— Não esquenta, Kate. São uns frouxos. Você é uma motorista veloz e agressiva. Não há nada de errado nisso. Próximo assunto, por favor.

Consigo ver Gus sorrindo. A validação naquele sorriso faz com que eu me sinta melhor.

(Keller)

Não posso mentir. Fiquei decepcionado quando recebi a mensagem de Katie dizendo que ela nos encontraria no show à noite. Não falamos sobre isso, mas achei que nos encontraríamos antes do show e iríamos juntos para lá. E agora perdi esse tempo com ela. Espero ansiosamente cada minuto que tenho para passar com ela. Todos os minutos de todos os dias não seriam suficientes.

Então, fiquei arrasado quando fui ao Grounds por volta das 18h e soube que Katie passou lá mais cedo. *E* que estava com um cara. Dan não conseguiu lembrar o nome, mas disse que era alto e musculoso, com cabelo louro. A descrição não me fez pensar em ninguém. Eu insisti e ele pediu desculpas. Boas notícias nunca começam com um pedido de desculpas. Ele disse que eles pareciam à vontade um com o outro. Que ele estava com o braço ao redor dela quando eles saíram do Grounds e beijou a testa dela antes de entrarem no carro. Merda! Por que não falei o que sinto por ela? Agora, ela está com outra pessoa. Ou talvez já estivesse o tempo todo. Eu sabia que não devia ter aberto meu coração para ela. Agora, ela vai parti-lo ao meio. Soube desde que bati os olhos nela. Ela nunca magoaria ninguém intencionalmente, mas é inevitável... vai acontecer. E é minha culpa. Ainda assim, a sensação é horrível. E sei que é irracional, mas também estou com raiva dela. Não vou nesse show de jeito nenhum.

Depois de fazer minha ligação noturna para Chicago, vou direto para a única garrafa de bebida que temos no apartamento: tequila. Tequila é uma distração fantástica e entorpece pra caramba. Sei porque quando Dunc e Shel passam para me pegar às 20h30, a garrafa está vazia e estou indo por vontade própria para o show que jurei evitar a qualquer custo.

Shel ficou mandando mensagens para Katie durante todo o tempo que passamos na fila do auditório. Ela conta para mim e para Dunc que Katie estava jantando com alguns amigos que estão na cidade para o show. É, sei que ela estava com um *amigo*. É por isso que estou caindo de bêbado.

Quando cambaleio para dentro do local, a banda está subindo no palco e a galera está enlouquecida. Depois que Shel passa um tempo gritando ao telefone para tentar localizar Katie na multidão, abrimos caminho em meio a centenas de universitários e encontramos Katie e uns amigos dela. Já fui apresentado a Clayton quando ele foi ao Grounds com Katie, mas não conheço mais ninguém. Nenhum é alto e louro como Dan descreveu. Expiro o ar que estava prendendo, porque pelo menos ela não está com *ele*. Não quero olhar para ela, mas não consigo evitar. Ela continua tão bonita quanto em todas as outras vezes que a vi. O cabelo está solto e bagunçado como sempre. Bagunçado como se ela tivesse acabado de sair da cama... depois de fazer sexo. *Merda*. Ela está usando uma das camisetas feitas em casa que ficariam ridículas em qualquer pessoa, mas ficam perfeitas nela. Envolve o corpo dela nos lugares certos. Essa diz *I* ♥ *San Diego*. Acho que nunca vi. Ela está sorrindo para mim como se estivesse feliz em me ver. Deus, eu queria que fosse verdade.

As mãos pequenas seguram meu bíceps, e, apesar de eu estar entorpecido a quase todas as sensações físicas, o contato não passa despercebido. As mãos estão frias como sempre, mas minha pele se aquece com o toque.

— Estou tão feliz por você estar aqui! — ela grita no meu ouvido junto com a música.

Não consigo me segurar.

— Onde está seu *amigo*? — Minhas palavras saem arrastadas e raivosas. Não parecem minhas.

Ela recua para me olhar.

— Você está bêbado?

— Extremamente — digo. — Dan disse que você foi ao Grounds à tarde com um "amigo". — Coloco aspas na palavra com as mãos e me arrependo na mesma hora. Por que estou sendo tão escroto? Não estamos juntos.

Ela também faz aspas com os dedos quando responde.

— Meu amigo *está* aqui. Vocês vão conhecê-lo depois do show. — Ela parece magoada e volta a atenção para o palco. Depois de uns movimentos, fica entre Shel e Clayton. Tomo o cuidado de estar sempre diretamente atrás dela. Ela nunca fica parada, então é como mirar em um alvo móvel.

A música é só um ruído, barulho nos meus ouvidos, nas primeiras canções, mas deixo que tome conta de mim. É entorpecedora como a tequila na qual estou me afogando. Não estou nem olhando para o palco.

Sinto-me como um psicopata, mas não consigo tirar os olhos de Katie. Ela está de costas para mim, a centímetros de distância, e o jeito como se mexe com a música faz minhas fantasias habituais subirem a níveis extremos. Visões minhas arrancando as roupas dela e a agarrando de dez formas diferentes aqui, na frente de todo mundo, ocupam minha cabeça.

As músicas continuam, mas em pouco tempo a névoa some um pouco e a cacofonia vira palavras e guitarra e bateria. Minha raiva começa a evaporar com o álcool. Talvez sejam os pensamentos indecentes que estou tendo ou talvez seja só o fato de que é Katie e eu achar que ninguém conseguiria ficar com raiva dela, ou talvez seja o fato de estarmos tão próximos que acabo percebendo que não devia desperdiçar meu tempo com ela.

A música seguinte é uma balada lenta. O resto da banda saiu do palco e o cantor trocou a guitarra elétrica por um violão. Tenho que admitir que o sujeito é talentoso. A música é triste, e apesar de minha mente bêbada não conseguir entender toda a letra, sei que é sobre perder alguém de quem se gosta. Está na cara que a música conta uma história pessoal; a voz dele está emocionada e magoada. Alimenta uma saudade profunda em mim e não consigo evitar procurar contato físico. Apoio as mãos nos quadris de Katie e, como ela não protesta, abro os dedos e deslizo lentamente pela barriga dela. As pontas dos meus polegares roçam na parte de baixo dos seios e meus mindinhos tocam na cintura da calça jeans. A camiseta é fina e consigo sentir como ela é por baixo. Ela se encosta em mim e me deixa abraçá-la. Abre as mãos sobre meus antebraços, fazendo um fogo abrir caminho pela minha pele.

Devo estar perdendo a porra da cabeça. Tudo era tão simples antes de conhecê-la. Eu fazia tudo que tinha que fazer, quando tinha que fazer, da forma que tinha que fazer. E agora? Agora estou com os braços ao redor dela. E ela tem namorado. E é linda. Não consigo parar de ficar obcecado por ela e estou a dois segundos de fazer uma coisa bem idiota.

Um segundo...

Não consigo parar.

Apoio o queixo delicadamente no alto da cabeça dela e deixo a bochecha deslizar pelas ondas. Inspiro profundamente. Ela tem um cheiro *tão* bom. O corpo para, mas os braços não soltam os meus. Encaro isso como permissão. Enfio a cabeça embaixo da orelha dela e passo o nariz pelo pescoço, sem vergonha nenhuma. Meu coração está disparado, e sei que ela sente. Uma das mãos dela solta meu braço e envolve minha coxa abaixo da bunda. A cabeça se vira ligeiramente de lado, me permitindo melhor acesso. Aperto meu corpo contra o dela. Ela faz o mesmo. O estado avançado da minha excitação deveria ser constrangedor, mas estou bêbado demais e com tesão demais para ligar. Além do mais, estamos espremidos como sardinhas e todo mundo está concentrado no palco. Ninguém vai reparar. Encosto os lábios no pescoço dela. É quente e macio e está úmido. Eu poderia devorá-la. Afasto os lábios, e, assim que a ponta da minha língua encosta nela, o momento mais quente da minha vida chega a um fim abrupto.

A música acaba e a plateia começa a aplaudir enlouquecidamente, o que faz todo mundo se mexer. Somos arrancados do momento por física simples, uma reação de movimento em cadeia, um corpo contra o outro.

Dunc me cutuca e, quando olho nos olhos dele, levanta as sobrancelhas para mim. O filho da mãe vê tudo.

Katie olha para mim. O canto do lábio inferior está preso entre os dentes. Os olhos escuros procuram os meus e param na minha boca. Meu coração pula.

Shel, que passou a noite tomando cerveja e está tão bêbada quanto eu, acaba sendo a estraga-prazeres. Ela está pulando sem parar como uma adolescente que usou crack, abraçando Katie e dizendo alguma coisa com a voz arrastada, que ama aquela música e que o cantor é lindo.

O prego no caixão vem quando o restante da banda volta para o palco e o cantor tira a camiseta encharcada de suor e troca de guitarra. Todas as mulheres gritam, menos Katie, que está balançando a cabeça e sorrindo. A energia da multidão parece levá-la para mais longe de mim.

O cantor tira o microfone do suporte e pede silêncio à plateia. Todo mundo faz. Tenho que dar parabéns ao babaca, porque ele mandou na galera a noite toda. A plateia está comendo na mão dele.

— Temos uma última música para vocês. Infelizmente, quando tocamos essa música ao vivo, ela fica bem diferente da versão do disco porque vocês têm que aguentar minha voz cantando a letra toda. — A multidão gargalha, e ele levanta a mão pedindo silêncio de novo. — Sabem, temos uma amiga muito talentosa que tem a voz de um anjo. É ela que torna essa música tão especial, mas, como vocês podem ver — ele indica os colegas —, ela não é da banda. — A galera está enlouquecida porque sabe de que música ele está falando. Eu também sei. *Killing the Sun*. Anda tocando sem parar na estação da faculdade e é uma boa música, mas ele está certo: é a voz da mulher que faz a música. É o tipo de voz que você sente nos ossos. É sexy. Vulnerável e confiante ao mesmo tempo.

Depois de outra pausa para aquietar a multidão, ele continua.

— Mas eu tenho uma boa notícia para vocês, Grant. — Ele olha para o baterista, e, apesar de não estar falando no microfone, as palavras são captadas e todos nós ouvimos. — Cara, ela vai ficar puta da vida. — Ele vira para a plateia. — Ela está aqui e espero que venha cantar com a gente hoje. — A multidão grita, assobia, bate os pés.

Estamos a dez metros do palco e não consigo deixar de reparar que ele está olhando na nossa direção.

— Venha, Raio de Sol, não me faça implorar. — Ele cai de joelhos e junta as mãos na frente do peito largo, nu, musculoso. O cara parece o Thor. — Por favor... Por favor... — Ele faz sinal para a multidão se juntar ao pedido. As pessoas se juntam a ele. Todo mundo no auditório está implorando agora, inclusive eu, porque, com uma voz como aquela, eu quero ver quem é essa mulher.

Ele balança a cabeça e ri.

— Tudo bem, você pediu. Você pode vir aqui por vontade própria ou eu vou aí buscar você. A escolha é sua. — Ele cruza os braços enormes em cima do peito e faz alguns segundos de pausa. — Eu avisei.

Sem hesitação, ele solta o microfone e pula do palco, pula a grade que segura a galera e segue entre as pessoas. Claro que todas as mulheres querem tocar nele, então o progresso é lento, mas ele finalmente para na frente de Clayton, que parece que vai desmaiar. É nessa hora que reparo que Katie está atrás de Clayton, como se tentasse se esconder. Ele estica a mão ao redor de Clayton e bate no ombro de Katie. Quando ela levanta o rosto, ele está mexendo o dedo na direção dela.

Ela balança a cabeça.

— Não vou cantar, cara — grita ela.

— Vamos lá, Raio de Sol. Não quero fazer uma cena.

Ela se empertiga e o encara.

— Meio tarde para isso, você não acha?

Ele olha ao redor. Todos os olhos estão nele. Dá de ombros.

— Provavelmente.

As palavras mal saem e ele estica a mão por trás de Clayton e a joga por cima do ombro como se ela não pesasse nada. O corpo dela fica inerte quando aceita a derrota.

Que.

Porra.

É.

Essa?

Olho ao redor e vejo que todo mundo no grupo de Katie está confuso. Pelo menos, não sou só eu. Ela canta? Como isso nunca foi mencionado? Ela está no rádio! Por que não nos contou?

Agora, ele a está levantando para o palco e sobe atrás. O baixista se aproxima e passa os braços ao redor dela enquanto o cantor ajeita o microfone. Quando termina, ela se aproxima e olha para a plateia. O microfone capta o que ela acha ser uma conversa particular.

— *Ai. Merda.* Olha só toda essa gente!

O baterista grita:

— Vê se não faz merda, Kate.

Ela mostra o dedo do meio para ele sem se virar para olhar. Ele ri. Ela tem atitude, e eu amo isso nela.

O cantor coloca a guitarra e se posiciona em frente a um microfone a alguns metros dela. Está sorrindo para ela como se estivesse adorando tudo. Ela faz uma careta, mas tem um sorriso nos cantos dos lábios.

— Vou matar você, porra. Você sabe disso, né?

A plateia ri e grita, esperando para ver o que acontece. Quando o cantor toca os primeiros acordes da música, ele diz:

— Só espere até depois da música, Raio de Sol, aí sou todo seu.

Talvez seja todo o álcool no meu corpo, mas o que acontece em seguida é como um sonho surrealista. Conforme a música segue, Katie parece tão pequena e tão poderosa lá em cima. Cada vez que abre a boca, os olhos se fecham e ela emite uma onda de som incrivelmente gigantesca que se quebra em mim. É o equivalente sonoro a um sexo incrível. A música é sobre viver e amar em um momento infinito. Tratar uma noite como se fosse sua última e você pudesse fazê-la durar para sempre. Você pode afastar a manhã, o fim, ao matar o sol. É um hino. A plateia está pulando, dançando, cantando. A energia é insana. Milhares de pessoas estão vivendo a música, a letra.

E cada uma delas está apaixonada por Katie. Ela se entregou para a plateia. Perdeu-se nela. Depois que canta o último verso, ela se afasta do suporte do microfone, tentando afastar a atenção de si, tenho certeza. Ela meio que quica no mesmo lugar com as batidas. Está vendo o restante da banda com um sorriso de boca aberta, como se não quisesse perder um segundo do que está acontecendo ao redor. É uma das melhores coisas em Katie: ela nunca encara nada com frivolidade. Aprecia tudo.

O baterista e o baixista cantam os últimos versos da música junto com o vocalista. A harmonia está perfeita, e o sorriso de Katie se alarga enquanto ela os observa.

Assim que a música acaba, o cantor grita no microfone:

— Aplausos para a minha garota!

Ele corre até ela, joga a guitarra para trás do corpo e levanta-a em um abraço, girando-a. Ela o aperta. Está rindo. Parece errado olhar para eles, é pessoal demais, particular demais. Mas não consigo olhar para outro lugar.

Meu coração despenca de novo. Claro, *esse* é o cara com quem ela foi ao Grounds. Uma porra de um astro do rock. Como posso competir com isso? A raiva e a dor voltam com tudo. Odeio a sensação, mas estou morrendo de ciúme.

A banda grita palavras de agradecimento e sai do palco. Quando a galera aceita que não vai haver bis, começa a se dispersar. Katie está no chão na frente do palco, mas atrás da grade, esperando por nós. Dois seguranças grandões estão na frente dela e não deixam a plateia chegar perto.

Finalmente apresentações são feitas entre os amigos que Katie reuniu. Sou educado, mas estou tão puto que não consigo lembrar os nomes das pessoas dois segundos depois que escuto. Depois que todo mundo concorda que Katie roubou o show e que ninguém fazia ideia dessa identidade secreta, seguimos juntos para parabenizá-la. Bem, o restante do grupo a parabeniza. Eu estou puto, com tesão e bêbado, além de muito impressionado. É uma combinação ruim. Não consigo olhar para ela.

Nós mostramos nossos ingressos VIP e passamos pela segurança para segui-la até os bastidores. Ela não faz ideia de para onde está indo, mas Shel está determinada a conhecer o cara que eu quero arrebentar.

Encontramos o baterista. A cabeça dele é raspada e o braço é coberto de tatuagens. O cara pareceria ameaçador se não estivesse sorrindo sem parar. Ele abraça Katie.

— Kate, sua voz estava uma bosta. Obrigado por estragar a porra do show!

Ela dá um sorriso malicioso.

— E sua bateria estava uma merda, cara. Está na cara que essa coisa de tocar todas as noites não está dando certo para você.

Ele ri.

— Sinto falta de ter você por perto, garota. — Ele dá um beijo no topo da cabeça dela antes de soltá-la.

Ela o apresenta para nós. O nome dele é Frank ou Fred, sei lá. Estou bêbado demais e puto demais para me importar.

Ele indica uma porta no corredor quando ela pergunta onde está o restante da banda. A porta leva para fora, atrás do auditório. Um ônibus de turnê está estacionado com o motor ligado. O babaca está encostado em uma parede fumando um cigarro. Quando vê Kate, a porra do rosto dele se ilumina como se fosse Natal. Ele larga o cigarro, pisa na guimba e anda na nossa direção.

O que acontece em seguida é uma mistura de emoção, álcool e falta de consideração em nenhuma ordem em particular:

Apresentações. Ele é o melhor amigo dela, Gus. O cara que ela conhece a vida toda. O cara com quem ela dormiu antes de se mudar para cá. Eu o odeio profundamente agora.

Fotos e autógrafos para os outros.

Shel vomita em jatos ao lado do ônibus.

Clayton e o amigo e o outro cara e a garota vão embora.

Gus passa os braços ao redor de Katie. (Devia ser *eu*.)

Ele diz para ela o quanto ela foi incrível. (Devia ser *eu*.)

Ele diz para ela o quanto se orgulha dela. (Devia ser *eu*.)

Ele diz para ela o quanto sente falta dela. (*Eu* sinto falta dela, e ela está a um metro e meio de mim.)

O motorista abre a porta do ônibus e grita:

— Gustov, dois minutos.

Ela está com um sorriso triste. Não quer que *ele* vá embora. Ver aquele sorriso me mata.

Ele a abraça com força e beija sua testa.

— Obrigado, Raio de Sol. Falo com você amanhã. Eu te amo.

Quando ela responde "Eu também te amo, Gus", eu me descontrolo.

— Por que você não me disse que estava com ele? — Minha voz soa estrangulada e desesperada. Sou eu mesmo?

— O quê? — Ela está confusa. — Gus e eu não estamos juntos.

Ele a solta.

Dou um passo na direção dela.

— Você mente tão mal — digo, alto demais.

Ela some da minha frente e, de repente, estou encostado no peito *dele*.

— Ninguém fala com ela assim. — É uma ameaça, se já ouvi uma.

Eu *quero* que ele me dê um soco. Que me tire da minha infelicidade. Então, aperto os olhos e provoco.

— Eu não estava falando com você, *bro*. — Sei ser babaca quando estou bêbado.

A paciência dele comigo está acabando.

— Você não me conhece. Não me chame de *bro*, porra.

E essa é minha brecha.

— *Vá se foder!.*

Minha camisa está agora na mão fechada dele.

— O que você disse?

Antes que eu possa responder, alguém me segura por trás. Só quando ouço a voz alta e firme de Dunc no meu ouvido, dizendo "Já basta, Banks", é que faço a correlação entre o aperto firme no meu bíceps e o fato de que estou sendo afastado do desastre que minha boca iniciou. Minha camiseta rasga na frente e sou arrancado das mãos de Gus. Dunc continua tentando ressuscitar meu bom-senso.

— Calma, cara. Vamos embora.

Katie está na minha frente de novo.

— Ele é meu melhor amigo, Keller. Qual é o problema? — Ela não está com raiva, mas parece magoada.

Eu dou uma gargalhada louca.

— Qual é o problema? — Baixo a voz para que só ela possa me ouvir. — O problema é que *eu* não *trepo* com minhas melhores amigas. — O rosto dela desaba. Tenho a atenção dela e sei que devia calar a boca, mas continuo despejando. — Isso deixa os limites meio indefinidos, não é? — Dunc está me arrastando para longe e não estou mais resistindo. Eu aponto para *ele*. — Você venceu, bro. — Minha voz soa engasgada. — Você venceu. — A raiva sobe em mim novamente quando admito a derrota. — Ela é toda sua.

Em seguida, estou na Máquina Verde. Shel está desmaiada em um pufe. Dunc me critica no caminho todo para casa. Não estou com humor para ouvir.

É tudo de que me lembro antes de desmaiar na cama, mas não antes de vomitar nela.

Domingo, 30 de outubro

(Keller)

Se existe um prêmio para *Maior Babaca do Mundo*, eu sem dúvida o ganhei na noite de ontem. Estou me sentindo um merda.

Depois que Dunc me acorda, pegamos café no Grounds e nos sentamos na privacidade do nosso apartamento para uma conversa sincera.

— Keller, cara, o que foi aquilo ontem à noite? Eu sei que você tem uma quedinha pela Kate, mas aquilo foi muito exagerado. Não era você. Nunca vi você assim. — Ele não está chamando minha atenção, só está falando.

— Eu sei — respondo, olhando para o meu copo de café.

— Você falou com ela hoje?

Eu balanço a cabeça, o que provoca uma dor lancinante no meu crânio. A ideia me apavora. Devo desculpas a ela, mas ainda não posso falar com ela. Não estou com raiva dela. Estou morrendo de raiva de *mim*. Não quero que ela sinta minha raiva de novo, mesmo que não seja dirigida a ela.

— Ela veio aqui ontem à noite, sabia?

Isso é novidade para mim.

— O quê? Katie veio aqui?

— É, ela apareceu meia hora depois que chegamos.

Caramba. Eu estava desmaiado no meu próprio vômito. Isso é apavorante.

— Ela estava preocupada com você.

— Ela estava preocupada *comigo*?

Ele assente.

— Conversamos bastante. Ela gosta de você, Keller. Odiou ver você tão chateado.

Seguro a cabeça latejante com as mãos.

— Eu a tratei tão mal, Dunc. *Eu* tratei *Katie* tão mal e *ela* não quer que *eu* fique chateado. — Dou uma gargalhada pela total distorção dos fatos.

— Sei que você sabota qualquer relacionamento por causa do que aconteceu com Lily, mas tem quase quatro anos. Eu também a amava, cara, mas está na hora.

Aperto as mãos contra meus olhos ardidos. Ouvir o nome dela não me provoca a dor que provocava normalmente.

— E Stella?

Ele levanta as sobrancelhas como se não tivesse resposta.

— Escute, Banks, a vida é sua, mas Kate é uma boa pessoa. Ela tem sido boa demais para Shelly. Você viu a mudança nela desde que começaram a andar juntas. Shelly é doida por ela, o que quer dizer que eu sou doido por ela. Mas, depois de conversar com ela ontem à noite, posso dizer com sinceridade que ela deve ser uma das pessoas mais carinhosas e genuínas que já conheci. Ela é real, cara. Fiz um monte de perguntas e ela respondeu todas. Não precisava ter feito isso... mas fez. Ela e Gus têm um relacionamento muito íntimo, mas acredito nela quando diz que eles são só *amigos*. Ela conhece o cara a vida toda...

— E dormiu com ele — interrompo.

Ele levanta as sobrancelhas de novo.

— E você nunca fez nada sem pensar nas consequências, Banks?

— Fiz, mas...

Ele me interrompe.

— *Mas o quê, cara?* Você nem a conhecia quando aconteceu. Não julgue. Não é justo.

Ele é bom demais em ver os dois lados.

— Você está certo. — Eu suspiro. Minha cabeça ainda está latejando, mas levanto o queixo para olhar para ele. — Gosto dela de verdade, Dunc. Fico assustado com o quanto gosto dela. Ela me faz ter vontade de dizer dane-se e reescrever sozinho meu futuro. — Meu futuro está definido desde o começo da minha vida. Mesmo quando faço merda, só é preciso um pequeno desvio para voltar ao caminho. Meus pais sempre cuidaram disso.

Ele sorri, se levanta e me dá um tapinha nas costas.

— Poderíamos ter tido essa conversa dois meses atrás. Devia ter me perguntado. Poderia ter poupado muitos problemas.

— Devo ligar para ela? — pergunto, pois parece que ele é melhor em tomar essa decisão do que eu.

— Um pedido de desculpas é necessário. Descanse hoje e ligue amanhã, quando estiver com a cabeça no lugar.

Segunda-feira, 31 de outubro

(Kate)

Acordo com uma dor de cabeça lancinante às 5h, mas não tenho energia para sair da cama e procurar ibuprofeno. A dor me acompanha durante todas as aulas da manhã, como eu sabia que aconteceria, como *quero* que aconteça. Hoje é o dia que temo desde que setembro virou outubro. É o aniversário de Grace.

É o primeiro dia em que sinto saudade de San Diego. É o tipo de saudade que revira meu estômago e faz minha cabeça doer tanto que não consigo enxergar direito. E a única coisa que vai tornar o dia melhor, suportável, é falar com Gus. Ele está a caminho de Denver para tocar à noite.

Como tenho um monte de aulas às segundas, quartas e sextas, não tenho nem dez minutos livres das 7h30 às 14h. Então, quando saio da sala de aula, às 14h01, já estou ligando para Gus.

— Raio de Sol, você está bem? — Esse não é o cumprimento padrão de Gus.

Tento falar com alegria. Não preciso fingir alegria há muito tempo.

— Já estive pior. — Mas poucas vezes.

— Dia difícil, né?

Nem adianta fingir. Ele é Gus.

— É.

— É. — É um reconhecimento e uma concordância e uma aceitação, tudo em uma pequena palavra.

Meu peito está apertado e o fundo da minha garganta coça e incha. Sei, assim que abro a boca para falar, que vou chorar. E sinto orgulho de não chorar. Só chorei uma vez na vida desde que consigo me lembrar. Foi tão horrível, como se meu eu todo estivesse desmoronando em mil pedaços e jamais pudesse voltar ao lugar. Não quero sentir isso nunca mais.

Gus me permite ficar em silêncio e começa uma história. Deus, eu amo esse cara. Mesmo ao telefone, sabe que só preciso ouvir a voz dele agora.

— Passei a manhã toda pensando em Grace e decidi que, se pudesse estar em qualquer lugar do mundo hoje, fazendo qualquer coisa, eu queria estar em San Diego pescando no píer com você e Grace. Nunca vou esquecer a primeira vez que Grace pegou um peixe. Ela girou o molinete como louca e ficou empolgadíssima até se dar conta de que havia um *peixe* vivo na ponta do anzol. A empolgação sumiu e ela ficou tão chateada. Ela implorou para que eu o tirasse do anzol e jogasse na água antes que morresse.

Pensar nela assim diminui o peso que estou carregando hoje.

— É, mas ela quis ir de novo na semana seguinte.

— E nunca mais colocamos isca no anzol dela. — Ele não parece mais tão triste. Consigo ouvir o sorriso na voz dele. — Ela era capaz de ficar sentada lá durante horas, na beirada da cadeira, vendo a linha se mexer com a maré. E a cada cinco minutos ficava convencida de que tinha pegado um grande e girava o molinete até o anzol estar fora da água, mas nunca ficava desanimada quando não havia nada. Ficava aliviada.

Consigo vê-la assim como se fosse ontem. Era disso que eu precisava.

— O que ela dizia para você na volta para casa? "Parece que tive um dia de azar na pescaria, Gus."

Ele ri.

— Todas as vezes.

— E você dizia para ela: "Você não está tendo azar hoje, Gracie, são só os peixes que estão tendo sorte. Além do mais, nós não vamos comê-los mesmo, e mamãe pode comprar peixe na loja."

— Ela sempre abria um sorriso largo, aquele que a deixava quase de olhinhos fechados.

— E você sugava as bochechas e fazia lábios de peixe para ela, e ela ria e ria e dizia que você era uma boba.

Gus ri ainda mais agora.

— Gracie tinha a melhor gargalhada. Ela ria o tempo todo. É uma das coisas que vocês tinham em comum. Vocês duas amavam gargalhar.

— Ela era tão feliz, Gus. A pessoa mais feliz que conheci. Mesmo quando a vida estava uma merda, ela não ligava. Sempre sorria. Deus, como sinto saudade dela.

— Eu também, Raio de Sol. Eu também.

Tento evitar falar coisas negativas porque isso perpetua pensamentos negativos e, pior, ações negativas. É como um catalisador de infelicidade e uma queda em espiral sempre vem em seguida. Deixando tudo isso de lado, às 20h, quando estou saindo do refeitório, sei que cheguei ao meu limite e tenho que admitir...

Hoje. Foi. Péssimo.

Meu dia foi uma merda, cheio de saudade de Gracie. Minha cabeça ainda está latejando e meu estômago ainda dói. Vou rezando por toda a caminhada para o alojamento. "Por favor, Deus, que Sugar não esteja lá hoje. Preciso de paz e sossego e de uma boa noite de sono."

Ouço a voz de Sugar pela porta antes mesmo de abrir e percebo que Deus não está no plantão hoje.

A primeira coisa em que reparo é que Sugar está sentada na cama, falando ao celular. Ela faz seu melhor olhar de "você está me interrompendo e quero que você vá embora". Ela estava no show sábado à noite e não consigo deixar de reparar que direcionou o mau humor dela para mim em um nível mais alto.

Dou um meio sorriso e faço um aceno na direção dela.

— E aí, Sugar.

A segunda coisa em que reparo é o trabalho que terminei e imprimi na biblioteca (porque não tenho impressora), o mesmo trabalho que é para as 7h30 de amanhã porque meu professor é do tipo antiquado que não acredita em tecnologia e exige o trabalho em papel. Está caído no chão e cheio de marcas de botas de neve.

Olho na mesma hora para os pés de Sugar. É claro que ela ainda está usando os calçados incriminadores.

É nessa hora que eu deveria ir à biblioteca para reimprimir o trabalho e me acalmar antes de enfrentá-la, mas, como falei, eu já tinha me submetido a conversas negativas e o dia tinha sido uma merda, então a conversa começa com um "que porra é essa?", ainda que em voz baixa. Eu só quero ir para a cama.

Ela nem olha para mim.

Ando até a lateral da cama dela. Meu sangue está fervendo, mas mantenho a voz controlada. É a voz que eu usava com minha mãe quando estava com raiva dela e precisava dizer uma coisa, mas Grace estava junto e eu não queria chateá-la. Domino essa voz há anos.

— Sugar, que porra é essa, cara? — Aponto para o trabalho.

Ela me ignora e continua a murmurar ao telefone. Não consigo acreditar. A garota tem a coragem de destruir minhas coisas e agora está me ignorando.

Eu levanto a voz um pouco.

— Sugar, o que aconteceu com meu trabalho?

Ela ainda está me ignorando.

Que se foda.

Agora, estou puta da vida. E não sou de gritar. Nunca fui fã de perder o controle, e, para mim, gritar parece o ápice da perda de controle. Então, não grito. Acho bem mais eficiente baixar a voz a um nível que fica tão baixo que a outra pessoa tem que se esforçar para ouvir. Assim, você sabe que a pessoa está ouvindo cada palavra.

— Sugar, juro por Deus que não sou uma pessoa violenta, mas se você não desligar essa porra de telefone e não me contar o que aconteceu aqui, vou pegar a porra do celular da porra da sua mão e enfiar na porra do seu cu.

Ela arregala os olhos.

— Há, tenho que ir. Ligo depois. — Quando desliga, está com uma expressão desafiadora de novo. — O quê? — pergunta com arrogância.

— Cara? — Eu aponto para o chão.

Ela revira os olhos.

— Ah, isso foi acidente. Devo ter derrubado da sua mesa quando passei.

Estou balançando a cabeça.

— E depois fez o quê? Fez uma porra de dança do chapéu em cima *acidentalmente*?

Ela dá de ombros.

— Desculpe. — É o pedido de desculpas menos sincero que já ouvi. Daria no mesmo se ela tivesse falado "foda-se".

Pego a bolsa e o pen-drive na mesa e aponto para ela quando chego à porta.

— Quer saber, Sugar? Eu gostaria muito que fôssemos amigas, mas você está tornando isso difícil pra *caralho*. Você estragou ou não devolveu várias blusas minhas, comeu comida minha da geladeira e me deixa fora do meu próprio quarto algumas noites por semana. *Isso* eu aguentei até agora. — Meu dedo acusatório muda de mira, passando dela para o chão. — Como você ousa destruir meu trabalho? Não sei por que você está aqui, mas eu vim estudar, e é importante para mim. — Eu aperto os olhos e ameaço por entre dentes trincados: — De agora em diante, não encoste suas mãos nas *minhas coisas*.

Há medo nos olhos dela, mas ela tenta revirar os olhos de forma corajosa. É patético. Consigo sentir cheiro de medo a um quilômetro de distância, e ela está com medo de mim agora. Ela consegue dizer em um tom arrogante:

— Não tô nem aí.

Tenho vontade de estrangulá-la, mas prefiro uma coisa mais infantil e eficiente:

— *Vá se foder, Sugar.*

E bato a porta quando saio.

A caminhada até a biblioteca é gelada e cheia de neve. Imprimo o trabalho em poucos minutos, mas fico sentada lendo por mais uma hora até estar calma o bastante para voltar para o quarto. Odeio ficar com raiva assim. Sinto-me ainda mais esgotada do que antes. Mas, na verdade, não sou boa em guardar ressentimentos.

Sugar não está quando eu volto. Estranhamente, fico culpada por ela talvez não estar lá por minha causa, mas a culpa some rápido quando tenho uma boa noite de sono na minha própria cama.

Acho que Deus estava ouvindo, afinal.

Terça-feira, 1º de novembro e Quarta-feira, 2 de novembro

(Kate)

Estou tomando ibuprofeno regularmente nos últimos dias. Estou quase no fim do frasco, então paro no mercado em frente ao Grounds a caminho de casa depois de sair da floricultura.

Quando eu o vejo, ele está tão pálido e encolhido que quase não o reconheço. Paro no meio do caminho, em guerra comigo mesma. Não vejo Keller desde sábado à noite, e esse encontro casual não é como eu planejava vê-lo. Não sou uma estrategista quando o assunto é interação. Costumo improvisar, mas queria dar a ele mais do que uns poucos dias para esfriar a cabeça. Por dois segundos, meu lado egoísta e preservador grita: "Dê meia-volta e vá embora antes que ele veja você!" Mas meu lado compassivo sufoca isso com um contra-argumento calmo: "Mas ele parece péssimo." Isso vem seguido de um pedido: "Ajude-o."

A compaixão sempre vence a autopreservação.

— Keller. Ei, está precisando de ajuda?

Se eu dei um susto nele, ele não demonstra. Virar a cabeça na minha direção exige mais esforço do que deveria. Os olhos estão vermelhos e com manchas de um tom roxo perturbador. O cabelo está úmido nas raízes e grudado na cabeça. Ele parece não ver um chuveiro há semanas, mas sei que só tem alguns dias, no máximo. Ele está doente.

Ele olha para mim com uma expressão vazia. Não sei se falar exigiria muita energia ou se ele não quer.

Toco na testa dele com as costas da mão. Ele se encosta na minha mão. A testa está quente e molhada de suor. Febres sempre me assustaram.

Quando Gracie tinha febre, eu não conseguia dormir. Ficava sentada na cama ao lado dela. Ela sempre queria que eu segurasse a mão dela.

Tento mascarar meu medo e sussurro:

— Keller, por que você não está na cama? Você está ardendo.

Ele está mais do que exausto. Estou me perguntando como encontrou forças para atravessar a rua.

Olho as prateleiras na frente dele.

— Do que você precisa, querido?

Ele dá de ombros. Está delirante de febre.

Eu ofereço a mão, e ele passa o braço pelo meu ombro. Ele está pesado, desamparado. Levo-o até o banco no final do corredor, ao lado da janela do farmacêutico, onde o coloco encostado na parede. Falo com o farmacêutico e pego o que ele recomenda, junto com meu ibuprofeno, duas latas de canja de galinha, uma lata de sopa de tomate e uma garrafa de suco de laranja.

Depois que pago, volto até Keller e atravessamos a rua com dificuldade até o apartamento dele. Ele não faz nada quando chegamos à porta, então reviro os bolsos dele em busca de uma chave.

Ele cai no colchão com um peso perturbador. Depois de dar os remédios a ele, o passo seguinte é esfriá-lo. Permito-me dez segundos para avaliar as opções. No final, decido fazer o que sempre deu certo com Grace. Ele está tão distante que a vergonha é a última coisa com que me preocupo, então nem hesito em tirar toda a roupa dele até deixá-lo de cueca.

Uma doença assim me deixa nervosa. O tipo de nervosismo que faz você desejar se afastar da situação, mas não pode. *Não pode.* Não porque se sentiria culpada, mas porque às vezes as pessoas simplesmente *precisam* de você.

Consigo me expremer ao lado dele na cama de solteiro. Não tem cabeceira, então me sento encostada na parede. Seguro a mão dele porque *me* faz sentir melhor e acaricio o cabelo molhado para longe da testa. E cantarolo baixinho. É um hábito nervoso que me mantém acordada. Quando a pele dele esfria, eu relaxo. Antes de perceber, eu adormeço.

Acordo e demoro alguns segundos para me ajustar à escuridão. O relógio na cômoda de Keller diz 0h17. Meu pescoço está doendo. Eu adormeci sentada. A cabeça dele está apoiada nas minhas coxas e um braço está por cima das minhas pernas, me segurando. Prendo a respiração e faço um apelo para o homem lá de cima enquanto verifico delicadamente a testa dele com o toque mais leve do mundo. A pele está seca e fria. Sopro o ar e olho para o teto. "Valeu, cara."

Minha bexiga está gritando. Minha barriga está roncando. Meu corpo está me matando.

Peso essa sensação contra o alívio pela febre ter passado. Keller está dormindo pacificamente. Keller está aqui comigo.

Eu faço o que tenho que fazer. Encosto a cabeça na parede e deixo a proximidade física tomar conta de mim. Um toque é tão subestimado. A necessidade humana de contato. Quando eu era pequena, ganhava doses diárias de abraços, mãos dadas e beijos na testa de Gracie, Gus e Audrey. Sinto falta disso. Então, vou tirar vantagem de cada momento com Keller. Apesar de eu lutar, o sono chega para mim. A insônia foi substituída por uma exaustão persistente.

Uma tosse me desperta, e o instinto toma conta de mim.

— Gracie?

É engraçado como a preocupação e a aflição sempre superam o sono. Dormi com um olho aberto tomando conta de Grace por dezenove anos. Quando alguém depende de você para afastar os pesadelos ou para ajudar a ir ao banheiro no meio da noite ou para abraçá-la para que possa dormir, há um nível de atenção que a inconsciência não vence.

— Katie? — A voz dele soa rouca e confusa.

Eu me agarro ao momento por mais um segundo e solto-o com um suspiro e um pedido de desculpas.

— Me desculpe, Keller. Sim, sou eu, Kate.

Ele rola para longe do meu colo, para o travesseiro, e olha para mim na escuridão.

— O que você está fazendo aqui?

— Encontrei você no mercado à noite. Você estava procurando um remédio. Tenho certeza de que não se lembra. Estava mal. Eu trouxe você para casa. Duncan não estava aqui, e fiquei com medo de deixar você sozinho. Espero que não tenha problema. — Olho para o relógio. São 3h53.

— Você não precisava fazer isso — diz ele com tristeza.

— Na verdade, acho que precisava. — Dou um sorriso. — Eu nunca contei que sou alérgica a culpa? Eu poderia ter ido embora, mas aí teria ficado toda empolada. — Ele não ri, então sigo para a pergunta seguinte. — Está com fome, Keller? Comprei canja de galinha. Posso fazer se você quiser.

— Me desculpe, Katie. — É um sussurro. Ele não está falando sobre a febre.

Não faço estardalhaço com perdões. Algumas pessoas fazem. Como se o perdão fosse um gesto grandioso e nobre que anda de mãos dadas com a condescendência. Odeio isso. Bom ou ruim, perdoo com facilidade e mantenho as coisas simples, porque é assim que meu coração gosta. Tiro o cabelo da testa de Keller e dou um beijo.

— Está tudo bem. — Tiro as pernas da cama e fico de pé. — Vou fazer a sopa.

Depois de uma parada longa no banheiro, tomo três ibuprofenos e preparo duas tigelas de sopa. Keller se junta a mim depois de colocar uma calça de moletom e uma camiseta. Ele tenta ajudar, mas insisto que ele se deite na espreguiçadeira.

— Quem é Gracie? — Ele está falando do meu comentário quando acordei.

— Minha irmã.

Os olhos dele estão sonolentos, mas os lábios sorriem docemente.

— Eu não sabia que você tinha uma irmã.

Eu faço que sim enquanto mexo a sopa que está começando a ferver.

— Mais velha ou mais nova?

— Mais velha. — Coloco as sopas em duas tigelas e levo até a mesinha de centro na frente de Keller.

— Ela está em San Diego?

Normalmente, fujo de perguntas sobre minha vida. É minha, é pessoal e é especial. Eu mencionei que é *minha*? Mas, por algum motivo, estou com vontade de falar sobre Grace.

— Foi o vigésimo primeiro aniversário de Grace ontem. Ela era minha heroína. Eu sempre a admirei. Era a pessoa de coração mais puro que já conheci. — Ele está sentado na espreguiçadeira, e, apesar de parecer ter ido ao inferno e voltado, seu rosto está em paz. Ele está ouvindo com atenção, como se não houvesse nada mais importante no mundo do que essa conversa. Sinto vontade de continuar, de compartilhar Grace com alguém que não a conheceu. — Você já conheceu alguém feliz e satisfeito até a alma? E, quando você está perto, é... contagiante? Como se você quisesse ser uma pessoa melhor para se sentir merecedora de estar na vida dessa pessoa?

Ele sorri e concorda, e sei que entende o que estou tentando dizer. Ele tem uma Grace na vida dele.

Eu sorrio com a sensação de que minhas entranhas estão se partindo em um milhão de pedaços, cada um carregando minha dor.

— Grace era assim.

Ele está olhando para mim como se temesse o pior, mas estivesse com medo de perguntar, então eu o poupo e respondo a pergunta não formulada.

— Ela morreu em maio por causa de complicações de pneumonia e infecção sanguínea. Eu a levei para o pronto-socorro três vezes naquela semana antes de a internarem. Ela não conseguia respirar. A pele estava cinza. Dei um ataque quando nos mandaram para casa com uma receita de remédio para tosse na última ida, e até ameaçaram chamar a segurança para me acompanhar para fora. No final, a internaram. — Respiro fundo antes de prosseguir. — Os pulmões dela estavam cheios de secreção. Ela pegou algum tipo de infecção sanguínea na primeira noite que passou lá. Dois dias depois, se foi. — Eu fecho os olhos para segurar as lágrimas. Minha garganta está inchando e estou tentando lembrar a mim mesma que eu não choro. Sinto meu lábio tremer. A única vez que chorei foi na noite em que Gracie morreu.

Não abro os olhos quando Keller me puxa pelas mãos e me levanta. Não abro os olhos quando Keller me abraça forte contra o peito. Não abro os olhos quando minhas lágrimas encharcam a camiseta dele. Não abro os olhos enquanto ele murmura baixinho e acaricia minhas costas com a palma da mão.

— Sinto muito, Katie.

Quando sinto o peso dos últimos meses sumir um pouco, eu abro os olhos. Meus dedos soltam o tecido das costas da camiseta que eu estava segurando e dou um passo para trás enquanto limpo os olhos com as costas das mãos. Respiro fundo, tremendo, e olho para ele.

— Me desculpe. Você não precisava fazer isso.

O canto da boca dele se ergue, mas não há alegria no movimento.

— Na verdade, precisava.

Penso na nossa conversa.

— Também é alérgico a culpa?

Ele nem pisca.

— Não. Quase morro de ver você triste. É fundamentalmente errado o universo permitir isso. Você e tristeza... nunca deviam ficar juntas. — Ele me puxa para outro abraço. — Você disse que não gosta de falar sobre isso. É por isso que nunca falou da sua irmã?

Minhas mãos encontram a camiseta dele de novo. Preciso me segurar antes que o mundo se incline e eu caia. Inspiro e tremo.

— Dói. — Eu espero. — Ela era meu mundo. Você sabe como é ser abençoado com uma pessoa tão especial e amar tanto essa pessoa que dói para depois essa pessoa ser tirada de você para sempre?

Ele apoia o queixo no alto da minha cabeça e me aperta com mais força.

— Sei.

Eu fungo.

— Me desculpe. Eu não quero reclamar... mas é horrível, né?

— É — ele concorda.

— Você não precisa responder se não quiser, mas quem era?

— Minha namorada. Minha noiva, na verdade. Aconteceu quase quatro anos atrás. O nome dela era Lily. — Ele expira, mas parece mais aliviado do que triste.

— Você não fala dela. Alguém aqui sabe? — Eu mantenho a bochecha apertada contra o peito dele. Não quero deixá-lo nervoso nem desconfortável ao olhar para ele. Um contato visual pode sufocar a sinceridade com mais rapidez do que qualquer outra coisa.

— Dunc e Rome. Mantenho minha vida em Grant e minha vida em Chicago bem separadas. — Ele dá de ombros. — E, como você falou, dói. Mas não tanto quanto antes. Não que não sinta saudade dela... mas aprendi que os vivos também precisam ser amados. E amar outra pessoa não diminui o amor que senti por ela. Nunca tinha me sentido amado antes. Meus pais são muito... — ele faz uma pausa — motivados. Muito obcecados por objetivos. Eles não me deram amor... só me deram...

expectativas. Esperavam bom comportamento e boas maneiras e boas notas e aceitação de cada exigência, e esperavam que eu estudasse direito ou medicina porque minha mãe é advogada e meu pai é cirurgião. Minha vida toda foi feita de expectativas, e eu satisfiz cada uma delas... até conhecer Lily. — Ele respira fundo. — Ela me amava... sem expectativas. Foi *tão* libertador. Quando eu a perdi, perdi essa liberdade. As expectativas voltaram, mas com uma nova série de regras.

Agora tenho que olhar para ele, porque isso é mais do que perder uma pessoa que você ama. É se perder.

— Keller, é a sua vida. É você quem está no banco do motorista, cara.

Ele dá uma gargalhada curta.

— Ah, não, não estou. Sou um passageiro. Mas tudo bem. Stella é uma motorista e tanto.

Dou um sorriso para o risinho que surge no rosto dele.

— Stella? — Meu coração devia estar se partindo porque sinto que estou me apaixonando por Keller, mas sei que não posso tê-lo (principalmente depois de saber o que aconteceu com Lily) e sei que tem uma mulher que o faz feliz. *Isso* me faz feliz. Saber que tem alguém que ama Keller e que ele ama. Todo o flerte entre nós e o que aconteceu na noite do show foi um mal-entendido ou uma confusão da minha parte. *Nós* somos amigos. *Stella* é o conto de fadas dele.

Ele inclina a cabeça e olha para mim como se estivesse decidindo sobre contar algo ou não.

— O que você vai fazer no fim de semana?

Dou de ombros.

— Acho que vou estudar, por quê?

— Algo contra estudar em Chicago? Quero que você conheça Stella. — Ele abre o sorriso torto ao qual eu não conseguiria resistir nem se tentasse.

Lembrando-me da nossa viagem a Milwaukee e do tanto que precisei insistir para que ele fosse comigo, provoco:

— Você é sempre impulsivo assim?

O sorriso dele se alarga e ele sacode a cabeça com ênfase.

— Nunca. Você é uma péssima influência.

Dou um sorriso pela sinceridade dele.

— Bem, tenho que admitir que estou curiosa. Eu adoraria ir a Chicago com você e conhecer essa misteriosa Stella.

Ele me abraça de novo, e a sensação é diferente. Coisa de amigos, claro, eu penso, meus sentimentos por ele podem ser sufocados e virarem amizade. Ele beija o alto da minha cabeça e me lembra Gus.

— Obrigado, Katie. Você é uma mulher incrível... uma influência péssima, mas uma mulher incrível. — Ele me balança para a frente e para trás por um tempo.

— Talvez essa seja a coisa mais legal que já disseram para mim. — Aquilo tocou direto no meu coração. — Você também não é ruim.

Ele ri.

— Sou um babaca, mas obrigado.

Eu o solto com um suspiro.

— É melhor você descansar, babaca. Nada de trabalho nem aulas hoje. Você ainda está péssimo.

Ele balança a cabeça.

— Você está cheia de elogios hoje.

Eu dou um sorriso.

— Me desculpe, Keller, eu falo a verdade. Sei que nenhuma mulher deve fazer isso, considerando sua boa aparência. Mas, cara, você lutou contra um adversário forte, e ele *te deu uma surra*. Você precisa tomar essa sopa, tomar um banho e dormir muito.

Ele balança a cabeça e sorri. Os olhos parecem sonolentos.

— Adoro quando você fala como médica.

Reviro os olhos, mas adoro quando estar com alguém é fácil assim. Como com Gus. Depois de reaquecer a sopa, nós comemos, e depois que Keller toma banho enquanto eu lavo a louça, eu o coloco na cama. São cinco da manhã. Dou um beijo na testa dele.

— Deus, seu cheiro está muito melhor. Os suores da febre tinham deixado você fedendo.

Ele ri.

— É da sua natureza fazer tantos elogios? Você está arrasando meu ego.

— Boa noite, Keller. Me ligue mais tarde e me diga como está, certo?

Ele sorri.

— Certo, dra. Sedgwick.

Ele me faz parar quando estou com a mão na porta.

— Posso fazer uma pergunta?

— Manda ver.

— Por que você não contou para ninguém que é uma estrela do rock?

Dou uma gargalhada pelo absurdo do título.

— Ah, porque eu não sou. Isso é trabalho do Gus. Não meu.

— Você foi inacreditável naquela noite. Tem uma voz linda. Não acredito que ninguém sabia.

Dou de ombros. Eu tinha desviado de olhares e perguntas a semana toda no campus, dizendo para as pessoas que deviam estar me confundindo com outra pessoa.

— Lembra que você disse que gosta de manter sua vida aqui separada da sua vida em Chicago?

Ele assente.

— Eu também. — Porque é mesmo simples assim.

— Obrigado por cuidar de mim, Katie.

Sorrio e aceno antes de sair. A caminhada até o alojamento parece mais longa do que nunca. Tenho que parar duas vezes e me sentar. Meu corpo dói. Está exausto. Quando chego ao alojamento, caio na cama de roupa. O sono me mantém prisioneira até a hora do almoço. Nada de aulas hoje.

Keller liga às 14h45, quando estou indo trabalhar. Ele diz que está se sentindo bem melhor e pede meu e-mail. Tenho instruções rigorosas para verificar meu e-mail assim que chegar em casa.

Tem um e-mail me esperando depois do jantar, com uma confirmação de um voo para Chicago na noite de sexta, com retorno a Minneapolis na noite de domingo. O quê?! Pensei que fôssemos de carro. Ele me dispensa quando ligo para perguntar sobre a passagem. Não tenho 527 dólares para passar o fim de semana em Chicago. Ele me diz que é um presente por ter cuidado dele.

Sexta-feira, 4 de novembro

(Kate)

Pego Keller na casa dele às 16h15 para irmos até o aeroporto. Ele está lutando para morder a língua; queria que eu estivesse lá às 16h. Nosso voo é às 18h30 e, ao que parece, ele é o tipo de cara que chega ao aeroporto duas horas antes do voo. Isso não me surpreende. Eu sou mais o tipo de garota que corre até o portão e entra no avião dois minutos antes do voo.

Como não temos malas para despachar, passamos pela segurança e sentamos perto do portão de embarque às 17h15. Eu poderia pegar no pé dele, mas não falo nada. Ele é rigoroso e pontual, e consigo admirar isso nele porque é uma coisa que não consigo compreender e muito menos ser. Eu deveria elogiá-lo.

Comemos uma coisinha porque ele diz que vamos jantar tarde com a mãe dele. Por algum motivo, isso me deixa meio nervosa, não por ela ser advogada e provavelmente rica. Consigo estar com qualquer tipo de pessoa... já conheci todos os tipos de gente. E quer saber? São pessoas... como eu. Essas coisas não me impressionam. O que me deixa nervosa é o tom de voz que Keller usou quando falou sobre os pais na outra noite. Há medo e ressentimento nessa relação. E isso é sempre ruim. Que bom que sou ótima em me proteger.

Depois do nosso lanche, decido ligar para Gus para contar aonde estou indo. Mandei mensagens para ele nos últimos dias, mas ainda não contei sobre a viagem a Chicago. Não sei se vou estar disponível no fim de semana e não quero que ele pense que o estou ignorando. Também não quero ser grosseira e falar na frente de Keller, então pergunto:

— Você se importa se eu fizer uma ligação rápida?

— Claro que não. Não tenha pressa — diz Keller.

Gus atende no segundo toque.

— Funerária Gus, você mata, a gente esfria.

Não ouvi essa ainda e sou pega desprevenida. Dou uma gargalhada alta, mesmo não querendo.

— Oi, Gus.

— Raio de Sol, o que está rolando na terra dos dez mil lagos?

— Acho que isso aí está errado, porque não vi nenhum lago em três meses. Estou no aeroporto, cara, indo passar o fim de semana em Chicago. E você, amigo?

— Tenho passagem de som em trinta minutos. Acabei de encarar o que deve entrar para a história como a comida chinesa menos chinesa que já comi. É estranho ter milho, batata doce e vagem na minha sopa de ovo, né?

— É verdade, é meio estranho. E deve ter sido feita com caldo de galinha. Espero que você não tenha caganeira de carne no palco.

Keller está tentando ficar na dele, mas não consigo deixar de reparar que sorriu com o último comentário. Ele devia estar lendo o livro da faculdade que tem no colo.

— Fiz a garçonete jurar pelo primogênito dela que foi feito com caldo de legumes.

— Cara, e se ela não tinha filhos? Ou se fosse ateia?

— Há, não pensei nisso. Posso ter me ferrado. E o que você está indo fazer em Chicago?

— Keller me convidou. Ele é de Chicago.

— E isso é uma boa ideia? — Consigo ouvir a repreensão na voz dele.

Respondo com um sim breve e olho para Keller. Ele está se mexendo com desconforto na cadeira.

Ele bufa.

— Escute, sei que você é uma garota crescida, mas é minha garota e me preocupo com você. Você disse que ele é um cara legal e que só tinha enchido a cara no sábado, mas isso não justifica ele ter passado dos limites. — A voz dele está se elevando.

— Cara, eu *sou* uma garota crescida. Está tudo bem. — Keller me cutuca no ombro e faz sinal para eu passar o celular para ele. Eu arregalo os olhos e faço que não com a cabeça. Ele suspira e repete o gesto. — O enterro é seu — murmuro quando entrego o celular para ele.

Keller limpa a garganta e leva o celular ao ouvido.

— Gus? Gus, aqui é Keller.

Ouço a voz de Gus, mas não consigo entender as palavras. Ele está falando muito alto. Gus, apesar da estatura física, não é um cara violento. E é preciso muito para ele se alterar verbalmente, mas quando começa... *começa*. Ele não recua.

— Gus? Gus... — diz Keller, tentando falar. — Posso dizer uma coisa, por favor? Vou ser breve. *Me desculpe.* Me desculpe por ter sido grosseiro com você. Me desculpe por ter tratado Katie como tratei. — Ele está olhando para mim. — Me desculpe por aquilo. Se pudesse voltar atrás, voltaria. Me sinto péssimo...

Gus o interrompe.

— Eu sei que deveria e sinto mesmo. Nunca mais vai acontecer...

Gus interrompe de novo.

— Você está certo. Ela merece muito mais...

Mais Gus. Ele está falando mais baixo agora.

Keller assente, como se Gus pudesse vê-lo.

— Sim, vou cuidar bem dela. Vamos ficar na casa dos meus pais.

Mais Gus. E então:

— Obrigado, cara. Até mais, Gus. — Ele me entrega o celular.

Por que me sinto como se tivesse catorze anos e estivesse saindo no meu primeiro encontro? Eu levo o celular ao ouvido.

— Cara, ou devo dizer pai, precisava de tanto? É sério?

Ele bufa; está irritado, mas sabe que não devia estar. Consigo perceber.

— Raio de Sol... — Ele para de falar, mas consigo ouvir o estalo do isqueiro e a inspiração calmante.

— Você devia parar. — Não consigo esconder meu sorriso. Ele vai ouvir e está quase deixando a história toda pra lá. Eu sei. Ele também não consegue guardar ressentimentos. Somos parecidos nesse aspecto.

— Você me deixa louco às vezes, sabia? — Ele está sorrindo. Não quer, mas não consegue evitar.

— Eu sei, cara. Me desculpe, é uma das vantagens de viver no meu mundinho de sol e arco-íris.

Ele gargalha.

— Você se esqueceu dos unicórnios.

Também gargalho.

— Esqueci mesmo. Obrigada por lembrar. Tenha um show incrível, cara.

— Obrigado, Raio de Sol. Faça uma boa viagem. Ligue se precisar. Você sabe onde me encontrar.

— Você também. Eu te amo, Gus.

— Eu também te amo.

— Paz.

— Tchau.

Keller olha para mim e balança a cabeça.

— Acho que foi a conversa mais estranha que já tive.

Eu dou de ombros e repito:

— É uma das vantagens de viver no meu mundinho de sol e arco-íris.

— E unicórnios.

Sorrio.

— Por que fico esquecendo as porcarias dos unicórnios?

Ele olha para mim, e o ar de brincadeira some.

— Gus parece ser um cara legal.

Eu faço que sim solenemente.

— É mesmo. É meu melhor amigo. E ser uma boa pessoa é o primeiro item na minha lista de critérios para melhores amigos. Sempre foi.

O canto da boca dele se levanta.

— Ele é um pouco protetor.

Eu me encolho.

— Me desculpe por isso. Pelo que ouvi, Gus estava no nível seis. Você não vai querer vê-lo no oito ou nove. Nunca tive pai por perto, então acho que ele tenta fazer esse papel às vezes.

Ele levanta as sobrancelhas.

— *Você acha?*

— Desculpe.

Ele coloca a mão no meu joelho.

— Eu que peço desculpas, Kate.

Eu olho para a mão dele no meu joelho e para os olhos dele.

— Eu sei. — Em seguida, puxo a mão dele ao me levantar. — Venha comigo. — Eu preciso mudar de assunto.

Ele se levanta, e eu solto a mão dele.

— Aonde vamos? — ele pergunta.

— Ver o pôr do sol. — Não vejo há alguns dias. Tempo demais. Consigo ver que está acontecendo pelas janelas do outro lado do saguão.

Nós assistimos em silêncio, que é o melhor jeito. Quando voltamos a nos sentar, uma calma silenciosa tomou conta de nós.

Nosso voo decola na hora, e, antes que eu perceba, Keller está me acordando porque pousamos. Não tinha percebido que estava tão cansada. Adormeci com a cabeça no ombro dele, o que parece meio estranho considerando que vou conhecer a namorada dele, Stella, em menos de uma hora.

O táxi nos deixa em frente a um arranha-céu elegante. Não são apartamentos comuns. São apartamentos muito grandes e muito caros. Oprah deve morar ali. O porteiro cumprimenta Keller:

— Boa noite, sr. Banks.

Ele responde com um cumprimento igualmente formal. Aquilo parece um universo alternativo. Todo mundo por quem passamos parece profissional, com pressa e tenso, com ternos poderosos e pastas nas mãos. O que não é problema. Mas ninguém sorri. É triste. Tem muita vida aqui... mas não tem *vida*. É a diferença que se sente na boca do estômago.

Subimos de elevador até o trigésimo segundo andar. Estamos perto do topo. O elevador vai até o quarenta.

— Seus pais sempre moraram aqui?

Ele parece nervoso.

— Sim. Há trinta anos. Eu passei a infância aqui.

Tenho vontade de dizer *sinto muito*, porque é o ambiente menos adequado para crianças no qual já estive, mas eu estaria sendo crítica e tenho que sufocar qualquer noção preconceituosa. Preciso mergulhar no fim de semana com a mente aberta.

— E como foi?

Saímos do elevador em um saguão com piso branco de mármore e paredes escuras de mogno. Tem um arranjo grande de flores frescas em uma mesa decorada e antiga ao lado da única porta. Keller pega uma chave em um bolso da calça jeans e olha ao redor antes de enfiar na fechadura.

— Você está prestes a descobrir.

Ele abre a porta e entra na minha frente. Estica o pescoço para olhar ao redor, faz sinal de que o caminho está limpo e para eu entrar, como se estivéssemos em uma zona de guerra. Tiramos os sapatos e deixamos ao lado da porta. Keller pega meu casaco e minha bolsa, e eu o sigo por uma sala de estar formal e por um corredor. Ele para na frente de uma porta e espia.

— Stella, querida, você está aí? — A voz dele sai doce e baixa, como nunca ouvi. Fica bem nele. Ele fecha a porta. — Ela deve ter saído com Melanie. Vamos colocar suas coisas no quarto de hóspedes.

— Tudo bem.

O quarto de hóspedes é opulento. Uma cama enorme com dosséis domina o ambiente. Parece pertencer a um castelo. Está coberta com uma colcha vinho luxuosa. Tenho certeza de que a roupa de cama custa mais do que meu carro. Ele coloca meu casaco e minha mochila em um sofá antigo e luxuoso em frente à cama.

— Vamos ver quem está em casa. — Ele oferece a mão. Eu seguro. Sei que somos amigos e não tenho problema em dar a mão para amigos, mas parece impróprio.

A palma da mão dele está suada.

Paro quando nos aproximamos da porta porque alguma coisa está estranha. Ele está nervoso, mas tem mais coisa aí... como medo. Ele para e espero que ele se vire e olhe para mim, porque quero ver o que há nos olhos dele.

— Cara, você está bem? — A postura dele está rígida e os olhos estão arregalados e alertas, como se ele estivesse se preparando mental e fisicamente para alguma coisa horrível.

Ele assente rapidamente.

— Vamos acabar logo com a pior parte.

Eu aperto a mão dele e o sigo até o outro lado do apartamento. Ele bate em uma porta fechada. Escuto alguém falando do outro lado. Ele abre a porta bem devagar. Uma mulher madura de cabelo escuro, usando saia-lápis preta, blusa vermelha de seda e saltos pretos anda de um lado para o outro em frente a uma escrivaninha enorme e entalhada de jacarandá. Parece que o telefone dela está no viva-voz, e ela está disparando perguntas para a pessoa do outro lado da linha. Praticamente consigo ver a pessoa se encolhendo do outro lado. Ela sabe que quem manda é ela, que essa pessoa está à sua mercê, e a expressão no seu rosto me diz que ela gosta disso. Ela termina a ligação com um aperto irritado do botão. A atitude não muda quando ela repara em Keller.

— Keller.

Ele faz um aceno breve.

— Mãe.

— O jantar é às 20h. Suponho que você estará vestido de forma apropriada. — É desdém e insulto. Como se ela estivesse falando com uma criança levada de oito anos.

Ele está usando uma calça jeans escura e uma camisa de botão preta com mangas compridas. Está muito bem, na minha opinião.

Ele ignora a crítica.

— Onde está Stella?

— Está no museu com Melanie. Elas devem estar no trânsito. — É nesse momento que ela repara em mim atrás de Keller. — Ah. — Isso é tudo que ela diz.

Nunca quis me encolher e desaparecer, mas, nesse momento, eu quero. Porém, só respiro fundo e abro meu melhor sorriso de prazer em conhecê-la, o mesmo que eu usava com todos os namorados da minha mãe que ela queria que eu impressionasse. Saio de trás de Keller e estico a mão.

— Sra. Banks, é um prazer conhecê-la. Sou Kate Sedgwick. Estudo com Keller na Grant.

Ela aperta minha mão com firmeza. É para ser intimidante. Eu sei jogar esse jogo.

— Kate, você disse? Engraçado, Keller nunca mencionou você. — Isso era para me magoar. Ela está me olhando de cima a baixo e o nariz está franzido, como se eu fedesse.

Dou de ombros.

— Isso não me surpreende. Somos amigos há poucos meses. Essa viagem foi coisa de última hora. Espero não estar me intrometendo. — Sinto que preciso aliviar as coisas para Keller.

Ela se vira, anda e se senta atrás da mesa, colocando os óculos de leitura. Está fixada em um papel na frente dela quando me responde:

— Bem, está meio tarde, você não acha, querida? — O "querida" é um insulto óbvio. Ela continua lendo. Está nos dispensando com eficiência.

Dou um passo à frente e elevo a voz um pouco para chamar a atenção dela. Vou chamar a atenção dela para essa atitude de vaca.

— É mesmo, sra. Banks? Tarde demais? Ficarei feliz em ir para um hotel se não for tarde demais.

Ela ainda está escrevendo e me ignorando.

— Senhora, sem querer desrespeitar, mas estou tentando fazer uma pergunta. A senhora pode olhar para mim, por favor?

Ela larga a caneta e aperta os olhos.

— Durma no quarto de hóspedes. Você não vai dormir com meu filho debaixo do meu teto. — Ela pega a caneta na mesma hora e continua escrevendo.

Eu pisco para afastar a descrença.

— Com licença...

Keller está olhando para baixo. Está furioso e interrompe sem olhar para ela.

— Quando Stella vai voltar?

Ela o dispensa como uma mosca. Ele é uma irritação para ela.

— Não sei. Ligue para Melanie.

Ele pega o celular ao mesmo tempo em que me puxa pela parte de trás da blusa para o corredor. Eu fecho a porta, grata pela barreira entre nós e aquela mulher perversa e cruel. Quando ele está procurando nos contatos, ouvimos a porta da frente se abrir e uma voz de mulher.

— Me dê seu casaco, amorzinho.

Também ouvimos uma risadinha de criança. A gargalhada de uma criança é o som mais puro na Terra. Eu poderia ouvir o dia todo e nunca me cansar.

O sorriso de Keller floresce de um jeito que nunca vi. É radiante e amoroso e orgulhoso.

— Stella chegou. Venha. — Ele leva o indicador aos lábios, me pedindo para ficar quieta enquanto seguimos pelo corredor.

Uma mulher loura elegante está pendurando casacos no armário. Ela parece ter a idade de Keller. Então essa é Stella. Ela é linda. A garotinha risonha tem cabelo comprido, ondulado e ruivo. Cai em uma cascata de cachos selvagens pelas costas. Os braços estão abertos nas laterais do corpo e ela está girando em círculos até ficar tonta e cair. As risadinhas aumentam assim que ela cai. Não sei quem ela é, mas tenho vontade de pegá-la no colo e abraçá-la. Ela é tão feliz. Um pouco desse sentimento me seria útil agora.

A loura se vira e vê Keller, e um sorriso ilumina o rosto dela na mesma hora. Esse é o conto de fadas de Keller. E fico feliz por ele, por eles. Mas, por um momento egoísta, desejo que fosse o *meu* conto de fadas.

E então, em um minuto, tudo que achei que tinha entendido muda.

A garotinha olha para a mulher bonita e percebe que ela está olhando para alguma coisa do outro lado da sala. O rostinho dela se vira até ela estar olhando diretamente para Keller, e a expressão nos olhos dela é como fogos de artifício. Como se não houvesse nada no planeta mais importante e maravilhoso do que ele. Ela se levanta e grita "papai!" enquanto sai correndo para ele.

Papai?

Ele se ajoelha para recebê-la e dá um abraço forte nela.

— Oi, Stella. Senti tantas saudades, garotinha.

Ela recua um pouco e dá um beijo nos lábios dele.

— Eu também senti sua falta, papai.

Puta merda! Keller tem uma filha! E ela é adorável.

E curiosa. Ela olha para mim com os olhos azuis de Keller e balança a mãozinha.

— Oi. Quem é você?

Dou um sorriso para ela, aceno e me ajoelho atrás de Keller para estar cara a cara com ela.

— Oi, Stella. Sou Kate. Sou amiga do seu pai.

Ela recua e olha para Keller em busca de confirmação.

— Você tem amigos, papai?

Ele ri e assente.

— Tenho.

— Você marca para brincarem juntos? Como eu faço com Abby?

Ele ri de novo.

— Não exatamente.

O sorriso dela some enquanto ela pensa na resposta.

— Que pena, porque brincar é divertido. — Ela sai dos braços dele e anda até mim. Eu ainda estou de joelhos. — Quer ver minha tartaruga? O nome dela é Miss Higgins.

Eu faço que sim.

— Claro.

Ela pega minha mão e me puxa até o quarto onde Keller olhou quando chegamos. Keller vai logo atrás. Depois de conhecer Miss Higgins, conheço Melanie, a bela loura. Ela é a babá de Stella. É calada e gentil e fica óbvio que adora Stella. Gosto dela na mesma hora.

Encaramos um jantar desagradável com a sra. Banks. Depois, Keller, Stella e eu voltamos para o quarto da menina. Eu me sento em uma poltrona grande enquanto eles vão até o banheiro contíguo. Keller deixa a porta aberta. Consigo vê-los e ouvi-los. Keller dá banho nela e a ajuda a vestir um pijama rosa felpudo. Ele ensina e encoraja enquanto ela escova os dentes. Ela fica orgulhosa quando ele diz:

— Bom trabalho, garotinha.

Ela deita no meio da cama enorme e bate dos dois lados, indicando nossos lugares.

— O que você quer ler essa noite, srta. Stella? — pergunta Keller antes de dar um beijo no alto da cabeça de cabelos ondulados.

— Hummm. — Ela está pensando mesmo. É do tipo que pensa profundamente, como o pai. — O livro do pônei. Mas quero que Kate leia, papai. Tudo bem? — Ela é diplomática e já quer promover a paz desde tão pequena.

— Claro. Eu também quero que Kate leia. — Ele pisca para mim por cima da cabeça dela.

Eu leio o livro do pônei. Coincidentemente, era um dos livros favoritos de Grace. Eu já devo ter lido esse livro em voz alta duzentas vezes. Sou a mestra dos relinchos de cavalo e batidas de cascos e sei ser bastante dramática. Stella ri quando eu termino.

— Você é boba, Kate.

— Eu sei. — Eu faço cócegas na lateral do corpo dela, e ela ri mais. — É mais divertido assim.

Em pouco tempo, as pálpebras dela pesam. Ficam iguais aos olhos de Keller quando ele está com sono. Ela olha para Keller.

— Você pode tocar uma música antes de eu dormir?

— Claro.

Ele dá um beijo na testa dela e se levanta. Pega um violão em um apoio no canto do quarto e volta a se sentar na beirada da cama. Ele se vira de forma a poder ver nós duas.

Não consigo segurar o sorriso.

— Você sabe que estou esperando por isso desde que vi o violão no seu quarto.

Os olhos dele estão baixos quando ele toca algumas cordas. Ele está afinando, mas um sorriso surge.

— Não se anime. Só toco por diversão.

Passo o braço ao redor de Stella, ela se aconchega em mim, e Keller começa a tocar. Reconheço a música depois de três ou quatro notas.

Stella também. Ela bate palmas.

— Adoro essa, papai.

Ele é bom e parece à vontade com o violão nas mãos. Com prática, poderia ser ótimo. É só mais um item para acrescentar à lista das coisas que o tornam tão irresitível.

Quando ele termina, levanto as sobrancelhas.

Ele levanta as sobrancelhas dele em resposta.

— O quê? — ele pergunta baixinho com a lateral da boca, como se estivesse tentando manter entre nós e não quisesse que Stella ouvisse.

— The Cure é *tão* medíocre. — Estou jogando as palavras dele na cara dele. Aperto os olhos, mas não consigo segurar o sorriso que se espalha pelo meu rosto. "Lullaby" sempre foi uma das minhas músicas favoritas e ele tocou lindamente, mesmo sem vocal. Foi incrível.

Ele tenta ficar sério, mas não consegue.

— Eu menti. Eu amo The Cure... e, sim, Robert Smith é um deus. Feliz agora?

— Aham. — Estou feliz agora.

— Papai, você pode tocar mais uma? — Ela está com as mãos unidas na frente do peito como se estivesse implorando ou rezando. — Por favor.

Ele ri.

— Tive uma ideia. — Ele desvia o olhar para mim. — Katie vai cantar.

Stella inclina a cabeça para me olhar. Os olhos azuis estão arregalados de expectativa. Eu ainda não concordei, mas já estou tentando pensar em uma música.

Estou em silêncio, e os dois estão me olhando com expectativa. Os mesmos olhos em dois rostos diferentes. Não posso dizer não para esses olhos. Para nenhum dos dois pares. Faço sinal para Keller com os dedos pedindo o violão.

— Você quer meu violão?

Faço que sim e repito o sinal.

— Você toca? — Há descrença na voz dele.

— Não muito bem — eu murmuro quando ele entrega para mim. Eu pisco. — Fingir até conseguir. Não é isso que dizem?

Stella se vira para o lado de Keller, e eu deslizo para a beirada e sento ao lado deles. Toco alguns acordes para ficar à vontade. Tem meses que não seguro um violão.

Olho para Stella, que subiu no colo de Keller. Ela está sentada com os joelhos dobrados e os braços ao redor das pernas. Keller a segura como uma bolinha rosa e felpuda.

— Stella, essa música se chama "Angels".

Eu toco. E canto. Eu tocava essa música para Gracie e ela adorava.

Quando termino, percebo que mantive os olhos fechados o tempo todo. Abro um e espio minha plateia de duas pessoas.

Stella está batendo palmas e dando gritinhos em um estado entre meio acordada e meio dormindo.

— Viva, Kate! Você canta bem. — É uma fala sonolenta e entusiasmada ao mesmo tempo.

Keller parece perplexo, mas de um jeito que me deixa orgulhosa.

— Canta mesmo. Eu não sabia que você também tocava violão.

Dou de ombros enquanto me levanto da cama e coloco o violão no suporte.

— Gus me ensinou. Ele se cansou de me ver mexendo no violão dele, então, quando eu tinha uns treze anos, começou a me ensinar. Nada formal, mas o bastante para eu conseguir tocar umas músicas desajeitadas.

Ele balança a cabeça.

— Isso não foi desajeitado — diz ele, com admiração nos olhos.
— Foi lindo.

Eu faço que sim para aceitar o elogio.

— The XX toca muito melhor, mas obrigada. Você também não é ruim.

Stella interrompe.

— Papai, podemos brincar com Kate amanhã? — pergunta ela antes de o sono tomar conta.

Ele a abraça.

— Parece uma ótima ideia.

Ela abraça cada um de nós duas vezes antes de entrar debaixo da coberta. Keller apaga a luz.

— Boa noite, garotinha. Eu te amo.

— Eu também te amo, papai.

Assim que a porta se fecha, a voz dele soa pela escuridão do corredor.

— Obrigado, Katie. — Ele me puxa em um abraço. Quando expira, sinto toda a tensão desaparecer. — Você foi incrível. Você não fazia ideia do que ia encarar essa noite. Sei que peguei você de surpresa com Stella e peço desculpas. Achei que você surtaria se eu contasse. Eu devia ter percebido que não. Você não hesitou nem por um momento. Ela adorou você.

— Não vou mentir e dizer que não fiquei chocada, mas isso passou assim que ela olhou para mim e disse oi. Que maravilha inteligente, engraçada e adorável você recebeu como bênção. Demorei uns dois segundos para me apaixonar por ela. Você acha que ela caberia na minha mochila? Acho que vou levá-la para casa.

Os ombros dele tremem com uma gargalhada silenciosa.

— Ela provavelmente gostaria.

Dou um tapinha nas costas dele e o solto.

— Preciso ir dormir, cara. Tenho que descansar para brincar amanhã.

Ele ri de novo e me leva até o quarto de hóspedes.

— Obrigada por compartilhá-la comigo, Keller.

— Boa noite, Katie. — Ele me dá um beijo na bochecha. — Obrigado por me deixar compartilhar você com ela.

Domingo, 6 de novembro

(Keller)

O sábado e o domingo voam, e mais uma vez sou obrigado a me despedir de Stella bem antes do que eu queria. Nosso fim de semana foi típico, andamos pela cidade, brincamos no parque, comemos cachorros-quentes da carrocinha da esquina, mas com Katie lá foi como se eu estivesse vendo tudo em cores em vez de preto e branco. A diversão foi amplificada e virou pura alegria. Stella se divertiu muito. Ela riu quase tanto quanto Katie, o que é muita coisa, porque Katie ri mais do que qualquer outra pessoa que eu conheça. Ela refinou a arte da diversão e de viver o momento. Nunca vi nada assim. É de tirar o fôlego. Eu não sou assim. Tento, mas vivo concentrado demais no futuro e no futuro de Stella. Eu me deixei levar neste fim de semana e foi ótimo. Vi as duas juntas, e foi difícil não imaginar nós três como uma família. A mera ideia me deu uma paz que nunca conheci. Se tem uma pessoa neste mundo que eu gostaria que inspirasse minha filha, essa pessoa é Katie.

Até passamos algum tempo com meu pai pela manhã. Ele costuma estar trabalhando no pronto-socorro quando estou em casa nos fins de semana. Não o vejo mais com frequência.

Stella está enrolada em mim como um macaco. Está chorando como faz toda vez que vou embora. Parte meu coração. Eu a balanço para a frente e para trás devagar e tento aliviar a tristeza. Isso me mata. Estou acariciando os cachos ruivos que ela herdou da mãe.

— Shh, garotinha. Eu volto logo.

Ela funga e sussurra no meu ouvido:

— Eu sei, mas fico com saudade quando você não está aqui.

Eu sussurro para ela:

— Eu também sinto saudade, Stella. Muito, muito. Mas vou ligar ou falar com você pelo computador todas as manhãs e todas as noites até a próxima vez que eu vier, tá?

Ela faz que sim com a cabecinha e limpa os olhos molhados no meu ombro.

— Quero dizer tchau pra Kate. — Ela se contorce para mostrar que está pronta para ser colocada no chão.

Minha filhinha linda anda lentamente até minha amiga linda e estica as mãos acima da cabeça, pedindo para ir para o colo. Katie não hesita. Stella a envolve com os braços e as pernas, apoia a cabeça no ombro de Katie e se aconchega. Poucas coisas neste mundo parecem certas como o que estou vendo agora. Katie a abraça com força, mas com uma delicadeza tranquilizadora. É o que também sinto quando me abraça e imagino aquela paz se espalhando por Stella. Katie beija a testa de Stella.

— Estou tão feliz por ter conhecido você, Stella.

Stella olha nos olhos de Katie.

— Você pode voltar com papai para podermos brincar de novo?

Katie olha para mim. Por um segundo, um desespero arrasador surge no rosto dela, mas é seguido tão rapidamente de um sorriso que me pergunto se só imaginei. Ela olha para Stella e sussurra:

— Eu adoraria ver você de novo, Stella. — Katie beija a testa dela antes de colocá-la no chão. — Tome conta direitinho da Miss Higgins.

Stella sorri.

— Tomo, sim.

Depois de mais duas rodadas de beijos e abraços e "eu te amo", Katie e eu saímos do prédio e entramos no táxi. O trajeto até o aeroporto é silencioso. Odeio essa parte de ser pai. As despedidas.

Só sinto vontade de falar quando estamos no avião. Katie é sensível e me permitiu passar as últimas duas horas em silêncio dentro da minha cabeça e não no mundo real. Ela segurou minha mão o tempo todo. É um gesto pequeno, mas ela nunca vai saber o quanto foi reconfortante. Falo sem olhar para ela.

— Sabia que nunca tinha visto meu pai rir?

Não há descrença nem pedidos de explicação. Nenhuma pergunta. Ela só me deixa falar.

— Ele também nunca brincou, provavelmente nem quando era criança. E *você* o convenceu a jogar com a gente com um único pedido. Brincou com ele que estava feliz por não estarmos jogando Operação porque ele ia dar um banho na gente... e ele *riu*. Ele não ri. — Eu finalmente olho para ela, e a expressão dela está vazia, mas aberta. Eu balanço a cabeça e repito. — Ele não ri.

Ela dá um sorriso sem graça.

— *Foi* engraçado. Ele é cirurgião, afinal.

Não consigo segurar o sorriso.

— Eu sei. Entendi a piada. Mas o que aconteceu esse fim de semana... tudo que aconteceu esse fim de semana... foi surreal. Minha filha está completamente apaixonada por você. Minha mãe tratou você *pelo nome*. E ela só começou a chamar Dunc de "Duncan" no ano passado, e eu o conheço há seis anos. Ele morou com a gente durante um ano inteiro e ela não falava com ele. Meu pai falou para você "voltar quando quiser, *cara*".

Ela ri.

— É engraçado quando Shelly diz "cara", mas seu pai pode tê-la superado. — Ela franze a testa. — Me desculpe, posso ter sido uma influência ruim com meu vocabulário durante o jogo, mas tive a sensação de que ele gostou, senão eu não teria feito.

Eu balanço a cabeça.

— Eu achava que era bom em compreender as pessoas, mas você leva isso a um nível diferente. Você é simplesmente... encantadora. As pessoas não conseguem resistir a você.

Ela ri e muda de assunto. Ela é boa em afastar a atenção de si mesma.

— Lily era mãe de Stella?

Eu faço que sim.

— E era irmã de Duncan. — Não é uma pergunta.

— Era. Como você descobriu?

Ela dá de ombros como se fosse óbvio.

— O cabelo.

Dou uma gargalhada.

— Acho que o cabelo ruivo entrega. Stella puxou à mãe. Isso é bom. Kate sorri.

— Tenho certeza de que Lily era bonita, mas Stella também se parece muito com você. Os mesmos olhos, o mesmo sorriso... — Ela pisca para mim. — E isso definitivamente é uma coisa boa.

— Ela tem mesmo os meus olhos. Os olhos de Lily eram castanhos, como os de Dunc. — Agora parece uma hora tão boa quanto qualquer outra para contar essa história. — Eu trabalhei em uma pizzaria nos meus dois últimos anos do ensino médio porque queria um pouco de normalidade. Queria ganhar meu próprio dinheiro, comprar meu próprio carro. Meus pais não ficaram felizes, mas não criaram caso. Conheci Dunc lá, e, por ele, Lily. Dunc e Lily moravam sozinhos. A mãe era viciada em drogas e eles não conheceram o pai, então viviam sozinhos havia alguns anos. Dunc é dois anos mais velho do que eu, e Lily era três anos mais velha. Ela estava estudando enfermagem quando nos conhecemos. Era quieta, reservada e inteligente. O que ela viu em um garoto como eu, nunca vou saber. Estávamos namorando havia quase um ano quando ela descobriu que estava grávida. Eu estava no último ano da escola e foi muito confuso. Eu sabia que a amava, mas meu futuro sempre foi planejado para mim. Eu tinha frescura demais para ser médico como meu pai, então comecei a ser preparado para ser advogado como a minha mãe. Um bebê não se encaixava nos planos do meu pai para mim. Eles ficaram furiosos. Queriam que ela abortasse. Nós recusamos, e eu pedi que ela se casasse comigo. Eu a amava, e parecia a coisa certa a fazer. — Katie sorri e assente. Vejo isso como encorajamento para seguir em frente e respiro fundo. — O bebê ia nascer perto da época da minha formatura, quando Lily estaria terminando os estudos de enfermagem. Planejávamos nos casar naquele verão e nos mudar para Grant, onde eu já tinha uma bolsa para o outono, graças em parte às minhas notas e em parte à minha mãe ser ex-aluna e fazer doações generosas à faculdade. Os planos mudaram quando Lily morreu dando à luz.

Os lábios de Katie se abrem de leve; é a reação sincera de uma pessoa compassiva. Ela é o melhor tipo de ouvinte.

Eu nunca nem comecei a compartilhar essa história com ninguém, e menos ainda terminei. Mas agora que está ali, entre nós, quero terminar.

— Disseram que as complicações no parto foram muito raras. Uma em um milhão. Mas foi a *minha* uma em um milhão. Perder Lily foi arrasador, mas também fiquei apavorado com a perspectiva de ser pai solteiro aos dezoito anos. Não fazia ideia do que fazer com um bebê. Meus pais contrataram uma babá imediatamente, porque para eles é assim que uma criança é criada. Foi como eu fui criado. Fiz o melhor que pude, mas não sei o que teria feito sem Melanie para ajudar. Tranquei o primeiro semestre na Grant para poder estar presente para Stella. Mais uma vez, meus pais ficaram furiosos por eu adiar os planos deles. Não me entenda mal... Eles amam Stella. Mas *eu* fui uma decepção enorme. Eles me convenceram a ir para a faculdade, e Dunc foi comigo. Ele sempre quis fazer faculdade e entrar para a política. Meus pais disseram que o melhor lugar para Stella era com eles e com a babá, para eu poder me concentrar nas aulas e ter uma carreira com a qual pudesse sustentar e cuidar de Stella.

Ela pisca aqueles lindos olhos para mim e pergunta simplesmente:

— O que você achava que seria o melhor para Stella?

Essa é a pergunta que me assombra até hoje.

— Eu não saberia. Eu *não* sei.

— Keller, por que ninguém sabe sobre Stella?

Eu passo as mãos pelo cabelo.

— Deus, você deve me achar horrível.

Ela balança a cabeça.

— Não, não acho. — Ela fala com sinceridade. — Eu não estaria sentada aqui ao seu lado se achasse. Sou alérgica a pessoas horríveis.

Dou uma gargalhada, porque ela sempre sabe acrescentar humor a uma conversa quando é necessário.

— Acho que há um monte de motivos para não contar. Ela é minha, e uma parte de mim quer mantê-la perto e não ter que compartilhar com mais pessoas do que já compartilho. Parte de mim tem medo de as pessoas me julgarem por tê-la tido tão cedo, por não ser o pai que eu deveria ser, por estar longe dela. Eu a amo tanto, Katie. Só quero o melhor para ela. É tudo que eu sempre quis.

Ela aperta minha mão com mais força.

— Keller, você é um pai incrivelmente paciente, atencioso, envolvido e amoroso. Por que acha que Stella olha para você como olha? Como se você fosse o sol, a lua e as estrelas? Por que acha que ela fica tão triste quando você tem que ir? Você é o mundo dela. Ela ama você.

Minha garganta se aperta com as palavras dela. O que ela descreveu é tudo que quero.

Ela sente que estou ficando emocionado e começa a desenhar círculos nas costas da minha mão com o polegar.

— Keller, cara, você só tem uma vida para viver. Imagine por um momento que está livre de todas as expectativas na sua vida. O que você faria? Como viveria sua vida se ninguém estivesse olhando? Como seria seu futuro?

Eu não hesito ao responder:

— Stella estaria comigo em Grant. Mudaria meu curso para inglês. Em alguns anos, estaria dando aula de inglês no ensino médio, em alguma cidade onde Stella pudesse crescer em segurança e feliz. — Há lágrimas nos meus olhos. Eu deveria ficar constrangido, porque sempre me ensinaram que garotos não choram. Homens não choram. Com Katie, sou livre.

Ela segura meu queixo e o vira para ela. Olha para mim sem piscar por vários segundos. Ela tem minha atenção.

— Faça isso. — É uma ordem. — Nada, e quero dizer nada mesmo, deve atrapalhar isso, porque é exatamente como sua vida deveria ser, Keller. Aquela garotinha deveria estar com o pai todos os dias, e você nasceu para ser professor.

Ela não me soltou. Está esperando uma resposta. Eu fecho os olhos, pois não consigo olhar para ela quando falo.

— Não é tão fácil.

— Olhe para mim — Não há raiva, mas o desespero na voz dela é perturbador. Ela se importa. Ela se importa comigo e com o que eu quero. Eu tinha me esquecido dessa sensação. Ninguém me trata assim desde Lily, e mesmo Lily nunca me levou tão longe. — Por favor.

Eu olho para ela.

— Criar Stella sozinho vai ser a coisa mais difícil que você já fez. Saber que outro ser humano depende de você para seguir a vida? É difícil e é cansativo e é preocupante e é assustador, mas, quer saber? Também é divertido, recompensador e satisfatório de uma forma que nada mais no mundo é. — Ela tem empatia. Isso é real demais para ela. Ela solta a mão no colo.

— Você cuidava da sua irmã, não cuidava?

Ela faz que sim. Espero até ela estar pronta para falar, porque sei que esse é um assunto difícil para ela.

— Grace tinha síndrome de Down. Mentalmente, nunca passou muito do ponto em que Stella está agora. Minha mãe tinha problemas que tornavam ser mãe... difícil. Então, sempre foi meu trabalho cuidar de Gracie. Eu dava banho nela, vestia, alimentava, lia para ela, brincava com ela, levava para a escola. Quando ela tinha dezesseis anos, e eu quinze, ela sofreu um acidente que a deixou sem o uso das pernas. Ficou confinada em uma cadeira de rodas...

Eu interrompo porque me lembro de uma coisa que ela me contou semanas atrás.

— Era por isso que você tinha uma minivan.

Ela assente e sorri porque eu lembro.

— É, a Velha Azul era acessível. — Ela respira fundo e continua. — Quando eu tinha dezoito anos, algumas semanas antes da minha formatura no ensino médio, minha mãe morreu.

Meu coração está partido, porque a vida dela foi tão difícil.

— Sinto muito. — Isso é tudo que consigo dizer.

— Eu sei. — Ela parece contemplativa. — A vida sempre foi difícil para Janice Sedgwick. Gosto de pensar que ela está em um lugar melhor agora. Que finalmente está feliz. — Ela assente. — Então, está tudo bem.

— Onde você morou depois que ela morreu? Você disse que seu pai não era presente.

— Os meses seguintes foram como uma avalanche de merda. Depois que a poeira assentou, vendi tudo, e Gracie e eu alugamos um lugar que era do antigo jardineiro da minha mãe. Não era chique, mas era nosso. Grace adorava. Foi a melhor época da minha vida. Moramos lá até ela morrer.

Eu me encosto na cadeira e só olho para ela. Sabe quando você pensa que conhece alguém? Que por estar perto entendeu quem ela é? Que sabe que tipo de pessoa ela é lá no fundo? Dava para me derrubar com uma pena depois do que acabei de ouvir. A mulher sentada ao meu lado nesse avião é a pessoa mais incrível que já conheci.

— Como você aguentou todos aqueles anos?

— Como eu poderia não aguentar? Ela era minha irmã e eu a amava. Bom ou ruim, era tudo o que eu tinha.

Esse é exatamente o tipo de coisa que ela diria.

— Quem cuidou de você?

Ela sorri, e os olhos dela brilham.

— Gus. Ele sempre foi meu melhor amigo. Era meu vizinho. A mãe dele, Audrey, também é incrível. Foi como uma mãe para Gracie e para mim. Ainda é.

— Ele ama você. Achei que ia me castrar pelo telefone na sexta. Foi brutal. Nunca conheci ninguém com uma amizade como a que você tem com Gus. Duas pessoas tão próximas que não estão juntas. Ainda é difícil para mim entender.

Ela dá de ombros.

— Não se esforce muito. Somos meio estranhos. A mãe de Gus jura que teve gêmeos e que fomos separados no nascimento, apesar de ele ser alguns anos mais velho. Ela levou um bebê para casa quando saiu do hospital e o outro se mudou para a casa ao lado alguns anos depois.

— Eu imagino. — Estou tentando muito entender essa amizade, mas é tão difícil não sentir ciúmes de Gus. *Eu* quero a história que eles têm. *Eu* quero saber tudo sobre ela. *Eu* quero ser a pessoa para quem ela conta tudo. *Eu* quero cuidar dela. *Eu* a quero.

Quando ela me deixa em casa, não quero que vá embora.

— Obrigado por ir comigo, Katie.

Ela solta o cinto de segurança e se inclina para me abraçar.

— Obrigada por me levar, Keller. Sei que foi difícil compartilhar essa parte da sua vida.

— Com você, não foi. Você me deu uma coragem que eu nem sabia que tinha.

Ela corrige com um sussurro.

— Não fiz nada. Estava aí o tempo todo. Você só precisava encontrar.

Eu recuo um pouco, sabendo que não posso deixá-la ir embora sem fazer algo que quero fazer desde a primeira vez que a vi. Olho nos olhos dela e levanto a mão para aninhar sua bochecha. Ela é tão macia e tem um cheiro tão bom. O cabelo ondulado está desgrenhado e descabelado como sempre, e ela está tão sexy. Ela não resiste, então me aproximo devagar e prendo a respiração. Quando meus lábios tocam nos dela, todos os pensamentos e preocupações somem. Tudo desaparece, menos ela. Ela é tudo que sinto, que cheiro, que ouço, que vejo e que provo. Os lábios são tão macios quando se movem nos meus, com os meus, e, quando se abrem, sinto a língua dela na minha e um tremor de prazer pelo corpo. A mão dela desliza pelo meu braço até aninhar meu pescoço. A sensação do toque dela gera um gemido da minha boca. É um som no fundo da garganta que não consigo controlar. O toque dela, o gosto dela, é quase intenso demais. Ela também deve sentir, porque recua. Quando abro os olhos, reparo que os olhos dela escureceram, como se as pupilas tivessem engolido o verde.

Eu digo:

— Entre comigo.

Ao mesmo tempo, ela diz:

— Eu tenho que ir.

A respiração dela está profunda e errática. Ela sente isso. Ela quer isso.

— Por que você vai embora?

Ela afasta o olhar.

— Tenho que ir.

— O que aconteceu com a garota que pregava viver no presente? Porque tenho que dizer, Katie, nunca estive mais presente do que estou neste momento. — *Nunca estive mais presente...*

Ela segura o volante com as duas mãos. Ainda não está olhando para mim. Engole em seco, e tenho medo de não dizer nada, mas ela sussurra:

— É diferente.

— Por quê? *Fique. Por favor.* — Eu estou implorando.

Ela pisca algumas vezes.

— Tem coisas sobre mim que você não sabe. Eu só magoaria você e gosto demais de você para fazer isso.

Estou perdido, confuso, frustrado.

— O quê? Me olhe nos olhos e me diga que não sente nada por mim. Porque aquele beijo... Aquele beijo foi a coisa mais incrível que já vivi na porra da minha vida. Sei que você sentiu. *Você também sentiu, porra.*

Ela olha para mim, e seus olhos estão vidrados.

— Senti. É por isso que tenho que ir embora.

Eu levanto as mãos no ar.
— *Isso não faz sentido nenhum.*
— Eu sei, Keller. Tenho que ir.

Eu puxo a maçaneta, saio e bato a porta antes de abrir o porta-malas para pegar minha bolsa. Eu devia ir embora em silêncio, mas estou puto demais para não forçar a barra.

— Isso é besteira e você sabe. Não sei o que está rolando com você, mas nada que possa dizer mudaria o que sinto. Não abro meu coração para ninguém há muito tempo, e se você me dissesse que não estava interessada, tudo bem. Seria uma merda, mas eu iria embora, lamberia minhas feridas e seguiria com minha vida. Mas o fato de não estar nem se permitindo a oportunidade de vivenciar o que *nós* podemos ser juntos me deixa puto da vida. — Não sei se é uma questão de confiança ou de compromisso, mas não gosto de vê-la negar a si mesma. E é exatamente o que ela está fazendo. — Não sei quanto a você, mas essa ligação que a gente tem, essa atração, não acontece todos os dias. Tem anos... *anos...* que não me sinto assim. Sinceramente, nunca achei que fosse sentir de novo. Se me assusta? Claro que sim. Posso prever o futuro? Não. Mas saiba que eu jamais, nunca, nem em um milhão de anos, magoaria você. Eu mergulharia de cabeça. A bola com você, Katie. Em algum momento na vida, você vai ter que confiar em alguém.

Não espero resposta. Sei que não vou ter, então bato o porta-malas e entro no apartamento sem olhar para trás.

Terça-feira, 8 de novembro

(Kate)

Tem um bilhete na porta da sala de psicologia avisando que a aula foi cancelada porque o professor teve uma infecção estomacal. Meu primeiro pensamento é "oba!," mas é seguido de culpa por ter comemorado o fato de alguém estar passando mal.

Na mesma hora, peço desculpas. "Deus, agradeço por essa pequena, mas muito necessária, bênção. Sinto muito pelo professor Garrick estar passando mal, mas aula cancelada é mais um cochilo para Kate. Te devo uma."

Nunca andei pelo campus nessa hora do dia. Parece mais silencioso do que o habitual. Relaxante. Mas, quando me aproximo do alojamento, vejo uma pessoa ao lado do carro de Clay. E não é ele. Desvio para observar melhor sem ser vista.

E, assim que consigo ver melhor, lamento na mesma hora. Não por não querer estar aqui nesse momento, mas porque babacas realmente me irritam.

Clayton está encurralado contra a porta do motorista, segurando a bolsa com força contra o peito. Um cara de ombros largos e moletom cinza está inclinado na direção dele, virando a cabeça de um lado para o outro, perto demais para que seja só uma conversa entre amigos. Os punhos dele estão fechados e a postura parece ameaçadora. A situação não é boa.

Faço uma pausa por uma fração de segundos. Não vou deixar que ele toque em Clayton de jeito nenhum, mas também não quero interpretar a situação de forma errada. Começo com um cumprimento alto enquanto me aproximo lentamente por trás.

— E aí, tudo beleza?

O Babaca se vira na direção da minha voz. Atenção desviada. Os ombros de Clay descem uns cinco centímetros de alívio.

O Babaca me apalpa com os olhos. É apavorante. Eu me sinto violada. Ele lambe os lábios.

— E aí? — Ele segura a virilha de forma sugestiva. — Ao olhar para você, garota, eu diria que *meu pau* é quem está achando tudo uma beleza. — Ele é desprezível. *E* acabou de piscar para mim.

— Isso era para ser uma cantada? — pergunto porque fico realmente perplexa quando homens pensam que esse tipo de coisa é atraente.

Ele pisca de novo.

É, acho que era. Balanço a cabeça.

— Vá mais devagar, caubói. Não lembro de ter ouvido seu nome.

Ele dá um sorriso arrogante.

— Ben.

— Ben de quê? — pergunto. Porque, se ele já tiver feito alguma coisa com Clayton, quero o nome todo do cara para poder passar para as autoridades adequadas.

— Ben Thompson. — O sorriso arrogante continua lá. — Quer sair daqui? Ir para o meu quarto? — Ele olha para o relógio. — Tenho uma hora. Podemos ser rápidos.

Se eu pudesse dar um prêmio por *Coisa Mais Grosseira que Ouvi a Semana Toda*, caramba, o ano todo, esse cara seria o grande vencedor. Ele acertou na porra da mosca.

— Cara, Ben Thompson, conheço você há trinta segundos e tenho que admitir que estou totalmente enojada. Acho que vomitei um pouco dentro da boca. Quando perguntei se estava tudo beleza, *eu não estava falando com seu pau*, cabeça de pica. Eu estava falando com meu amigo aqui.

Os olhos de Clayton estão saltados e ele está balançando a cabeça. Talvez eu devesse estar com medo, mas com a semana que estou tendo, sinto que não tenho nada a perder.

O sorriso dele deixa minha pele arrepiada de nojo.

— Você fala pra caramba. Isso me dá tesão, princesa.

— Escute, seu escroto, isso não é uma preliminar. — Estico a mão e seguro a de Clay. — Você é nojento. Deixa a gente em paz.

Ele finalmente entende. Seu olhar é tomado pela raiva.

— Sua provocadora escrota. — Ele aponta para Clayton com um gesto ameaçador. — Quanto a você, seu veadinho, a gente não terminou. É melhor você se cuidar.

Quero que Clayton diga alguma coisa, qualquer coisa, e quero *tanto*, mas ele abaixa a cabeça e começa a andar para o alojamento. E como estou de mãos dadas com ele, sou obrigada a andar junto. Claro que não consigo ir embora sem dizer as últimas palavras:

— Vá se foder, babaca.

Ele chuta a porta do carro de Clayton antes de sair andando na direção oposta.

Paro antes de chegarmos à porta do alojamento e me viro para olhar para Clayton. Ele tem lágrimas nos olhos. Sinto tristeza, culpa e raiva fervendo em mim. Ele olha para o chão e limpa as bochechas para afastar as lágrimas.

Com minha voz mais suave, eu digo:

— Ei... — Ele parece constrangido, e essa é a última coisa que quero que ele sinta agora. — Clay, sou eu, Kate.

Ele levanta o queixo e os olhos sobem até que encontram os meus. Ele está tentando não chorar, mas o queixo está tremendo.

— Ele estava ameaçando você quando eu cheguei?

Ele faz que sim com a cabeça.

Não quero fazer a pergunta seguinte porque tenho medo de já saber a resposta.

— Ele já ameaçou você antes?

Ele assente.

— Há quanto tempo isso está acontecendo, Clay?

O queixo dele está tremendo de novo.

— Cerca de um mês.

Meu estômago dá um nó.

— Com que frequência?

As lágrimas estão escorrendo de novo.

— Todos os dias.

Sinto-me enjoada. Tenho orgulho de ser uma boa amiga, porque, na vida, isso é a única coisa que importa mesmo... as pessoas. E tratá-las bem, estar ao lado delas, isso é ser uma boa amiga.

Eu me sinto uma péssima amiga. Como não sabia disso?

Eu o puxo em um abraço e ele chora no meu ombro. Acaricio as costas dele e desejo poder carregar o peso do meu doce amigo.

Eu o solto e ele funga.

— Cara, você contou para alguém?

Ele balança a cabeça.

— Você tem que denunciá-lo para a segurança do campus. Ir falar na reitoria. Falar até com John. Isso é inaceitável. Você devia poder andar pelo campus, droga, devia poder andar em qualquer lugar sem sentir medo.

Ele suspira, e o que ouço é pura derrota.

— Não posso.

— Por que não?

— Nunca adianta.

Isso me deixa triste. É basicamente a mesma coisa que ele disse depois do incidente na Spectacle.

— Você sabe quantas vezes reclamei com orientadores, professores e diretores ao longo dos anos em que sofri bullying ou apanhei?

Deus, meu coração não quer saber.

— Vezes demais, Katherine. E ninguém nunca fez nada. Me disseram que eu estava exagerando, que era um mal-entendido ou até que eu estava pedindo para que essas coisas acontcessem. Você consegue acreditar? As pessoas olharam nos meus olhos e me disseram que, por ser gay, eu estava *pedindo* para pegarem no meu pé. E me disseram isso mais de uma vez, então, ao que parece, não é uma opinião pertencente a uma única pessoa ignorante.

— Você não pode deixar os babacas vencerem, Clay.

Ele bufa.

— Não é um jogo. É minha vida. E estou cansado, Katherine. Eu só esperava que a faculdade fosse ser diferente. Mais tolerante...

Eu o interrompo.

— Tolerância é babaquice. Não há nada que tolerar. Nós não *toleramos* pessoas adoráveis, *nós apreciamos*. Eu odeio essa palavra.

Ele funga.

— Eu também. — Ele funga de novo. — O que estou descobrindo é que a faculdade não é diferente. A escola é outra, mas os neandertais são os mesmos. Estou tentando sobreviver ao semestre, porque sinto que vou jogar o dinheiro dos meus pais no lixo se eu não for até o fim. — Ele suspira de novo. — Mas não posso voltar semestre que vem.

Ele não pode deixar os babacas vencerem! Levo Clayton para dentro e o deixo no quarto com um chocolate Twix tirado do meu freezer, porque comer um sempre faz com que eu me sinta melhor quando estou tendo um dia de merda.

Assim que saio do quarto dele, vou ao escritório da segurança do campus. Um homem de meia-idade de jaqueta azul me cumprimenta, e vou direto ao ponto.

— Eu gostaria de fazer duas denúncias, por favor.

— Duas denúncias? — pergunta ele.

Eu faço que sim.

— Isso mesmo. — *O Babaca*, Ben Thompson, não vai escapar.

Registro uma reclamação no nome de Clayton, comigo como testemunha ocular, e não deixo de mencionar que isso vem acontecendo diariamente há um mês. Depois do incidente de Clayton, relato assédio sexual por causa das baixarias que ele me disse. Só de pensar no jeito abominável como ele me olhou já penso que é um daqueles caras que acham que não quer dizer sim e que sim quer dizer "claro".

Não consigo deixar de pensar na mãe de Keller. Claro que ela é ríspida e insultante, mas aposto que é uma advogada incrível. Começo a tentar imitar a aspereza dela. Imito até o sorriso forçado para tentar passar a mensagem. E dá certo.

Respiro fundo algumas vezes quando saio pela porta, porque ainda estou tensa. Não sei se vai fazer diferença, mas tinha que tentar.

Quando a tensão começa a se dissipar, percebo o quanto meu corpo está doendo e que estou mais cansada do que estava antes. Ele não está feliz com o estresse que acumulei. Preciso tirar um cochilo.

Quinta-feira, 10 de novembro

(Kate)

Evitei ir ao Grounds essa semana porque sabia que ver Keller me deixaria arrasada. Decidi que colocar um pouco de distância entre nós era a melhor opção. Depois da viagem a Chicago e do beijo, não consigo mais negar os sentimentos que tenho por ele. Mas o fato de que ele pode sentir a mesma coisa? Isso me preocupa por muitos motivos.

Número um: não sou uma pessoa egoísta. Nunca fui e não quero começar a ser. Ficar com ele seria totalmente egoísta.

Número dois: culpa. A culpa seria um resultado direto do número um. E culpa é algo muito próximo de arrependimento. Não quero arrependimento nenhum.

Isso leva ao número três: confiança. Keller acertou na mosca. Ele foi certeiro. Confiança e meu coração estão ligados. Se eu confiar em alguém, isso quer dizer que deixei a pessoa entrar no meu coração. O pináculo da confiança, a confiança que nunca dei a ninguém, é a mais assustadora: amor verdadeiro. Tem a ver com toda aquela história de contos de fadas. E cada vez que eu me permito escorregar e imaginar meu próprio conto de fadas, sempre envolve confiar meu coração a Keller. E ultimamente isso parece certo, caloroso e reconfortante. O que leva minha mente a voltar na mesma hora ao número um. *Eu não sou egoísta.*

Esse é o ciclo que me afasta da busca por qualquer coisa além de amizade com Keller, mas a amizade é o motivo de não poder cortá-lo da minha vida completamente. Quero a amizade dele. Faz com que eu me sinta feliz, até eufórica. É como uma droga. E tudo em mim fica melhor com ela. É por isso que decido ir até o Grounds. Além disso, estou morrendo de vontade de tomar um bom café. Meu corpo pode acabar falhando completamente sem café.

E meu corpo, isso é outra coisa... Ele está muito infeliz comigo ultimamente. Seu mero funcionamento normal se tornou uma luta. A dor ficou tão intensa que doses de ibuprofeno não fazem mais efeito nenhum. É uma dor impiedosa e constante. Ela me esmaga, como se estivesse me comprimindo de dentro para fora. Faz com que eu fique acordada à noite. Até conseguiu um jeito de alterar minha aparência. Perdi alguns quilos. Consigo perceber porque minhas calças jeans estão mais frouxas do que o habitual. Também dá para perceber no meu rosto. Minha pele está pálida e tenho olheiras escuras. Eu sabia que chegaria a esse ponto, então, contrariada, marquei uma consulta para amanhã à tarde com o dr. Connell. Não vou lá desde minha primeira consulta no final de agosto. Tenho certeza de que ele não está feliz, pois queria me ver todos os meses. Ligam do consultório em intervalos de semanas. Eu ignoro as ligações. Sei que é imaturidade, mas é meu jeito de lidar com isso e ando me saindo muito bem com ibuprofeno e sono a mais quando consigo.

Quando chego ao Grounds, Keller está atrás do balcão. O cumprimento não é o simpático e tranquilo, ao qual estou acostumada.

— Oi. — Isso é tudo que recebo.

Eu entendo. Entendo perfeitamente.

Tento sorrir, mas é difícil demais. Não sei fingir muito bem; ao menos, é o que Gus diz. Minto muito mal. Sou boa em omitir informações, mas mentir na cara de pau? Sou péssima.

— Oi — respondo.

Ele me serve um café grande e entrega para mim em silêncio. Entrego meu vale-presente de aniversário como pagamento. Ele completa a transação sem dizer nada. Ainda não me olhou nos olhos.

Não tem mais ninguém, mas sussurro mesmo assim.

— Escute, me desculpe. Não queria magoar você.

— Tarde demais. — O tom dele é ríspido. Um segundo depois, ele balança a cabeça baixa. — Eu fui grosso. Me desculpe. — É nessa hora que ele olha nos meus olhos. A mágoa desaparece no susto e se transforma em preocupação. — O que houve? Você está doente, Katie?

Keller não me viu durante a semana, então deve estar mais óbvio para ele do que para alguém que me vê todos os dias.

— Estou. — Parte de mim quer deixar tudo às claras. — Tenho consulta com meu médico amanhã à tarde.

A postura dele está rígida. Ele parece não saber o que fazer. Eu adoraria um abraço agora, mas não faz parte da minha natureza pedir consolo ou apoio, então eu levanto o copo.

— Tenha uma boa quinta, cara. Diga para Stella que mandei um oi para ela e para a Miss Higgins.

Ele assente.

— Pode deixar. — Ele parece preocupado. — Depois me conte como foi a consulta.

Sexta-feira, 11 de novembro

(Kate)

A consulta com o dr. Connell é tão deprimente e desanimadora quanto eu torcia para que não fosse, mas sabia que seria. Mesmos exames, resultados piores... e mais *notícias*. Não consigo mais chamar de notícias ruins, são só *notícias*. Prometi, quando tudo isso começou, que não sentiria pena de mim mesma, mas no trajeto de volta até a Grant decido me dar até meia-noite para me afundar na tristeza.

Mergulhar de *cabeça*.

Tenho uma receita para remédios mais fortes para a dor, que compro no caminho de casa, mas, quando chego ao alojamento, decido que vou me medicar com álcool. Vou beber até ficar bêbada. Até não conseguir sentir a dor. Até não conseguir lembrar o que estou tentando esquecer. Vou descobrir como lidar com isso amanhã. Mas, essa noite, vou esquecer.

Esquecer *tudo*.

Desligo o celular quando estou andando pelo corredor até o quarto e jogo-o na bolsa. Como era de se esperar, considerando a minha sorte, Sugar está no quarto. Meu plano de degradação total está indo bem.

— Ei, cara, quanto álcool você tem aqui? — Não sei quem compra para ela, mas a garota sempre tem bebidas escondidas no armário. Acho que é parte da diversão quando recebe visitas.

Ela parece meio chocada. Nós não conversamos muito, e não sou de entrar pela porta fazendo perguntas, fazendo exigências, principalmente uma coisa assim.

— Há, não sei. O que você quer?

— Tirando cerveja, qualquer coisa, não ligo.

Eu a peguei de surpresa, e ela está confusa demais para reagir com o jeito babaca de sempre.

— Tudo bem. Vamos ver.

Ela mexe no armário e pega uma garrafa de vinho barato, uma de uísque, que está quase vazia, e uma pequena de vodca com três quartos de bebida. Ela parece estranhamente animada em mostrar o estoque. No mundo da atividade ilegal, isso é brincadeira de criança. Mesmo assim, ela está sorrindo como um lorde do crime exibindo seus negócios ilícitos. Afasto o pensamento e prometo lidar com o desastre inevitável que é Sugar é mais tarde. Em um momento em que eu não esteja no meio do meu próprio desastre. Amanhã, talvez.

Remexo no bolso da calça e pego uma nota de vinte. Jogo no chão e pego a vodca.

— Obrigada.

Olho no outro bolso para ter certeza de estar com a chave do quarto, abro o casaco, enfio a garrafa lá dentro, fecho o casaco e saio pela porta sem dizer nada.

Está na hora do jantar, mas decido não ir ao refeitório para me dedicar à garrafa que tenho no casaco. Está frio lá fora, então sigo para o prédio que tem a menor chance de estar ocupado em uma noite de sexta: a biblioteca. Sei disso porque passei muitas noites de sexta lá. O mesmo cara está trabalhando na recepção, e ele costuma estar dormindo por volta das 21h. Eu poderia passar a noite no meio dos livros, bebendo, sem ver outra alma viva.

Então, é exatamente isso que faço. Encontro um cantinho na seção de biografias, me sento no tapete e pego a garrafa. Vou devagar porque estou procurando incapacitação, mas não a morte. A vodca queima ao descer. Nunca gostei do sabor de álcool puro. É inflamável, caramba, e é esse o gosto. O calor começa a irradiar da minha barriga, e em pouco tempo minhas orelhas estão quentes e não consigo sentir o nariz e as pontas dos dedos. Os títulos nas lombadas dos livros na prateleira ao meu lado começam a ficar borrados. Tomo outro gole. Quando olho novamente, os livros estão quase indistinguíveis, são tiras manchadas de cor uma ao lado da outra. Estou tendo um pouco de dificuldade para entender o relógio na parede atrás de mim porque tudo começa a girar cada vez que viro a cabeça e tento me concentrar. Acho que são 23h45. Meu tempo está quase no fim. É quase meia-noite.

Que bom que a garrafa está quase vazia. Tomo as últimas gotas e enfio de volta no casaco. Por algum motivo, sinto que está na hora de dar uma volta. Ando para fora, para o frio, indo na direção do alojamento, mas no último segundo meus pés decidem cambalear por um rumo novo. Viro para a direita na direção da rua principal.

(Keller)

A batida na porta me desperta. Aperto os olhos para ver o relógio. Sem meus óculos, tenho dificuldade de ler. 0h47. As batidas recomeçam. Dunc deve ter esquecido a chave. Achei que fosse ficar na casa de Shel. Afasto as cobertas e me espreguiço antes de me levantar. Estou só de cueca e me viro quando o ar frio entra pela porta aberta, provocando um choque na minha pele.

— Que droga, Dunc. Entre logo. — Ninguém entra.

Quando olho para fora, percebo que não é Dunc... É Katie. Uma Katie que não reconheço. Se ela parecia doente ontem, não é nada em comparação com hoje. Ela está pálida e frágil. Derrotada. Está encharcada. Está nevando, e me pergunto há quanto tempo está lá fora. Está batendo os dentes e seus lábios estão azuis. Ela está usando o casaco xadrez, mas não usa gorro nem luvas. A temperatura não está muito acima de zero.

Ela ainda não entrou. Está me esperando. Eu seguro o braço dela e puxo-a.

— Entre aqui. — Ela cambaleia, e eu a seguro pelo braço. Os olhos piscam devagar demais. — Você está bêbada?

— Você sempre foi uma das pessoas mais inteligentes que conheço — diz ela, com fala lenta e arrastada.

Eu meio que a carrego até o sofá de dois lugares e a faço se sentar. Tiro os sapatos dela e, quando abro o casaco, uma garrafa vazia de vodca cai.

Eu pego a garrafa.

— Você bebeu isso tudo?

Ela aperta os olhos para a garrafa e assente.

— Bebi, sim. — Do jeito como ela é pequena, seria como se eu tomasse quase um litro de vodca em uma noite, o que sei por experiência que não é uma boa ideia.

As mãos e o rosto dela estão gelados.

— Há quanto tempo você está lá fora? — Cada peça de roupa dela está encharcada.

Ela dá de ombros de forma patética.

Só consigo pensar em aquecê-la e deixá-la sóbria. Pego a mão dela e, quando ela se levanta devagar, levo-a até o banheiro. Coloco-a no chuveiro e tiro a camiseta pela cabeça. Ela tem curativos ao redor dos dois braços, nos cotovelos. Ela disse que ia ao médico hoje. Devem ter tirado sangue. O pensamento me deixa com um nó na garganta. Ela está sofrendo? Está tudo bem? Ver isso acaba comigo. Quando desabotoo e abro o zíper da calça jeans, ela não protesta. Acho que nem sabe o que está acontecendo. Quando puxo o tecido molhado pelas pernas, não consigo deixar de pensar em quantas vezes fantasiei esse exato momento. Também não consigo deixar de pensar no quanto parece errado agora. Estou ajoelhado na frente dela.

— Coloque as mãos nos meus ombros — eu digo.

Encolho-me por causa dos dedos gelados quando ela me toca. Depois que ela tira a calça jeans, eu a viro de costas para mim. Não quero vê-la assim. Meu estômago se contrai, e sinto-me como se a estivesse violando. Fecho os olhos e abro o sutiã. Depois de puxar as alças pelos braços dela, largo-o no chão atrás de mim. Depois, tiro a calcinha dela. Com os olhos ainda fechados, eu tateio pela parede para abrir a torneira. Eu aviso a ela como faria com Stella.

— Estou abrindo a torneira, Katie. Quero que você fique aqui até estar aquecida, tá?

— Tá. — Ela parece tão cansada.

Pego as roupas molhadas, e coloco na secadora e visto uma camiseta. Decido pegar uma camiseta e uma cueca boxer para ela. Não tenho nada que caiba nela, então vamos ter que improvisar até as roupas dela secarem.

Bato na porta antes de entrar no banheiro porque me sinto um pervertido. Droga, me sinto pervertido até tendo batido na porta.

— Você está bem, Katie?

— Estou. Já estou quentinha. — A voz dela ecoa dentro do chuveiro.

— Fique mais um minuto. Você estava congelando. Vou deixar uma toalha e roupas aqui no chão. Leve o tempo que precisar.

Cinco minutos depois, ouço a torneira ser girada. Ando até a porta fechada e presto atenção para o caso de ela cair ou precisar de mim. Ouço-a bater na parede algumas vezes, mas ela parece estar indo bem, então me sento na espreguiçadeira para esperar.

Quando a porta se abre e ela sai, ainda parece bêbada, mas não tão infeliz. A camiseta é tão comprida que não consigo ver a cueca por baixo, o que é incrivelmente sexy. O cabelo está enrolado na toalha de um jeito que só garotas sabem fazer. Ela está mais alerta.

— Obrigada, Keller.

— Está com fome?

Ela para e pensa. Demora mais do que deveria.

— Um pouco. Eu não jantei. Foi uma noite de líquidos.

— Então vamos arrumar alguma coisa mais substancial — eu digo. Aqueço o que sobrou de um fettuccine Alfredo que fiz mais cedo. Não coloquei frango como costumo fazer. Acho que estava pensando em Katie.

Ela demora uma eternidade, mas come tudo. Não me importo, porque isso me dá uma desculpa para olhar para os lábios dela. E pensar no gosto deles, no quanto estavam macios quando a beijei menos de uma semana atrás.

O garfo estala no prato vazio quando ela termina, o que me tira da minha fantasia.

— Estava muito bom, Keller.

Dou um sorriso, pois ela parece ela mesma novamente.

— Obrigado. Como você está se sentindo? — Ela também parece melhor. Tirou a toalha da cabeça e o cabelo está seco, mas indomado.

— Estou bem agora. Meu plano parece ter dado certo. Mas acho que não vai ser tão bom pela manhã.

Não comento que já passa das 2h30. Os esparadrapos dos braços sumiram. Hematomas e marcas de agulha que estavam escondidos foram revelados. Quando aponto, ela cruza os braços sobre o peito para esconder.

— Você foi ao médico hoje?

Ela assente.

— Descobriram qual era o problema?

Ela bufa, e o som é amargo.

— Eu já sabia. — Ela estica os braços na frente do corpo. Parecem piores quando são esticados assim para que eu veja. Meu estômago se contrai de novo. — É isso que eles fazem para se sentirem melhores. Para parecer que estão fazendo o trabalho deles. — A bufada amarga de novo. — Mas não passa de um jogo, porque não muda nada. — Ela arrasta a palavra "nada" como se fossem duas palavras distintas.

Tem alguma coisa muito errada. Sinto vontade de vomitar.

— O que não muda, Katie?

Ela olha para mim e sorri, mas é a coisa mais triste que já vi, porque é o sorriso mais sincero e genuíno acompanhado de olhos que não demonstram esperança nenhuma.

— O fim.

A agulha no meu medidor de ansiedade dispara. Meu coração está acelerado.

— O que está acontecendo?

Ela não responde. Há um silêncio sinistro entre nós.

Estou tremendo de tão tenso. Estou nervoso, com medo e frustrado. Desesperado, eu grito:

— Me diga que diabos está acontecendo!

Nada. Ela só fica sentada ali, mas está começando a tremer.

Mais um grito:

— Eu te amo, Katie! — É uma declaração e uma promessa. Também é um esclarecimento, porque não sei o que está passando pela cabeça dela, mas ela precisa saber o quanto gosto dela. O quanto a amo.

O lábio inferior dela começa a tremer, e os olhos se enchem de lágrimas.

— Por favor, não diga isso.

Eu mexo no cabelo, puxando-o porque não sei mais o que fazer.

— Droga, eu te amo. Por que isso é ruim? Sei que você também me ama. *Mas me deixe me aproximar.* Me conte. — Minha paciência é curta.

As lágrimas escorrem pelas bochechas dela.

— É verdade. Eu te amo. — A voz dela soa baixa e derrotada.

Não é assim que se quer ouvir alguém dizer que ama você. Aquela frase acaba comigo. Eu suspiro e olho para o teto antes de olhar de novo para ela, e, sem saber por que, começo a gritar. Não consigo parar de gritar.

— Então qual é o problema?! Você me ama! Eu te amo!

Ela chegou ao limite e explode.

— É *essa* a porra do problema! Você me ama! Não era para ser assim!

— Puta merda, Katie, isso não é escolha sua. É minha. Eu me apaixonei por você. Teria acontecido quer eu fosse correspondido ou não. É impossível não amar você. Você é a mulher mais incrível que encontrei na vida. Por que eu não posso amar você? *Por quê?*

Ela fica de pé, levanta os braços e grita como nunca ouvi ninguém gritar antes. É sofrido e solitário. É cheio de medo e fúria. É exasperado.

— Porque *eu estou morrendo, só por isso*! Eu tenho câncer! — Ela se senta no sofá de dois lugares como se as palavras tivessem esgotado as energias dela. — Eu estou morrendo — diz ela, e as palavras viram soluços.

Sinto-me como se alguém tivesse enfiado uma faca no meu coração. A dor que senti quando Lily morreu foi a pior que senti na vida... até este momento. Parece que alguém está girando a faca só para puxar de volta e enfiar de novo. Várias vezes. Meu coração acabou de se partir pela segunda vez na vida. Não consigo me mexer. Não consigo falar. Não consigo respirar.

Depois de um tempo, ela limpa as lágrimas do rosto com o antebraço. Estou quase entrando em pânico quando a mudança acontece. Percebo que ela está me olhando. E quando Katie encara você... ela *segura* você. Você *sente*. É físico, como se você estivesse preso no lugar, incapaz de se mexer, de respirar. Ela se levanta, anda até mim e para quando os joelhos encostam nos meus. Estou à mercê dela, e, apesar do que acabou de acontecer, não há outro lugar em que eu gostaria de estar. Ela olha para mim, sentado na frente dela, com aqueles olhos de jade indecifráveis e respira fundo algumas vezes. O olhar não se afasta do meu.

— Keller, se eu pedisse um favor, você faria?

Pelo jeito como ela está me olhando agora, sem dúvida eu faria qualquer coisa que ela pedisse. Você quer que eu pule de um penhasco? Tudo bem. Que entre na frente de um ônibus em disparada? Claro, por que não?

— Quero uma noite com você. Só uma. Sei que é egoísta e errado pedir isso, mas...

Meus lábios estão beijando-a antes que ela termine o pensamento. Tomando-a para mim antes que ela mude de ideia. Sem interromper o beijo, eu estico as mãos e seguro as coxas, depois a levanto até as pernas dela estarem ao redor da minha cintura. E vou até a cama. Sei que eu devia ir devagar, mas tem tanta adrenalina no meu corpo que não consigo esperar. Quero tanto isso!

Ela também não está se segurando. Os beijos são agressivos e exigentes. Quando a coloco na cama, ela estica a mão para a barra da camiseta, e eu a tiro. Minhas pernas estão dobradas, acima da cintura dela. Estou em cima dela. Ela passa as mãos pelo meu peito e desce as pontas dos dedos até minha barriga. Eu tremo e não consigo sufocar um gemido que escapa. As mãos continuam descendo até a cueca grande demais que ela está usando. As pontas dos dedos se prendem na cintura dos dois lados, e ela empurra a cueca para baixo pelos quadris, e eu a ajudo. Levanto a barra da camiseta dela e puxo-a pela cabeça. O ar fica preso na garganta quando meus olhos percorrem com ansiedade o corpo nu embaixo de mim. Ela brilha na luz do abajur da minha mesa de cabeceira. Se é possível um corpo parecer gracioso até em repouso, é assim que é o corpo dela. Ela é pequena, e, apesar de estar incrivelmente magra, os sinais de um passado atlético ainda estão presentes. A estrutura pequena do corpo é acentuada pela pele de seda e por uma maciez feminina. Ela é uma deusa.

Eu preciso ir mais devagar e fico dizendo para mim mesmo: *Vá mais devagar, cara. Vá... mais devagar... porra.*

Com Lily, eu era reservado no quarto. Minhas inseguranças, minha inexperiência, minha juventude e uma parceira que era bem parecida me inibiam. Não estou reclamando. Era uma época diferente.

Mas aqui estou vivendo o presente. *O agora.* E Katie me enche de uma confiança que eu não sabia que tinha. Ela afasta meus medos. Jogo todas as minhas reservas pela janela. E aproveito o tempo que tenho. Eu exploro, beijo, lambo, mordo e toco em cada centímetro do corpo dela. Sou categoricamente metódico e decoro cada detalhe: a curva elegante do pescoço no ponto em que desce até os ângulos da clavícula, os seios, que são pequenos, mas também redondos, macios e firmes... perfeitos. O umbigo afundado que implora para ser lambido e a parte de dentro do pulso, que é macia como seda ao meu toque. Sou recompensado com gemidos e apertos nos lugares certos, assim como em outros que eu não esperava. Ela expressa bem suas necessidades e apreciação. Eu poderia gozar só com os sons e as palavras que saem pela boca dela. Quando meus lábios encontram os delas de novo, ela nos rola, e sou agora vítima da exploração dela. Ela puxa minha cueca, e as mãos e boca percorrem todo meu corpo, beijando, sugando, massageando, tocando. Estou ofegando, dizendo o nome dela, implorando para que não pare. É o erotismo em sua melhor forma. Já fantasiei estar com ela muitas vezes, mas isso é mais. É muito mais. Cada terminação nervosa está pegando fogo, se debatendo, gritando para ser apertada, espremida, explorada e usada.

Quando chega a hora e digo que não tenho camisinha, ela implora.

— Por favor, Keller. Eu preciso disso. Preciso de você. — A voz dela dói. Sei que eu devia parar... *eu sei*... mas não paro. *Não consigo.* Eu nunca quis nada na minha vida tanto quanto penetrar nas profundezas dela nesse momento. Eu a rolo delicadamente para que fique de costas, e os joelhos dela caem para os lados. Os olhos estão fechados, e ela está respirando pesadamente.

— Olhe para mim, Katie. — Os olhos dela se abrem lentamente, tomados de desejo. Ela nem pisca. — Quero olhar seus olhos lindos enquanto faço amor com você.

Quando deslizo lentamente para dentro dela, ela geme, e os olhos se fecham. *Caramba...*

— Abra os olhos — eu peço.

Os olhos dela se encontram novamente com os meus. Eu a beijo uma vez e me afasto para ver os olhos cheios de desejo.

Logo encontramos um ritmo, e a sensação da pele dela na minha é o centro da minha concentração.

— Você é tão gostosa, gata. — Estou sem ar.

Nós nos movemos juntos e ela força o ritmo. Ela nunca afasta o olhar do meu. Nunca vou me esquecer disso. Quando ela diz meu nome e começa a tremer embaixo de mim, eu chego ao clímax.

— Katie. Katie. Katie. — Não consigo parar de dizer o nome dela.

Quando nossos corpos param, eu rolo para o lado, ciente do quanto ela é pequena. Parece que vou esmagá-la.

Ela tem uma expressão sonhadora nos olhos. Está totalmente satisfeita. Todas as feições e ângulos dela se suavizaram. Não consigo nem começar a explicar o quanto amo a aparência dela.

— Meu Deus, Keller, isso foi incrível! Não tem jeito. É oficial. Eu vou para o inferno.

Dou um sorriso porque não consigo me controlar. Ninguém vai poder tirar isso de mim.

— Eu seguiria você até lá.

— Não precisa. Demore o tempo que precisar, eu espero você. — Ela me provoca com um beijo suave.

Eu retribuo o beijo com mais intensidade. Ela corresponde. Digo o quanto eu a amo e o quanto ela é linda entre os beijos. Apesar de ela estar me acompanhando, sei que está cansada. A realidade está voltando aos poucos.

Ela está doente.

Eu aperto meus lábios contra os dela uma última vez e faço uma promessa silenciosa de aproveitar cada momento que tiver com ela e começar a viver minha vida do jeito que quero viver.

Eu aperto o olhar para o relógio. São quase 5h.

— A gente devia dormir. Você sabe que não vou deixar você sair dessa cama hoje, né?

Ela sorri e se encolhe perto de mim.

— Espero que não deixe mesmo.

Sábado, 12 de novembro

(Keller)

Além de ir ao alojamento buscar o remédio dela, de ir ao mercado comprar camisinha, de fazer intervalos para comer e de fazer minhas ligações de manhã e de noite para Stella, não saímos da minha cama o dia inteiro.
    Foi o paraíso.

Domingo, 13 de novembro

(Kate)

Eu nunca pensei que estar com alguém pudesse dar uma sensação tão grande de coisa certa. Mas pode. *Pode.* É meu conto de fadas, e apesar de saber que vai ser curto e ter um final terrível, ainda é *meu*. Contar a Keller sobre meu câncer foi a coisa mais difícil que tive que fazer, mas valeu a pena. Eu nunca quis que ele carregasse esse peso comigo, mas não posso negar que me sinto mais leve agora que ele sabe. Agora que ele está me ajudando. E, acredite, sei o quanto isso é errado.

Ele ainda está dormindo, deitado de costas. Estou de lado, abraçada nele, exceto pela cabeça, que está no travesseiro, ao lado da dele. Ele parece totalmente plácido, como se não tivesse nenhuma preocupação no mundo. Mas sei que não é verdade. Ele se preocupa com tudo.

Ele fala antes de abrir os olhos.

— Bom dia, Katie.

— Como você sabia que eu estava acordada? — eu sussurro.

— Porque sua respiração é mais rápida quando você está acordada. — Ele vira a cabeça e nossos narizes se tocam, abre os olhos e sorri. — Consigo sentir seu peito subindo e descendo encostado em mim.

— Keller, eu devia voltar para o alojamento.

Ele passa o braço ao redor de mim.

— É uma péssima ideia. Gosto de você onde está agora.

— Não posso morar aqui.

Ele nem hesita.

— Por que não?

Não tenho resposta para isso. Só que parece imposição.

Ele aperta os olhos.

— Você sempre teve o hábito de negar a si mesma o que realmente quer ou é uma coisa nova que só faz comigo?

Sou pega de surpresa.

— O quê?

— Acho que durante vinte anos você cuidou de todo mundo e colocou as necessidades das pessoas à frente das suas. Estou implorando para que você seja sincera com você mesma agora, Katie. Ceda ao que realmente quer. — Ele beija minha testa e sorri. — Lembra como funcionou bem essa noite?

Não consigo deixar de sorrir, apesar de ele estar chamando minha atenção. Ele está certo.

— Você não gosta de estar aqui comigo? — insiste ele.

— Claro que gosto. Mas estou invadindo.

Ele acaricia meus lábios antes de me beijar.

— Você nunca invade. Não sei o que eu faria se você fosse embora.

— Mas vou ter que ir embora. Não quero tornar isso mais difícil para você do que precisa ser. Não posso ser tão egoísta.

Ele segura meu rosto.

— Não se preocupe comigo. Eu decido por quem me apaixono, lembra?

— Eu sei.

— Katie, sei que você não quer falar sobre o assunto, mas não tem nada que possa ser feito, quimioterapia, radiação, cirurgia?

Eu balanço a cabeça.

— É inoperável. A quimioterapia é uma opção de tratamento, mas provavelmente só me daria alguns meses no máximo. E é uma merda, não vale a pena para mim estar doente e passar mal com a quimioterapia só para adiar o inevitável. Vai acontecer de qualquer jeito. Quero apreciar o tempo que eu tiver sem ficar vomitando e com a cabeça cheia de cabelo.

Ele parece prestes a chorar.

— Quanto tempo você tem?

— O dr. Connell diz que, sem tratamento, uns três meses. — Dou um sorriso, porque não posso deixar isso me deprimir mais. Tenho que viver no presente, e, com os remédios que tenho agora, a dor é gerenciável.

Lágrimas escorrem pelas bochechas dele.

— Tem que haver mais alguma coisa que possam fazer. Talvez meu pai conheça um oncologista. Onde é o câncer?

Limpo as lágrimas das bochechas dele com os polegares.

— Não chore.

— Onde, Katie? — Ele é persistente.

— Nos dois pulmões e no fígado.

O rosto dele desmorona, e mais lágrimas caem.

— Por favor, não chore. Não quero perder tempo chorando.

— Eu não quero perder você, Katie. Isso não devia acontecer com uma pessoa como você. Não é justo.

— Eu também não quero deixar você, Keller, mas é assim que minha história termina. Eu me sinto a garota mais sortuda do planeta. Posso passar meus últimos meses com você, amar você e ser amada por você. Nunca pensei que teria isso. Que bênção você é!

— E se a gente nunca mais falar sobre o câncer? Eu o odeio. — Parece que ele leu meus pensamentos.

Eu faço que sim e sorrio.

— Combinado.

Eu já pedi para ele não contar para ninguém. Não quero que mais ninguém saiba enquanto eu ainda conseguir esconder.

Segunda-feira, 14 de novembro

(Keller)

Está frio hoje. Minha respiração sai como névoa e sigo-a pela rua principal na direção da floricultura. Sei que eu não devia incomodar Katie no trabalho, mas peguei uma noite adicional de trabalho na Red Lion Road e não posso esperar até sair de lá para contar a ela a boa notícia. Meu corpo todo está vibrando com a empolgação da rebelião e da realização pessoal. É *tão* bom. É assim estar no controle do próprio destino? Sinto-me poderoso. E não no estilo babaca de ter um ego enorme, mas no estilo de finalmente estar no controle da minha vida.

O sino anuncia minha chegada. Eu nunca tinha reparado em sinos até o dia em que conheci Katie. O jeito como ela desdenhou do sino no Grounds foi tão adorável que lembro dela todas as vezes que ouço um tocar.

Shel levanta o olhar do arranjo de flores à sua frente e dá um sorrisinho malicioso, e sei que vou ter que ouvir.

— Oi, *Romeu*.

Decido que ignorar as tentativas de constrangimento dela é o melhor jeito de lidar com ela.

— Oi, Shel. — O calor nas minhas bochechas me trai, e o sorriso dela se alarga.

Katie se vira ao ouvir o som da minha voz. Essa reação dela é viciante. Um simples ato que me deixa feliz pra caramba. Estou longe dela só desde a manhã, quando ela saiu para a aula, mas, depois do fim de semana, algumas horas parecem uma eternidade.

— Oi, linda.

Ela dá um sorriso sugestivo.

— Oi, lindo. Não conseguiu ficar longe, é?

Balanço a cabeça enquanto entro atrás do balcão e passo os braços ao redor dela. Eu *não consigo* ficar longe. A pele dela está com cheiro do meu sabonete. Adoro saber que ela usou meu sabonete. No meu chuveiro. No meu apartamento. Hoje. E agora que estou com os braços ao redor dela, não consigo resistir a um beijo.

Shel limpa a garganta.

— Keller, estou tentando cuidar de uma loja aqui. Não abra a calça.

Sorrio, dou de ombros e pisco com inocência para ela.

— O quê? — Sei que ela só está nos provocando. Depois que superou o choque inicial de me ver com Katie no sábado à noite, ela nos deu a sua bênção. Seguida de um aviso severo de que "cortaria minhas bolas fora" se eu magoasse Katie.

Jurei pelas minhas bolas que não a magoaria.

Shel me olha de forma ameaçadora, mas uma risadinha rouca e feminina escapa dela.

— Odeio dizer isso, porque coisas fofinhas costumam me deixar enjoada, mas vocês dois são fofos demais. Não consigo pensar em outra palavra para descrever. *Vocês são fofos pra caralho.*

Katie fala:

— Ah, Shelly, não quero ser fofa. Por que não posso ser foda como você? Você nunca me chama de foda, cara. Está detonando a autoimagem iludida que tenho na cabeça. — Ela ri quando Shelly revira os olhos e não responde à provocação.

Eu beijo o alto da cabeça de Katie.

— Você é foda… e fofa… e sexy…

Shel interrompe rapidamente.

— Tudo bem, bonitão, já chega. É melhor você ter um bom motivo para estar aqui além de apalpar minha colega de trabalho.

Dou um sorriso para Katie em resposta.

— Eu tenho. Posso roubá-la por um segundo?

Shel assente.

— Mas seja rápido. E se eu ouvir qualquer coisa remotamente sexual, estou avisando que vou entrar. Então, nem pense nisso.

Katie faz uma reverência.

— Sim, senhora, capitã.

— Obrigado. — Levo Katie para a sala dos fundos e fecho a porta para termos privacidade.

Ela sorri para mim, mas tem preocupação nos olhos.

— O que foi?

— Eu me encontrei com meu orientador hoje.

Os olhos dela se arregalam de expectativa, e consigo perceber que ela está empolgada para ouvir o que virá em seguida. Minha coragem aumenta.

— Mudei meu curso.

O sorriso dela fica triunfante, e ela pula nos meus braços.

— Ah, meu Deus! Estou tão orgulhosa de você. Keller, você conseguiu! *Está conseguindo*! — Ela se solta do meu abraço e olha nos meus olhos. A expressão fica muito séria. — Você está satisfeito com isso? É *importante*!

Meu nervosismo está diminuindo e a calma está tomando conta de mim agora que falei em voz alta. É real. Eu faço que sim.

— Você contou para os seus pais?

— Não. Vou contar no fim de semana. Quero contar pessoalmente. — Eu limpo a garganta. — Posso pedir um favor?

Ela nem hesita.

— Claro. Qualquer coisa. — O apoio incondicional é incrível. Faz com que eu me sinta o Super-Homem.

— Você iria comigo para Chicago no fim de semana? — Não sei o que vou fazer se ela disser não.

Ela cobre minha bochecha com a mãozinha.

— Tem certeza de que é uma boa ideia? — Ela não está dizendo não. Talvez queira ter certeza de que pensei bem.

— Tenho. Vou dar a notícia para eles sozinho, mas seria melhor sabendo que você está perto.

Ela faz que sim.

— Tudo bem, então. Claro. Eu vou.

O apoio dela me faz sentir que posso fazer qualquer coisa. Qualquer coisa! Já me sinto mais forte.

— Obrigado.

— Agora que a decisão foi tomada, o que vai acontecer?

Ela parece preocupada. Coloco as mãos nos ombros dela para oferecer apoio.

— Mudar o curso quer dizer encarar um ano e meio a mais; por sorte, eu já tinha muitas aulas das matérias de inglês, e isso ajudou. Larguei todas as matérias atuais que não ajudam na formação nova.

Ela faz uma careta.

— Foi difícil? Sei que incomoda você não terminar uma coisa que se comprometeu a fazer.

Essa garota me conhece. Ela me *conhece*.

— É, essa deve ter sido a única parte difícil. Odeio deixar qualquer coisa incompleta. Faz com que eu me sinta um fracasso.

Ela coloca o dedo nos meus lábios para me calar.

— Você não é um fracasso. Só mudou de planos. É bem diferente.

Quando eu sorrio, ela baixa o dedo.

— Obrigado.

— E sua bolsa?

— Ainda não sei. Meu orientador vai falar com o dr. Watkins, o chefe do departamento de inglês, para ver o que pode ser feito. Eu não ficarei surpreso se perder. Mas, sempre há os empréstimos para estudantes, certo?

Ela assente.

— Certo. — Ela faz uma pausa por um momento e repete. — Tem certeza de que você está bem?

— Sinceramente, acho que nunca estive tão bem em relação à minha vida.

Ela fica me olhando. Normalmente, odeio esse tipo de escrutínio intenso, mas quando ela olha para mim assim, eu me sinto vivo. Como se finalmente houvesse alguém que me vê, o eu verdadeiro. O bom e o ruim, e não tenho que esconder nada. Não tenho que ter vergonha. Não tenho que fingir. Posso ser simplesmente Keller Banks. Ela dá seu sorriso mais gentil e segura minhas mãos.

— Caramba. Estou pasma, cara. Falando sério. *Você está conseguindo.* Acabou de recuperar uma parte enorme da sua vida. Qual é a sensação de ser tão foda?

Eu dou de ombros.

— Bem foda. — Minha resposta é casual, mas as palavras dela foram como um disparo de adrenalina direto no meu coração. Meu peito infla com orgulho e amor.

Ela ri e me abraça de novo, e os lábios roçam minha orelha.

— Você fica tão sexy quando é foda. — É o sussurro baixo e murmurado que me deixa louco.

Passo as mãos pelas costas dela e paro nos quadris enquanto meus lábios beijam o pescoço dela até a orelha.

— Você não faz ideia do que vai ter mais tarde. Espero que tenha cochilado, porque quando eu chegar em casa...

Ela provoca o lóbulo da minha orelha com a ponta da língua antes de responder:

— Promete?

— De coração.

Terça-feira, 15 de novembro

(Kate)

Faz um tempo que não falo com Maddie, e, apesar de receber atualizações regulares por Clayton, que vai muito ao apartamento dela, eu ainda tenho vontade de falar com ela. Apesar de ter tido uma conversa aparentemente genuína com ela, depois disso só houve silêncio. Ela levantou a guarda de novo.

Então, com baixas expectativas, eu mando uma mensagem: *Quer jantar na sexta?*

Quarta-feira, 16 de novembro

(Kate)

Maddie responde minha mensagem: *Talvez.*
Evasiva. O que eu estava esperando, afinal?

Sexta-feira, 18 de novembro

(Kate)

Maddie acabou de mandar uma mensagem dizendo que está disponível para jantar hoje às 19h15. São 18h37. A mensagem não era tanto aceitando um convite, mas cedendo à coerção. *Eu não a coagi.* Parecia que eu estava torcendo o braço da garota. Já estou lamentando ter convidado. Estou particularmente cansada e tentando me manter positiva, mas estou mal-humorada. Isso não está ajudando.

Sinto culpa por expor Keller ao mundo de Maddie Spiegelman, mas não posso fazer isso sozinha.

— Keller, sabe aquele ditado "uma mão lava a outra"?

Ele levanta o rosto do livro que está lendo e sorri. É o sorriso torto que eu amo.

— Sei — diz ele de forma sugestiva. Agora me sinto pior, porque ele está pensando que vem uma coisa boa por aí.

— Vou a Chicago com você amanhã. Você pode jantar comigo e minha tia hoje?

Ele marca a página e coloca o livro na mesa.

— Claro. Vamos nos encontrar com ela em Minneapolis aqui? — Já contei para Keller que tenho uma tia, mas deixei de fora todos os outros detalhes sobre ela. É uma daquelas situações em que é melhor não dizer nada quando não se tem nada de bom a dizer.

— Em Minneapolis. Você consegue ficar pronto em quinze minutos?

Ele já está a caminho do banheiro.

— Pode pegar uma calça jeans e uma camisa para mim? Vou tomar um banho rápido. Quer entrar comigo?

Seu sorriso me derrete, porque o flerte dele alivia uma parte da tensão que toma conta de mim.

— Quero... mas isso demoraria mais do que quinze minutos e acabaríamos perdendo o jantar.

Ele dá de ombros.

— Azar o meu.

Ele fica mais adorável a cada dia.

Paramos em frente ao prédio de Maddie exatamente às 19h15. Ela disse que estaria pronta.

Quando abre a porta e pousa o olhar em Keller, ela ganha uma expressão faminta e predatória. Como se sua mente estivesse oscilando entre duas opções: devorá-lo ou ir devagar e saborear cada mordida. Keller repara. Merda, o cara cego do outro lado da rua reparou. Ele aperta a mão dela quando faço as apresentações, mas não solta a minha mão.

Eu sugiro um restaurante na mesma rua, onde Maddie e eu tomamos café da manhã meses antes. É bom, barato e, o mais importante, não é sushi. Quando Keller me apoia, Maddie não reclama, ainda que eu saiba que não é o tipo de lugar aonde ela gosta de ir numa sexta à noite. Ela está vestida como uma acompanhante cara.

Andamos os três pela calçada, com Keller espremido entre nós duas. Ele está segurando minha mão com as duas mãos dele. Talvez esteja com medo de Maddie segurar a mão livre se ele a deixar aberta e exposta. Ele deve estar certo. Ela está monopolizando a conversa e não dirigiu uma única pergunta ou comentário a mim. Tudo é dirigido a Keller. Estou começando a achar que esqueceu que estou aqui. Estou cansada, então é um alívio não ter que embarcar em uma conversa nem me concentrar demais. E é divertido porque ela está se esforçando tanto para impressioná-lo.

Ele não fica impressionado.

Nem um pouco.

Devo uma a ele.

Faço anotações mentais durante o jantar, percebendo que a vida de Maddie parece estar no mesmo caminho que estava meses atrás. Eu tinha esperanças de que a mudança de Morris para o apartamento aliviasse parte do peso financeiro e a permitisse ir mais fundo e encontrar significado em outros lugares. Parece que nada mudou.

Talvez seja porque estou cansada, talvez seja a medicação que estou tomando ou talvez no fundo eu seja uma vaca, mas não consigo mais ouvir. Meu plano para esse jantar era deixar tudo às claras, porque eu acho que não vou vê-la muitas vezes mais e quero tranquilidade no coração de saber que fiz o que pude para me comunicar com ela.

— Então, Maddie... — Ela leva um susto com o som da minha voz. É, ela esqueceu que eu estava ali. — Não vejo você há um tempo. Como estão indo as coisas com seu novo colega de apartamento? — Vou começar com perguntas fáceis.

— Morris é um amor. Tenho *tanta* sorte de tê-lo encontrado. — Ela está falando com Keller. Ele está assentindo do mesmo jeito que faço quando a ouvi por tempo demais ou quando o que ela está dizendo é inacreditável. Quase dou uma gargalhada. — Keller, foi a coisa mais *louca*. Morris tinha acabado de se mudar para cá vindo de Londres.

— Manchester — murmuro, mas ela não me ouve.

— Ele não conhecia ninguém e estava procurando um lugar, e apesar de eu estar gostando *muito* de ter meu apartamento de *dois* quartos só para mim, bem, não tive coragem de dizer não quando o pobrezinho *praticamente implorou* para morar comigo.

Uau. É uma versão um tanto diferente do que me lembro. Parece que estamos brincando de telefone sem fio... e que sou a última pessoa... de uma fila *bem* comprida.

Keller também não é burro. Ele consegue ler nas entrelinhas.

— Parece tanta sorte. Como você o conheceu?

Ela desvia da pergunta porque é para ela ser a salvadora na história, e isso é um detalhe sem importância.

— Não me lembro direito.

Dou uma gargalhada porque (a) ela não se lembra mesmo ou (b) ela está fingindo que não se lembra. As duas opções me parecem uma merda. Esse é o tipo de coisa que costumo deixar passar, mas hoje não consigo.

— Você não lembra quem apresentou você para Morris?

Ela olha para mim como uma criancinha que devia ser vista, mas não ouvida.

— Não é importante, *Kate*.

Dou um sorriso falso.

— Acho que não é mesmo. — Em seguida, tusso e digo "de nada" baixinho.

Keller ri ao meu lado. Ele me ouviu. E sabe o que está acontecendo.

— O que é tão engraçado, Keller, querido? — Ela está ronronando para ele. Ronronando de verdade. Está começando a me irritar.

Ele limpa a garganta.

— Nada. Me desculpe, eu estava pensando em uma coisa que Katie disse mais cedo.

O humor dela azeda, mas ela não quer desistir agora que há uma conversa entre eles.

— A pequena Kate não me contou que estava namorando. Há quanto tempo ela está guardando você escondido?

Ele olha para mim e pisca antes de responder, o que me diz que alguma coisa divertida está prestes a acontecer.

— Eu me apaixonei por ela na primeira vez que nos vimos, meses atrás, mas só começamos a namorar recentemente. Nunca conheci ninguém como ela, uma pessoa com quem sou tão compatível em todos os níveis: emocional, intelectual, sexual. Não sirvo mais para nenhuma outra mulher a essa altura.

Quase fico vermelha porque sei o que ele quer dizer, mas a expressão de Maddie é impagável. Sinto-me triunfante. O triunfo acaba com todo o constrangimento.

Ele beija minha bochecha e pede licença para passar.

— Preciso usar o banheiro antes de irmos, gata. Estou pronto para levar você para casa, se você não se importar. — Outra piscadela.

Deus, ele sabe fazer uma saída. E essa confiança recém-descoberta é excitante. Agora eu estou pronta para ir para casa, e por razões muito maiores do que escapar da nossa companhia.

Eu dou licença e ele sussurra no meu ouvido quando passa:

— É tudo verdade.

Maddie está quase babando enquanto o vê se afastar, com o olhar grudado na bunda dele. Ela não tem vergonha nenhuma.

Eu limpo a garganta para chamar a atenção dela porque temos negócios a terminar.

— Há, Maddie, eu queria saber como estão as coisas... Você tem ido ao médico? — Chega de perguntas fáceis.

Ela revira os olhos.

— Nós não vamos falar sobre *aquilo* de novo, vamos?

Faço que sim.

— Vamos. — Há um motivo para eu estar ali. Sinto que estou falhando como familiar se não tocar no assunto. — Vamos, sim.

— Já falei, Kate, *não* é problema.

Preciso ser rápida antes que Keller volte. Não quero me apressar porque pode parecer forçado, mas é tudo que tenho.

— Maddie, escute, estou preocupada com você. Penso muito em você e só quero que seja saudável e feliz. O estilo de vida que você leva, as escolhas alimentares que está fazendo... não são muito boas, cara. — Estou me sentindo frustrada porque não estou explicando muito bem. Não quero envergonhá-la nem fazê-la se sentir mal. Estou tentando ter consideração, mas sendo firme.

Ela não gosta de ser colocada na berlinda.

— Kate, *eu estou feliz*. E, no que diz respeito à minha saúde, não tenho problema nenhum. Além do mais, os homens acham as mulheres magras mais atraentes. — Ela dá de ombros, como se isso fosse sabido por todos. — É só um fato da vida. — Ela me olha. — Parece que você também descobriu isso. Parece que perdeu boa parte daquela gordurinha de carinha de bebê desde que vi você pela última vez, e agora você está namorando o sr. Lindos Olhos Azuis. — Ela sussurra como se estivéssemos juntas nesse plano, em sermos magras demais, como se a minha perda de peso fosse produto de manipulação e escolha, e não de uma doença terminal. — Não é coincidência — ela pisca —, acredite.

Olho para Keller, que está de pé atrás dela. Ele ouviu tudo, e a expressão no rosto dele é assassina. Eu balanço a cabeça de leve. Não vale a pena.

Ele anda até mim, tira vinte dólares do bolso e joga na mesa para cobrir nossa parte da conta e da gorjeta. Então, ele me oferece a mão.

— Já cheguei no limite do que consigo aguentar.

Maddie não percebe a indireta.

— Quem quer tomar uns drinques?

Estou prestes a dizer não quando Keller faz isso.

— Precisamos ir para casa. Teremos um fim de semana agitado e Katie precisa descansar.

Eu imploro com o olhar para ele. Por favor, não diga que estou doente.

Ela ri, e é o tipo de gargalhada que surge quando se está rindo à custa de uma terceira pessoa.

— Sim, parece que Kate precisa mesmo descansar. O sono da beleza faz maravilhas. — Ela joga o cabelo por cima do ombro. — Nem todos nós conseguimos ficar lindos assim com poucas horas de sono.

Uau. Ela disse mesmo isso?

Keller balança a cabeça. Ele também não consegue acreditar.

— Sabe o que é uma das coisas de que mais gosto em Katie?

Mais uma vez, Maddie parece triste, como ficou cada vez que Keller disse meu nome, como se ao dizer meu nome ele estivesse reafirmando que ela não tem a menor chance com ele.

— Não, o quê?

Ele me puxa delicadamente para ficar de pé ao lado dele. A mão dele está tremendo. Ele está puto. Não sei se deixo que ele fale o que está prestes a dizer ou se puxo-o pela porta. No final, concluo que quero ouvir, porque ele anda testando a própria coragem ultimamente e precisa estar forte nesse fim de semana mais do que nunca.

— Adoro o fato de que Katie nunca, jamais, nem em um milhão de anos, trataria alguém desse jeito de merda como você a tratou hoje. É uma vergonha você ser tão egoísta a ponto de ser incapaz de conhecê-la, porque, pode acreditar, se você pudesse, seria uma pessoa melhor.

Eu aperto a mão dele. Sinto-me mal por Maddie, mas é bom ser defendida.

Ele olha para baixo e sorri para mim. O sorriso some quando ele olha para a expressão perplexa de Maddie.

— Eu queria dizer que foi um prazer, mas não foi. Não foi mesmo.

Com isso, nós saímos. Eu não olho para trás. De alguma forma, sei que é a última vez que vou falar com Maddie. Ela não vai falar comigo de jeito nenhum depois desta noite.

Meu coração está pesado quando andamos até o carro. Então, antes de entrarmos, puxo Keller para um abraço e o aperto com força. Preciso que ele me abrace.

O corpo dele ainda está tremendo, e não é por causa do frio.

— Ela é uma das pessoas mais narcisistas, indiferentes e desrespeitosas que já conheci...

Eu o interrompo com um beijo.

— Obrigada. Não curto muito esse negócio de ser salva, mas você é um cavaleiro e tanto, Keller Banks.

Ele quer sorrir, mas não consegue. Acaricia meu cabelo e olha nos meus olhos. Isso o acalma, então permito que ele faça.

— Ela não deixa você puta da vida? Por que você está tão calma? Ela é venenosa.

Dou de ombros.

— Ela não é a pessoa mais agradável do mundo, mas tem alguns problemas. Eu queria tentar conversar com ela.

— Se o problema dela é qualquer outro além de ser a maior vaca do universo, tenho que discordar.

Estou sorrindo porque ele está falando como Gus. E é difícil acreditar que tenho duas pessoas na minha vida tão dedicadas a me defender. Eu balanço a cabeça e meu sorriso some quando penso em Maddie.

— Ela é bulímica, Keller.

Ele balança a cabeça.

— Não justifica. Sei que posso parecer insensível, e tudo bem, para ser justo, isso é uma merda, mas, Katie, você tem uma *porra* de um... você sabe. — Ele não consegue dizer. — Ela devia estar preocupada com você.

— Não é para ser uma competição de quem tem a vida pior. — Eu olho para baixo. — Além do mais, não quero que ela saiba.

Ele levanta o meu queixo com o dedo e sussurra:

— Por quê?

Fico em silêncio e engulo o caroço que surgiu na minha garganta.

— É porque ela já tem os problemas dela? Você não quer que ela se preocupe com você? Porque, para ser sincero, faria bem àquela mulher se preocupar com alguma outra pessoa além dela mesma.

Eu balanço a cabeça. Esse é o motivo pelo qual não quero que mais ninguém saiba, mas não Maddie. Com Maddie é diferente. É um medo que não quero verbalizar. Porque verbalizar o torna real. Por que minha família tem que ser tão difícil? Tão sofrida?

Ele me abraça e acaricia minhas costas por cima do casaco. Ele sabe me acalmar.

— O que é, gata? De que você tem tanto medo?

— Sei que é bobagem, mas e se ela não ligar? Minha mãe nunca ligou. Lidei com isso. Meu pai nunca ligou. Ele não existe. Foi escolha dele. Lidei com isso. E se minha tia descobrir que estou morrendo e não ligar, Keller? Ela é meu único parente vivo. Não estou procurando pena nem amor por parte dela, mas acho que não consigo lidar com outra pessoa da família que não vai ligar para mim. Isso tudo é uma variação de um jogo psicológico de merda do qual participei a vida toda. Não preciso encarar isso de novo. É exaustivo. Quero deixar isso para trás porque enche minha cabeça de merda.

Ele beija o alto da minha cabeça.

— Conheço bem esse jogo. Minha cabeça vive cheia de merda desde sempre.

Eu fico nas pontas dos pés e o beijo, porque ao menos sei que temos isso em comum.

— Ah, a empatia, a prima mais íntima da solidariedade. É até legal saber que você entende esse assunto de merda.

Ele me beija antes de dizer:

— Estou pronto para entender você a qualquer momento, gata.

Os lábios dele são tão gostosos que fecho os olhos e o beijo de novo.

— Prefiro só beijar você.

— Melhor ainda. — Ele aprofunda o beijo, e sei que o estou apalpando em um estacionamento público. Isso está afastando minha mente de Maddie, e é disso que preciso agora.

Quando interrompemos o beijo, estamos sem fôlego. Eu olho para o estacionamento. Está escuro e vazio. Eu olho para o meu carro. As janelas são escuras. Então, faço uma proposta.

— Você já fez em um carro?

Ele balança a cabeça, e aquele sorriso torto aparece.

— Tem uma primeira vez para tudo.

Ele abre a porta de trás pelo lado do motorista e me puxa para ele. Montada no colo dele, estico a mão e fecho a porta, porque meus lábios estão nos dele de novo e não tenho intenção nenhuma de dedicar minha atenção a mais nada.

Devido ao espaço apertado, é difícil abrirmos os casacos, mas conseguimos. Digo um *obrigada* silencioso para ninguém em particular (porque me sinto estranha agradecendo a Deus durante preliminares) quando percebo que estou usando uma camisa de botão. Keller está incrivelmente concentrado, e, antes que eu perceba, minha camisa está aberta e revela meu único sutiã de renda. É a única peça de lingerie bonita que tenho.

Ele está gemendo na minha boca, e a voz dele vibra em mim, reverberando em cada célula, da cabeça aos dedos dos pés. Sinto o desejo dele conforme os quadris se movem nos meus de forma sedutora. Nós nos separamos, e os olhos dele descem avidamente para os meus seios.

— Meu Deus, Katie, você é tão linda. — Ele coloca as mãos nos meus seios embaixo da renda. Parecem volumosos nas mãos dele, e quando ele passa os polegares com delicadeza nos meus mamilos, arqueio as costas, levando-os para mais perto daquela boca talentosa.

Respondendo ao meu pedido, ele cuida da minha pele sensível. Dentes puxam com a quantidade de pressão certa que irradia um prazer incrível, quase dor. Há uma linha tênue entre o prazer e a dor, e Keller a domina com sabedoria. Estou ofegando. Quando ele passa a língua ao redor e mexe na ponta do mamilo, não consigo me controlar.

— Assim, gato, não pare.

Eu enfio a mão entre nós dois, abro o botão e o zíper da calça jeans dele e enfio a mão sob a cueca. O corpo dele reconhece o gesto e treme. Eu o recompenso e acaricio lentamente, em agradecimento e admiração.

Ele geme alto.

— Porra, Katie. — Ele está ficando cada vez mais falante durante o sexo. *Caramba*. O som da voz dele, a *necessidade* na voz dele, poderiam me levar ao clímax. Eu me inclino e deslizo a ponta da língua pelo contorno da orelha dele, e ele treme.

— Me diga o que você quer — digo em um sussurro baixo. Ele adora quando eu falo assim.

— Eu quero você. Cada centímetro lindo de você. — Ele encosta a boca na minha de novo. Está seguindo um ritmo lento. Existe um nível de controle e confiança nele que é a coisa mais sexy que já vi.

Ele está desabotoando e abrindo o zíper da minha calça jeans. As mãos deslizam embaixo da minha calça, ele segura minha bunda e me puxa com força para perto.

Estou quase sem ar.

— Seja mais específico, gato. O que você quer que eu faça?

Os quadris dele seguem um ritmo provocante enquanto os lábios acariciam meu pescoço. Enquanto a língua desce, ele ordena:

— Quero que você tire a calça jeans. A calcinha também.

Isso foi quase brutal. Eu gostei. *Muito.* E, de repente, não consigo agir rápido o bastante. A rapidez é complicada considerando o banco de trás apertado, então decido ser sedutora. Keller gosta de ser seduzido.

— Baixe minha calça jeans e cueca até meus joelhos. — Essa é sua segunda ordem.

Mais uma vez, eu obedeço, e quando ele se liberta da limitação das roupas, quero segurá-lo com a mão. Quero *muito*. Mas espero.

— Agora, monte em mim.

Com prazer. Eu o deixo exposto entre nós. O membro está encostado na minha barriga.

— Me toque, Katie. — Ele mantém os olhos fechados. A cabeça está para trás, apoiada no banco.

Envolvo-o com os dedos, de forma delicada, mas com firmeza. O tato talvez seja meu sentido favorito: a fricção da base até a ponta, o formigar delicioso da minha mão roçando nossos ventres. É extraordinário.

Ele está me olhando agora. O olhar está pesado, penetrante. Eu sinto. E me sinto poderosa da forma mais básica e íntima por saber o quanto ele me quer agora. Mas esse poder some em comparação ao controle que ele *tem* agora. Preciso dar isso a ele, não por ser um controle assustador e agressivo, mas porque é o tipo de controle de quem *vai pedir exatamente o que quer*. E é sensual pra caramba.

— Você está pronta?

Eu faço que sim, porque tenho medo de fazer exigências e quero que ele termine o que começou. Estou seguindo a orientação dele.

— *O quanto?*

Eu gemo quando a mão dele desliza tranquilamente entre as minhas pernas. É agonizante. A dor se intensifica.

— Caramba, Katie, amo tocar em você. — Sinto a respiração dele na minha orelha, e a voz baixa e sexy continua: — Você está *tão* pronta.

Mordo o lábio e sinto o a pressão afiada dos meus dentes. Ele está me deixando louca. E, quando os dedos entram, não consigo me controlar.

— *Ah, Deus.* — Meus quadris começam a se mover com ele enquanto as sensações tomam conta de mim.

O desejo consumiu a luz nos olhos dele.

— Eu adoro olhar para você. Você é tão sexy. Quero você, gata. Quero ouvir você falar. Exija. Fale sacanagens. Me diga o que *você quer*.

Puta merda, ele me pediu para falar sacanagens? Com os olhares grudados, sem piscar, digo para ele exatamente o que eu quero, com a voz que o deixa louco.

— Quero você dentro de mim, gato, *bem fundo*. Quero que você sinta o desespero e a necessidade que estão tomando conta de mim. Quero que você me coma como se tivesse que provar uma coisa e quisesse que eu *nunca* esquecesse.

O rugido vem do fundo do peito dele. Ele levanta meus quadris e, em um movimento rápido, sou preenchida com ele inteiro. Eu ofego.

E, quando começamos a nos mexer juntos, sei que não vamos demorar. Aquele controle de antes? É, já era... em nós dois. Palavras jorram pela minha boca, porque ela está funcionando de forma independente do meu cérebro.

— Com mais força... é, assim... mais... — Ele está me dando tudo que meu corpo quer.

Quando chega ao clímax, ele grunhe e expira. É um som animalesco e primitivo, a coisa mais erótica que já ouvi, e faz com que eu chegue ao clímax junto com ele.

Nós nos abraçamos enquanto nossos corpos ficam parados e silenciosos. Meu rosto está apoiado no pescoço dele. Há uma leve camada de suor apesar do frio do carro. Ele tem cheiro de homem. É meu novo aroma favorito.

— Katie.

— O quê?

— Eu te amo.

— Eu também te amo, gato.

— Amo quando você me chama assim. Diga de novo.

Eu me afasto e olho nos olhos dele porque ele precisa saber o quanto estou falando sério.

— Eu te amo, gato.

Ele sorri. Não é um sorriso feliz, nem triste, nem de flerte. É afirmativo. É satisfeito.

Sábado, 19 de novembro

(Keller)

O jeito como eles estão me olhando faz com que eu me sinta pequeno e inconsequente. Parece que a decepção comigo chegou a um ápice, e eu ainda nem abri a boca. Na última vez que pedi um tempo assim com eles foi quando contei que Lily estava grávida. Acho que abri um precedente para dar o que eles consideram más notícias e é isso que estão esperando receber agora.

Eu olho para a palma da minha mão, onde vejo a caligrafia de Katie: *Você é corajoso*. Ela escreveu com caneta hidrográfica pela manhã, antes de levar Stella ao parque. Eu repito o mantra na minha cabeça. *Você é corajoso*. Limpo a garganta.

— Eu decidi mudar meu curso e me formar em outra coisa.

Minha mãe fica de pé. Rápido assim. Uma frase e ela já está protestando como se estivesse no tribunal. Que comece a crucificação.

— Você não vai fazer isso. Não vai jogar fora anos de estudo.

Meu pai apoia a mão no antebraço dela. Ele está pedindo que se sente sem falar diretamente com ela. Ele sempre foi o passivo *yin* para o *yang* agressivo dela. Mais uma vez, eles estão sentados do outro lado da mesa, na minha frente, como um front unido. Emocionalmente distantes, mas unidos. Algumas coisas nunca mudam.

Meu pai preenche o silêncio.

— Quais são seus planos, Keller?

Não quero ver a decepção, mas olho para ele mesmo assim.

— Quero dar aulas de inglês no ensino médio.

Minha mãe está de pé de novo, andando para longe da mesa. Os saltos estalando no piso de madeira são um equivalente de unhas sendo arrastadas em um quadro-negro.

— Ah, pelo amor de Deus, Keller, como você pode sequer pensar em sustentar Stella com um salário de professor? — Ela consegue fazer a palavra professor parecer um palavrão.

— As pessoas fazem isso. O objetivo não é ficar rico. Stella e eu vamos ficar bem.

Ela descarta o que eu falei com irritação e se vira momentaneamente antes de falar de novo.

— Isso não é um jogo, Keller. Você tem uma filha para criar. Achei que você quisesse estudar para ser advogado...

Eu a interrompo.

— *Você* queria que eu estudasse para seguir seus passos. Nunca foi por minha causa, por causa do que *eu* quero.

Ela balança a cabeça.

— Depois de tudo que fizemos por você, é assim que você nos retribui? Inacreditável.

— E eu, mãe? Quero uma carreira que eu ame, uma coisa pela qual seja apaixonado. Quero voltar do trabalho para casa e sentir que fiz diferença na vida de alguém.

Ela aponta um dedo acusatório com a unha bem-feita e pintada para mim.

— Você acha que eu não faço diferença, Keller?

Nunca vou vencer com essa mulher.

— Jesus, não é uma competição. — Suspiro. — Seu emprego não é mais importante do que o meu, mais importante do que o dele. — Eu aponto na direção do meu pai. Ele está muito quieto. — A questão aqui é o que me faz feliz. A mim. *Seu filho*.

— Você vai perder sua bolsa. — Ela parece ter certeza, e me pergunto quantas cordinhas puxou no passado para conseguir a que eu tenho agora.

Eu nem pisco. Não posso demonstrar medo. Eu olho para a palma da mão. *Você é corajoso.*

— É uma possibilidade.

Ela bufa com arrogância.

— Possibilidade? *Possibilidade?* É uma certeza, Keller.

— Vou me candidatar a empréstimos estudantis.

Ela dá uma gargalhada fria, como se um empréstimo estivesse abaixo da família Banks.

Meu pai finalmente fala.

— E Stella, Keller? Você já considerou como essa decisão vai afetar o futuro dela?

Corajoso, corajoso, corajoso.

— Vou levar Stella para Grant comigo. Assim que as provas finais acabarem...

Minha mãe dá um pulo na direção da mesa.

— O quê?! Stella não sai desta casa enquanto você não tiver terminado seus estudos.

Eu respondo com um pulo também e nós nos encaramos por cima da mesa.

— Ela é *minha* filha.

— Melanie não vai se mudar para Grant e cuidar de Stella. — Ela acha que me pegou.

— Vou conversar com Melanie e avisar que os serviços dela não vão ser mais necessários depois de dezenove de dezembro. Estou planejando buscar Stella e os pertences dela depois das provas finais. É quando Duncan vai sair do nosso apartamento para morar com a namorada.

Ela está fumegando de raiva.

— Como é que você poderia cuidar de uma criança? Visitar a cada dois finais de semana é bem diferente de 24 horas por dia, sete dias por semana.

— Eu vou dar um jeito.

Minha mãe olha para meu pai e balança a cabeça de forma desafiadora.

— Você ouviu isso? Ele vai dar um jeito. — Ela levanta as mãos no ar. — Maravilhoso. Ele vai dar um jeito.

Meu pai está me olhando, e, pela primeira vez na vida, vejo solidariedade nos olhos dele. Por um segundo, penso que vai ficar do meu lado. Que pela primeira vez vai enfrentar minha mãe. Mas, conforme o silêncio se estende, minha esperança morre.

Não posso mais ficar aqui. Sinto-me encurralado, como se não conseguisse respirar. Sei que minha mãe vai ver minha retirada como uma derrota admitida. Vai ver como vitória.

Mas não desta vez. Desta vez, eu vou vencer.

Segunda-feira, 21 de novembro

(Kate)

EU: *Jantar. Refeitório. 19h. Não aceito não como resposta.*
CLAYTON: *Isso não é um convite decente, Katherine.*
EU: *Tudo bem. Por favooooor. Estou com saudade.*
CLAYTON: *Também estou. Nos vemos às 19h.*

Clay está me esperando à nossa mesa quando chego. São 19h07. Coloco a bandeja na mesa e o abraço antes de me sentar.

— Deus, faz tanto tempo que não vejo você. — Eu o olho de cima a baixo. — Você está bonito, meu amigo, descolado como sempre. — Ele está mesmo. O suéter rosa intenso e a calça social verde são adoráveis, e ele parece bem mais feliz do que na última vez que o vi.

Ele fica com as bochechas vermelhas e pisca.

— Obrigado, Katherine. — Em seguida, parece preocupado. Está me olhando. — Katherine, está tudo bem? Você está meio pálida. E parece ter perdido peso. Não me entenda mal, você continua maravilhosa, mas alguma coisa parece errada.

Não fui até ali para falar sobre mim, isso é certo, então varro a conversa para debaixo do tapete.

— Eu estou bem. Fiquei doente na semana passada. Não é nada com que você precise se preocupar.

Ele não parece convencido.

Eu mudo de assunto.

— Como estão as coisas em Minneapolis? Como está Morris? — Ele tem ficado na casa de Morris todas as noites e se desloca para Grant para as aulas. Isso está acontecendo desde que descobri sobre *O Babaca*, Ben Thompson. Tento não pensar mal das pessoas, mas que se *foda* aquele cara.

Olhando para Clayton, é como ver um personagem de desenho ganhar vida na minha frente, com coraçõezinhos no lugar dos olhos.

— Morris é maravilhoso. Nunca pensei que eu encontraria o amor, Katherine, mas eu o *amo*. Tudo nele. — Ele olha ao redor de forma conspiratória e se inclina para sussurrar. — Vou me mudar para Los Angeles com ele depois do Ano-novo. O tio dele vai abrir uma boate lá e quer que ele gerencie, já que ele foi tão bem aqui.

— Puta merda, Clay! L.A.? É uma decisão e tanto. — Estou chocada. Ele sorri, e é o sorriso de uma criança empolgada.

— Eu sei. Não é empolgante?

Eu faço que sim, porque é *empolgante* mesmo.

— Que legal, cara. — Estou falando sério, então repito. — Que legal. Ele sabe que estou sendo sincera.

— Obrigado, Katherine.

— Não quero parecer uma vaca nem fazer nenhum tipo de julgamento, mas tenho que perguntar... Você vai embora porque é a escolha certa para você e é a direção que quer que sua vida tome, certo? Não está fugindo das coisas ruins daqui, está? Porque me deixaria triste saber que seus amigos aqui vão perder você por causa de um babaca escroto.

Ele ri.

— Não. Acho que preciso sair da piscina e ir nadar no mar. Eu nunca morei em uma cidade grande.

Eu entendo, então repito:

— Que legal. — Meu lado chato logo aparece. — Mas prometa que não vai largar a faculdade. Tire seu diploma, cara. O mundo se beneficiaria de um contador bem-vestido. — Eu não sei por que, mas a ideia de Clay sentado em um escritório fazendo contabilidade sempre me pareceu engraçada. A personalidade dele é grandiosa demais para ficar contida atrás de uma mesa.

Ele revira os olhos e levanta a mão esquerda, como se estivesse jurando honestidade na resposta.

— Sim, *mãe*, prometo que não vou largar os estudos. Além do mais, quem mais vai fazer seu imposto de renda e plano de aposentadoria?

Ai. Doeu. Doeu bem no meu coração. Não quero que Clayton saiba que nunca mais vou precisar fazer meu imposto de renda. Então, forço um sorriso.

Ele esfrega as mãos e dá um sorriso malicioso.

— Pete me contou um boato delicioso... — diz ele, apontando para mim e com os olhos brilhando. — Você e Keller estão namorando oficialmente? — Ele mexe as sobrancelhas. — Tem alguma verdade nisso? — Ele sorri de novo. — E não deixe as partes sórdidas de fora.

Estou com expressão pétrea.

— Pete anda alimentando a indústria de boatos? Vou ter que conversar com ele.

Clay arregala os olhos de expectativa.

— E então, Katherine? — Ele estica os braços acima da cabeça e aponta para si mesmo de forma dramática. — Estou morrendo aqui.

Dou uma gargalhada e faço que sim.

— Pode haver um fundo de verdade nesse boato.

Ele bate palmas curtas e velozes, como faz quando está empolgado.

— Ah, meu Deus, Katherine! Estou tão feliz por você. — As mãos ficam imóveis e ele começa a sussurrar de novo. — Katherine, sei que você não é do tipo superficial e também não sou, tudo bem, quem quero enganar, talvez eu seja, *c'est la vie*. Mas aquele garoto é mais quente do que pimenta.

Clayton me faz rir, mas concordo.

— Sim... é mesmo.

Ele dá um gritinho.

— Não que eu esteja querendo apressar as coisas entre vocês, porque sei que vocês precisam terminar a faculdade primeiro e talvez viajar um pouco. Eu acho *mesmo* que você devia ver a Europa um dia, pelo menos a França... ah, e as ilhas gregas, mas espero muito que as coisas deem certo entre vocês dois porque... *Ah. Meu Deus.* Vocês teriam as crianças mais lindas que já foram criadas geneticamente. — Ele está com um sorriso largo.

O sorriso adorável alivia o golpe que acompanha as palavras. Eu nunca vou ter isso. Nunca. E isso é uma droga.

Quando terminamos o jantar, prometemos manter mais contato do que fizemos nas últimas semanas. Eu amo Clayton e quero ter certeza de que ele vai ficar bem até ir embora e seguir para o próximo capítulo da vida dele... e eu seguir para o meu.

Eu o abraço no carro, e é tão difícil deixá-lo ir.

Tento não pensar sobre morrer, mas não consigo evitar ultimamente. E isso me deixa triste. Não quero ficar triste, porque na verdade... tenho uma vida bem incrível.

Hoje, minha vida é incrível.

Não quero pensar no amanhã.

Nem no dia seguinte.

Então, repito para mim mesma: *Hoje, minha vida é incrível.*

Quinta-feira, 24 de novembro

(Kate)

Shelly chegou na casa de Keller logo cedo com uma sacola de mercado na mão: um peru, carne de peru de tofu para mim e todo o restante. Eu não tinha percebido, mas ela adora cozinhar.

Depois que o peru está no forno e todo o restante foi preparado, Shelly, Duncan e eu vamos até o Grounds tomar café. Está fechado hoje, então temos o lugar para nós. Vantagens de conhecer os funcionários. Nós nos reunimos em torno do fogo e conversamos sobre como Keller vai lidar com o fim de semana à frente. Ele está no aeroporto para buscar Stella. Melanie está indo para Seattle para passar o feriado com a família e planejou a viagem de forma a fazer conexão em Minneapolis na ida e na volta, para poder voar com Stella. É um passo grande para Keller; Stella nunca veio visitá-lo aqui.

Shelly ainda está chocada por causa de Stella. Duncan contou para ela na noite anterior a pedido de Keller. Para tentar aliviar o choque.

— Eu também nunca teria acreditado — disse para ela. — É uma coisa que você tem que ver para acreditar. — Stella parece um mundo separado. Um mundo em que eu gostaria de viver para sempre.

Keller nos manda mensagens duas vezes para avisar que houve atrasos no voo e que vai chegar mais tarde. Às 10h30, a porta do apartamento se abre, e ali está ela: a doce e pequena Stella, cujos risinhos preenchem o ar. Shelly e eu estamos fazendo torta de abóbora na cozinha. Stella vai direto na direção de Duncan.

— Tio Duncan! — Ela dá gritinhos de alegria.

Ele a puxa para o colo e envolve-a com os braços.

— Como está minha Stella favorita? — Ele faz cócegas nela.

As risadinhas dela aumentam.

— Cócegas não, tio Duncan.

Ele a beija na bochecha e a solta.

— Onde está Kate? — pergunta ela. — Papai disse que Kate está aqui.

Duncan indica meu paradeiro com um movimento de polegar por cima do ombro.

— Estou vendo a minha importância, garota — murmura ele, bem-humorado.

Stella dá outro gritinho quando me vê.

Eu aceno.

— Oi, docinho!

Ela corre na minha direção com as mãos levantadas acima da cabeça. Eu a pego e abraço com força. Enfio o rosto nos cachos selvagens. O cheiro dela é limpo e puro como o ar depois de uma tempestade. Ela se afasta para olhar para mim.

— Nós temos uma surpresa para você.

— Têm?

Keller está carregando bolsas que estavam no carro. Ele coloca ao lado da porta e coça a cabeça.

— É, é muito engraçado, mas encontrei uma pessoa no aeroporto...

Nessa hora, Gus entra pela porta.

Stella bate palmas.

— Surpresa!

— Puta m... — Ao perceber que estou segurando Stella, eu mudo o discurso. — Ah, meu Deus, o que você está fazendo aqui?

Ele está com aquele sorriso preguiçoso e dá de ombros.

— Você acreditaria se eu dissesse que estava só passando?

Coloco Stella no chão e corro até ele. Ele me abraça com um daqueles abraços enormes dos quais sinto tanta falta.

— Não.

Ele beija o alto da minha cabeça e estica a mão para cutucar o ombro de Keller.

— Foi ideia dele.

— Você planejou isso? — Eu ainda estou chocada.

A expressão no rosto dele é intensa e apaixonada. Ele dá de ombros. Eu olho para Gus.

— Como?

Ele sorri.

— Seu garoto aqui me ligou semana passada do seu celular. Você estava dormindo. — Ele pisca para Keller. — Nós conversamos muito ao longo dessa semana. Eu ficaria preocupada se fosse você, temos um *bromance* nascendo aqui. E você sabia que esse sujeito tem pufes na parte de trás do Suburban? *Pufes*. É a coisa mais legal que já vi. Acho que posso até estar me apaixonando por ele, Raio de Sol.

Stella está abraçando a perna de Keller.

— O que é *bromance*, pai?

Gus começa a rir, me solta e oferece a mão grande a Stella. Ela pega sem hesitar. As crianças sempre amam Gus.

— Me conte mais sobre aquela sua tartaruga, Stella. Estou curioso... O que a Miss Higgins come? — Os dois andam na direção do sofá de dois lugares para terminarem uma conversa que sem dúvida começaram no caminho para cá. Eu conheço Gus; ele está me dando tempo para conversar com Keller.

Eu passo os braços ao redor do pescoço de Keller e sussurro no ouvido dele:

— Obrigada, gato.

— Adoro quando você me chama assim. — Ele beija meu pescoço.

— De nada. Ele também precisa de tempo com você.

Eu olho ao redor.

— Isso tudo é tão perfeito. — É nessa hora que reparo em Shelly na cozinha, parecendo que vai ter um derrame. Os olhos estão arregalados. O choque tomou conta de cada feição do rosto dela. Acho que nossos visitantes estão sendo demais para ela.

Eu limpo a garganta e chamo:

— Ei, Gus?

Ele levanta o rosto no meio da conversa com Stella. Ela está sentada no sofá entre ele e Duncan. Eu queria ter uma câmera na mão.

— O que, Raio de Sol, o que foi? Estou aprendendo umas mer... — Ele sorri quando percebe que ia falar um palavrão. — Umas coisas importantes sobre tartarugas agora.

Stella ri para ele.

Eu aponto para a cozinha.

— Você se lembra da minha amiga, Shelly?

Ele olha por cima do ombro.

— E aí, Shelly? É bom ver você de novo.

O rosto dela está vermelho. Nunca a vi constrangida assim. Ela levanta a mão e dá um aceno sem graça.

— Oi, Gus. Também é bom ver você de novo.

Ele está todo virado no sofá para olhar para ela.

— Tenho que dizer que nunca vi alguém vomitar com tanto comprometimento e precisão quanto você. Eu nem tive a oportunidade de elogiar.

O rosto dela está escondido nas mãos.

— Claro que você ia se lembrar disso. — Ela ainda está constrangida por ter vomitado na frente de todo mundo.

Gus não é mau. Ele está mesmo fazendo um elogio. E sorri.

— Não, estou falando sério. Foi impressionante. Viva a vida, minha amiga. — Ele estica a mão e dá um tapinha nas costas de Duncan. — Você é um cara de sorte.

Shelly murmura:

— Ah, meu Deus, eu quero morrer.

Eu me junto a ela na cozinha e passo o braço pela cintura dela.

— Ele não brincaria se não tivesse gostado de você. Por mais nojento que possa parecer, ele ficou impressionado. É um garoto.

Como o Grounds está fechado, nós voltamos e nos reunimos ao redor da lareira enquanto a comida está assando. Gus e Keller estão dos meus dois lados no sofá. Stella está no colo de Keller e Shelly está sentada no colo de Duncan em uma cadeira do nosso lado.

Gus, como sempre, está curioso sobre todo mundo. Ele faz muitas perguntas. Claro que todo mundo também está curioso sobre ele, então ele responde quase a mesma quantidade de perguntas que faz.

— E por que você chama Kate de "Raio de Sol"? — pergunta Shelly.

Ele olha para mim e depois para ela. Depois, olha para mim de novo. E para ela. E aponta para mim.

— Você *conhece* essa garota?

Todos olham para mim com sorrisos carinhosos. Isso me traz uma sensação boa.

Gus continua.

— Ela é um exemplo de positividade. É toda raio de sol. Ela não só *vê* o lado bom das coisas... ela *mora* lá.

— Há, eu sempre achei que morasse no mundo do sol e dos arco-íris — digo, provocando.

Ele dá de ombros.

— Mesma coisa. Mas sol e arco-íris é um apelido horrível.

Todo mundo ri.

— Mas Raio de Sol tem um lado sombrio — avisa Gus. — Nem deixem ela começar a falar sobre adesivos de família em carros porque ela odeia. Ela fica furiosa...

Eu o interrompo porque odeio mesmo.

— É porque é uma idiotice. Não preciso de uma representação imbecil da sua família olhando para mim enquanto estou parada no sinal. E não consigo deixar de imaginar o quanto sua família é imperfeita se você sente a necessidade de perpetuá-la na sua janela para que o mundo veja. Eu sempre desconfio que escondem disfunções por trás da fachada. Hipócritas.

Gus ri como se tivesse acabado de provar o que queria dizer.

— Estão vendo? E ela odeia o Facebook.

— O Facebook é o declínio da civilização como a conhecemos. Está criando uma visão distorcida da realidade. O que aconteceu com preferir a companhia em carne e osso? As pessoas não percebem mais o quanto o contato cara a cara é importante. Tudo gira ao redor de números e curtidas e informação demais. Eu ligo se você tomou uma Coca e comeu um saco de batatas enquanto via uma reprise de CSI ontem à noite? Não, eu estou cag... não estou nem aí. Me dê substância. A esfera toda de sua família de "amigos" não precisa saber os detalhes mundanos da sua vida... da sua vida triste, centrada na internet. Quero ter uma conversa com você feita especificamente para nós. Não quero que se espalhe em tempo real para ser compartilhada pelo mundo. O Facebook está sufocando o desenvolvimento social. Está sufocando as habilidades sociais...

Gus cai na gargalhada.

— *Está bem,* está bem, Raio de Sol. — Mas ele também está assentindo. Ele odeia mídias sociais tanto quanto eu.

E, por garantia, ele diz:

— E nunca joguem cartas com ela. Ela rouba.

Eu ofego com a acusação.

— Eu não roubo. — Mas começo a rir no final da minha defesa patética, e todo mundo percebe que é uma admissão de culpa.

Gus assente, sorrindo.

— Rouba, sim. Acreditem em mim.

Depois do jantar, eu saio com Gus para ele fumar um cigarro e vermos o pôr do sol. Gus segura minha mão e sorri.

— Está na hora do show.

É o que Grace sempre dizia. Dou um sorriso e sussurro:

— Está na hora do show.

O pôr do sol é alaranjado e intenso. Mais intenso do que tenho visto ultimamente, quase como se estivesse tentando se exibir para nós. Provar para nós que o pôr do sol pode ser bonito em Minnesota também.

Quando voltamos para dentro de casa, vamos para o Grounds.

Shelly pergunta:

— Por que você e Gus não cantam alguma coisa para nós? Eu vi a caixa do violão dele.

Gus nunca vai a lugar nenhum sem o violão. Ele o tem há anos, e o violão já recebeu horas de atenção e música. Está sempre ao lado dele.

Gus olha para mim.

— O que você acha, Raio de Sol?

Stella bate palmas.

— Quero ouvir Kate cantar de novo.

Keller se junta a ela.

— Eu também. — Isso me faz sorrir.

Gus volta com a caixa do violão em uma das mãos e outra coisa que não vejo há meses.

Shelly olha para as duas caixas e pergunta para ele:

— Você também toca violino?

Ele balança a cabeça e coloca os dois na mesa entre nós.

— Não. — Ele olha diretamente para mim.

Eu suspiro.

— Gus.

— Pedi para minha mãe mandar para mim essa semana para eu poder trazer para você. Tem que ficar aqui com você. Você devia *tocar*.

— É um desafio.

Os olhos de todos estão em mim.

— Você toca violino? — pergunta Keller.

Gus balança a cabeça.

— Ah, não, ela não *toca*. Ela *detona*. Eu nunca vi ninguém tão talentoso quanto Raio de Sol. Falando sério. Ela destrói. — Há orgulho nos olhos dele.

Shelly aperta os olhos para mim.

— O que mais você está escondendo de nós? — E a ficha cai. — Ah, meu Deus, é você! — grita ela.

Keller e Duncan parecem confusos.

— É ela o quê? — pergunta Duncan.

Ela está apontando para mim e balançando a mão no ar como uma fã enlouquecida.

— É você! É você que toca violino em *Missing You*.

Gus sorri.

— A própria.

Keller e Duncan ainda estão confusos.

— O que é *Missing You*? — Keller pergunta.

— É só a música mais incrível no rádio atualmente. É a música acústica que Gus tocou no show. — Ela responde com arrogância, como se eles devessem saber. A música ganhou muito espaço na estação da faculdade essa semana. Foi lançada como o segundo single do álbum do Rook.

— Você tem que tocar — ela implora.

— O que você acha? Só uma vez, pelos velhos tempos? — pergunta Gus, levantando as sobrancelhas.

Stella bate palmas de novo.

— Toque, Kate, toque! — grita ela.

Não posso dizer não para isso.

O violino parece frio nas minhas mãos. Faz meses que não toco, mas quando o coloco embaixo do queixo, ele vira parte de mim, como se eu não tivesse ficado um dia sem tocar. Fico à vontade, e ele me conecta à realidade. Depois de passar resina no arco, passo-o delicadamente pelas cordas. Ele me traz à vida. Eu dou um aceno para Gus.

— Estou pronta.

Vejo preocupação no rosto dele.

— Tem certeza?

— Tenho. Pode ser que Grace esteja ouvindo. — Todo mundo deixa que tenhamos esse momento em particular.

Ele sorri.

— Tenho certeza de que está. — Ele olha para cima. — Gracie, essa é pra você.

Eu me levanto e me encosto no braço do sofá. Gus se senta na minha frente, na beirada da mesa de centro. Todo mundo fica onde estava. Daria para ouvir um alfinete cair de tão quieto que estava. Nem Stella dá um pio. Ela está encostada no peito de Keller, que mantém os braços ao redor dela.

Existe uma língua não falada quando Gus e eu tocamos juntos. Sempre foi assim. Nós ouvimos e sentimos a música do mesmo jeito. A comunicação flui pela música, um reagindo ao outro e alimentando o outro. Palavras são ditas com olhares e acenos sutis.

Ele passa os dedos no violão duas vezes para me avisar que está pronto. Eu faço que sim e entro lentamente na introdução melancólica. Fecho os olhos e deixo que a música flua por mim, como se o violino fosse uma extensão natural de mim e das minhas emoções.

Gus se junta a mim, com o violão suave e a voz gentil. A voz dele é tranquilizadora. Sempre foi. Quase dá para acreditar que nada de ruim poderia acontecer. O som me leva junto. Eu sempre amei isso.

Quando as últimas palavras saem dos lábios de Gus e, fico tocando o restante sozinha. Quando passo o arco pelas cordas para a última nota, abro os olhos. A expressão no rosto de Gus é orgulhosa e cheia de reverência.

— Essa é minha garota.

Eu dou um sorriso.

Stella começa a bater palmas loucamente.

— Toque de novo, Kate. Toque de novo.

Ela está sorrindo para mim quando olho nos olhos azuis. Os olhos de Keller estão brilhando alguns centímetros acima.

— Você nunca para de me impressionar, Katie.

Deus, eu o amo.

Eu olho para Shelly e Duncan. Shelly está com a boca aberta.

— Mas que coisa, Kate! Por que você não contou pra gente que tocava? Você é fenomenal! — Ela está perplexa.

Dou de ombros.

— Eu não toco mais. Minha irmã amava me ouvir tocar... — Eu paro de falar. O restante fica no ar. Eu contei para Duncan sobre minha irmã na noite em que conversamos depois do show. Tenho certeza de que ele contou para Shelly.

Ela assente em compreensão.

Gus bate palmas.

— Não podemos parar agora. Stella quer um bis. O que vai ser, Raio de Sol?

Apesar de a dor na minha lombar latejar profundamente, eu tenho que admitir que estou me divertindo. Mesmo que nunca mais pegue meu violino, eu quero tocar agora. Sussurro no ouvido dele.

— Claro. Não tocamos essa música há muito tempo. Tem certeza de que consegue me acompanhar? — provoca ele.

Eu pisco.

— Vou tentar. Shelly vai reconhecer essa música.

Gus se vira para Shelly.

— Raio de Sol e eu estudamos em uma escola de música quando éramos crianças. Ela estava dois anos atrás de mim, mas sempre me deu uma... — Ele olha para Stella antes de continuar — Surra...

Shelly o interrompe.

— Espere... Não me diga que vocês estudaram na Academy em San Diego?

— Foi — diz Gus.

— O que é Academy? — pergunta Duncan.

— É só uma das mais prestigiosas escolas de música do país. Impossível de entrar e só aceitam os candidatos mais aplicados. — Ela balança a cabeça e olha para mim. Está sorrindo. — Como eu não sabia disso?

Dou de ombros.

Gus continua.

— Então, no último ano, um dos meus projetos finais era fazer um cover de uma música que estivesse nas listas de mais tocadas da época, alguma coisa popular, mas a gente tinha que dar nosso toque. Virar de cabeça para baixo e transformar em nossa, irreconhecível. Eu, claro, convoquei a ajuda da minha talentosa amiga. — Ele aponta para mim e eu reviro os olhos. — A música era um rock pesado, e Raio de Sol, como é um gênio musical do caramba, transformou em uma balada lenta e melódica com um arranjo de violino de outro mundo.

— Não deixe que ele engane você — eu acrescento. — Gus reescreveu a música toda para violão acústico, e eu só *acrescentei* o violino. Foi tudo ideia dele.

— Vamos tocar. Eles podem avaliar sozinhos.

Nós tocamos. E é só no refrão que vejo o reconhecimento surgir nos olhos de Shelly. Ela abre um sorriso ao reconhece a música.

Keller cantarola baixinho no ouvido de Stella. Ela está com os olhos sonolentos de Keller. Quando a música termina, ela está dormindo.

Shelly ainda está sorrindo.

— Foi impressionante. Não sei o que dizer. Simplesmente impressionante.

Gus se levanta e faz uma reverência exagerada.

— *Gracias.*

Eu inclino a cabeça.

— Obrigada, milady.

Duncan encosta na perna de Shelly.

— É melhor a gente ir, senão sua mãe vai ter um troço. Já estamos cinco minutos atrasados.

Shelly suspira.

— É, você está certo. — Ela franze a testa. — É que isso é tão mais divertido do que as obrigações familiares.

Duncan beija a bochecha dela e levanta-a delicadamente do seu colo.

— Você está certa, mas seus pais estão nos esperando. Vamos.

Shelly arrasta os pés. Quando eles saem, a dor está quase insuportável. Aumentou ao longo da última hora, mas em cinco minutos chegou a um nível, que nunca senti antes. É uma dor que gera náusea e visão embaçada. Enquanto Keller está botando Stella na cama, eu peço licença a Gus e vou ao banheiro tomar os remédios para dor. Sento-me no chão enquanto brigo com a tampa do pote de remédios porque não me sinto firme o bastante para ficar de pé. Meu campo de visão está diminuindo, e, quando sinto a cabeça bater no chão com um estalo, tudo fica preto.

(Keller)

Estou começando a ficar preocupado. Kate está no banheiro há dez minutos e não ouvi nenhum movimento nem barulho.

Gus vira o resto de uma cerveja.

— Onde é o banheiro, cara?

Eu aponto para a porta.

— Kate está lá dentro.

Gus bate baixinho na porta.

— Raio de Sol, ande logo, eu tenho que mijar. Você está aí há um tempão. Está deixando uns amigos na piscina?

Eu daria uma risada se não estivesse preocupado, mas não há resposta do outro lado da porta. Meu coração está disparado. Não quero preocupar Gus, mas não consigo afastar a sensação de que tem alguma coisa muito errada. Eu bato.

— Katie, gata, você está bem?

Silêncio.

Tento abrir a porta devagar, mas há resistência. Eu faço uma careta e empurro, espremendo-me para passar pela abertura.

— Ah, merda!

Gus está do outro lado.

— O que foi? Raio de Sol?

Katie está caída no chão, encostada na porta do banheiro. Os comprimidos estão espalhados por todos os lados. Tem vômito no chão e manchas de sangue. Eu a coloco no colo para Gus poder entrar. Ela está desmaiada, mas ainda está respirando.

— Ligue para a emergência.

Ele enfia a cabeça pela porta e, quando a vê, há pavor nos olhos dele.

— Puta merda! — Ele pega o celular e liga para a emergência antes que eu possa pedir outra vez.

Estou balançando-a de um lado para o outro agora, tirando o cabelo que cobre seu rosto. Está sujo de um líquido vermelho-amarronzado. Começo a sussurrar no ouvido dela e não consigo parar.

— Você está bem, Katie. Você tem que ficar bem. Não é agora. Não me deixe. Não hoje. Você não pode ir hoje. Eu amo você. Eu amo você.

Gus me tira do transe.

— Qual é seu endereço, cara? — Digo o endereço, que ele repete ao celular. Depois de colocar o aparelho no bolso, ele pega uma toalha no gancho, molha na pia e começa a limpar delicadamente o rosto e a testa dela. Ele me olha nos olhos, procurando respostas.

Eu conto para ele o que eu sei.

— Katie tem câncer.

O ar some dos pulmões dele, e ele cai contra a parede atrás. Lágrimas surgem em torrente.

— Não. Não. Não. — Ele está tentando negar. — Isso não pode estar acontecendo de novo.

— De novo? — Eu faço a pergunta na mesma hora em que há uma batida na porta. Gus se esforça para se levantar e abrir.

Os paramédicos entram correndo, e entrego Katie com relutância. Não quero soltá-la porque tenho medo de nunca mais tê-la. Conto para eles tudo que sei e entrego o pote de remédios. Eles colocam soro nela e a levam para a ambulância em minutos. Gus vai com ela.

Depois que acordo Stella e coloco-a na Máquina Verde, dirijo mais rápido do que em qualquer outra ocasião na vida. O hospital fica em Minneapolis. Stella está dormindo no assento ao meu lado. Não sou uma pessoa religiosa e nunca fiz uma oração na vida, mas durante o caminho me vi pedindo em voz alta.

— Por favor, Deus, *por favor*, dê mais tempo a ela... por favor, não a leve ainda... eu preciso dela aqui comigo... Gus precisa dela... Stella precisa dela... Shelly precisa dela... Clayton precisa dela... eu a amo tanto... por favor, por favor, *por favor*.

Stella está dormindo nos meus braços quando encontramos Gus na sala de emergência. Ele está preenchendo a papelada do hospital. Eu me sento na cadeira ao lado dele.

— Como ela está?

Os olhos dele estão vermelhos e inchados.

— Estável. Estão examinando agora. Disseram que chamariam o médico dela, o que prescreveu a medicação.

Eu suspiro e abraço Stella. A cabeça dela está no meu ombro, e ela está inerte nos meus braços, pesada de sono. Coloco a bolsa de Katie na cadeira ao meu lado e procuro a carteira com uma das mãos. Quando encontro, pego a identidade e o cartão do convênio e entrego para Gus.

Depois de terminar a papelada e levar até a recepção, ele volta.

— Ainda não têm nenhuma notícia. Vou dar um pulo lá fora, porque preciso de um cigarro. Me chame se houver alguma mudança.

Eu faço que sim. Ele parece estar como eu: desesperançado, impotente e tenso.

Gus volta dez minutos depois e, após o que parece uma eternidade, o médico nos chama.

— A família de Kate Sedgwick?

Gus dá um pulo e fica de pé.

— Sim.

— Kate está estável. Nós a levamos para o quarto 313 da terapia semi-intensiva. Ela vai passar a noite em observação. O trauma na cabeça dela resultou em uma leve concussão. Falamos com o oncologista dela, o sr. Connell, e como tenho certeza de que já sabem, Kate tem câncer recorrente e metastático no ovário...

— O quê? — Quando começo a questionar o médico, Gus levanta a mão, indicando para eu ficar quieto. Eu fico. Ele obviamente conhece essa parte da história de Kate. Eu, não.

O médico continua.

— ... que se espalhou para outros órgãos, os pulmões e o fígado. Kate está em estágio avançado, o equivalente ao estágio IV, inoperável e com poucas chances de reagir a tratamento. Ela escolheu não fazer tratamento e controlar as dores e os sintomas. Ela quer ficar confortável, e é isso que nós e o oncologista dela, dr. Connell, estamos tentando fazer.

Gus fala primeiro.

— Quanto tempo ela tem?

— Embora não possamos dizer com precisão, o dr. Connell diz que dois meses, talvez três. O câncer é agressivo. A progressão nas próximas semanas vai ser dramática.

Vejo Gus engolir o caroço que se formou na garganta e assentir.

— Podemos vê-la agora? No quarto 313?

O médico faz que sim.

— Podem. Sinto muito.

Eu sigo Gus porque não consigo me concentrar em elevadores e instruções. Estou segurando Stella com firmeza. Ela é a única coisa que me prende à realidade. Eu seria sugado para o buraco negro do desespero se a soltasse.

Katie parece tão pequena na cama grande do hospital. Ainda está com soro intravenoso, que eu suponho que esteja distribuindo uma medicação intensa para a dor. Os olhos estão abertos, mas parecem enevoados, grogues. Um hematoma está surgindo na bochecha esquerda e tem pontos na maçã do rosto, onde ela deve ter batido no chão do banheiro. Ela levanta a mão alguns centímetros acima da cama em um aceno.

— Ei, são minhas três pessoas favoritas. — A voz dela está rouca.

Gus tenta sorrir.

— Como você está, Raio de Sol? — Ele se senta na beirada da cama e pega a mão que está sem o soro.

— Melhor agora. — Ela sorri.

Eu me sento do outro lado da cama, com Stella ainda adormecida nos braços.

Ela olha para Stella e franze a testa.

— Lamento tirá-la da cama, Keller.

Acaricio as costas de Stella.

— Não se preocupe com isso. Ela dorme pesado. Não acordaria nem que um trem de carga passasse por esse quarto.

Os cantos da boca de Katie se erguem um pouco, apesar da testa franzida.

— Ela é tão preciosa, Keller. Você é tão abençoado.

A expressão no rosto dela é de partir o coração. Ela nunca vai ter filhos. Nunca vai ter o que eu tenho. Não é justo.

— Quando você descobriu? — Gus está sussurrando. Ele não quer chateá-la, mas tem que perguntar.

— Logo antes de vir para Grant.

Ele parece arrasado.

— Mas você disse que seu check-up foi bom.

Ela assente.

— Por que você não me falou a verdade? — Ele está tentando não chorar.

Ela aperta a mão dele.

— Porque eu precisava vir e você precisava começar a turnê. Se eu tivesse contado, o que teria acontecido?

Ele nem hesita.

— Eu teria cancelado ou adiado a turnê para ficar com você.

— *Exatamente*. Você teria adiado seus sonhos para ficar em casa esperando minha morte. Eu quero mais do que isso para você. Você se dedicou tanto, Gus. Merece estar por aí tocando todas as noites, fazendo as pessoas felizes com sua música. Você sabe o quanto fico feliz de saber que você está vivendo seus sonhos?

Ele assente.

— Eu sei, mas você é mais importante.

Ela balança a cabeça.

— Não sou, não. Nossa amizade é mais importante para mim do que você jamais vai imaginar. Mas a vida não vem com garantia, Gus. Nós tivemos vinte anos juntos. *Vinte anos*. É incrível se você pensar bem. — Ela sorri, e seus olhos brilham. — E essa amizade não vai morrer comigo. Vai viver dentro de você pelo resto da sua vida. É como se um pedacinho de mim ficasse com você. E quero que seja um passeio e tanto. Você tem tantas coisas para fazer e pessoas para conhecer e alguém por aí por quem se apaixonar e formar família. Vai ser lindo. Não quero que você pare de viver sua vida só porque estou doente. Mas prometo ficar enchendo seu saco todos os dias que puder. Nada precisa mudar. Eu ainda amo você e você ainda me ama, sei disso quer você esteja sentado aqui neste quarto comigo ou esteja a mais de mil quilômetros.

As lágrimas estão escorrendo pelas bochechas de Gus.

— Por quê? Por que você? Por que agora?

Ela balança a cabeça.

— Não sei, cara. Acho que é minha hora. Talvez Gracie sinta tanta falta de mim quanto sinto dela e tenha feito um pedido para o grandão lá em cima. — Ela boceja e olha para mim. — Keller, quer botar Stella aqui na cama comigo? Tem espaço, pode ser que fique mais confortável para ela.

Apesar de eu não querer soltá-la, Katie chega para o lado e eu coloco Stella ao lado dela. Stella não acorda, mas se aconchega na lateral de Katie em busca de calor e conforto. Katie sorri.

— Obrigada. Acho que eu precisava disso. — Ela beija a testa de Stella, boceja de novo e olha para mim. — Acho que não consigo mais ficar de olhos abertos. Me deram um coquetel e tanto aqui. Venha me dar um beijo.

Eu obedeço, apesar de sentir que estou desmoronando. Como essa mulher radiante pode estar murchando na frente dos meus olhos?

— Eu te amo, gata.

— Eu também te amo, gato. — Ela desvia o olhar para Gus. — Você também.

Gus beija a testa dela.

— Boa noite, Raio de Sol. Eu te amo.

Ela murmura:

— Eu também te amo. — Então, ela cai no sono.

Eu reúno minha coragem e dou um tapa nas costas de Gus.

— Venha, cara, vou pegar um café.

Compramos dois cafés fumegantes na máquina do segundo andar e voltamos para o quarto de Katie. O braço livre dela está envolvendo Stella, cuja cabeça está apoiada em seu ombro, no aconchego do pescoço. Não consigo deixar de sorrir quando olho para as duas. Tiro uma foto mental, tomando o cuidado de cortar o soro e as máquinas ao redor e deixar só dois rostos doces e adormecidos na moldura, com os hematomas de Katie escondidos pelo travesseiro.

Gus está sorrindo para elas quando se senta em uma cadeira do outro lado do quarto.

— Ela seria a melhor mãe do mundo.

Puxo a outra cadeira para me sentar com ele.

— Sem dúvida.

O sorriso dele aumenta.

— Você devia ter visto ela com a irmã. Ela era incrível. Não sei como conseguia. Ela cuidava da irmã todos os dias. Não me entenda mal... Era fácil amar Gracie, mas cuidar de alguém em tempo integral é muito trabalho, e Raio de Sol nunca reclamou. A mãe delas nunca estava presente. Janice preferia a companhia de homens à companhia das filhas. — Há desdém e crítica nessas palavras. — E mesmo quando estava perto, não cuidava das duas. Ela tinha problemas mentais que exigiam medicação, mas não sei o que era pior, Janice com os remédios ou sem. Ela também bebia... *muito*. E era uma grande fã de cocaína. — Gus faz uma pausa, balança a cabeça e ri com ironia. — A vida familiar de Raio de Sol era uma porra de um pesadelo. Ela cuidava de Gracie porque a mãe não podia ou não queria. Elas passavam muito tempo na nossa casa. Minha mãe e eu sempre as consideramos da família. E depois que a mãe dela cometeu suicídio...

Eu interrompo.

— Espere... A mãe de Katie cometeu suicídio?

— Foi. Ela se enforcou em uma viga no teto do quarto. Raio de Sol a encontrou na manhã seguinte.

Eu esfrego os olhos com as palmas das mãos. Minha cabeça está começando a doer.

— Merda.

— É, foi uma merda. Janice vinha pegando pesado com o álcool havia alguns meses e parou totalmente de tomar os remédios. Acho que chegou a um limite e não aguentou mais. Por pior que possa parecer, fiquei meio aliviado por Raio de Sol e Gracie. Foi como serem libertadas da prisão. Elas ficaram livres.

— Ela devia ser péssima.

Ele balança a cabeça.

— Você não faz ideia. Claro, minha mãe e eu só descobrimos a maior parte da história depois que Janice morreu. Raio de Sol ficou muito bêbada uma noite depois que a mãe morreu e me contou tudo... as drogas... as surras. — Ele suspira e aperta o punho apoiado na coxa. — A gente não deixaria que as duas ficassem com ela se soubesse. Raio de Sol nunca disse nada porque tinha medo de o serviço social aparecer e separá-la de Grace. E ela devia estar certa, porque coisas ruins aconteciam. Raio de Sol levava a pior, principalmente as agressões físicas, para proteger Grace. Deus, não quero nem pensar. Ainda me deixa mal. — Ele balança a cabeça. — A gente não sabia. — Ele respira fundo e continua. — Raio de Sol estava se preparando para se formar no ensino médio quando a mãe morreu. Ela tinha bolsa para estudar na Grant e tocar violino, mas abriu mão dela para ficar em San Diego e cuidar de Gracie. Uma semana depois do enterro, ela foi ao médico para um exame de rotina e descobriu que tinha câncer de ovário, "um carcinoma sério" foi como eles chamaram. Os dois meses seguintes foram brutais. Eles a operaram e retiraram tudo. Ela passou por uma fase de quimioterapia. Ela e Grace ficaram conosco e nós a levamos a todas as consultas. Você não conhece o inferno até ver alguém passar pelo que ela passou. Ela perdeu o cabelo e passou muito mal com a quimioterapia. Não conseguia comer. Vomitava o tempo todo. Perdeu tanto peso que tivemos que hospitalizá-la para alimentá-la e fornecer fluidos. Foi horrível, mas ela nunca reclamou. — Ele aponta para Katie. — Ela é uma lutadora do caralho. Tinha fé que ia ficar melhor e que valia a pena. E se preocupava com Grace, claro. Mas ela melhorou. Voltou a trabalhar e alugou um lugar para ela e a irmã. Minha mãe queria que elas ficassem com a gente, mas Raio de Sol disse que elas precisavam ficar sozinhas. — Ele ri. —Você devia ter visto a casa delas...

— Ela disse que tinham um apartamento.

Ele ri de novo.

— Isso é exagero. Era uma *garagem* de um carro só. Elas tinham uma cama de casal que dividiam, algumas caixas onde deixavam as roupas e uma mesa. Só isso. Elas adoravam. — Ele ri de novo. — Só Raio de Sol e Gracie para morar em uma garagem e achar que estavam no paraíso.

— A mãe não deixou nenhum dinheiro? — A coisa só parecia piorar.

— Ah, não, essa foi outra coisa que só descobrimos depois que Gracie morreu. Aparentemente, Janice estava vivendo da pensão de Raio de Sol e Grace durante todos os anos. Ela nunca trabalhou. O pai foi embora quando Raio de Sol era bebê e se mudou para a Inglaterra, a terra dele. Acho que conheceu uma pessoa e constituiu família e esqueceu as filhas que tinha na Califórnia. Ele nunca falava com Raio de Sol nem com Gracie, mas pagava uma nota preta para Janice criá-las. Janice gastava tudo. O cara é cheio da grana, então pagar não era nada para ele. A grana parou quando as garotas fizeram 18 anos, e Janice começou a se afundar mais e mais em dívidas. Quando Raio de Sol vendeu a casa e o carro da mãe, mal cobriu as dívidas que Janice tinha deixado. Raio de Sol ficou só com a van e as roupas do corpo. Ela e Grace viviam com o que ela ganhava trabalhando na sala de correspondência comigo na agência de propaganda da minha mãe. Não era o bastante para viver, mas elas conseguiam.

Há uma surpresa a cada curva com essa garota.

— Nunca soube que as coisas eram tão ruins.
Ele bufa.
— É porque estamos falando de Raio de Sol. A garota nunca reclama. Ela odeia quando as pessoas sentem pena dela. Aposto que se você a acordasse agora e perguntasse sobre o câncer, ela diria que tem alguém por aí pior do que ela. Raio de Sol é assim.

Domingo, 27 de novembro

(Kate)

Meu celular está vibrando na cômoda de Keller. Pisco para afastar o sono e olho para o relógio. 1h37. O toque para antes que eu atenda, mas, quando o pego, o aparelho volta a vibrar de forma insistente. É Franco.

— Oi, Franco. — Minha língua parece grande demais na boca e faz minha voz soar rouca e arrastada. Essa nova medicação para dor transforma meu despertar em um processo lento. Como se minha consciência não concordasse comigo. É uma merda poderosa.

— Kate. Me desculpe acordar você, mas o que está acontecendo com seu garoto?

Eu me sento e digo:

— O quê? O que foi, Franco? — Eu olho para Keller, que está dormindo do meu lado.

— Gus. O babaca apareceu quinze minutos atrasado para a passagem de som, bêbado de cair e desapareceu depois. Nós o encontramos em um bar na rua e praticamente tivemos que carregá-lo para que voltasse para o show, o que, em retrospecto, foi um erro de proporções épicas. O show foi uma merda absurda. Ele estava tão bêbado que esqueceu metade das letras, se recusou a tocar a guitarra, xingou a plateia e caiu duas vezes. Foi *brilhante*. — O sarcasmo pesa na última declaração. — Claro, ele consegue tocar bêbado. Já fez um milhão de vezes. Mas isso... foi pior do que ruim. Ele se trancou no ônibus agora e não quer deixar ninguém entrar. Não quer falar com nenhum de nós. O celular cai direto na caixa postal. O que aconteceu em Minnesota? Eu nunca o vi assim.

Merda. Isso é ruim. Sei que Gus se fecha quando está chateado. As únicas pessoas com quem fala quando está assim são Audrey e eu. Sempre foi assim. Não consigo segurar um suspiro.

— O que foi, Kate? Qual é o problema? É ruim, né? — A raiva na voz dele diminui.

— É, espere. — Eu levanto da cama.

Keller se mexe ao meu lado.

— Gata, o que foi?

Seguro o celular longe do rosto.

— Está tudo bem, gato. Volto em alguns minutos. Preciso atender essa ligação. — Eu coloco o casaco e as botas e abro a porta para sair o mais rápido e silenciosamente que consigo. Está gelado lá fora. — Pronto, Franco. Me desculpe, tinha que ir para um lugar onde pudesse falar.

— Tudo bem. Me desculpe acordar você, Kate, mas eu não sabia o que fazer. Gus não é assim. Estou preocupado.

— É, eu também. — Eu respiro fundo algumas vezes antes de falar. — Estou doente, Franco.

— Ah. Porra. — Então, ele continua, mais baixo: — Porra. — E então, mais alto: — Por favor, me diga que o câncer não voltou.

— Voltou. — Me sinto péssima, como se eu o tivesse decepcionado ao dar a resposta que ele não queria.

Ouço um barulho alto, como se ele tivesse chutado ou batido em alguma coisa, seguido por um silêncio.

Eu continuo.

— Gus descobriu na quinta à noite. Passamos a noite no hospital. Ele lidou bem até eu deixá-lo no aeroporto hoje.

— Ontem — corrige ele.

— Certo, acho que já é domingo, né?

— E qual é o prognóstico? — Ele parece assustado.

— Não é bom.

— Ah, Kate. — Agora, só parece triste. — Sinto muito.

A voz de Keller surge na escuridão.

— Katie, está um gelo aqui fora. Venha falar aqui dentro. Você não vai acordar Stella. Ela está dormindo no sofá.

Minhas botas esmagam a neve quando ando até a porta.

— Escute, Kate, tenho que ir. Acho que pode ser que eu precise derrubar a porcaria da porta do ônibus.

Estou sussurrando quando entro, e Keller passa os braços ao redor do meu corpo.

— Queria que houvesse alguma coisa que eu pudesse fazer para ajudar você. Para ajudar Gus.

Franco ri, mas só tem um pouco de diversão por trás da gargalhada.

— E aí está a Raio de Sol que Gus ama tanto. Nós vamos cuidar dele, Kate. Você se cuide. Lute pra valer. Está me ouvindo? Lute com essa porra.

Faço que sim, apesar de ele não poder me ver.

— Tudo bem — digo, sabendo que não há possibilidade de luta agora.

— Até mais.

— Tchau, Franco.

Era por isso que eu não queria que Gus soubesse. Eu me tornei a desgraça dele.

Mando uma mensagem de texto para Gus na mesma hora: *Me ligue. É uma ordem.*

Meu celular toca na minha mão às 14h25. Eu o estou segurando há doze horas.

— Oi, Gus. Você está bem?

— Me sinto como se Bruce Lee estivesse lutando com Mike Tyson dentro do meu crânio. — Ele parece estar perdendo.

— Quem está ganhando? — Tenho que tentar alegrá-lo.

Ele tosse. Acho que era para ser uma risada.

— Bruce é um sujeito ligeiro, mas Mike é feroz. Pode demorar um tempo, cara.

— Noite puxada, né? — Eu não quero dar bronca nem reclamar. Tenho certeza de que ele já ouviu muito isso.

Ele suspira.

— Foi o que me disseram. Mas tenho que discordar. Prefiro uma noite da qual não lembro ao jeito como me sinto agora.

— Gus, não vou bancar a certinha com você porque isso me faria a maior hipócrita do mundo, mas talvez haja uma forma melhor de lidar com essa porra toda. Talvez um jeito que seja mais propício a manter a banda unida e a turnê em movimento. Você tem que conseguir trabalhar, cara. É seu sonho, lembra? Não cague tudo. — Sinto pena dele, mas não consigo ficar passando a mão na cabeça. Mimos não adiantam de nada.

Ouço o estalo de um isqueiro seguido de uma longa inspiração e expiração. Pela primeira vez na vida, não tenho coragem de dar minha opinião.

— Eu sei, mas isso é tão errado. Me desculpe, Raio de Sol... Não sei como vou passar por isso. Não sei nem como começar a lidar com a situação.

Ele parece tão triste que parte meu coração.

— Queria que você não tivesse que passar por isso. Me desculpe.

— Pare. *Por favor*, não peça desculpas. Você não tem permissão para pedir desculpas por estar doente ou pela minha preocupação. — A irritação vira um eco sofrido.

Nós ficamos em silêncio por vários segundos.

— Você devia compor, Gus. Botar para fora.

Ele bufa, e sei que acha que é uma má ideia.

— Ninguém quer ouvir esse tipo de raiva.

— Quem disse que as pessoas precisam ouvir? Escreva a música só para você. Você pode me mostrar se quiser. Podemos colaborar. Meio que um último grito. O que você acha?

— É um desafio? — Ele está pensando agora. Ainda não ouvi aceitação, mas ele está pensando.

Sei que ele nunca recua quando é desafiado, então provoco um pouco.

— É, sim.

— Ah, sua maldita. Você é do mal, sabia? — Consigo ouvir o sorriso pelo telefone.

O peso está sumindo das nossas costas.

— Foi o que me disseram.

— Ah, merda. Nada a perder, certo? Talvez eu faça isso mesmo. Além do mais, meu fígado precisa de um descanso. Só de pensar em uísque tenho vontade de vomitar.

— Vai ajudar, eu juro. Compus muito quando Gracie morreu.

— Você nunca me contou isso.

— É porque nunca contei para ninguém. Eu só compus. A maior parte é para violão porque não consegui suportar tocar o violino. Deve ser tudo uma merda, mas não era isso o que importava na época. Era uma terapia barata. E era disso que eu precisava.

— Ah, quero ouvir um dia as coisas que você compôs.

— Claro. Um dia. Agora, vá descansar um pouco antes do show e prometa que vai começar a compor amanhã.

— Sim, senhora. — Ele fala mais como ele mesmo agora.

— Faça épico.

— Faça épico — repete ele baixinho.

— Eu te amo, Gus.

— Também te amo, Raio de Sol.

— Tchau.

— Tchau.

Quarta-feira, 30 de novembro

(Kate)

Gus e eu nos falamos no Skype. Ele toca para mim o que compôs. A acústica do ônibus não é ótima, mas é difícil segurar a emoção ao vê-lo expor a alma. Ele estava certo. Há muita raiva. Mas também há beleza, porque sei que é Gus em sua forma mais pura. Ele não está se escondendo. São só o violão intenso e palavras não filtradas. Esse tipo de pureza me leva às lágrimas.

Quando termina, também está com lágrimas nos olhos. Eu o deixo se recompor antes de brincar:

— Acho que você está com um pouco de raiva, cara.

Ele engole em seco.

— Você acha?

Balanço a cabeça.

— Não. Eu estava enrolando. Só precisava de um minuto. — Eu precisava. Ainda preciso. Engulo em seco. — Cara, isso foi incrível! Que tal acrescentar um violino para aliviar as tendências violentas?

Ele tosse e toma um gole da garrafa de água na mesa.

— O violino pode ajudar a diminuir a intensidade. Você sabe... Controlar a histeria.

Não estou com vontade de rir, mas ele precisa do encorajamento.

— Sou totalmente a favor de controlar a histeria com cordas. Você pode gravar o que fez no seu smartphone absurdo e mandar o vídeo para mim por e-mail? Tenho uma coisa na cabeça, mas preciso ouvir de novo.

— Pode deixar.

— Combinado. Eu te ligo amanhã. Continue compondo.

— Obrigado, Raio de Sol. Por tudo. Isso ajuda.
— A mim também, cara. Te amo, Gus.
— Também te amo.
— Tchau.
— Não vou mais dizer tchau. Eu te amo.
O Skype desconecta e a imagem dele desaparece.

Sexta-feira, 2 de dezembro

(Kate)

Não vou ao meu quarto no alojamento há alguns dias. Preciso pegar meu sabão em pó e lavar algumas roupas.

Enfio a chave na fechadura, mas a porta está destrancada. Isso é estranho. A regra básica dos alojamentos é manter sua porta trancada.

Sugar está deitada na cama, mas está acordada. Opto por dar um cumprimento simpático e digo:

— O que está rolando, Sugar? — Na verdade, sei que provavelmente não vou ouvir muito em resposta. Hostilidade e desdém não contam.

Nada. Ela não diz nada. Tudo bem. Paciência. Não somos melhores amigas mesmo. Na verdade, não somos nem amigas, então vou fazer rapidamente o que tenho que fazer.

Quando estou enfiando roupas de uma pilha ao lado da cama na minha bolsa de roupa suja, ouço um fungado vindo de Sugar. Sou colocada em uma posição em que tenho que tomar uma decisão em uma fração de segundo: reconheço que ela está chorando ou não? Quero ignorá-la, mas não consigo. Olho para trás e reparo que ela está encolhida em posição fetal, com lágrimas escorrendo silenciosamente pelo rosto até o travesseiro. O rosto não demonstra emoção, o que é o tipo mais assustador de colapso. É a máscara do choque. A máscara que seu corpo levanta quando o que você está enfrentando é intenso demais e prefere desligar a ter que encarar de frente.

Merda, parece que não vou lavar roupa.

Como não somos exatamente amigas, não vou exagerar, mas estou preocupada. Odeio ver as pessoas chorarem.

— Sugar, você quer conversar?

Nenhuma resposta. Ela nem pisca.

Tento de novo porque não posso virar as costas agora.

— Escute, sei que sou a última pessoa com quem você deve querer conversar, mas sou uma boa ouvinte.

Ela pisca e olha para mim como se tivesse reparado em mim pela primeira vez. As lágrimas continuam.

— E aí, cara?

Ela funga de novo, e entrego um lenço de papel da caixa que fica na minha mesa. Depois que assoa o nariz, a expressão no rosto dela se fixa em alguma coisa entre tristeza e constrangimento. Ela funga outra vez.

— Estou grávida.

Por um momento, penso: "E isso é uma surpresa, sua ninfomaníaca?" Mas o pensamento cruel some com a mesma rapidez que apareceu, pois não sou santa. Só uma virgem poderia criticá-la nesse momento. E eu não sou.

— De quanto tempo?

Ela seca as lágrimas do rosto com as costas da mão.

— Não sei. Não fiquei menstruada na semana passada. Fiz três testes ontem. Todos positivos.

Minha mente está em disparada. Não consigo não me colocar no lugar dela. Parece uma versão mórbida de viver pelas experiências dos outros. Deus, o que eu faria se fosse Sugar? Então, tento apoiá-la mais uma vez sem ser falsa.

— Você já falou com o pai?

Ela balança a cabeça e solta uma gargalhada que é em parte nojo e em parte repulsa.

— Eu nem sei quem é o pai.

— Você não consegue limitar as possibilidades? Talvez descobrir de quanto tempo está possa ajudar.

Ela revira os olhos e observa o lenço de papel que está transformando em confete na cama.

— Você sabe tão bem quanto eu quantos caras diferentes passam por aqui. — As lágrimas começaram novamente. — Eu sou tão burra, Kate.

Tenho uma vontade repentina de consolá-la, pois todo mundo faz besteira. *Todo mundo.* Eu me sento na cama dela e ofereço outro lenço de papel.

— Você não é burra, Sugar. Cheia de tesão, talvez, mas não burra.

Ela assoa o nariz com um ruído alto e me olha de cara feia.

Isso me faz sorrir. Pela primeira vez, estou tendo uma conversa real com a Sugar real.

— O que você vai fazer?

— Eu não posso ter um bebê — diz ela sem reservas. — Simplesmente não posso.

Meu coração dói. Apesar de acreditar integralmente que essa é uma decisão que toda mulher deve tomar sozinha, minha cabeça ainda me coloca no lugar de Sugar. Eu sei, lá no fundo, que ia querer ter o bebê. Engulo em seco e lembro a mim mesma que o assunto aqui não sou eu, é Sugar. E só Sugar sabe o que é melhor para ela.

Mesmo assim, ainda preciso bancar a advogada do diabo, porque é o que eu faria por uma amiga.

— Você vai conseguir viver com essa decisão? Daqui a um, dois, dez anos? Vai conseguir viver com isso?

Vejo medo nos olhos dela, mas ela repete.

— Não posso ter um bebê agora.

Eu faço que sim. Ela pensou no assunto.

— Você já foi à clínica do campus? Talvez possam ajudar.

Ela balança a cabeça.

— Não. Eu... estou com medo.

Não consigo acreditar que estou dizendo isso.

— Vá lavar o rosto e trocar de roupa. Vamos dar uma volta, Sugar.

Sugar faz outro teste de gravidez na clínica do campus. O resultado confirma o que ela já sabia. Ela fala com o médico de plantão e pega os panfletos e informações que eles oferecem sobre gravidez, adoção e aborto.

Quando seguimos para a porta, ela está decidida. Já tem um plano. Mesmo assim, as mãos estão tremendo tanto que não consegue apertar os números do celular para marcar uma consulta.

Pego o telefone e termino de digitar os números. Quando uma mulher atende do outro lado, continuo.

— Preciso marcar um horário para uma amiga.

Marcamos para a manhã de quinta-feira.

Quinta-feira, 8 de dezembro

(Kate)

Sugar fez o aborto. Eu a levei até a clínica. Está feito. Acabou.

Deixei-a no nosso quarto no alojamento e levei comida e bebida. Ela me agradeceu, mas tive que ir embora. Não estou contra ela. Não estou julgando. Não mesmo. Mas meu estômago está doendo e não consigo parar de pensar em Stella. E se Lily e Keller tivessem tomado a mesma decisão? Nada de Stella. A ideia de Stella não existir me dá vontade de chorar.

Corro até o carro. Quando chego na casa de Keller, ainda estou sem fôlego. Não sei como é ter um ataque de pânico, mas deve ser parecido. Meu coração bate tanto que parece que vai se soltar do corpo. Sinto que estou perdendo a cabeça. É apavorante. Nunca me senti assim antes. Entro no apartamento dele e me curvo, com as mãos nos joelhos, tentando colocar oxigênio dentro dos pulmões e acalmar a mente, mas a única coisa em que consigo pensar é na não existência. E não consigo deixar de seguir o caminho em que a não existir é a mesma coisa que morrer.

Keller está ao meu lado em um instante.

— Katie, o que foi?

Levanto o rosto.

— Stella. Preciso falar com Stella. — Estou inspirando com dificuldade. — Você pode ligar para ela? Agora?

Ele parece confuso, mas tira o celular do bolso e liga na mesma hora. Ele me leva até a cama enquanto o telefone toca.

— Oi, Melanie. Você pode botar Stella ao telefone, por favor? — Ele faz uma pausa enquanto espera. Sorri para mim, mas é com esforço.

As sobrancelhas estão unidas. Eu o estou assustando. — Oi, meu bebê! Como está minha Stella?

Consigo ouvir a vozinha dela baixinho. Meus batimentos começam a desacelerar.

— Stella, Katie quer dizer oi. Vou colocá-la ao telefone agora para ela falar com você.

Minha mão já está esticada, esperando desesperadamente.

— Oi, docinho.

— Oi, Kate. O que você tá fazendo? — Ela parece tão adulta.

— Eu estava pensando em você e percebi que já tem alguns dias que não nos falamos. Como está a Miss Higgins? — Isso é bom. É disso que eu preciso.

— Está bem. Ela comeu maçã hoje. Ela *adora* maçã. — Ela arrasta a palavra "adora" por três segundos, e isso me faz sorrir.

— Que bom. Fico feliz por ela. O que você fez hoje? — Já estou conseguindo respirar normalmente, mas preciso de mais um minuto com ela.

— Melanie e eu fomos patinar no gelo, e ela leu o livro do pônei para mim, mas ela não lê tão bem quanto você. Ela não faz os barulhos de cavalo. É meio chato.

— Vou ler na próxima vez que nos encontrarmos, tá? — Sei que eu não devia fazer promessas que talvez não possa cumprir, mas não consigo evitar.

— Tá.

— Vou chamar seu pai. Tenha uma boa-noite, Stella.

— Pode deixar.

Depois que desliga, Keller segura meu rosto com delicadeza e me olha nos olhos. Ainda há preocupação no olhar dele.

— O que aconteceu, gata?

— Não sei. Acho que surtei. Desculpe. É que... tive que levar uma pessoa para fazer uma coisa hoje cedo... e foi difícil... me fez sentir... — Percebo que estou falando coisas sem sentido, então eu paro. Olho para o lindo rosto dele. — Acho que tive meu primeiro momento de surto em relação a morrer. Me desculpe.

Sábado, 10 de dezembro

(Kate)

Gus e eu passamos a última semana e meia trabalhando na música dele e tocamos ontem para o restante da banda. Gus decidiu (e por decidiu quero dizer que ele está determinado e nada vai impedi-lo) que quer gravar.

São 8h e ele já está ligando pela primeira do que tenho certeza de que serão muitas vezes hoje.

— Oi, Gus, o que está rolando em Portland?

— Portland está chuvosa. E Grant?

— Ainda não saí, mas eu diria que tem cem por cento de chance de estar fazendo um frio de congelar o cu.

Ele ri.

— Olha, não quero atrapalhar, mas eu queria ter certeza de que você está livre na semana que vem? — Ele fala como se fosse uma pergunta.

— Claro. Tenho provas finais essa semana. Acho que minha última prova é na quinta. Depois disso, estou livre. O que vai rolar, cara?

— Andei falando com o RSC sobre gravar essa música, e ele agendou um estúdio de gravação em Minneapolis na semana que vem.

— E os seus shows?

— Adiamos. Vamos na sexta de manhã e ficamos até a noite de domingo.

Ele não está perdendo tempo. É uma coisa boa, porque minha dor está ficando mais intensa mesmo com os remédios novos, e reparei que dói até para respirar às vezes. Meus pulmões não estão funcionando como deveriam. Não sei por quanto tempo vou conseguir tocar e cantar.

— Tudo bem. O pessoal vai estar pronto?

Gus é pura praticidade.

— Eles vão estar prontos.

— Tá. Uau, sem pressão, cara.

— Desculpe, Raio de Sol. Sei que é muita coisa para cobrar de você. Você vai ficar bem? Como está se sentindo? — Ele está se enrolando todo porque não quer dizer a coisa errada.

É hora de tranquilizá-lo.

— Estou bem, Gus. O final de semana vai ser ótimo. Mal posso esperar para ver vocês.

— Mal posso esperar para ver você também. Ligo depois com todos os detalhes.

— Parece ótimo. Eu te amo, Gus.

— Eu também te amo, Raio de Sol.

Nós desligamos. Acho que também não consigo mais dizer tchau para ele.

Domingo, 11 de dezembro

(Keller)

Bebemos café a noite toda enquanto estudamos para as provas finais. Katie parece exausta, mas é guerreira.

— Keller.
— O quê, gata?
— Podemos fazer uma pausa de alguns minutos?

Essa pergunta traz à mente tantas coisas que eu preferia estar fazendo com ela nesse momento.

Principalmente com ela.

Coloco o livro no chão, ao lado do sofá, e me levanto, oferecendo a mão para ela.

Ela me olha sem entender e levanta as sobrancelhas.

Ofereço a mão de novo.

— Dance comigo, moça bonita.

O sorriso que amo surge nos lábios dela. É aquele sorriso que se abre e puxa você. Chama você para o mundo dela. É meu lugar favorito. Ela segura minha mão e se levanta devagar.

— Você está falando sério?

Eu pego o celular no bolso e procuro uma música. Depois de selecionar "Pictures of You", do The Cure, aumento o volume, coloco o celular na mesa de centro e a levo pela mão até o espaço aberto atrás do sofá.

— Nunca brinco quando o assunto é romance.

Katie olha para o chão antes de grudar em mim aqueles olhos incríveis, e sei que o que ela está prestes a dizer significa muito para ela. Ela tem um jeito de contar metade da história com os olhos antes de abrir a boca.

— Nunca dancei música lenta.

Passo o braço esquerdo pelas costas dela e a puxo para mim enquanto seguro a mão direita e coloco-a no meu peito.

— Você ama dançar. Como assim nunca dançou música lenta?

— Já dancei com outros caras — diz ela, encostando a bochecha no meu peito e beijando as costas da minha mão. — Mas nunca dancei música lenta de verdade. Isso é antigo. É legal.

É mesmo legal. A música é melancólica, emotiva, mas é isso que a torna simplesmente linda. E tem quase oito minutos. Toda música lenta devia durar ao menos oito minutos. Nós oscilamos e derretemos um no outro. Eu poderia segurá-la assim a noite toda. Quando a música termina, ela recua e olha para mim.

Eu conheço esse olhar.

Eu *amo* esse olhar.

É *tão* quente.

Os dedos dela já estão segurando a barra da minha camiseta. Eu me inclino e beijo os lábios dela.

— A gente ainda está naquela pausa?

Ela faz que sim e puxa o cordão do meu moletom.

— Aham.

Puxo a camisa por cima da cabeça e tiro a calça. Eu me inclino, encosto na coxa dela e subo a mão pela perna nua até desaparecer embaixo do pijama.

— O que você tinha em mente?

Ela ofega quando meus dedos passam embaixo da calcinha.

— Você escolhe. Você sempre... — Ela faz uma pausa e sua garganta vibra. *Caramba*, esse som! Faz com que eu queira adorá-la e devorá-la ao mesmo tempo. A cabeça se inclina para trás, os olhos se fecham e ela continua: — ... tem as melhores ideias.

Afasto o cabelo desgrenhado do pescoço dela. Com a clavícula exposta assim, eu tenho que provar o gosto. É tão bom que eu continuo.

Ela deixa.

Nossa conexão é mais delicada e lenta do que nas outras vezes, mas a satisfação mútua não demora a ser alcançada.

Nenhum de nós está pronto para voltar a estudar. Katie sugere que a gente se vista e vá ao alojamento.

São 23h45, mas, durante a semana das provas finais, todo mundo estuda a noite inteira.

Dirijo o carro dela porque Dunc está com a Máquina Verde.

O alojamento está movimentado. A maioria das portas no corredor está aberta e há música saindo de muitos quartos. As pessoas estão matando tempo no corredor, andando com xícaras de café. Pelo que parece, muita gente chegou ao mesmo ponto que nós e está fazendo uma pausa nos estudos.

Vamos ao quarto de Clayton e Peter primeiro. Clayton é um cara legal. É simpático e sempre diz coisas engraçadas. Ele e Katie se dão bem. Peter é sério pra caramba, mas é bem legal. E Katie gosta dele. Melhor do que isso, ele se importa e respeita Katie totalmente, cem por cento. E, por isso, gosto do cara. Ele sabe reconhecer uma pessoa boa.

Em seguida, paramos no quarto dela. A colega de quarto está lá. Não sou fã de Sugar. Para ser sincero, ela é uma imbecil arrogante. Nas poucas vezes que vim aqui com Katie, Sugar agiu como uma pirralha mimada, como se fosse boa demais para Katie. Tenta falar como se fosse superior, mas Katie é tão corajosa e coloca Sugar no lugar dela. Ela não deixa as pessoas se meterem com ela. Na verdade, isso é incrivelmente sexy. Só de pensar em Katie começo a me sentir pronto para o segundo round da nossa "pausa". Precisamos sair daqui. Logo.

— Está pronta, gata? Eu estou. — Quando ela olha para mim, eu pisco. Ela sorri.

— Ah, acho que eu *poderia ficar pronta* se você me der dois minutos para falar com Sugar.

Caramba. Agora estou pronto mesmo.

Ela está falando baixinho com Sugar. Não consigo ouvir o que estão dizendo, mas Katie soa preocupada. Acho melhor eu esperar no corredor e dar privacidade a elas.

Estou andando pelo corredor depois de ir ao bebedouro quando ouço uma porta se fechar e olho para trás. Vejo Katie andando para o outro lado, indo para a escada com Clayton. Estou prestes a chamá-los quando aquele filho da mãe do Ben Thompson sai cambaleando para o corredor algumas portas depois do quarto de Katie. O que diabos ele está fazendo aqui? Ele é aluno do terceiro ano e mora em uma casa de fraternidade do outro lado do campus. Nunca gostei do babaca. Ele é um escroto arrogante e mais burro do que uma porta, mas o verdadeiro motivo de eu não suportá-lo foi uma coisa que aconteceu no meu primeiro ano. Nós dois morávamos neste alojamento, e uma garota que morava em frente ao meu quarto, Gina, acusou-o de estupro. No dia seguinte ela desmentiu as alegações, fez as malas e foi embora. Sei que o filho da mãe fez aquilo. Ele devia estar na cadeia, mas ainda está aqui. Dizem que Gina não é a única, que houve outras. O cara é um merda.

Ele está totalmente bêbado e está seguindo Katie pelo corredor. Não vou tirar os olhos dela, porque juro que vou arrancar o braço dele se ele pensar em tocar nela.

Katie para e se vira para ele. Ele deve ter dito alguma coisa. Consigo detectar a expressão assassina no rosto dela.

Vejo Ben segurar a camisa de Clayton e empurrá-lo contra a parede.

— Saia do meu caminho, estou tentando falar com a provocadora de pica. Vou te dar uma surra em um minuto, veado.

Clayton levanta a voz.

— Você não pode me ameaçar mais.

Corro pelo corredor, empurrando pessoas para saírem do caminho.

A uns seis passos, ouço a voz de Katie.

— Fique longe de mim, babaca! — Ela fala bem alto. Não parece ter medo. Mal sabe ela do que o sujeito é capaz.

Quatro passos. Vejo a mão dele na bunda dela quando ela se vira. O filho da puta está morto agora.

Dois passos. Eu me jogo e o derrubo por trás. Katie grita e pula para longe. Passamos a centímetros dela quando caio no chão em cima de Ben. Sem pensar, começo a dar socos na cara dele. Acerto o sujeito sem parar. Os nós dos meus dedos ficam vermelhos de sangue, se é dele ou meu, não sei. Não ligo. De repente, alguém me puxa.

Ben começa a se levantar. O nariz está sangrando até a camisa.

— Que porra é essa? — Ele cospe sangue nos meus pés.

Tento pular nele de novo, mas não consigo me soltar dos três caras que me seguram.

— Seu merda. Nunca mais toque nela, está me ouvindo? Se eu vir você olhando para ela, juro que vou arrancar seus olhos da cara.

Ele levanta as mãos como se fosse completamente inocente.

— Desculpe, chefe. Não aconteceu nada. — Ele se vira para ir embora como se não tivesse acabado de levar uma surra.

Ele para e joga um beijo para Katie quando passa por ela. Não acredito que ele acabou de provocá-la na minha frente.

Estou prestes a me soltar e fazer picadinho do cara quando Katie segura Ben pelos ombros e acerta o joelho no saco dele. Ele cai no chão. É tão brilhante que tenho que rir.

Ela se inclina para perto do ouvido dele.

— O carma é um filho da puta, cara. Espero que sua juventude patética tenha valido a pena, porque, acredite, sendo um merda como você é, seu futuro vai ser um inferno. Divirta-se, filho da puta, você merece cada segundo de infelicidade.

Jesus, minha namorada pequenininha de 45 quilos é a pessoa mais corajosa e foda que já conheci.

Ben se levanta e sai andando pelo corredor, com a mão nas bolas.

Em seguida, as mãozinhas delicadas de Katie estão no meu rosto, e ela está observando meus olhos com desespero.

— Você está machucado?

Eu balanço a cabeça e não consigo parar de sorrir para ela. Estou tão eufórico, o que é absurdo considerando que dei uma surra em uma pessoa... e eu nunca tinha colocado a mão em ninguém na vida. Talvez seja só adrenalina.

Ou talvez seja só Katie.

Ela dá aquele sorriso lindo.

— Você tem um gancho direito ótimo, gato. Vamos para casa. Quero botar você no banho e te limpar.

Eu levanto as sobrancelhas.

— Me botar no banho?

Ela morde um canto do lábio inferior com os dentes. Deus, adoro quando ela faz isso. Ela dá de ombros.

— Gosto de ajudar. O que posso dizer?

De repente, alguém dá um tapinha no meu ombro e pergunta:

— Com licença. Você está bem?

Eu me viro, e o supervisor do alojamento, John, está na minha frente usando uma calça de pijama e uma camiseta da Grant que parece ter sido lavada um milhão de vezes. Ele era supervisor quando morei ali no primeiro ano. Sei que não se lembra de mim, mas, pela cara dele, continua mal-humorado. Nunca vi o sujeito abrir um sorriso.

Ele repete:

— Você está bem?

Faço que sim, apesar da dor pulsante nos meus dedos.

Ele move o polegar no ar por cima do ombro.

— Que bom. Vá se limpar no banheiro e saia daqui. Não quero mais ver você aqui. — É um show e tanto. Tinha esquecido o quanto esse cara gosta de demonstrar autoridade.

Eu estico a mão para segurar Katie.

— Venha.

John balança a cabeça.

— Preciso falar com Kate e Clayton. Ela encontra você lá fora.

Katie levanta as sobrancelhas e olha para Clayton, que está encostado na parede tentando ficar fora da confusão.

— Tudo bem. Encontro você em um minuto, Keller.

Depois de limpar o sangue das mãos, percebo que estou com raiva de novo. Como John ousa me expulsar? Ele não disse nada para Ben, e tenho certeza de que viu tudo. Abro a porta da frente com raiva e desço a escada. Katie está com Clayton e John na calçada.

Eu aponto um dedo acusador para John.

— Você...

Katie me empurra com as duas mãos no peito.

— Opa! Uma luta de MMA basta por uma noite, cara.

Nessa hora, vejo no rosto de John uma coisa que nunca vi antes: um sorriso. Bem, não é tanto um sorriso, é uma deformação pequena nos lábios, o começo de um sorrisinho. Mas nele é o equivalente a um sorriso de orelha a orelha que abre o rosto no meio, que mostra todos os dentes. Ele está olhando para Katie. Ela está de costas para ele. Ele olha para mim, e o sorriso some. Ele limpa a garganta.

— Peço desculpas por fazer uma cena, mas tenho um trabalho a fazer. — Ele me olha nos olhos. — No que me diz respeito, isso nunca aconteceu.

Estou confuso, e a adrenalina toda no meu corpo não está ajudando.

— O que não aconteceu?

— Exatamente. Você nunca esteve aqui. — Ele está me deixando sair sem registrar queixa.

— Você não vai relatar à segurança do campus?

— Não. Ando esperando uma oportunidade para fazer Ben Thompson ser expulso da Grant. E parece que ele decidiu agredir verbal e fisicamente dois residentes antes de arrumar briga com uma pessoa desconhecida hoje.

— Desconhecida?

Ele dá de ombros.

— Aconteceu tão rápido que não consegui ver o cara com quem ele estava brigando. Pensando bem, Ben estava tão bêbado que a briga deve ter acontecido depois que ele saiu e estava indo para casa.

Katie está assentindo.

— Estranho — murmura ela.

— Estranho — acrescenta Clayton, com um sorrisinho esquisito.

— Estranho — concorda John. — Além do mais, a agressão a Kate e Clayton por si só basta para que ele seja expulso. Eu ouvi e vi tudo. Nem vou precisar falar da briga. A lista de violações de Ben é tão comprida quanto meu braço, e esse vai ser o prego final no caixão. E vai ser um prazer. Estou esperando três anos para esse cara pagar.

Eu faço que sim. Talvez John não seja tão ruim.

— Gina?

Ele assente, e a tristeza aparece no seu rosto.

— É.

Katie se intromete.

— Clayton decidiu fazer uma queixa também. — Ela sorri para Clayton mostrando que está orgulhosa. — Precisamos ir com John até a segurança do campus.

Nem hesito.

— Eu levo vocês.

Ela olha para meus dedos e para o sangue na minha camisa.

Olho para a minha camisa.

— Eu, há... espero no carro.

Ela sorri.

— Boa ideia.

John já está fazendo sinal para irmos para o estacionamento. Ele voltou a ser a pessoa pouco falante e mandona.

— Ben Thompson vai estar fora daqui antes que o sol nasça. Aposto meu MBA.

Segunda-feira, 12 de dezembro

(Kate)

John estava certo. A falação e a fofoca pelo campus foi inevitável. Dizem que Ben Thompson foi acompanhado para fora da casa da fraternidade de manhã cedo, antes das aulas começarem. Até encaixotaram todos os pertences dele. Vejo isso como uma vitória de Clayton sobre os *Babacas* do mundo.

O carma é um filho da puta, Ben Thompson.

Só tive uma prova final pela manhã, então volto para o alojamento para ver como Sugar está antes de ir para a casa de Keller. Estou preocupada com ela. A gravidez e o que veio depois estão mexendo muito com a cabeça dela. Ela parece querer mesmo fazer umas mudanças na vida, mas faltam alguns elementos essenciais para conseguir. Primeiro, determinação. A pressão das amigas é o declínio dela. Mata a sensação de individualidade. Segundo, ser proativa. Ela flutua pela vida. Tudo é feito para ela. A garota não sabe fazer um plano e menos ainda agir com base nele. E, finalmente, autoestima. Garotas como Sugar fazem as coisas para ter atenção. O tipo errado de atenção. E isso leva ao autodesprezo. É um círculo vicioso.

Lá no fundo, não acho que ela seja uma pessoa ruim. Acho que falta um sistema de apoio e alguém que sirva como um bom exemplo. Ela tem coragem, isso tenho que admitir. Já provou várias vezes, mesmo sendo uma vaca na metade do tempo. Se ela pudesse canalizar essa abordagem corajosa para mudar a si mesma, seria uma porra de uma estrela do rock.

Então, Sugar e eu somos amigas agora. É estranho. Mas é um estranho bom. E eu sou estranha, o que posso dizer?

Quinta-feira, 15 de dezembro

(Kate)

Hoje foi o último dia das provas finais, e Keller e eu decidimos fazer um jantar caprichado para nossos amigos. Convidamos Shelly, Duncan, Clay e Pete. Comemos uma travessa grande de lasanha de legumes, uma salada *caesar* crocante e pão de alho salgadinho e cheio de manteiga. A comida está excelente e a conversa está melhor ainda. Quando se colocam seis pessoas completamente diferentes ao redor de uma mesa, coisas divertidas acontecem.

É claro que tudo que é bom chega ao fim. Pelo menos, é o que dizem. E estou começando a acreditar que é um conselho sábio. Depois do jantar, eu solto a bomba. Odeio. Faz com que eu sinta que estou querendo atenção quando tudo que quero é informar meus amigos. Keller quis que eu contasse semanas atrás, mas eu não queria que eles se preocupassem, principalmente com as provas finais a caminho. Tento ser positiva ao dar a notícia, mas, enquanto vejo cada um implodir ou explodir, decido manter a compostura. Ver as pessoas de quem eu gosto ficarem tão tristes como resultado direto de…mim? É uma droga.

Shelly faz várias caretas, e o corpo dela treme como se estivesse tentando rejeitar a notícia. Ela só fica balançando a cabeça e mordendo o lábio inferior como se estivesse tentando não chorar. Assim que Duncan a puxa para os braços, ela começa a chorar em explosões altas e furiosas no ombro dele.

Os olhos de Pete estão tão arregalados que consigo ver os brancos ao redor. Acho que ele fica dez minutos sem piscar. E não fala nada.

E Clayton? Seu rostinho precioso se contorce em uma dor absoluta assim que a palavra câncer sai da minha boca. A transformação é instantânea, e as lágrimas também. Ele fica dizendo:

— Isso não pode acontecer com você, Katherine. Não pode.

Há muitos abraços depois que o choque passa, o que me ajuda imensamente. Espero que os tenha ajudado também.

Estou feliz de ter contado isso para podermos voltar a ser apenas amigos.

Domingo, 18 de dezembro

(Keller)

Vamos para o estúdio de manhã. Levo Dunc, Shel e Clayton comigo. Katie dormiu no hotel, em uma suíte com a banda. Não dormi. Não consegui. Cada vez que fechava os olhos e não a sentia ao meu lado, entrava em pânico. Parecia que ela já tinha morrido.

Estou cansado. Ela também parece cansada, mas ela sempre parece cansada atualmente. Mesmo assim, os olhos dela estão felizes. Quase sempre estão. Não sei como ela consegue. Os olhos estão brilhando, e ela continua tão divertida quanto sempre é enquanto brinca com a banda. Eles são caras bem legais. Ficam muito à vontade uns com os outros. São todos profissionais, inclusive Katie, mas se divertem enquanto trabalham. As gargalhadas que ouvi nos últimos dois dias devem ser mais do que a maioria das pessoas ouve durante uma vida inteira. E todos adoram Katie. Principalmente Franco, que pega no pé dela sem parar. Mas não consigo sentir pena dela, porque ela também pega no pé dele. Essa é a minha Katie. Ela é muito espirituosa.

Tom entra com um café enorme e acena para o grupo. Ele não é uma pessoa matinal, então todo mundo acena com a cabeça e evita cumprimentos verbais. A banda e Katie o chamam de RSC. Não sei bem por quê. Vou ter que perguntar para ela. Depois que Tom se senta ao lado do cara atrás da mesa de som, ele limpa a garganta.

— É bom vocês estarem preparados para mudar a história da música hoje, porque eu não vim até Minneapolis para me decepcionar. Ontem foi inacreditável, mas vocês — ele está olhando diretamente para Gus — vão ter que melhorar hoje para superar o que fizeram ontem. Isso tem que ser perfeito. — Tom gosta de Gus; ele só está dando o tom para o dia. A gravação tem que ficar perfeita se eles quiserem terminar hoje.

Gus limpa a garganta.

— Entendido. — O astro do rock parece nervoso.

Tom assente brevemente e sua expressão se suaviza.

— Então comecem a trabalhar.

— Quero Raio de Sol na outra cabine. Você precisa gravar ao mesmo tempo. Tem harmonias demais, e não consigo chegar à perfeição sem ouvi-la. — Katie faz backing vocal de quase todos os versos de todas as estrofes, e eles cantam o refrão juntos.

— Achei que todo mundo ia ser gravado separadamente e depois reunidos na mixagem.

Gus dá de ombros, mas consigo ver as sobrancelhas subirem. Ele lambe o lábio inferior. De repente, o cara tranquilo que vi durante dois dias sumiu. Ele parece prestes a desmoronar, e meu palpite é que não tem nada a ver com a gravação. O problema é Katie. Tudo se tornou real demais para ele.

— Preciso dela — ele diz baixinho.

Tom expira, mas sua expressão se suaviza. Ele conhece as circunstâncias desse fim de semana e não vai brigar com Gus. Vai dar a ele o que ele precisa para ir em frente.

— Tudo bem. — Acho que ninguém poderia dizer não para o sujeito agora. Nem mesmo eu.

Tom e o técnico de som conversam rapidamente, e um microfone é colocado na cabine em frente à cabine de Gus.

A cabine de som é silenciosa, o que é meio desconfortável, porque não houve nenhum momento de silêncio durante quase 48 horas ali. Shel está sentada no colo de Dunc em uma cadeira grande no canto. Clayton, Jamie e Robbie estão sentados em um sofá grande atrás da mesa de som. Franco e eu estamos na lateral, olhando as cabines de gravação pelo vidro.

Katie e Gus estão do outro lado do vidro. Estão conversando baixinho, esperando para assumir seus lugares nas respectivas cabines. Katie parece tranquila e feliz, como se tivesse feito isso um milhão de vezes. Está tentando deixar Gus à vontade. O cara parece muito tenso. Não consigo imaginar o que está passando pela cabeça dele. Já ouvi a música.

Eles repassaram algumas vezes na sexta à noite. É uma canção cheia de emoção. É sobre a dor e a dificuldade de perder alguém, tentar e falhar na hora de aguentar o tranco e, no final, desistir. Sei que ele escreveu pela perspectiva dele, mas poderia muito bem ter sido escrita por Katie. É triste de qualquer forma que você encare. Sem saber a história por trás da música, ela poderia ser interpretada de muitas formas diferentes: uma morte, um rompimento, uma perda de um modo geral. A letra é uma mistura descontrolada de raiva e desespero. É poética e profunda e pessoal, uma liberação furiosa de três minutos. Passar por isso vai ser difícil. Katie já aceitou a música. Está cantando com controle porque não está levando para o lado pessoal. E sua história, aos olhos dela, pelo menos, não é triste. Mesmo se a música diz que ela está desistindo, na mente bizarramente positiva dela, desistir não é problema. Morrer não é problema. Vai ficar tudo bem.

Tom fala ao microfone.

— Acho que estamos prontos, pessoal.

Gus e Katie se olham. Katie diz alguma coisa e estica o pequeno punho para ele. Gus sorri e bate com o punho no dela.

Todo mundo está alerta, e nós parecemos estar prendendo a respiração. Jamie e Robbie se levantam, como se não fosse possível ficar sentado, e param atrás de mim. Franco está quicando nos calcanhares e falando baixinho:

— Vamos lá, Gus, você consegue fazer isso.

Katie e Gus colocam fones de ouvido e os ajeitam antes de tomarem seus lugares atrás dos microfones. Katie ainda parece relaxada, mas houve uma mudança nos seus olhos. Ela está no lugar dela. Gus está de olhos fechados, balançando a cabeça de um lado para o outro, tentando relaxar.

O cara do som mexe em alguns botões e conseguimos ouvi-los respirando. Tom aperta um botão e pergunta:

— Estão prontos? — Katie respira fundo e assente. Gus fica em silêncio. Tom pergunta de novo: — Gustov, você está pronto?

Ele suspira depois de alguns segundos e junta as mãos atrás do pescoço. Os bíceps se flexionam. Os olhos se fecham.

— Preciso de uma porra de um cigarro. — Não sei se ele está falando sozinho ou com Tom.

— Vai ser um longo dia — murmura Tom antes de apertar o botão para falar com Gus. — Você precisa de mais um minuto?

Katie já tirou os fones e foi até a cabine de Gus. Nós conseguimos ouvir a conversa.

— Gus, cara, você está bem?

Ele balança a cabeça.

— Escute, nós vamos fazer isso. Essa música é *demais*. Quero ouvir você cantar, cantar *de verdade*. Não segure nada. Estou empolgada e estou pronta. Venha fazer isso comigo.

Ele relaxa um pouco.

— Você acha que vai ficar bom?

— Você acha que eu estaria aqui se não achasse? — provoca ela.

Ele assente.

— Por mim? Acho.

Ela concorda e suspira, mas depois um sorriso surge.

— É, acho que você está certo. Mas *vai* ficar incrível. Agora venha, *Gustov*, coloque sua roupa de adulto e vamos quebrar tudo.

Ele sorri para ela e balança a cabeça. Acha divertido quando ela fica mandona.

Ela pisca e provoca-o quando sai.

— Falando sério, é melhor você mandar ver, porque eu estou pronta.

— Ela é gostosa pra caralho — diz Jamie ao meu lado. Ele não está sendo grosseiro, só está declarando um fato. — Tem mais alguém estranhamente excitado aí?

A sala toda, até Clayton e Shelly, responde ao mesmo tempo:

— Sim.

Franco me cutuca.

— Você é um filho da puta sortudo, Keller.

Sou mesmo.

Katie coloca o fone. Tom fala com eles.

— Estamos bem agora? Gustov, você está pronto?

Gus respira fundo de novo e olha pelo vidro para Tom.

— Estou, cara. — Ele puxa a cintura da calça. — Estou com minha roupa de adulto agora. — Ele olha para Katie e dá um sorrisinho.

Ela bate palmas e ri.

Tom olha para Katie e pergunta:
— Kate, você está pronta?

Ela mostra dois polegares para cima de forma dramática na frente do microfone e acrescenta o sorriso mais bobo do mundo com olhos arregalados. Todo mundo na cabine cai na gargalhada, inclusive Tom.

— Em que eu fui me meter? — Ele balança a cabeça. — De onde veio essa garota? — É um elogio. Ficou óbvio, durante todo o fim de semana, que Tom respeita o talento de Katie. Ele caiu sob o feitiço dela, assim como todo mundo que ela conhece.

Robbie fala.

— Do espaço sideral. Não existe outra igual. Aos dois, aliás.

Franco ri.

— É bem isso mesmo.

O cara do som mexe em mais alguns botões e a música surge na sala. O violino pré-gravado de Katie é baixo e sinistro. A introdução é comprida, o que é legal porque eu poderia ouvi-la tocar para sempre. Um violão acústico se junta depois, seguido de bateria, baixo e uma guitarra elétrica.

Kate e Gus têm os olhares grudados um no outro. Estamos olhando para eles como se fossem peixes em dois aquários, mas acho que eles esqueceram que outras pessoas existem no mundo, exceto o melhor amigo à distância de três metros e duas vidraças. Os dois estão tomados pela música que chega pelo fone de ouvido. O queixo de Gus sobe e desce a cada acorde do violão. O tronco todo de Kate está em movimento, mas é lento e sincronizado com o violino. A mão direita se move involuntariamente na lateral do corpo, como se o arco estivesse na mão. Olho para Franco ao meu lado, e ele está acompanhando a bateria, com os indicadores nas coxas. Acho que nenhum deles está ciente de estar tocando junto.

Tom aponta para Gus quando ele começa o primeiro verso da música. Os primeiros dois versos são dele. A voz está baixa e sussurrada. Há uma tristeza inegável na voz dele. Katie se junta e canta ao fundo no final da primeira estrofe. O som é suave e mais um eco para reforçar a emoção que vem de Gus.

Gus continua guiando o primeiro refrão. A voz dele aumenta de volume enquanto a voz de Katie acrescenta profundidade.

A emoção aumenta na segunda estrofe. Embora Katie ainda esteja fazendo backing vocal, a voz fica mais alta para alcançar a de Gus. A dele beira o desespero, a dela oferece uma base. É uma combinação estranha, mas funciona. Você sente a luta dos dois. Continua no segundo refrão. Eles estão cantando com tudo, e sei que na estrofe seguinte Gus vai cantar sozinho. É quando a música chega ao clímax. Não sei como o cara consegue dar mais do que já deu até agora.

E então, descobrimos. Gus fechou os olhos. As mãos seguram os fones e as costas se arqueiam com o esforço. Ele está alheio ao mundo. O corpo todo de Katie está se movendo com a batida da bateria. É como se a música estivesse correndo diretamente pelas veias dela e ela tivesse sido possuída. Eu queria poder me perder tão completamente assim. Quando as palavras de Gus chegam a um grito de sofrimento que beira a dor, o sorriso dela vai de orelha a orelha, e ela bate com o punho no ar, encorajando-o. A cabine de som toda explode em gritos, palmas e assobios descontrolados. Todo mundo está impressionado com o que está vendo e ouvindo.

Katie, de olhos fechados, volta a cantar, e sua voz acompanha a intensidade de Gus. Ela está cantando o refrão final sozinha enquanto Gus repete os versos da estrofe anterior junto com ela. A energia e a intensidade da cabine de som são palpáveis. Se eu estou empolgado assim, o que Katie e Gus estão sentindo?

Katie canta o verso final. Gus canta em seguida, soltando um grito de guerra:

— Eu desisti da vida. Ou a vida desistiu de mim. Seja como for, é meu fim. — Então, a voz dele treme e fala baixinho: — Acabe comigo.

Katie ainda está quicando no mesmo lugar, com o sorriso largo, os punhos fechados, o peito subindo e descendo com o esforço, apreciando o final da música, que é todo instrumental. É o começo da música ao contrário. A guitarra e o baixo somem, seguidos alguns momentos depois pela bateria. O violão acústico e o violino dançam intimamente no ar ao nosso redor. Finalmente, o violão solta seus acordes finais e o violino sombrio termina a música.

Quando a última nota some, Gus e Katie abrem os olhos. Gus dá um sorriso que é uma combinação de alívio e exaustão.

— Eu te amo, Raio de Sol — sussurra ele.

Ela sorri para ele.

— Eu também te amo, Gus — ela responde baixinho.

Isso não era parte da música, mas foi capturado na gravação, o que me deixa feliz. Ouvir outro homem dizer para minha namorada que a ama devia me incomodar, mas não incomoda. Quero que Katie fique cercada de pessoas que a amam.

A sala explode de novo. Tom joga os papéis que estava segurando no ar, se encosta na cadeira e balança a cabeça. Ele olha para Jamie, para Robbie, para Franco e para as cabines de novo.

— O que *foi aquilo*? — O cara está chocado. — De onde isso veio? Eu nunca vi Gustov assim. Eles arrasaram! — Ele está piscando, incrédulo.

— É Kate, cara. — responde Franco. — É a musa dele. Sempre foi. Você viu o que eles fizeram juntos. Mais ninguém desperta isso nele. Eles alimentam um ao outro. Nunca vi nada igual. Musicalmente, estão tão sintonizados que parece que conseguem ler a mente do outro. Mas você está certo. O que acabamos de testemunhar foi absolutamente inacreditável... mesmo para eles. — Ele sorri. — Acho que você não vai pedir para eles repetirem, vai?

Tom limpa a garganta, balança a cabeça e aperta o botão para falar com Gus e Katie.

— Acho que terminamos. Vocês querem ouvir?

Alguns momentos depois, Gus está atrás de Jamie e Robbie e apoia os braços nos ombros deles como se precisasse disso para ficar de pé. Katie fica na minha frente e se encosta em mim. Passo os braços ao redor dela e beijo o topo da sua cabeça. Consigo sentir que ela está tendo um pouco de dificuldade para respirar. Sussurro no ouvido dela:

— *Você* é uma estrela do rock. Você foi incrível.

Ela passa as mãos pequenas e macias nos meus braços.

— Obrigada, gato.

Adoro quando ela me chama assim.

Gus finalmente recupera o fôlego.

— Caramba, Raio de Sol, acho que as roupas de adulto funcionaram.

A gargalhada dela reverbera em mim.

A gravação está tão fenomenal quando a versão ao vivo. Sinto arrepios surgirem nos braços de Katie.

Tom olha para Gus quando a música termina.

— O que você achou? Está feliz com isso?

Gus olha para Katie em busca de confirmação. Ela assente. Ele sorri.

— Sim, terminamos.

Tom expira.

— Que bom, porque eu não ia deixar vocês refazerem. — Ele aponta para a mesa de som. — Aquilo foi brilhante.

Em seguida, Robbie, Jamie e Franco se reúnem em torno de um microfone em uma das cabines de gravação para gravar os vocais de fundo. Muitas tentativas são necessárias, mas eles encerram uma hora depois. Essa parte da música é menos importante, mas, mixada com todo o resto, é como a cereja no topo do bolo.

Todos ouvimos a versão final quando voltamos do almoço. Franco e Katie se revezam dizendo um para o outro como eles soam péssimos. Ajuda a aliviar o estresse que está torturando Gus. Ele insiste em ouvir cinco ou seis vezes. Tom derruba cada sugestão de mudança que Gus faz. Quando Katie concorda que devia ficar como está, Gus cede.

Um táxi chega para transportar a banda e Tom para o aeroporto. Isso quer dizer que é hora de se despedir de Katie. Eles não sabem se vão vê-la de novo.

Tom a abraça e diz a ela o quanto se sente honrado de ter trabalhado com ela de novo.

Jamie chora abertamente quando a abraça. Nem consegue falar quando se vira para entrar no táxi.

Robbie a abraça com delicadeza como se tivesse medo de quebrá-la. Os olhos ficam brilhando quando diz para ela:

— Aguenta aí, Kate. — Em seguida, entra no banco de trás do táxi ao lado de Jamie.

Franco olha para o céu e pisca várias vezes.

— Falei para mim mesmo que eu não ia chorar. — As lágrimas escorrem pelas bochechas dele. Ele a segura pelos ombros e a puxa para um abraço de urso. — Vou sentir tanto a sua falta, Kate. Não consigo me despedir. Isso é tão errado.

Ela está tentando forçar um sorriso, mas o lábio começa a tremer.

— Eu também vou sentir a sua falta.

Ele a beija na testa e aperta a mão dela antes de entrar no táxi.

Ela o faz parar antes que ele desapareça no veículo.

— Franco?

Ele se vira.

— O quê?

— Me desculpe pelo tanto que te enchi o saco. Espero que você saiba que nunca foi sério. Você é um dos caras mais incríveis que já conheci.

Ele sorri em meio às lágrimas.

— Você também, Kate.

É de partir o coração.

Gus está a alguns metros, fumando um cigarro. Ele dá uma última tragada e joga a bituca na rua antes de se virar para Katie. Ela segura as mãos enormes dele. É engraçado o quanto se encaixam bem considerando a imensa diferença de tamanho.

— Você devia parar, sabe — ela diz para ele.

Ele assente de forma solene.

— Eu sei. Acredite, eu sei.

Ela balança os braços deles. Não querem dizer tchau. Parece que, se disserem, tudo vai ter que terminar. Então eles ficam em silêncio e se olham. As lágrimas nos olhos de Gus começam devagar, mas quando viram um fluxo constante, ele a puxa abruptamente do chão em um abraço.

A voz dele está consideravelmente calma apesar das lágrimas.

— Isso não é uma despedida. Vou ver você depois do Natal. — A turnê termina alguns dias antes das festas de final de ano.

Ela assente de novo, com o rosto encostado no ombro dele.

— Não é uma despedida. Vejo você em algumas semanas.

Ele a aperta com força, e a voz dele falha.

— Promete?

A voz dela sai rouca e abafada.

— Prometo, Gus.

Ele a coloca no chão delicadamente, aperta a bochecha dela contra o peito e acaricia o cabelo duas vezes antes de soltá-la. Ela está segurando a barra da camisa dele como se não quisesse deixá-lo ir embora. Ele segura o rosto dela com as mãos e se inclina até estar olho a olho com ela.

— Eu te amo, Raio de Sol. — Ele dá um beijo leve nos lábios dela.

Ela sussurra:

— Eu também te amo.

Ele vai até o táxi, abre a porta do passageiro e entra. Sem dar tchau.

Katie joga um beijo e acena quando o táxi se afasta do meio-fio. Lágrimas escorrem silenciosamente quando ela se vira para mim. Ela finalmente deixa que caiam.

Quando me abraça, parece que está caindo em mim. Eu acaricio as costas dela.

— Você tem amigos incríveis, Katie.

— Eu sei. Tenho sorte pra caralho. — Ela está falando sério.

Eu beijo o topo da cabeça dela.

— Nós é que temos sorte.

Segunda-feira, 19 de dezembro

(Keller)

Minha mãe não fala comigo há um mês. Ela ainda está aborrecida por eu ter mudado meu curso... e minha vida toda, acho. Sei que não devia me incomodar, porque é o que nós fazemos, o que fizemos minha vida toda. Tem um padrão aí: eu me esforço à beça, mas nunca é o bastante, e ela fica decepcionada, eu me sinto um fracasso... e tudo se repete... se repete... se repete.

Acho que está me incomodando porque, pela primeira vez na vida, *eu* sinto orgulho de mim mesmo. Sinto-me concentrado. Sinto-me confiante. Sinto-me corajoso. E sinto todas essas coisas por causa de Katie. Estar perto dela nesses últimos meses me mudou. E sou um homem melhor por causa dela.

Por que minha mãe não consegue ver isso?

Katie e eu fomos de carro até Chicago hoje cedo. Jantamos com Stella e Melanie na casa dos meus pais. Meu pai estava trabalhando e minha mãe se recusou a se juntar a nós.

O jantar foi melancólico, considerando que é a última vez que vamos ver Melanie por um bom tempo. Ela vai voltar para Seattle. Nós prometemos manter contato, mas sabemos como são essas coisas. Promessas são fáceis. Ela vai morar com os pais e estudar para tirar o diploma. Estou feliz por ela. Ela é uma boa pessoa. Não sei o que eu teria feito sem ela. É o anjo de Stella desde sempre. Nunca vou agradecer o bastante.

Stella chorou quando Melanie foi embora. Isso acabou comigo. E, por uma fração de segundo, eu me perguntei se estava fazendo a coisa certa.

Já passa das 23h agora. Stella está dormindo há mais de duas horas e minha mãe está no escritório, onde se enfiou desde que chegamos.

Katie foi dormir no quarto de hóspedes. Essa semana foi louca, e ela não dormiu tanto quanto precisa. Consigo ver que está tendo dificuldades. Ela é tão forte, a pessoa mais forte que já conheci, e tenta bancar a corajosa para todo mundo, mas quando fica sozinha permite que a dor tome conta. Eu já vi e partiu meu coração. A realidade de que vou perdê-la fica mais forte a cada dia.

Não quero perdê-la.

Eu trocaria de lugar com ela se pudesse. Ela é a única pessoa além de Stella por quem posso dizer com sinceridade que morreria. Sequer hesitaria. Levaria a porra de uma bala por qualquer uma das minhas duas garotas.

Empurro a coberta porque não consigo mais ficar deitado. Ando pelo quarto roendo as unhas. Não sobrou nada delas. Estou ansioso demais, e minha mente está disparada. Não consigo me desligar o bastante para dormir.

Coloco uma calça de pijama e percorro o corredor para dar uma olhada em Stella. Ela está dormindo profundamente. Parece tão tranquila que meu coração incha de amor. Katie estava certa. Sou muito abençoado.

Meu próximo passo é o quarto de Katie. Ela está dormindo de lado. Ela vem dormindo assim nessa última semana. Diz que fica mais confortável nessa posição, mas sei o motivo verdadeiro. A dor está acabando com ela. É tão intensa que ela não consegue mais deitar de costas nem de bruços.

Odeio essa porra de câncer.

Ela está dormindo profundamente, mas sei que isso não vai durar. Nunca dura. Ela é a pessoa com o sono mais leve que já vi. Ela deve acordar mais de dez vezes por noite, e o desconforto só torna tudo pior.

Eu adorava vê-la dormir. Ela é tão linda que às vezes eu me deitava e ficava olhando. O subir e descer do peito. O tremor atrás das pálpebras enquanto a mente disparava pelos sonhos. A tranquilidade absoluta. Às vezes, eu fantasiava, pensando como seria poder ficar com ela para sempre. Como seria me casar com ela? Como seria vê-la grávida do meu filho? Como seria nosso filho?

Na semana passada, parei de observá-la dormindo. A dor começou a tomar conta à noite. O corpo se enrijece. O rosto se contorce, lutando. Às vezes, ela grita. A tranquilidade sumiu. E isso acaba comigo.

Então, não olho.

Nessa noite, não consigo estar em nenhum outro lugar porque sinto que não tenho muito tempo. Não quero perturbá-la, então me sento no sofá em frente à cama. A escuridão a esconde dos meus olhos, mas ainda consigo senti-la. Eu encosto a cabeça e fecho os olhos, absorvendo tudo aquilo. Não sei por quanto tempo fico ali sentado, uma hora ou mais, até decidir que devo ir para a cama e tentar descansar. Mas, quando chego na porta, não consigo. Sei que não vou conseguir respirar se sair daquele quarto. Então, ando até a cama, puxo a coberta lentamente e me deito ao lado dela. A cama é gigantesca em comparação à cama de solteiro que dividimos normalmente. Há *metros* de espaço entre nós.

— Você não vai dormir aí longe, vai? — A voz dela soa grave e rouca.

Isso me faz sorrir, e a ansiedade que cresceu no meu peito nas últimas horas desaparece.

— Como você sabia que eu estava aqui?

Ela ri.

— Você não é tão furtivo quanto pensa que é, Keller Banks. Você seria um péssimo ladrão. Ou ninja. Não mude seu curso de novo.

Eu me aproximo dela, encosto o corpo todo nas costas dela e passo os braços ao seu redor. Ela está quente. Eu poderia viver nesse momento para sempre. Beijo a parte de trás da cabeça dela duas vezes.

— Boa noite, Katie.

— Boa noite.

Ficamos em silêncio, e tenho quase certeza de que ela adormeceu.

— Keller?

— O quê?

— Obrigada por vir. Eu odeio dormir sozinha. — Ela entrelaça os dedos nos meus e beija as costas da minha mão.

— Eu te amo, gata. — Tenho que dizer as palavras antes que fique mais engasgado do que já estou.

— Eu também te amo, gato... Eu também te amo, gato. — Ela diz duas vezes para eu não ter que pedir que ela repita.

Eu realmente a amo. Muito.

Terça-feira, 20 de dezembro

(Keller)

Estamos quase terminando de colocar as coisas de Stella no carro de Katie. (Ela ofereceu o carro para a viagem porque, apesar de *amar* meus pufes, não achou que eram confortáveis para passar várias horas com a bunda neles. Palavras dela, não minhas.) Não podemos levar muita coisa porque não tem muito espaço na minha casa, mas Stella vai ter tudo de que precisa.

Katie está ajudando Stella a alimentar Miss Higgins. Elas pegam a gaiola e tudo que acompanha os cuidados de uma tartaruga. Jesus, parece que estamos mudando um zoológico inteiro em vez de uma pequena tartaruga solitária. Vamos dizer que a vida de Miss Higgins é boa. Ela talvez seja a tartaruga mais bem-cuidada história.

Estou dando uma caminhada final pela sala para ter certeza de que Stella não deixou nada de que possa sentir falta.

— Keller. — A voz do meu pai me dá um susto. Ele limpa a garganta. É o mesmo pigarrear formal que precede tudo que ele diz para mim. — Posso dar uma palavrinha com você?

Sei aonde isso vai chegar e não estou com humor para uma discussão hoje. Ele vai me pedir para ir até o escritório da minha mãe porque é lá que ela se sente mais poderosa. E como ele não passa de um secretário, vai se fechar quando entrarmos pela porta, e ela vai começar a me dizer tudo que estou fazendo errado. Vou tentar me defender. Ela vai levantar a voz e tentar me intimidar até que eu veja as coisas do jeito dela. Já passei por isso um milhão de vezes.

Como falei, não estou com vontade.

— Pai, sem querer ofender, sei que *dar uma palavrinha com você* e *mamãe falar comigo* são a mesma coisa. Então, não, obrigado. Hoje, não.

Ele limpa a garganta de novo.

— Não é sobre sua mãe, filho. É sobre Kate.

Até esse momento, fiquei de costas para ele, mas me viro quando ouço o nome dela. Não consigo *não* reagir ao nome dela.

— O que tem Katie?

Ele limpa a garganta de novo.

— Diga o que tem para dizer, pai.

Ele me olha com intensidade, mas tem uma suavidade ali que ele só reserva para Stella. Ele é doido por ela.

— Kate está muito doente, não está?

Faço que sim. Não contei para os meus pais sobre a doença de Katie, mas ele vê gente doente demais sabe reconhecê-las. E ele é observador.

Ele solta o ar.

— Eu estava com medo disso. Qual é o diagnóstico?

Reduzo a resposta a uma palavra porque não quero desmoronar na frente dele.

— Câncer. — Odeio essa porra dessa palavra.

— Ela está sendo tratada? — A pergunta é clínica, mas a suavidade nos olhos não mudou.

Mais uma vez, uma palavra é tudo que consigo oferecer.

— Terminal.

Ele assente.

— Entendo. Quanto tempo?

Eu levanto um dedo.

— Um ano? — palpita ele. Ele sabe que está sendo otimista.

Eu faço que não.

Ele expira e assente.

— Um mês. — Não é uma pergunta.

Nós nos olhamos por alguns momentos enquanto ele absorve tudo.

Nessa hora, Katie, chega, carregando Miss Higgins na gaiola. Ela está rindo, alheia ao fato de que estamos falando sobre ela.

— Acho que Miss Higgins está pronta para um passeio de carro, Keller. Ela acabou de comer um café da manhã caprichado, e Stella disse que o remédio para enjoo de répteis acabou, então você vai ter que pegar leve na direção no caminho de casa, cara. O sistema digestório da Miss Higgins está nas suas mãos. Vai topar o desafio?

Foi engraçado, mas não consigo rir.

Meu pai só olha para ela. Os olhos ainda estão suaves e tristes, mas tem mais uma coisa: uma expressão de admiração quando um pequeno sorriso ilumina o rosto dele. Ele se vira para mim e aperta a minha mão.

— Cuide delas, Keller.

Faço que sim e engulo em seco. Pode não ser uma despedida amorosa, mas talvez seja a primeira vez que sinto que meu pai falou comigo como um semelhante, como homem.

— Pode deixar.

Ele assente.

— Me ligue se precisar de alguma coisa.

— Nós vamos ficar bem, pai. Obrigado.

Nós vamos embora sem nos falar com a minha mãe.

Quinta-feira, 22 de dezembro

(Kate)

Eu me despedi de Pete hoje. Ele estava pouco à vontade, e isso foi difícil, porque odeio provocar sentimentos ruins nas pessoas, principalmente nas pessoas de quem gosto. Ele vai voltar para casa até que as aulas recomecem em janeiro.
Ele me disse que me veria quando voltasse.
Mas não vai ver.
Nós dois sabemos. Ele só não sabia o que dizer. Falei que vou sentir falta dele.
Nós nos abraçamos.
Clayton me ajuda a guardar as últimas coisas que eu tinha deixado no alojamento e coloca no porta-malas para mim, porque não consigo levantar a caixa. É a primeira vez que fico constrangida pela minha doença. Virar uma fracote é humilhante.
Estou tentando não ficar triste com o fim desse capítulo da minha vida, mas é difícil sabendo que Clayton também vai embora em pouco tempo. Ele vai passar um mês com a família e depois vai para Los Angeles com Morris. Vou sentir saudades dele. E sei que é difícil para ele me ajudar, mas não tive coragem de pedir a Keller para fazer isso. Keller já tem muita coisa para encarar agora, e não quero aumentar o estresse passando para ele mais um item da minha lista de últimas coisas a fazer. Tudo parece tão final agora. Nós fomos tão rápido de primeiros a últimos nesse relacionamento que não parece justo botar esse peso nas costas dele.

Domingo, 25 de dezembro

(Kate)

— Feliz Natal, Kate! — A voz de Audrey sempre soou como a voz de um anjo para mim, mesmo ao telefone. Quando criancinha, lembro de ir até a casa de Gus e Audrey na expectativa de vê-la porque ela sempre falava comigo. E era gentil quando falava. Minha mãe não falava muito comigo nem com Grace, e, quando falava, era gritando. Audrey nunca gritava. Sempre achei que, se conhecesse um anjo, ela falaria como Audrey.

— Feliz Natal, Audrey! Você e Gus comeram pãezinhos de canela na praia hoje?

— Comemos. — Ela está sorrindo. Dá para ouvir. Gus chegou em casa ontem. Ela sentiu falta dele quando estava na turnê. Ele sempre a faz sorrir.

Os pãezinhos de canela na praia são uma tradição matinal de Natal da família Hawthorne. Toda manhã de Natal, antes do nascer do sol, Gracie e eu íamos de pijama até a casa de Gus e Audrey. Gus sempre estava acordado porque ficava empolgado demais para dormir na véspera de Natal. Gus *ama* o Natal. Então, nós todos acordávamos Audrey, e ela colocava uma forma cheia de pãezinhos de canela no forno. Quando ficavam prontos, ela nos levava para a praia em frente à casa e abria uma toalha. Nós nos sentávamos e comíamos, e só podíamos abrir os presentes quando a forma estivesse vazia. Nós fazíamos isso todos os anos. São minhas lembranças favoritas de Natal. Eu lembro que Gracie e eu sempre ficávamos tristes de ir para casa depois. Nossa mãe não acordava antes do meio-dia nem em dias normais, e o Natal não era exceção. Ela nunca estava acordada quando nós chegávamos em casa e nunca fazia pãezinhos de canela para nós.

— Senti saudade de estar aí com vocês — digo. — Mas fiz pãezinhos de canela para Keller e Stella hoje, e fiz os dois comerem tudo antes de abrirmos os presentes. Só teve uma mudancinha na regra: nós não fomos lá para fora. Doze graus negativos é meio puxado.

Ela ri.

— Comemorar dentro de casa deve ser melhor mesmo no caso de Minnesota. Fico feliz de você ter podido compartilhar a tradição com eles.

— Eu também. — Quero compartilhar *tudo* com eles. Coisinhas como essa são importantes.

— Você já falou com Gus hoje? Posso chamá-lo. Ele está vendo um filme enquanto preparo o jantar.

— Tudo bem, falei com ele mais cedo por uns minutos. Falo de novo mais tarde. Queria falar com você, Audrey.

— Claro, querida, o que foi? — Audrey sempre manteve a compostura muito bem. Ela demonstra as emoções tanto quanto Gus, mas é melhor na hora de manter o controle. Aposto que está se esforçando para parecer simplesmente preocupada, e não morrendo de medo.

— Lembra que conversamos sobre eu voltar para casa quando começasse a ser demais para mim?

— Claro que lembro.

— Acho que está quase na hora. — Estou tentando lutar contra as lágrimas. Essa é a realidade, e é só o próximo passo.

Ela respira fundo.

— Tudo bem, querida. Tudo bem... Tá... — A cabeça dela deve estar em parafuso, porque essa não é Audrey. Audrey nunca pausa nem tropeça em pensamentos e palavras. Ela sempre sabe o que dizer.

Um punho está se fechando dentro do meu peito porque estou começando a ficar com medo de que talvez ela não saiba o que fazer comigo. Talvez esteja pedindo demais.

Ela se recupera.

— Querida, vou colocar você no quarto de hóspedes para que tenha seu próprio banheiro. Me mande por e-mail os nomes dos seus médicos e informações de contato. Quero tanto do seu médico aqui quanto em Minnesota. Vou montar uma videoconferência com os dois o mais rápido possível para garantir que eu tenha tudo de que preciso para cuidar de você. Não deixe de incluir uma lista completa dos remédios que está tomando. Sei que você é alérgica a penicilina, mas se tiver mais alguma alergia, inclua isso também. Informações do plano de saúde também seriam úteis. Você tem mais algum pedido especial? Qualquer coisa que eu possa colocar no seu quarto? Se tiver, me avise. Vou cuidar para que tudo esteja pronto quando você chegar.

Não sei por que duvidei dela. Essa é Audrey. Ela é a porra da Mulher Maravilha.

— Obrigada, Audrey. Acho que vou por volta do Ano-Novo, se não tiver problema.

— Kate, você é minha filha. Você sabe disso, querida. Eu queria de todo o coração que estivesse voltando em circunstâncias diferentes, mas é sempre bem-vinda na minha casa. Eu moveria o céu e a Terra por você. Eu te amo.

— Eu também te amo muito.

— Estou mandando um abraço enorme para você pelo telefone. Está sentindo? — Ela sempre gostou de abraçar.

Eu consigo sentir.

Não tenho coragem de contar para Keller que falei com Audrey. Ele sabe que isso estava chegando, mas vai acabar com ele. Não estou ansiosa para isso. Eu aguentaria as pontas aqui se pudesse, mas não posso fazer isso com ele nem com Stella. Sei que o final vai ser feio e trabalhoso para todo mundo. Não quero pedir a qualquer pessoa para estar comigo até o fim, mas, se você não pode pedir para sua mãe, para quem pedir? Sempre pensei em Audrey como minha mãe. Janice pode ter sido minha mãe, mas Audrey é minha mamãe. Mesmo assim, esse é o primeiro dia em toda a minha vida em que desejo que ela não fosse. Uma pessoa como ela não devia ter que passar por isso.

Quarta-feira, 28 de dezembro

(Kate)

Estou com raiva hoje. Queria não estar. *Droga*, eu queria não estar... mas estou.

Fui ao dr. Connell pela manhã. Ele olhou meu prontuário, meus resultados de exames recentes e para mim. Não estava com a cara de paisagem. Eu pedi que não a usasse, porque, sinceramente, a essa altura do campeonato eu queria ver uma porra de pessoa não olhar para mim com pena nos olhos.

Keller está se esforçando muito para não fazer isso, mas até ele escorrega às vezes.

Então, pois é. Estou com raiva hoje.

Com raiva.

Pra caralho.

Fiquei gritando com Deus em pensamento. "Por que tenho que morrer? Por que não pode ser outra pessoa? Uma pessoa que eu não conheça e que more longe?"

Sei que isso soa péssimo, mas é como me sinto hoje. E é por isso que ainda não posso voltar para a casa de Keller. Ele e Stella não merecem ver ou sentir esse tipo de raiva.

Vou embora no sábado para San Diego. Comprei a passagem ontem e falei com Keller à noite, depois que Stella dormiu. Dizer que ele não aceitou bem seria minimizar. Ele desmoronou em um milhão de pedacinhos na minha frente. Ele se esforçou muito para que isso não acontecesse. Vê-lo desmoronar assim, sabendo que eu era responsável por criar aquele tipo de sentimento no homem que amo com todo o coração... é, eu me odiei.

Então agora estou sentada no meu carro num estacionamento qualquer do centro de Minneapolis e não sei o que fazer.

E quando não sei o que fazer, falo com Gus. Eu não devia ligar para ele com raiva, mas estou sem ideias, e se eu não fizer nada nos próximos cinco minutos, vou surtar. Então, ligo para ele. Ele atende no primeiro toque.

— Raio de Sol, como estão as coisas?

— Não quero morrer — digo com uma voz desafiadora.

— Raio de Sol, o quê? — Ele está confuso.

É claro que ele está confuso. Ninguém começa uma conversa assim. Repito:

— Não quero morrer, porra.

— Ah, merda, Raio de Sol. — Eu o ouço respirar fundo, algo fundamental para a conversa que está prestes a acontecer. — Fale comigo. O que está acontecendo?

— Estou morrendo, Gus. Não quero morrer. É *isso* que está acontecendo. — Aperto o volante com as palmas das mãos. — Puta que pariu! — berro. Eu só surtei com Gus duas vezes na vida, uma vez quando encontrei minha mãe pendurada no teto de casa e a segunda vez quando Gracie morreu. Gus não merece, mas sei que vai lidar com isso melhor do que qualquer outra pessoa.

— Calma, cara. Onde você está?

— Não sei. Estou sentada no carro em uma porra de um estacionamento no meio da merda de Minneapolis, Minnesota. — Isso foi hostil.

— Você está sozinha?

— Estou — respondo com rispidez.

— Você não devia estar dirigindo.

Não quero esse tom paternal.

— Eu sei.

— Você está em perigo ou ferida?

Caio na gargalhada, surpresa por não conseguir nem rir sem parecer raivosa. Mas a pergunta é absurda para mim. *Eu estou morrendo.*

— Raio de Sol, cala a boca por um momento e fala comigo. Você precisa que eu ligue para a emergência? Porra, o que está acontecendo? — Ele parece estar com medo.

Balanço a cabeça como se ele pudesse me ver.

— Não, não. Eu só estou... Estou com muita raiva, Gus. Só isso. — E sem palavras porque minha mente está embrulhada em uma bola amarga e cheia de ressentimentos. Não sei o que dizer, então repito: — Estou com raiva para caralho.

— Ah, merda, fique à vontade, tem bastante espaço na minha vida para a raiva. — Ele entende. Foi por isso que liguei para ele, afinal. — Estou distribuindo porções generosas de fúria. Me sinto melhor sabendo que não sou o único nesse desastre com problemas de raiva. Então, manda ver. Joga essa porra toda em cima de mim.

E eu jogo. Um grito explosivo e firme cheio de palavrões sai de mim. Estou xingando tudo, gritando perguntas, batendo no volante e limpando lágrimas quentes e furiosas. De vez em quando, Gus se junta a mim, gritando afirmações. Às vezes, ele espera uma pausa minha e aproveita a vez dele, e às vezes ele só sai falando junto comigo.

Ele não está gritando *comigo*, ele está gritando *junto comigo*.

Depois do que poderiam ter sido horas, mas que provavelmente foram minutos, paro de gritar. Na minha explosão, perco totalmente a noção de tempo e espaço. Alguns minutos se passam até que meus batimentos desacelerem e minha cabeça fique lúcida. Minhas lágrimas acabam parando e consigo respirar normalmente. Minha garganta está apertada e minha cabeça está doendo um pouco, mas estou calma. Do outro lado da linha, Gus também fica quieto. O silêncio surge entre nós.

Sei que ele está me dando o tempo que eu preciso. Ele ficaria o dia inteiro assim e não diria uma palavra se eu precisasse.

Minha voz soa rouca quando decido romper o silêncio.

— Gus.

— Sim, Raio de Sol. — Ele soa como ele mesmo novamente. Calmo.

— Obrigada. — Sinto como se um peso enorme tivesse sido tirado de cima de mim. E agora preciso pedir desculpas. — Desculpa, cara.

Ele ri.

— Não esquenta. Você está se sentindo melhor?

Consigo sorrir agora.

— Sim, estou.

— Que bom, eu também. Acho que devíamos ter feito isso há semanas.

— Acho que devíamos ter feito isso há meses. — E estou falando sério. Foi tão bom botar tudo para fora.

— Raio de Sol, você sabe que eu te amo toda feliz e adorável no seu mundo de raios de sol e arco-íris, mas você fica gostosa quanto está com raiva. Eu curto gatas agressivas. E isso foi agressivo pacas.

Ele sabe que vou dizer, mas não consigo me segurar.

— Não enche. — Até reviro os olhos.

— Acho que vou rebatizar você como Semente do Demônio.

— O quê? Mostro meu lado sombrio e agora tenho que ser a porra do anticristo? Não gostei disso. Por que não posso ser Vaca Furiosa?

Ele ri muito, e meu coração infla porque não ouço essa gargalhada há um mês. E eu amo essa gargalhada.

— Ah, cara, parece que minha sessão de terapia acabou, então é melhor eu ir. Preciso ir pra casa.

— Claro. Dirija devagar e mande uma mensagem quando chegar lá. E não vai mais dirigir depois de hoje.

— Sim, senhor. Eu te amo, Gus.

— Eu também te amo, Vaca Furiosa. — A voz dele está baixa e dramática. Ele faz uma pausa porque sabe que não vou desligar. — Eu só estava experimentando — diz ele com inocência.

— Acho que não gostei.

— Nem eu — Eu também te amo, Raio de Sol.

— Assim está melhor. — Eu gosto de ser Raio de Sol. Gosto muito.

Sexta-feira, 30 de dezembro

(Kate)

— Gus vai no voo com você até San Diego. — Keller está com os braços cruzados sobre o peito. Está esperando que eu brigue com ele.

Ele estava certo.

— Gus vem para *cá*? — Normalmente, eu ficaria feliz em ver Gus, mas o fato de que vou ter uma babá é irritante pra caramba.

Ele assente.

— Quando ele chega? — Agora, também cruzo os braços em um ato de desafio. Nem Stella se comporta assim. O que deu em mim?

— O voo dele chega umas duas horas antes do seu. Ele vai nos encontrar no terminal e levar você, já que não posso passar da segurança. — É Keller sendo direto. Ele quer acabar logo com isso. Sabe que passei o dia mal-humorada e que isso só vai tornar tudo pior.

Sei que eles só estão pensando em mim, mas odeio ser tratada como uma inválida.

— Porra, não sou criança, Keller.

Ele massageia as têmporas com a base das mãos.

— Gata, eu sei. — Minha atitude irritada é um teste para a paciência dele. — Você quer alguma coisa para comer? Está na hora do jantar. Está com fome? Posso fazer alguma coisa para você poder tomar seu remédio. — Ele está tentando mudar de assunto, tentando me ajudar, mas ainda estou chateada.

Eu ignoro a tentativa e volto ao assunto.

— De quem foi a ideia?

— Nossa. — Ele está exasperado. Quer acabar logo com isso.

— Então você e ele orquestraram o resgate juntos? Eu não tenho voto? Só preciso entrar em um avião, Keller. Acho que consigo fazer isso sozinha. — Eu não *quero* ser cruel. Não é da minha personalidade, mas hoje não consigo evitar. Graças a Deus, Shelly e Duncan pegaram Stella para passar o dia e a noite com eles. Não quero que ela me veja agindo assim. Ninguém merece me ver assim. Principalmente Keller. A dor e a infelicidade da minha doença estão me transformando em uma pessoa que eu desprezo.

— Meu Deus, Katie, o que você quer que eu faça? Você não está doente o bastante para ter um acompanhante no voo, mas está doente o bastante para ir embora daqui? Para me trocar por San Diego e Gus?

As palavras abrem uma ferida nova na minha culpa, então ataco.

— Pode parar e voltar um pouco. Isso não é campeonato de popularidade. — Estou tão furiosa que minha cabeça começa a latejar. Não estou escolhendo uma pessoa por gostar mais dela. Eu tenho que escolher alguém, *um lugar*, para carregar esse peso. É uma diferença enorme.

Ele vira de costas para mim, coloca as mãos nos quadris e se vira para me olhar.

— No fundo do meu coração, eu sei disso. Eu *sei*. Mas estou com ciúme. Pronto, falei. Estou com ciúme, porra. É o mais sincero que posso ser.

Meu eu solidário sumiu.

— *Que imbecilidade*.

A irritação dele é curta. Ele não vai se juntar a mim na raiva. O rosto dele despenca, e consigo perceber que ele está voltando à tristeza.

— Não tenho como argumentar. É uma imbecilidade. É imbecil e imaturo. Estou tentando melhorar. Seu relacionamento com Gus foi construído em décadas. Eu só tive alguns meses. Isso me deixa com ciúmes. Eu só... quero mais. Quero mais tempo com você.

É de partir o coração, mas ainda estou com raiva. Meu coração quer desesperadamente que minha boca se cale, mas eu respondo.

— E você acha que eu não quero isso?

Ele balança a cabeça e anda na minha direção para colocar as mãos nos meus ombros.

Eu dou um passo para trás para ele não me tocar.

— Gata, sei que você também quer. Eu não estava tentando dizer...

Eu o interrompo, respirando pesadamente e apertando os olhos com a dor.

— Tudo bem. Você quer que eu fique aqui? Quer ver a batalha dos meus pulmões por oxigênio virar uma guerra? Quer ver essa merda piorar enquanto meu fígado termina sua queda ao inferno? Quer ver me entupirem tanto de narcóticos para aliviar a dor até eu não conseguir pensar nem falar como uma pessoa normal? Quer me ver murchar até o nada e passar fome quando não conseguir mais comer nem beber? Vai ser glorioso... — Estou gritando quando ele me interrompe.

As mãos dele estão cobrindo os ouvidos e há lágrimas nos olhos dele.

— Pare! Pare. Eu não quero brigar com você, gata. Quero ajudar você. Quero tirar sua dor. Quero amar você. *Isso é tudo que eu quero.* — Ele me olha com desespero, como se quisesse esticar as mãos para mim de novo, mas o que faz é pegar o casaco pendurado no encosto do sofá, vesti-lo e andar para a porta. — Vou dar uma volta. Tente se acalmar. Não é bom para você ficar nervosa assim. Volto em alguns minutos.

Não consigo olhá-lo sair pela porta, mas escuto-a sendo fechada. O nó na minha garganta não desce, e, antes que eu saiba o que está acontecendo, estou chorando. É o tipo de choro que me dá uma sensação de afogamento. Não tem som e estou ofegando para respirar. Não consigo respirar. Meus ombros tremem com violência e minha cabeça está latejando. Fisicamente, meu corpo está lutando contra o caos deflagrado por cada novo soluço. Meus músculos estão contraídos, o que amplifica a dor. Nunca acreditei que fosse possível morrer de dor. Não deve haver nada tão intenso que possa fazer seu coração parar de bater.

Agora, estou repensando tudo.

Preciso dos meus remédios.

Dou dois passos na direção do banheiro quando uma pontada de dor me derruba. Caída no chão, parece que perdi o controle do corpo e da mente. Ouço-me gritar no silêncio conforme o oxigênio força caminho até meus pulmões pelo que parece a primeira vez em minutos. Minha segunda e terceira expiração de gritos dolorosos vêm acompanhadas de bile, e segundos depois boto todo o conteúdo do estômago para fora no chão de madeira. Foi a única comida que consegui engolir em dois dias. E agora já era.

Ainda estou chorando, mas a raiva passou. Agora, a única emoção em que me concentro é o medo. A dor é dominante, mas o medo está se aproximando como um predador pronto a atacar, vindo para matar. Não posso dar as costas, senão ele vai me derrubar. Foi a isso que minha vida foi reduzida? Ficar deitada no chão em uma poça do meu próprio vômito, incapaz de parar de chorar, mentalmente incapaz de me acalmar, fisicamente incapaz de me levantar?

Os cantos da minha visão estão ficando pretos. As coisas estão escurecendo, e isso me assusta mais do que nunca. Meu corpo todo fica rígido de dor. Um último pensamento cruza minha mente. "Agora eu entendo por que minha mãe acabou com tudo."

Às vezes, quando uma coisa terrível está acontecendo, eu me esforço muito para me concentrar no detalhe mais inconsequente e desconectado disponível. Um detalhe que, na visão geral das coisas, não tem nada a ver com a situação. No momento, esse detalhe seria o fato de que o piso está nojento embaixo do sofá. Estou deitada no chão tentando entender o que acabou de acontecer, mas a única coisa em que consigo me concentrar é no fato de que Keller e Duncan provavelmente nunca varreram embaixo do sofá.

O segundo pensamento que surge na minha cabeça é o quanto meu queixo está doendo. A sensação é de que mantive os dentes trincados por uma noite longa de sono profundo. Minhas pálpebras parecem grossas e grudentas. E o cheiro é de que alguma coisa morreu, de comida podre e urina. Minha memória está confusa. É a sensação de acordar de um sono profundo.

Repito esse pensamento. É a sensação de acordar de um sono profundo. Eu acabei de acordar?

Rolo até me deitar de costas, o que exige um grande esforço. Olho para o teto. O que acabou de acontecer? Meus membros parecem ter sido enchidos com geleia e minhas juntas doem como se eu tivesse corrido uma maratona. Tento me sentar, mas estou tão tonta que decido me deitar no chão de novo.

Ao olhar para minhas roupas, percebo a origem cheiros horríveis. Eu vomitei em mim mesma e no chão. Merda. É uma das minhas blusas favoritas. Bom, agora já era. Tenho certeza de que molho de espaguete vomitado não sai melhor do que molho de espaguete comum. Também sinto uma umidade entre as pernas. Que ótimo. Fazer xixi na calça também não ajuda.

— Keller. — Minha voz está rouca e minha garganta dói. O som não parece meu.

Não há resposta.

Consigo ficar de quatro. Rastejo até o banheiro, tomo meu remédio e entro no chuveiro. Minha força sumiu, mas não aguento mais esse cheiro. A água está tão boa que me encolho no chão e deixo penetrar nas minhas roupas e no meu cabelo.

As lembranças confusas começam a se reorganizar. Eu me lembro da briga com Keller, dos gritos. Eu me lembro de vê-lo indo embora. Eu me lembro do choro e da dor e dos tremores e do vômito. E então não me lembro de mais nada. E tudo faz sentido.

— Katie! — A voz de Keller está abafada e distante, mas o pânico é inegável. A porta do banheiro quase solta das dobradiças quando ele a abre. — Katie? — Ele está chorando. É noventa e cinco por cento medo e cinco por cento tristeza. Quando ele me vê, tudo muda: é cinco por cento medo e noventa e cinco por cento tristeza. — Gata, o que aconteceu? — Depois de fechar a torneira, ele fica de joelhos, inclinado para dentro do chuveiro, aninha minha cabeça para fora da água que está se acumulando ao meu redor e procura o celular no bolso da calça. — Merda, onde está meu celular? Preciso chamar uma ambulância.

Balanço a cabeça.

— Não, nada de ambulância. — Sinto-me péssima por tê-lo tratado como tratei. Os sentimentos ruins que eu tinha antes sumiram. Eu olho nos olhos dele e não gosto do que vejo. — Tenho certeza de que tive um ataque de pânico e desmaiei. Não vou voltar para aquele hospital.

A expressão dele muda, e ele afasta o cabelo da testa. Em seguida, entra no chuveiro comigo, e me puxa para o colo. Ele está me abraçando, me ninando para a frente e para trás.

Apoio a bochecha no coração disparado dele.

— Gato?

— O quê?

— Me desculpe. Por antes. Não estou com raiva de você, só estou com um humor de merda. — Eu indico minhas roupas molhadas. — Obviamente, preciso de gente pra cuidar de mim.

Ele me aperta mais.

— Me desculpe, Kate. Não devia ter saído e deixado você sozinha. Eu devia ter ficado aqui. — Ele está se culpando.

Eu levanto o queixo para ver o rosto dele.

— Isso não é sua culpa.

— Ah, Katie, eu sinto tanto. Eu odeio isso. Odeio você estar doente e não ter nada que eu possa fazer para melhorar as coisas. Eu só queria fazer tudo isso passar.

— Você melhora tudo todos os dias. Pode não curar meu corpo, mas cura meu espírito. Acho que é por isso que fiquei chateada o dia todo. Não quero deixar você. — Lágrimas surgem nos meus olhos. — Não quero. Mas tenho que ir. Não posso ser um peso para você, principalmente com Stella aqui. O fim vai ser horrível. Eu já aceitei isso. Sei que você iria até o fim comigo, mas não posso fazer isso com você. Audrey já tomou providências para que uma enfermeira cuide de mim. Quero que você se lembre dos bons momentos, não dos momentos de merda. Não do final.

Ele me senta, e nós nos olhamos com lágrimas nos olhos.

— Eu faria qualquer coisa por você, Katie. Iria até o inferno e voltaria. Você só precisa pedir.

É a coisa mais difícil que vou dizer na vida.

— Acho que só preciso que você me deixe ir, gato. — Aperto os olhos para me livrar das lágrimas.

O rosto dele se contorce de dor, e ele luta contra o choro.

— Ainda vamos ter essa noite, certo?

Sorrio e faço que sim.

— Vamos.

Keller tira nossas roupas molhadas e me enrola em uma toalha. Depois, volta com roupas limpas para nós dois, se veste, me ajuda a colocar uma calça e um casaco de moletom e penteia os nós do meu cabelo encharcado.

Fecho os olhos.

— Você é bom nisso.

Não consigo ver o rosto dele, mas sei que está sorrindo.

— Anos de prática. Sou pai, lembra?

Penso nele cuidando de Stella. Penso nele orientando-a quando adolescente, estando ao lado dela quando adulta. Tudo isso me deixa feliz. Keller tem um objetivo, um motivo para seguir em frente depois que eu partir. Isso me dá um pouco de paz. Preciso lembrar a ele como é um ótimo pai.

— É uma das minhas coisas favoritas em você.

Ele levanta uma sobrancelha.

— É mesmo?

Eu faço que sim.

— Definitivamente. — Estou exausta e meu corpo inteiro dói. — Podemos terminar essa conversa na cama?

Ele segura minha mão e me ajuda a levantar.

— Tem uma coisa que precisamos fazer primeiro — diz ele, e me leva pela porta até o Grounds. Está fechado, então está escuro e silencioso. Ele para quando chegamos à janela, e aperta minha mão. — Vamos ver o pôr do sol.

Sorrio e seguro a mão dele com as minhas enquanto olho na direção do horizonte. Meu aperto aumenta quando as cores mudam para rosas e azuis intensos, e só quando a escuridão desce é que percebo a força com que estou segurando.

A expressão dele é de amor, puro e simples.

— Eu amo o quanto você é apaixonada pelas coisas importantes da vida. Como o pôr do sol. — Ele sorri. — E as pessoas.

Fico na ponta dos pés e beijo-o no queixo.

— Pôr do sol e pessoas, é isso que importa. Principalmente as pessoas. Sou mais apaixonada ainda se o nome dela for Keller Banks.

Ele se agacha e me toma nos braços. Antes que eu perceba, estamos ao lado da cama dele. Ele puxa a coberta, ajeita os travesseiros e me ajuda a deitar. Apoio a cabeça na parede e olho para ele. Quero me lembrar dele exatamente assim.

— Queria conhecer você melhor, Keller. — Queria mesmo.

Ele coloca o braço atrás de mim e me abraça, me puxando para perto. Apoio a bochecha no peito nu dele e ouço os batimentos lentos e firmes. Ele beija o alto da minha cabeça.

— Katie, você me conhece melhor do que qualquer pessoa. Pode não saber algumas coisas triviais, mas *me* conhece. O verdadeiro eu, lá no fundo. Você sabe como eu penso, como eu amo. Ninguém nunca me viu como você me vê. Nem mesmo Lily.

Sorrio.

— Podemos jogar um jogo?

Ele ri.

— Você quer jogar?

— Quero. Qual é sua cor favorita? — pergunto. — Quero saber *algumas* das coisas triviais.

— Tá. Hummm...

— Não é uma pergunta difícil, gato — eu provoco.

Ele ri de novo.

— Eu sei. Vou dizer que é preto. E a sua?

Nem hesito.

— Laranja. Do pôr do sol no Pacífico. Sua vez.

— Hummm. Tá... Qual é sua comida favorita? Não vale dizer café.

— Chocolate... ou taco.

— Qual? Só uma resposta. Não é uma pergunta difícil, gata. — Ele está se divertindo.

— Tudo bem. Taco vegetariano. E a sua?

— A lasanha da minha avó.

— Mãe da sua mãe ou do seu pai?

— Mãe da minha mãe. Elas não eram nada parecidas. O nome da Stella é em homenagem a ela. — Ele sorri. — Ela me visitava todos os anos no Natal e sempre fazia lasanha. Ela morreu quando eu tinha dez anos.

— Sinto muito.

— É, ela era divertida. Sinto saudades dela. Qual é seu bicho favorito?

— Humm, gato. Eu sempre quis um siamês. Queria que o nome dele fosse sr. Miyagi.

— Sr. Miyagi?

— É, sabe, o velhinho do primeiro *Karatê Kid*.

Ele balança a cabeça. Não entendeu.

— Você nunca viu *Karatê Kid*? — Estou chocada. Gracie e eu fomos praticamente criadas com a coleção de filmes dos anos 1980 da minha mãe e um videocassete. Nós sabíamos recitar *A Garota de Rosa Shocking* palavra a palavra.

— Não. — Ele não entende. Não está brincando.

— Bom, você tem que ver. Está faltando cultura dos anos 1980 aí. Ele sorri.

— Obviamente.

— Agora que isso está esclarecido, qual é seu bicho favorito?

— Acho que eu devia dizer tartaruga, considerando as preocupações de Stella. — Eu rio, e ele continua. — Mas acho que golfinho. Eu sempre quis nadar com um.

— Você fazia algum esporte no ensino médio?

— Não, eu era um nerd. Corria e andava muito de bicicleta só para sair de casa, mas era só isso, pois a gente morava na cidade. Mas você surfava. Mais alguma coisa?

— Não, escolas de música não dão muita ênfase a esportes. Só o surfe. E dança.

É a vez de Keller.

— Tudo bem, próxima pergunta: Elvis jovem ou Elvis velho?

— Essa pergunta é muito boa. Elvis velho.

— Por quê? — desafia ele.

— Porque o Elvis jovem era bonito, mas o Elvis velho cantava pra caralho. *Suspicious Minds* foi a melhor música que ele gravou. Você não viveu até ouvir uma gravação ao vivo dela. Ele arrasava. E você? Jovem ou velho?

— Eu gosto do Elvis velho, mas por causa dos macacões.

— O Elvis velho tinha mesmo um figurino ótimo — concordo. — Tudo bem. Outra: se você pudesse viajar para qualquer lugar no mundo, para onde iria?

— Humm, gostaria de levar Stella para ver as pirâmides do Egito. É uma coisa que eu sempre quis ver quando criança. Elas pareciam tão mágicas. Ainda parecem. Então, para o Egito. E você?

— Eu vi um documentário sobre a baía de Ha Long no Vietnã quando estava no sétimo ano, e desde então é o lugar que eu sempre achei que seria incrível ver em pessoa. Como se as fotos não fizessem justiça ao lugar. Eu precisava ver com meus próprios olhos para acreditar que um lugar tão lindo podia existir.

Ele fica em silêncio por vários momentos, acariciando meu cabelo. É muito gostoso, mas o silêncio me deixa curiosa. Eu me afasto do peito dele e me deito no travesseiro ao lado. Estamos deitados nariz com nariz. Ele parece mergulhado em pensamentos.

— O que é, gato?

Ele hesita.

— Podemos deixar a realidade de lado e viver esse momento por mais algumas perguntas? Não quero deixar você triste; só quero fingir que vamos viver para sempre e que qualquer coisa é possível.

Eu dou um sorriso.

— Você quer dizer que vou poder viver em um mundo de contos de fadas, de raios de sol e arco-íris por um tempinho?

Ele relaxa e também sorri.

— E unicórnios.

— Claro. Unicórnios. Sempre esqueço.

— No meu conto de fadas, um ano e meio se passou. Estou me formando em inglês. E peço você em casamento. O que você diria?

Eu nem hesito.

— Você ficaria apoiado em um joelho?

— Claro.

Meu coração está pulando no peito como se a pergunta fosse real.

— Eu diria sim. *Sim, claro.*

O sorriso dele cresce, e ele me beija no nariz.

— Você não sabe o quanto isso me deixa feliz.

É minha vez. Estou ansiosa por causa da minha pergunta.

— Nós teríamos filhos? Um irmão ou irmã para Stella?

— Nós teríamos um menino e uma menina. E eles seriam iguaizinhos a você.

— Isso não é justo. Acho que deviam ter seu cabelo e seus olhos. E sua altura. Ah, e seus lábios também. — Eu os beijo.

Ele retribui o beijo e, entre beijos, pergunta baixinho:

— Você gosta dos meus lábios?

Dou um gemido de aprovação e intensifico o beijo.

— Aham.

Depois de um minuto, preciso interromper o beijo porque estou ficando cansada e sem ar. Sexo está fora de questão a essa altura. Droga, beijar já parece muito.

Keller entende e me olha.

— Seus filhos seriam lindos e talentosos e inteligentes, mas eu os ensinaria a dirigir.

A conversa doce e a provocação dele levam um sorriso ao meu rosto.

— E eu deixaria. Você é um ótimo instrutor de direção. E apesar de nossa família ser perfeita, eu não deixaria você colocar aqueles adesivos idiotas na janela de trás do nosso carro.

Ele ri.

— Concordo. Nada de adesivos de família.

Meu coração fica mais leve. Ele me deu um presente maravilhoso.

— Eu te amo, gato.

— Humm. De novo.

— Eu te amo, gato.

— Eu também te amo, gata. Sempre.

Sábado, 31 de dezembro

(Kate)

O dr. Connell me deu uma plaquinha de deficiente para o carro. Eu nunca tinha usado até hoje. Está no painel porque Keller e eu concordamos silenciosamente em não mostrar até o último minuto. Depois que Keller encontra uma vaga perto do terminal, ele espera até que eu abra a porta do passageiro para sair, colocando antes a plaquinha no retrovisor.

Abro a porta e ajudo Stella a sair da cadeirinha enquanto Keller pega minha mala de rodinhas. Ele vai mandar o violino e o restante dos meus pertences, que não são muita coisa, para a casa de Audrey na segunda-feira.

Estou olhando para o terminal, e, apesar de estar bem perto, estou pensando em como vou andar essa distância toda. Só de olhar já fico sem ar. Ele vê a apreensão no meu rosto e se vira, procurando alguma coisa no estacionamento.

— Katie, por que você não espera no carro? Vou ver se consigo encontrar uma cadeira de rodas. Tenho certeza de que deve ter uma que você possa usar. — Ele parece triste, como se estivesse com medo de ferir meus sentimentos.

Eu sei que não devia hesitar, que devia deixar que ele fosse buscar a porcaria da cadeira, mas a ideia parece impossível. Fico parada em um protesto silencioso. Ele sabe que isso é difícil para mim.

Ele se aproxima e se ajoelha na frente de Stella.

— Ei, garota grande, você acha que pode me ajudar?

Ela faz que sim com entusiasmo.

Ele segura a mão dela e leva-a até minha mala.

— Você acha que consegue puxar isso até dentro do aeroporto?

Ela faz que sim e segura a alça com confiança. Inclina a mala, que quase bate no chão, mas ela se recupera e encontra seu ponto de equilíbrio. Levanta o rosto e sorri para ele.

— Consegui. Pronto, papai?

Ele sorri.

— Quase. — Keller se vira para mim e se agacha no chão. — Suba, gata.

Não posso deixar de rir.

— Keller, você não vai me carregar.

Ele dá de ombros.

— Não é carregar. É uma carona. É diferente. Pergunte a Stella.

Stella está rindo. Ela acha aquilo tudo engraçado.

— Qual é a diferença, Stella?

As risadinhas param, mas ela ainda está sorrindo.

— Carregar é quando você está com sono demais para andar. Carona nas costas é diversão.

Ele sorri.

— Bem explicado, Stella. Está vendo? Venha, gata.

Como posso discutir com esse tipo de lógica?

Mesmo com Stella puxando a mala e Keller me carregando, passamos rápido pelo check-in e chegamos quinze minutos adiantados. Nós nos sentamos em um banco, e Keller manda uma mensagem para Gus.

Mais rápido do que seria possível, Gus aparece na minha frente. Adoro ver Gus, mas a gravidade da situação está me atingindo. É mais um dos passos finais. Não estou lidando muito bem com eles.

— Oi, Raio de Sol. — Ele se agacha na minha frente e beija minha testa.

— Oi, Gus. — Estou tentando ser forte, mas uma tristeza massacrante está tomando conta de mim.

Gus aperta a mão de Keller, e Stella sobe no colo de Gus.

— Oi, Gus.

— Ah, oi, srta. Stella.

Ela está piscando os olhos azuis enormes para ele.

— Kate vai morar com você e sua mamãe?

Ele engole em seco e assente. Isso também é difícil para ele.

— Vai.

— Papai disse que ela está doente.

Gus só consegue assentir.

— Você vai cuidar bem dela?

Ele engole em seco e troca um olhar com Keller.

— Prometo. Nós vamos cuidar bem dela.

Keller assente. É o obrigado dele.

Gus assente. É o de nada dele.

Gus se levanta e leva Stella nos braços.

— Vamos beber alguma coisa, Stella. Estou com sede, e você? — Eles andam pelo corredor na direção de uma loja de conveniência.

Estou olhando para Keller e não sei o que dizer. Estou com medo e estou triste, mas sei que ele sente a mesma coisa. Quero ser forte por ele, mas o nó na minha garganta está tornando tudo muito difícil.

Ele segura a minha mão e enfia a outra mão no bolso do casaco para pegar uma caneta permanente. Abre a caneta e escreve na palma da minha mão esquerda: *Você é corajosa*.

As lágrimas escorrem uma a uma enquanto eu falo em um sussurro.

— Obrigada.

Ele segura meu rosto com delicadeza nas duas mãos. Há lágrimas nos olhos dele também.

— Não, Katie, eu agradeço. Por tudo. Você é a pessoa mais corajosa que eu já conheci.

Depois do que parece um breve momento, Gus e Stella se aproximam. Stella traz uma garrafa de suco, mas Gus está de mãos vazias. Ele só queria nos dar um momento sozinhos.

Gus olha para o relógio.

— É melhor a gente ir, Raio de Sol. As filas da segurança são longas.

Eu faço que sim. Olho para baixo e vejo Stella puxando meu casaco.

— Kate. — Ela está levantando os braços acima da cabeça.

Eu queria poder levantá-la, mas não tenho força. Então, me ajoelho e a abraço. Ela é tão pequena e delicada. O cabelo tem cheiro de lavanda.

— Seja boa com seu papai, Stella.

Ela está agarrada a mim.

— Está bem. Você pode ligar ou falar no computador?

Eu a aperto mais.

— Posso. Vou ligar todos os dias. Eu te amo.

Ela recua e me dá um beijo nos lábios.

— Eu também te amo.

As lágrimas estão prontas para escorrer quando me viro para Keller. Ele me puxa para o peito e enfia os braços por dentro do meu casaco aberto. As mãos deslizam por baixo da minha camiseta na minha lombar. Ele faz círculos lentos na minha pele nua. Sinto-me mais calma instantaneamente. Fecho os olhos e apoio a cabeça no pescoço dele. Os lábios estão na minha orelha, fazendo cócegas por baixo do meu cabelo.

— Me ligue quando pousar, gata.

— Pode deixar.

Ele beija minha orelha uma vez e sussurra:

— Amo você mais do que pode imaginar.

Eu me afasto e o beijo uma vez. Os lábios dele são macios e acolhedores. Ele coloca a mão na minha nuca e me puxa de volta para mais dois beijos antes de apoiar a testa na minha.

— Minha imaginação é infinita — digo. Há lágrimas nos nossos olhos. A camisa dele está embolada nas minhas mãos fechadas. Deus, eu não quero soltar.

— Que bom. Meu amor também. — Ele sorri, e é o sorriso mais feliz e mais triste que já vi. Eu pensaria que duas emoções tão distintas não poderiam viver dentro de um sorriso, mas podem. Ele está presente. Este momento é tudo o que importa.

— O meu também. Eu te amo, gato.

Os olhos dele estão fechados.

— Mais uma vez — sussurra ele.

— Eu te amo, gato — eu sussurro.

Stella está de pé ao lado de Gus, puxando a frente da camisa dele.

— Gus, você tem que carregar Kate nas costas. Não por ela estar com sono. Só por diversão.

Gus bagunça o cabelo de Stella.

— Ah, que bom que eu adoro uma diversão, garota. — Ele se vira e se agacha. — A bordo, Raio de Sol.

Eu subo. Keller entrega minha mala a Gus.

— Obrigado, cara.
Gus acena enquanto dá alguns passos para trás no corredor.
— Disponha, cara. Disponha.
Quando Gus se vira, fico de costas para Keller e Stella, então viro a cabeça para vê-los sumirem. Nós três acenamos até Gus dobrar uma esquina.

Sexta-feira, 13 de janeiro

(Kate)

Falo com Keller e Stella pelo Skype todas as manhãs e todas as noites. Como as aulas dele só começam em uma semana, também nos falamos várias vezes ao telefone ao longo do dia, quando ele não está no trabalho e não estou dormindo.

Ando dormindo muito. A enfermeira que Audrey contratou, Tammy, diz que o trabalho dela é me deixar confortável. E, para mim, o conforto vem na forma de oxicodona. Como gosto de não sentir dores excruciantes, funciona. Receber oxigênio também ajuda. Respirar estava se tornando uma luta, mas agora é moleza. Parece que meu corpo adora uma quantidade adequada de oxigênio. A cânula nasal é minha nova coisa favorita.

Gus tinha que voltar para a estrada semana passada, mas se recusou a ir. O gerente da turnê está puto. Gus começou a chamá-lo de Hitler Escroto. O restante da banda está apoiando Gus, então não tem muita coisa que possa ser feita além de remarcar os shows. Sinto culpa por ele estar adiando a vida, mas estou feliz por tê-lo aqui comigo.

Ele passa todos os minutos de todos os dias e noites no quarto comigo. É uma companhia constante e reconfortante. Nós ouvimos música ou jogamos cartas (sim, eu roubo, e ele deixa) ou só conversamos (relembramos muita coisa). E quase todos os dias Franco, Robbie ou Jamie passam para fazer uma visita. Às vezes, eles ficam poucos minutos; às vezes, ficam uma hora. Depende de quanto tempo consigo ficar acordada.

Tammy até deixa Gus me levar ao deque para tomar ar uma vez por dia. Ele me carrega e leva o carrinho com todos os meus novos acessórios (medicação intravenosa e oxigênio). Andar é impossível para mim. Ir ao banheiro é coisa do passado, e não fico feliz com isso. Cateteres são horríveis. E sacos de xixi são nojentos.

Audrey chegou do trabalho uma hora atrás. Ela está trabalhando de casa, mas a cada dois dias vai ao escritório por uma ou duas horas. Ela tem negócios a resolver no meio dessa confusão. Não sei como consegue.

Ela bate na porta trazendo uma xícara de café, como faz todos os dias nessa mesma hora.

— Oi, querida. Como você está?

Sorrio, pois não consigo fazer outra coisa quando olho para Audrey. Eu sempre achei que ela era um anjo, e não tenho dúvida nenhuma agora.

— Estou ótima.

Ela retribui o sorriso e me beija na testa.

— Fico feliz em saber — diz ela antes de entregar uma caneca de caldo de legumes. — O jantar está servido. — Ela olha para Gus. — Gus, fiz uma coisa para você comer também. Está na cozinha.

Gus bate na lateral da cama.

— Eu já volto. — Ele não gosta de comer na minha frente porque não consigo mais comer, então come na cozinha. Eu juro que engole a comida inteira, porque passa no máximo cinco minutos fora.

— Não precisa correr, Gus. Preciso conversar uns minutinhos com Kate. — O tom dela é gentil, mas firme.

Ele assente e olha para mim, levantando as sobrancelhas.

— Cara, acho que você está encrencada.

Eu dou uma gargalhada. As últimas semanas foram tranquilas entre nós. Gus parece exausto, e sei que não anda dormindo muito, mas o senso de humor voltou. Adoro isso. Ele deixou um pouco do estresse de lado. Quanto a mim, sinto que uma imobilidade calma tomou conta de mim. Estou o mais confortável que posso estar e me sinto satisfeita. Em paz, até, de uma forma como nunca estive. Talvez seja o Xanax que Tammy acrescentou ao meu coquetel intravenoso. Eu insisti que não precisava (não tive nenhum problema de ansiedade desde o ataque de pânico em Grant), e, apesar de ela reconhecer meus sentimentos, disse que poderia me deixar mais à vontade. Sou a favor do conforto atualmente, então experimentei. Com ou sem drogas, estou bem. Estou bem.

Audrey se senta na beirada da cama e acaricia meus antebraços, como fazia quando eu era pequena e ela estava tentando me acalmar. Ela sorri.

— Você parece melhor. Está com uma corzinha nas bochechas.

— Estou me sentindo bem, Audrey. Que bom que dá para perceber. Como *você* está?

— Estou bem, querida. — Ela me beija na testa. — Não se preocupe comigo.

Mas me preocupo. Eu me preocupo com eles. Isso deve estar esgotando os dois.

— O que houve? Estou encrencada?

Ela ri.

— Não. Tem algumas coisas que preciso conversar com você. Acho que não podemos adiar mais. Me desculpe por tocar nesse assunto, mas é meu trabalho como mãe garantir que tudo seja resolvido.

— Obrigada. E do que precisamos falar?

Ela coloca o papel que está segurando na mesa de cabeceira.

— Beba seu caldo. Eu falo.

— Tudo bem. — Eu faço o que ela diz, apesar de estar ficando cansada de caldo de legumes. É a única coisa que meu estômago aguenta.

— Você já me deu plenos poderes, então vou cuidar para que todas as suas questões financeiras sejam resolvidas. O dedutível do seu plano de saúde é muito baixo. O valor do ano passado foi satisfatório e você pagou tudo integralmente. As contas vão ser mínimas depois que o dedutível for pago e tudo estiver acertado. Você tem bastante nas economias para cobrir isso. Que outras contas você tem?

Não quero compartilhar isso porque sei que ela vai ficar chateada por eu não ter falado meses antes, mas é minha responsabilidade.

— Só os custos do enterro de Gracie. Fiz um plano de pagamento mensal. O saldo é por volta de dois mil dólares. Não sei se vou ter dinheiro suficiente depois das contas médicas.

Ela pisca como se estivesse confusa.

— Achei que você tivesse dito que o enterro de Grace estava pago com o dinheiro que sobrou da venda da casa de Janice.

Eu não consigo olhar para ela.

— Menti.

— Ah, Kate, por que você não disse nada? Eu teria ficado muito feliz de pagar.

Ainda estou olhando para a colcha.

— Foi por isso que não pude contar nada. Gracie era responsabilidade minha. Ela era minha irmã. Era obrigação minha.

Ela balança a cabeça.

— Bom, não se preocupe com isso. Vou cuidar de tudo. — É uma declaração final. — O que mais?

— Fora meu celular, nada. O seguro do carro está pago até abril.

— Tudo bem. Isso nos leva ao item seguinte da minha lista. Seu testamento. — Ela sustenta meu olhar, mas lágrimas surgem nos olhos dela. — Me desculpe, Kate. Isso é difícil.

Dou um tapinha na perna dela.

— Tudo bem, Audrey. Acho que um testamento não é necessário. Eu não tenho nada. Dei meu carro para Keller, apesar de ele ainda estar resistindo. E quero que Gus fique com meu violino, meu laptop e as músicas que compus. Isso é tudo.

Ela limpa a garganta.

— Não exatamente. Tem uma coisa de que você não sabe.

Eu me encosto na cama, porque ela está com uma expressão de mãe urso preocupada e protetora.

— Eu falei com seu pai no mês passado.

— Você o quê? — Eu pretendia que saísse bem mais alto, mas parece que todo o ar sumiu de dentro de mim.

— Anos atrás, consegui o nome, endereço e telefone dele com Janice, caso eu precisasse fazer contato com ele no seu nome ou de Grace. Só liguei para ele três vezes: uma vez quando Janice morreu, uma vez quando Grace morreu, e no mês passado, quando eu soube sobre sua doença.

Ouço as palavras saírem da minha boca, mas parece a voz de outra pessoa.

— O que ele disse?

Ela inclina a cabeça e o olhar se suaviza. Aposto que está tentando pensar em como me dizer que ele é um filho da mãe sem coração.

— Com Janice, ele pareceu indiferente. A notícia foi recebida com silêncio e um agradecimento pelo aviso. Com Grace, ele pareceu triste. Dei os detalhes sobre o enterro. Ele mandou flores.

— Eu não vi. Não tinha cartão com o nome dele. — Eu estou chocada. Ela balança a cabeça como quem pede desculpas.

— Ele mandou anonimamente. Era um buquê grande de cravos.

Dou uma gargalhada sem humor.

— Que adequado. Gracie odiava cravos. Dizia que eram flores fedidas de velhas. Ela gostava de tulipas. Tulipas amarelas.

Os lábios de Audrey se curvam em um sorriso.

— Eu sei.

Estou nervosa agora. O telefonema seguinte foi sobre mim.

— O que ele falou sobre mim?

— Kate, você é uma pessoa tão maravilhosa. A aprovação e o envolvimento do seu pai nunca importaram...

— Conte logo, Audrey.

Ela suspira.

— Ele disse que era uma pena. Disse que lamentava não ter conhecido você. Eu me ofereci para marcar um encontro, providenciar um voo dele da Inglaterra. Ele disse não. Sinto muito, querida.

Não me lembro do meu pai, então nunca senti falta dele. Até agora. Agora, me sinto traída. Estou com raiva por ele ter escolhido outra família em vez de nós. Trinco os dentes e murmuro:

— Ele é um filho da mãe, não é, Audrey?

— Acho que é um bom nome para ele, sim. Na verdade, consigo pensar em alguns outros que prefiro, mas filho da mãe está bom. — Audrey raramente xinga alguém. Ela está com raiva.

Eu riria se não estivesse furiosa.

Ela pega um envelope na mesa de cabeceira.

— Mas ele mandou isto. Eu já abri. Espero que você não se importe. Eu queria ter certeza de que não era alguma coisa que poderia chatear você.

Eu pego o envelope, e minhas mãos estão tremendo. Passei de furiosa a assustada em uma fração de segundo. Abro a aba do envelope e espio dentro. Não tem carta, só um pedaço de papel. Pego entre o polegar e o indicador e puxo lentamente.

— Um cheque?

Audrey assente.

Eu olho para a quantia.

— Audrey, é de *cinquenta mil dólares*. — Eu nunca vi tantos zeros.

Audrey assente de novo.

Eu jogo na mesa de cabeceira.

— Foda-se ele, Audrey. — Estou puta da vida. Tento não usar essa palavra na frente de Audrey porque sei que ela não gosta, mas não consigo me controlar. — Fodam-se ele e o dinheiro dele. Mande de volta. Diga que não quero.

Ela parece estressada, mas resignada.

— Normalmente, Kate, eu concordaria com você. Elogiaria sua dignidade e orgulho e diria para ele enfiar naquele lugar. Mas acho que você devia aceitar.

Talvez ela esteja certa.

— Você vai ficar com o dinheiro. Assino para passar para você. Vai ajudar a pagar por tudo que você fez por mim ao longo dos anos. — Isso não é minha raiva falando. Ela sabe que estou falando de coração.

— Ah, Kate, eu não poderia aceitar. Gus e eu nunca passamos dificuldades financeiras. Nós somos muito afortunados. Talvez você conheça outra pessoa que possa precisar do dinheiro.

Não demoro para tomar uma decisão. Eu endosso o cheque e dou instruções específicas para Audrey. Depois escrevo um bilhete curto de agradecimento para o meu pai.

Thomas,

Obrigada por Grace. Eu queria que você a tivesse conhecido. Ela era o ser humano mais doce e inocente do mundo.

Apesar de seu dinheiro feder a culpa e ser contra os meus princípios aceitar, saiba que vai ser bem utilizado.

Por fim, espero que você seja bom com sua esposa e seus filhos e que diga que os ama todos os dias. Crianças precisam disso. Audrey Hawthorne me ensinou sobre o amor de um pai ou mãe pelo filho. Ela é uma mulher maravilhosa. Eu nunca me senti sem amor. Espero que isso deixe sua consciência em paz.

Kate

Depois do bilhete e que Audrey sai do quarto, decido falar com Deus, o que me deixa meio culpada porque ando evitando isso há um tempo. "Ei, amigão. Eu falei sério no que escrevi para Thomas. Não sei se cabe a mim pedir isso para você, mas sei lá... Aí vai... Por favor, o perdoe. Espero de verdade que ele ame a esposa e os filhos e que eles o amem. Obrigada por me abençoar com tantas pessoas para amar."

Domingo, 15 de janeiro

(Kate)

Keller manda flores para mim a cada quatro ou cinco dias desde que vim para a casa de Audrey. Gus sempre as coloca na mesa de cabeceira ao lado da minha cama para eu poder olhar para elas e sentir o cheiro. Sempre disse que não gostava de corações e flores, mas mudei de opinião. Sou *muito* a favor de corações e flores agora.

Ontem, recebi uma caixa pelo correio. Era de Keller. Tinha o título de *Férias dos Sonhos de Katie,* e dentro ele colocou um DVD de viagem sobre a baía Ha Long, dois pares de óculos de sol vagabundos, dois guarda-chuvas de papel que se coloca em drinques e um bilhete escrito à mão com instruções. Seguindo essas instruções, Gus e eu colocamos os óculos e assistimos ao DVD. Gus ficou sentado ao meu lado na cama, tomando um copo de uísque com Coca enquanto eu tomava minha caneca de caldo de legumes fingindo que era piña colada. Decoramos nossas bebidas com os guarda-chuvinhas de papel. Acho que nunca vi nada tão engraçado quanto Gus bebendo uma coisa com um guarda-chuvinha de coquetel. Foi perfeito. O tanto que Keller pensou para elaborar o presente foi perfeito.

Keller, Stella e eu nos falamos pelo Skype hoje, como fazemos todas as noites. Ele me mostrou as passagens de avião que comprou. Custaram um monte de dinheiro que sei que ele não tem. Ele perdeu boa parte da bolsa e cuida de Stella em tempo integral, então as contas só estão aumentando. Ele queria estar aqui, mas sei que só vou vê-lo mais uma vez, e sinto que não quero que aconteça cedo demais, senão vai acabar e não vou ter nada pelo que esperar. Vai ser mais uma "última vez" para mim. Quero adiar essa "última vez" o máximo que eu puder. Ele e Stella vêm me ver na sexta. Eles vão ficar até a tarde de domingo. Mal posso esperar para ver os dois, sentir o cheiro deles, tocar neles. Tem duas semanas. Duas semanas parecem uma eternidade. A distância é um saco. Sinto saudades deles. Sinto saudade *dele*.

Segunda-feira, 16 de janeiro

(Kate)

"Oi, Deus, sou eu, Kate. Sinto que nunca conversamos sobre o que está acontecendo fora minha explosão de raiva no mês passado, mas quero que você saiba que não estou com raiva, sabe, por causa dessa porra toda de câncer. Não muda o jeito como vejo a vida e tive uma vida boa. Eu não mudaria nada. Gracie, Gus, Audrey, Keller, meus amigos e minha música foram um presente de... bom, você sabe, de você. Sei disso, então, obrigada. Cada uma dessas pessoas foi uma bênção. Falando nisso, também vim pedir uma coisa importante. Fique de olho em todo mundo que amo quando eu for embora, principalmente Keller e Gus. No âmbito dos seres humanos, eles são os meus favoritos, e estou pedindo sim tratamento preferencial. Para Audrey também. Faça como achar melhor. Obrigada adiantado. E mais uma coisa... Sei que posso estar passando dos limites aqui, mas acho que você já deve estar acostumado a isso vindo de mim. Não pense que sou covarde, mas quando minha hora chegar, você pode me levar sem dor, talvez no meio do sono? Já estou meio de saco cheio dessa coisa de dor. Além do mais, sei que Gus e Audrey provavelmente vão estar comigo quando acontecer e prefiro não deixá-los com uma última impressão traumática. Ah, e você pode avisar a Gracie que estou chegando? Isso se ela já não souber. Diga que vamos cantar e dançar e ler histórias e comer chocolates Twix e ver o pôr do sol. Deve ser a última vez que você vai ter notícias minhas até eu chegar aí e bater na sua porta como uma parente distante chata. Sei que você deve estar secretamente ansioso para estar comigo. O paraíso vai ficar bem menos silencioso e bem mais divertido quando eu chegar. Você foi avisado. Não se preocupe, você vai adorar. Tudo bem. Boa noite."

Terça-feira, 17 de janeiro

(Keller)

Meu celular me acorda. Está tocando na minha mão. Gus está ligando. Durmo segurando o aparelho exatamente por esse motivo.

De repente, me sinto paralisado de medo e dor. Não quero essa ligação. É cedo demais. Falei com ela horas atrás. Horas atrás, ela me disse que me amava e que falaria comigo pela manhã. Meu telefone não devia estar tocando. Ainda não é de manhã.

Os toques param.

Os toques voltam.

A mensagem finalmente chega do cérebro até os dedos e eu atendo, mas nenhuma palavra sai. Preciso que ele fale.

Ouço a respiração dele travar e meu coração despenca até o estômago. Encontro palavras.

— Por favor, não me diga que ela se foi.

— Não. — Ele nem está tentando se controlar. Está chorando abertamente. — Ela teve um derrame. Não consegue falar. Não consegue abrir os olhos. Não consegue mover o lado direito do corpo. Você precisa pegar uma porra de avião e vir para cá agora.

Ah, meu Deus.

— Vamos pegar o primeiro voo.

O voo mais cedo que consigo encontrar sai às 6h50. Com o fuso horário, chegamos em San Diego por volta de 7h30. Até pegarmos um táxi e encontrarmos a casa, são 8h15.

Gus disse que a porta estaria destrancada, então Stella e eu entramos. A porta é pesada e se fecha com um baque atrás de nós. Atravessamos o saguão e paramos na sala. A casa é grande e não sei para que lado devo ir até que uma mulher de meia-idade alta e loura entra no aposento. A semelhança com Gus é inegável.

Os olhos dela estão vermelhos e inchados.

— Vocês devem ser Keller e Stella. Sou Audrey. — A voz dela está cansada, mas receptiva.

Eu ofereço a mão e me sinto ansioso e constrangido porque só quero correr para Katie.

— Oi, Audrey. Sou Keller Banks. Esta é minha filha, Stella. Obrigado por tudo que você está fazendo por Katie.

Ela segura a minha mão com as duas mãos e aperta. É reconfortante.

— Bem-vindo. Vamos entrar para você ver Kate.

Não estou preparado para o que estou prestes a ver. Katie e eu nos falamos pelo Skype todos os dias. Ela está ficando mais magra e mais pálida. Eu a vejo na minha tela de computador, mas ver no laptop e ver em pessoa são duas coisas totalmente diferentes. Ela está cadavérica. As maçãs do rosto estão proeminentes e as têmporas estão afundadas. A pele está pálida e com um tom amarelado. As mãos pequenas estão abertas sobre a barriga em cima da colcha. As veias estão saltadas e azuis embaixo da pele transparente e com textura de papel. Eu pego a mão esquerda com delicadeza. Ela está fria, como sempre. Passo o polegar pelas costas da mão dela e me inclino para beijá-la nos lábios.

— Oi, gata. Stella e eu viemos ver você mais cedo. Gus disse que você teve uma noite difícil.

Há uma leve sugestão de movimento. O braço dela treme e os dedos pressionam os meus. É tão fraco, mas faz meu coração derreter. Eu valorizo muito o gesto.

Audrey, Gus, Stella e eu passamos o restante do dia reunidos em torno de Katie. Nós nos revezamos para conversar com ela. As pessoas podem achar que falar com uma pessoa que não reage é difícil, mas com Katie não é. Sabemos que ela está ouvindo.

Quarta-feira, 18 de janeiro

(Keller)

Eu queria pensar que ela ainda está ouvindo, mas não sei mais se é verdade.

A enfermeira disse que Katie entrou em coma. O corpo dela está parando. Os órgãos estão falhando. Ela não aperta mais minha mão quando a seguro.

Reunidos em torno da cama dela, Audrey e eu dizemos que ela pode ir quando estiver pronta. Que Grace a está esperando. Que a amamos.

Gus não diz nada.

Quinta-feira, 19 de janeiro

(Keller)

São 3h da madrugada. Stella está dormindo no sofá da sala e, Audrey expulsa com delicadeza a mim e Gus do quarto de Katie, nos mandando respirar um pouco de ar puro enquanto ela verifica o cateter, que causou uma infecção. É um ritual de hora em hora para manter Katie confortável. Normalmente, Gus e eu nos recusamos a sair, mas acho que chegamos a um limite. Nós precisamos recuperar o fôlego.

A vista do mar no deque é inacreditável. A água parece continuar para sempre. Com tudo que passei no último mês, estou começando a ter medo de minha realidade estar distorcida para sempre. A vista é linda, mas é uma beleza diferente do que eu veria dois ou três meses atrás. Dois ou três meses atrás, seria viva e vibrante, como Katie. Meu mundo está ficando preto, branco e cinza. Isso me assusta.

Gus está apoiado na grade, fumando um cigarro. Os olhos estão fechados e o cabelo parece um ninho amarelo de pássaros. Sei que ele está deixando as coisas acontecerem. Ele não dorme há semanas. Está se arrastando. Parece derrotado. E não fala muito, a não ser com Katie ou Stella, e Katie não responde há dois dias.

— Qual é sua primeira lembrança de Katie?

Ele não abre os olhos nem olha para mim quando responde.

— Andei pensando sobre crescer com Raio de Sol e Gracie. Elas estão em quase todas as lembranças que tenho da infância. Não tenho uma primeira lembrança porque elas sempre estiveram presentes. Não me lembro de uma época em que não estavam. Eu me lembro de outras primeiras vezes. A primeira vez em que Raio de Sol foi queimada por uma água viva foi com quatro anos. A primeira vez que a ouvi tocar violino foi quando ela tinha oito. A primeira vez que ela me xingou foi com onze anos. A primeira vez que me dei conta do quanto ela era linda foi quando ela tinha dezesseis. O biquíni era branco, aliás.

Ouvir essas coisas sobre ela é agridoce, mas quero saber mais.

— A Katie de vinte anos é muito diferente da Katie de dez? Ela parece uma alma velha. Como se tivesse nascido com essa maravilhosa sabedoria e essa graça toda.

Ele ri, mas termina o cigarro e acende outro antes de falar.

— Raio de Sol sempre foi diferente das outras crianças. Mais inteligente, mais legal, mais engraçada — diz. Ele finalmente olha para mim e sorri. — E mais boca suja.

— Essa boca suja dela já a meteu em confusão? — Falar sobre ela está me relaxando.

Ele balança a cabeça.

— Ursos cagam na floresta? O que você acha? Mas essa é a questão: as pessoas sempre recuam quando ela bate o pé. E a amam e respeitam por isso, porque sempre tem verdade por trás do que ela faz. Aquela mulherzinha é capaz de fazer homens grandes se acovardarem, acredite, já vi. Porra, eu já me acovardei. — Ele ri.

Eu rio junto.

— Eu também.

Estou apoiado na grade, a trinta centímetros dele. Nós estamos olhando as ondas baterem na areia enquanto o silêncio se prolonga entre nós. Ele coloca o segundo cigarro no cinzeiro e acende o número três.

— Keller, vou fazer uma pergunta e quero que você seja sincero comigo. Sem sacanagem, cara.

Ele olha para mim com o canto do olho, e eu faço que sim.

— Você a ama, certo? Quer dizer, você a ama com todo o coração e toda a alma?

Eu faço que sim.

— Amo. De coração e alma.

Ele pensa na minha resposta por um segundo e olha novamente para as ondas.

— Que bom, porque aquela garota ama você com todo o ser que ela é. Eu te daria uma porrada se você não sentisse a mesma coisa. — Não é piada. Ele está falando sério.

Eu devia ficar de boca fechada, porque sinto que em qualquer outra circunstância o que estou prestes a dizer seria impróprio, mas o cara precisa botar isso para fora.

— Você também a ama. — Não é uma pergunta.

Ele está concentrado nas ondas ao longe. Dá outra tragada no cigarro.

— Claro. Ela é minha melhor amiga. Quem não amaria Raio de Sol?

Estou olhando para as mesmas ondas porque não consigo olhar para ele.

— Não é isso que estou dizendo. De coração, você está apaixonado por ela?

Os ombros dele murcham.

— Você não quer ouvir essa resposta, cara.

— Provavelmente não, mas vejo a forma como você olha para ela. Essa coisa toda está acabando com você em um nível diferente. Sinto que estou olhando em um espelho quando olho para você.

Ele bufa e passa as mãos pelo cabelo, puxando em um rabo de cavalo. Ele quer botar para fora, mas está se segurando por mim.

— Gus, você precisa falar com alguém. Concordo que posso não ser a pessoa ideal, mas qualquer coisa que você disser vai ficar entre nós.

Ele finalmente me olha nos olhos. Sustenta meu olhar antes de piscar várias vezes e suspirar.

— Ah, foda-se. Sim, estou apaixonado por ela. Não consigo me lembrar de uma época em que não estivesse.

Era disso que eu desconfiava.

— Você contou para ela? De verdade?

Ele vira de costas para a água e se senta na grade, virado para a casa.

— Não.

— Por quê? — São 3h. Estou discutindo o amor de outro cara por minha namorada e estou com muita pena dele. Preciso dormir.

— Porque eu sempre achei que ela merecia coisa melhor. Eu sabia que encontraria alguém tão incrível quanto ela. Era tudo que eu queria para ela. — É uma das coisas mais sinceras que já ouvi.

Eu vou até o outro lado do deque. Não consigo olhar para ele quando digo o que precisa ser dito.

— Eu sei que você dormiu com ela. Na noite antes de ela ir para Grant.

Estou esperando que me desafie, que me pergunte como posso saber uma coisa tão particular, mas ele não faz nada.

— Foi a melhor noite da minha vida, cara. Desculpe, sei que é ruim dizer isso para você, mas foi.

Eu me viro para olhar para ele e faço que sim. Há uma camaradagem esquisita que só pode ser resultado da falta de sono e da morte iminente.

Ele balança a cabeça como se estivesse pensando duas vezes sobre abrir a boca de novo, mas ele abre.

— Keller, cara, não precisa responder, mas você tem medo de nunca mais ser o mesmo depois que ela se for? De que o restante da sua vida seja um buraco negro sem fim, privado de felicidade e amor?

Eu faço que sim.

— Não gosto de pensar assim, mas não consigo evitar às vezes. Eu a conheço há pouco tempo, mas ela me mudou completamente. Sinto que devo a ela não desperdiçar isso, sabe? Mas, sim, vai ser difícil. Todo santo dia, cara.

Ele anda até mim e me dá um tapinha nas costas. Os olhos parecem cansados de novo.

— Vamos voltar lá para dentro. Obrigado por ouvir, cara. Nós nunca tivemos essa conversa, combinado?

Concordo.

— Combinado.

— E obrigado por não me dar um soco na cara nem arrancar minhas bolas. Não sei se eu conseguiria fazer o mesmo se estivesse no seu lugar. Você é um bom sujeito, Keller. Não é surpresa que Raio de Sol ame você tanto assim.

Eu tenho que olhar nos olhos dele para que ele acredite no que estou prestes a dizer.

— Você também não é ruim. Ela ama você, Gus.

Ele faz que sim e abre a porta.

— Não gosto de deixá-la esperando. Nunca deixei. Vamos.

Sexta-feira, 20 de janeiro

(Keller)

Katie morreu hoje.

Ela foi tranquilamente, em paz. Sem uma saída dramática, o que pareceu apropriado, considerando que ela odiava chamar atenção para si mesma. Ela inspirou e expirou. E pronto. A respiração seguinte não aconteceu.

Eram 13h37. Estava sol lá fora. A janela ao lado da cama estava aberta para ela sentir o cheiro de sal no ar e a brisa no rosto.

Gus estava sentado do lado esquerdo da cama segurando a mão dela com as duas mãos. Eu estava sentado do lado direito, segurando a outra mão dela. Audrey estava sentada em uma cadeira no pé da cama com Stella no colo. Ela estava cercada das pessoas que mais a amavam.

Quando o monitor do coração apitou e mostrou uma linha reta, a enfermeira entrou com calma e verificou a pulsação. Não havia nenhuma. Ela assentiu em lamento, ofereceu os pêsames e nos deixou em paz.

Para Gus, as lágrimas vieram imediatamente. Ele apertou a mão dela uma última vez, beijou a testa, disse adeus e que a amava e saiu. Ouvimos a porta bater um momento depois e o som dos pneus da picape cantando no chão quando ele saiu em disparada.

Eu continuei acariciando o cabelo dela por mais alguns minutos, sem querer abrir mão dela. Quando Stella desceu do colo de Audrey e subiu no lugar vazio de Gus e disse adeus para Katie, não consegui segurar as lágrimas. Desci da cama, segurei o rosto dela nas mãos, fechei os olhos, beijei os lábios delicadamente uma última vez e sussurrei no ouvido dela:

— Obrigado por confiar em mim. Obrigado por me deixar amar você.

Estiquei a mão por cima de Katie e puxei Stella para os meus braços, me perguntando se eu era um pai horrível por deixá-la estar aqui conosco. Stella se agarrou a mim. Ela estava calma apesar da tristeza no ar. Fui até a cadeira onde Audrey estava e coloquei a mão no ombro dela. Ela cobriu minha mão e apertou. O aperto foi um agradecimento, um sinal de infelicidade e um consolo ao mesmo tempo.

Stella e eu andamos até a praia e fizemos um castelo de areia gigante. Demoramos horas. Ficamos cobertos de areia dos pés à cabeça e estava escuro quando decidimos que tínhamos terminado.
Katie teria adorado.

Domingo, 22 de janeiro

(Keller)

O funeral é hoje. Começa em poucos minutos. Estou na igreja com Audrey cuidando dos preparativos de último minuto. Stella está com meu pai, Dunc e Shel. Eles vieram ontem à noite.

A capela está cheia quando eu entro. É estranho ser tão íntimo de alguém, mas olhar ao redor e reconhecer poucos rostos. Eu me sento ao lado de Dunc, e Stella pula para o meu colo.

— Oi, papai.

— Oi, lindinha. Você foi boazinha com tio Dunc?

Ela faz que sim.

— Nós passeamos na praia. Encontrei duas conchas. — Ela enfia a mão no bolso da saia e pega duas conchas grandes. — Eu trouxe para Kate. Ela gosta de conchas, né, papai?

Eu faço que sim.

— Ela gosta de conchas. Isso foi muito legal, Stella. — Eu dou um beijo na cabeça cacheada dela e aspiro a doçura que é minha garotinha.

Fico distante durante boa parte da cerimônia. Não sei dizer se foi longa ou curta. Não consigo me concentrar. Minha mente dispara por imagens e lembranças, mas parece totalmente vazia ao mesmo tempo. Só saio do transe quando o pastor passa o microfone para Audrey.

Ela seca os olhos com um lenço de papel e funga antes de limpar a garganta.

— Sou Audrey Hawthorne. Kate foi vizinha minha e do meu filho durante boa parte da vida dela. Sempre considerei Kate e a irmã dela,

Grace, como minhas filhas. Havia tantas coisas que eu amava em Kate. Tantas coisas de que todos vamos sentir falta. Nós decidimos que, em lugar de uma eulogia, nós escreveríamos cartas para ela. Eu gostaria de lê-las agora. — Audrey respira fundo e desdobra a primeira carta.

Querida Kate,
Quando penso em você, ainda a vejo como uma garotinha de seis anos brincando na praia com Gus e Grace. A alegria que irradiava de você era tangível, física. Todo mundo ao redor sentia.
Essa alegria nunca sumiu. Era uma delícia estar perto de você. Sinto muito orgulho da mulher que você se tornou. Você era tão forte, tão inteligente, tão talentosa, tão leal, tão carismática e tão linda.
Gus e eu fomos abençoados por termos você nas nossas vidas e por chamarmos você de família.
Estou abraçando você agora, está sentindo?
Eu amo você.

Audrey

Minha querida Katherine,
Tenho certeza absoluta de que me apaixonei por você (no sentido mais platônico, claro) na primeira vez que botei os olhos em você. Primeiro, achei que foi por causa do seu senso de moda extraordinário, mas aí você se deu ao trabalho de vir falar comigo, falar comigo de verdade, e soube sem sombra de dúvidas que você era a alma mais gentil que conheci. Eu estava em um momento muito ruim da minha vida quando você se sentou à minha mesa naquele dia da orientação aos calouros e me agraciou com sua presença. Sua amizade abriu um mundo de possibilidades que nunca imaginei para mim. E sua coragem provou para mim várias vezes que a vida não é fácil para ninguém. Nós todos temos que lutar para aproveitar ao máximo a vida que recebemos. Eu nunca vou esquecer você. Você é simplesmente a pessoa mais adorável por dentro e por fora que eu vou conhecer por toda a vida. Você é meu anjo da vida real.
Todo o meu amor,

Clayton

Querida Kate,

    Sinto saudade das nossas brincadeiras. Sinto saudade das cócegas e dos abraços. Sinto saudade das suas músicas. Sinto saudade de você ler para mim. Miss Higgins também sente saudade de você.

    Com amor,

Stella

Kate,

    Como banda, vamos sentir falta do seu talento profano. Sua devoção tornou todos nós melhores e nos obrigou a subir o nível sempre que você estava por perto. Você tinha mais talento no dedo mindinho do que todos nós juntos. Nós não estaríamos onde estamos agora se não fosse por você. Obrigado.

    Como amigos, vamos sentir saudades. De tudo em você: sua tenacidade, sua atitude de ir sempre até as últimas consequências, seu encorajamento e sua gentileza. Mais do que tudo, vamos sentir falta do seu senso de humor. Ninguém conseguia fazer a gente rir como você. Principalmente se fosse à custa de Franco.

    Vamos sentir saudades.

Jamie, Robbie e Franco

    P.S.: Esperamos que tenha uma pista de Fórmula 1 no céu e que Deus coloque você atrás do volante no primeiro dia, porque você vai dar um show. Boa viagem, Kate.

Querida Kate,

    Você me ensinou que não tem problema sair da zona de conforto e fazer coisas que me assustam e me deixam pouco à vontade. Que não tem problema ser boba e cometer erros. Que não tem problema rir de tudo ou rir sem motivo nenhum.

    Você nunca soube, mas lutei contra meus demônios a vida inteira, e por sua causa estou enfrentando todos eles na terapia agora. Obrigada por entrar pela minha porta seis meses atrás, cara. Foi uma das melhores coisas que me aconteceu. Você mudou minha vida.

    Com amor,

Sua parceira de dança.

    P.S.: Você é a pessoa mais foda e mais sinistra que eu já conheci.

Katie,

É difícil botar em palavras o que você representa para mim. Eu admiro a forma como você viveu sua vida. Me inspirou. Fez com que eu me apaixonasse por você. Você me desafiou como ninguém nunca fez. Você me mostrou o que coragem e bravura são. Sua sinceridade, mente aberta, apoio sem fim e amor me tornaram uma pessoa melhor, um pai melhor, um companheiro melhor, um homem melhor.

Sinto tanta a sua falta que dói.

Vou amar você para sempre, gata.

Keller

Raio de Sol,

Não sou bom com essas merdas e você sabe, então vou ser breve e doce. Espero que você esteja com Gracie agora, sentada em uma nuvem, dividindo uma barra de Twix. Espero que o sol brilhe todos os dias no céu, que as ondas sejam sempre enormes e que o pôr do sol seja espetacular. Espero que sirvam café preto de manhã, de tarde e de noite e tacos veganos às terças. E espero que tenham feito um violino só para você e que você toque todos os dias.

Você me disse para fazer épico. Eu tento. Você conseguiu. Você fez todos os dias épicos. Vou sentir falta disso.

Eu amo você.

Gus

Consigo ouvir fungadas e soluços na plateia. Audrey está se esforçando para manter a compostura, e, quando penso que está no limite, ela respira fundo algumas vezes.

— Kate passou as últimas semanas dela na minha casa. Ela me deu isto — ela levanta um envelope — e me pediu para ler no final da cerimônia dela. — As mãos estão tremendo tanto que me pergunto se ela vai conseguir abrir. Lentamente, ela rasga a ponta do envelope e puxa um pedaço de papel dobrado. Ela passa os olhos pelo papel e cobre a boca com a mão. — Me desculpem. Não consigo.

Quero me levantar e ler, ajudar, mas sei que não vou conseguir segurar as lágrimas que já estão transbordando nem engolir o nó que tenho na garganta. O pastor está ao lado de Audrey, com a mão no ombro dela, pedindo delicadamente que ela entregue a carta para ele ler em voz alta quando alguém fala no fundo da igreja.

— Espere. — Ele limpa a garganta quando todos os olhares se viram para vê-lo caminhar pelo corredor. — Eu leio.

É Gus. Ele desapareceu depois que Katie morreu, e apesar de ter mandado algumas mensagens para Audrey, nós não o vemos há dois dias. Ele não estava aqui mais cedo, e eu estava com medo de que não aparecesse. Ele colocou um terno, mas tem uma aparência péssima. Ele ainda não dormiu.

Ele passa o braço ao redor dos ombros de Audrey e beija a lateral da cabeça dela antes de pegar o papel. Ele engole várias vezes e começa a ler as palavras de Katie.

Eu queria de verdade que todos nós estivéssemos em outro lugar hoje. Fazendo qualquer coisa menos isso, porque funerais são deprimentes e são um saco. Mas como vocês foram gentis o bastante para se reunirem por mim, gostaria de aproveitar essa oportunidade para esclarecer algumas regras. Essas regras passam a valer a partir de agora e não expiram enquanto vocês viverem.

Número um: não chorem por mim. Eu tive uma vida incrível. Valeu ser vivida, e eu que estou dizendo; portanto, quando vocês pensarem em mim, sorriam, riam, fiquem felizes. Nada de chorar.

Número dois: vivam cada dia como se fosse o último. Sei que isso é clichê e que vocês provavelmente pensam que li em um adesivo de carro (pensando bem, pode ser que tenha lido), mas é verdade. Façam isso.

Número três: sejam espontâneos. A vida tem regras demais e restrições demais e horários demais. Mudem seus planos para abrir espaço para a diversão. Se atrasem de vez em quando (é com você, Keller) e apreciem o momento pelo que é ou pelo que pode ser.

Número quatro: não julguem os outros. Todos nós temos nossas merdas. Fiquem de olho nas suas e deixem o nariz longe da vida dos outros, a não ser que sejam convidados a participar. E, quando receberem o convite, ajudem, não julguem.

Número cinco: dancem pra caralho (é com vocês, Shelly e Clayton).

Número seis: façam épico (é com vocês todos, Rook). A música torna o mundo um lugar mais bonito. A música de vocês é épica. Continuem. Todos os dias. Nós amamos vocês por isso.

Número sete: tratem os amigos como família. Gus e Audrey me abençoaram com essa lição. Passem adiante.

Número oito: permitam-se serem amados. Com todas as fibras do seu ser.

Número nove: parem um tempo para ver o pôr do sol. Vocês ganham pontos a mais se fizerem isso com alguém de quem gostam.

Número dez: não chorem por mim.

Lembrem-se, estou no céu agora e estou de olho em vocês. Sigam as regras. Vou saber se não cumprirem.

Não me deixem puta da vida.

Quero agradecer a cada um de vocês por tornarem minha vida tão melhor do que teria sido se eu não tivesse conhecido vocês.

Amo vocês todos. Paz.

Raio de Sol

Há um sorriso leve nos lábios de Gus.

— Essa é minha garota.

O sorriso logo vira tristeza. Com um aceno, ele deixa o microfone. Ele leva Audrey até o lugar dela na primeira fila e senta ao seu lado.

O pastor termina com uma oração, e todos se levantam para sair. É essa parte que eu temia mais do que todas. Dou um beijo na bochecha de Stella.

— Lindinha, vá com o vovô e com o tio Dunc. Vou encontrar você lá fora.

Ela balança a cabecinha e os cachos sacodem.

— Aonde nós vamos?

Piscando para afastar as lágrimas, eu respondo:

— Nós vamos levar Katie ao cemitério. Assim, ela vai ter um lugar especial onde todo mundo vai poder visitá-la.

— Como a mamãe?

— É, como a mamãe.

Dunc tira Stella de mim quando vê que estou desmoronando.

— Venha, Stella. Vamos tentar pegar uns pombos lá fora.

Vejo Stella, Dunc e Shel passarem e esperarem meu pai ir junto. Ele para na minha frente e coloca a mão no meu ombro.

— Lamento, filho. Ninguém devia viver o que você já aguentou na sua vida.

Eu faço que sim.

Fecho os olhos e tento limpar os pensamentos, mas só vejo aqueles olhos de jade sorrindo para mim por trás das minhas pálpebras fechadas. Quero ficar sentado aqui para sempre olhando para eles.

Mas não posso.

Gus, Jamie, Robbie, Franco e Clayton estão me esperando.

Ninguém diz nada quando rodeamos o caixão. Está mais leve do que imaginei, o que só me faz pensar no quanto ela estava frágil e magra no final. Devia estar pesando menos de quarenta quilos. Era de partir o coração.

A caminhada até o carro funerário é curta.

O trajeto até o cemitério é longo.

O restante é um borrão. Consigo sentir o pânico crescente.

O pastor ainda está falando quando entrego Stella para o meu pai e saio para tomar ar fresco. Reparo em tulipas amarelas e uma barra de chocolate Twix no túmulo de Gracie.

Quando vou para a parte de trás da tenda, encontro Gus fumando um cigarro. Ele não olha para mim, mas tira o maço do bolso e aponta a parte aberta na minha direção.

— Quer um?

Eu nunca fumei na vida, mas não estou pensando direito e vou tentar qualquer coisa que possa aliviar a ansiedade que me estrangula. Pego um e o isqueiro que ele me entrega. Não tenho ideia do que estou fazendo, mas acendo e inspiro com toda a energia nervosa que me percorre. Meus pulmões ardem e não consigo segurar a tosse repentina e insistente.

— Primeira vez? — pergunta Gus.

Tusso de novo.

— Ficou tão óbvio?

— Você devia parar. — Ele fala sem entonação.

Devolvo o cigarro.

— É, acho que você está certo.

Uma última tragada acaba com o cigarro dele. Ele joga no chão e pisa em cima enquanto começa a fumar o meu.

— *Você* devia parar — digo.

— Eu sei. Raio de Sol sempre me dizia. Sinto uma culpa danada cada vez que fumo agora. Mas não consigo parar. Já tentei. — Ele olha para mim. — Minha mãe deu seu envelope?

— Deu. — Audrey me deu um envelope preparado por Katie. Ela disse que Katie entregou dois CDs para ela em dois envelopes, um para mim e um para Gus. Ela fez isso algumas semanas atrás e pediu a Audrey para entregar hoje.

— Já ouviu o seu?

— Ainda não. E você? — Eu planejo ouvir essa noite, depois que voltarmos para Minneapolis. Preciso de silêncio e privacidade porque sei que o que vier vai acabar comigo.

— Ainda não. — Ele parece nervoso.

A multidão está indo para os carros.

Eu indico a tenda.

— Venha, vamos acabar com isso.

Ele olha para o chão, e juro que está totalmente desconectado quando ele pisca algumas vezes e responde.

— Não consigo, cara. Já me despedi dois dias atrás. Eu tenho que sair daqui. Não aguento mais.

— Tudo bem. Nos vemos em casa, então. Eu tenho que pegar nossas malas.

— Não vou estar lá. — É uma declaração firme.

— Para onde você vai?

— Não sei. Tenho que me afastar um pouco. — Ele está com uma expressão distante nos olhos.

Preciso deixar que ele lide com isso sozinho. Todos nós temos que encontrar o nosso caminho. Ofereço a mão, que ele aperta.

— Mantenha contato, cara. Estou aqui se você precisar de mim.

Ele me dá um tapinha no ombro.

— Obrigado, cara. Você também.

Eu o vejo atravessar o cemitério e desaparecer ao longe. Não tenho ideia de para onde está indo, principalmente a pé. A picape dele ainda está na igreja, que fica a quilômetros de distância.

A morte de Katie fica me atingindo como ondas batendo na praia. É nesse momento que outra onda quebra. Ela se foi. Nunca mais vou vê-la. Nunca mais vou ouvir a voz dela. Nunca mais vou tocar nela. Essa percepção me faz cair de joelhos e começar a chorar. Estou chorando porque a quero de volta. Estou chorando porque odeio a porra do câncer. Estou chorando porque a vida não é justa.

Uma mão aperta minhas costas com gentileza, e sinto mais do que vejo alguém se agachar ao meu lado.

— Filho?

Meu pai. Quero parar de chorar, mas não consigo. Olho para ele, ofegando para respirar.

— Eu... quero... ela... de volta — digo, balbuciando. Como ele não diz nada, continuo: — Por que Katie?

Espero uma explicação lógica, uma explicação clínica, mas ele só segura minhas mãos e se levanta, me puxando junto. Depois, me abraça.

Ele me *abraça*.

E me deixa chorar.

Quando as lágrimas param, ele me solta e me entrega o lenço que tem no bolso. Eu seco o rosto e assoo o nariz. E, sem dizer nada, ele me leva até o carro alugado e me ajuda a entrar no banco de trás, onde Stella e Dunc estão esperando.

Na hora que você pensa que conhece alguém, essa pessoa muda. Ou você muda. Ou os dois mudam. *E isso muda tudo.*

Quarta-feira, 25 de janeiro

(Keller)

Uma carta de Audrey chegou hoje. Ver o nome dela abre a ferida recente. Espero até Stella estar na cama para abrir. Quando abro o papel de carta, um pedaço de papel menor cai no chão. Eu deixo lá.

Querido Keller,
    Foi um dos desejos finais de Kate deixar isso para você. Ela me contou sobre sua situação e eu não podia concordar mais. Espero, pela memória de Kate, que isso ajude você a atingir seus objetivos e aspirações.
    Eu gostei de receber você e Stella aqui, apesar de desejar que tivesse sido em circunstâncias diferentes. Sua filha é maravilhosa. Cuide bem dela. Sinto falta de ouvir a voz e a gargalhada dela. A casa fica quieta demais. Minha porta está sempre aberta para vocês caso queiram visitar. Diga a Stella que mandei um oi.
    Espero que o tempo cure seu coração partido e deixe só as lembranças mais lindas de Kate. Ela era uma alma linda.
    Com amor,

Audrey

Estou chorando de novo. Choro com tanta frequência agora que às vezes só percebo que estou chorando quando as lágrimas já estão escorrendo pelas bochechas.

O pedaço de papel, o desejo de Katie, está caído no chão em frente à minha cômoda. Eu o pego, viro e vejo que é um cheque dobrado ao meio. Eu o abro. Tem um papel grudado com a caligrafia de Katie:

Keller,

Meu pai me mandou dinheiro recentemente. Dei uma parte a Audrey para o meu enterro. Quero que você fique com o que sobrou. Espero que cubra o que falta da faculdade. Você vai ser um ótimo professor!

Eu amo você, gato.

Kate

Eu puxo o papel, e que bom que estou na frente da cama, porque minhas pernas cedem. O cheque é de 40 mil dólares. E está no meu nome.

Não consigo deixar de pensar no que Clayton escreveu sobre Katie no enterro. Ela é mesmo um anjo.

Sexta-feira, 27 de janeiro

(Keller)

Estamos em casa há cinco dias. Voltei ao trabalho e às aulas, e Stella começou a pré-escola e a nova rotina. Ela se adaptou bem. Sabia que se adaptaria. Ela é flexível, simpática e curiosa. Ficaria bem em qualquer lugar.

Evitei o CD de Katie. Está na minha cômoda, ao lado de uma foto nossa, desde que cheguei em casa e tirei da mala. Já segurei nas mãos, preparado para abrir em três ocasiões diferentes, mas não tive coragem.

Estou olhando para ele agora.

Ele está olhando para mim.

São mais de 23h e eu devia estar dormindo, mas dormir sem ela é difícil. Dormi na espreguiçadeira nas últimas noites.

Eu puxo o cobertor e me deito na cama. Enfio o rosto no travesseiro e inspiro. Ainda tem o cheiro dela. Ela já foi embora do apartamento há um mês, mas não consigo lavar a fronha. Ainda durmo com uma das camisas que ela usava para dormir. Ainda tem o cheiro dela, mas está começando a sumir. Eu me deito de costas e olho para o teto.

— Katie, estou com saudades. Pra caralho. Penso em você a cada segundo do dia. Vou ouvir seu CD agora. Sei que vai me fazer chorar, mas estou trabalhando a minha coragem. Você ainda está na minha cabeça liderando o movimento, então lá vai.

Minhas mãos estão tremendo quando pego o envelope. Passo os dedos pelo nome escrito com a caligrafia dela: é pequena, firme e única, como ela era.

Passo o dedo embaixo da aba e hesito. De repente, esse envelope é a coisa mais assustadora que consigo imaginar. Sinto calor e vontade de vomitar. Minha respiração está acelerada, como se eu estivesse correndo. Aperto os olhos e tento isolar tudo.

— Você é corajoso — lembro a mim mesmo. Falo várias vezes antes de abrir os olhos. Estão ardendo e úmidos de pânico. Mais uma vez, estou olhando diretamente para o CD. — Você é corajoso. *Eu sou corajoso.*

Puxo a aba e tiro o CD. Não tem nada escrito. Não tem rótulo. Não tem indicação nem pista do que vou encarar.

Pego o laptop na bolsa ao lado da cama e ligo. Abro a pasta de fotos antes de colocar o CD porque preciso olhar para o rosto dela. Tenho algumas dezenas que tirei nos últimos dois meses. Algumas são de nós dois, algumas dela e Stella e algumas só dela. Com os fones de ouvido colocados, eu seco os olhos, abro o menu do CD e aperto o play. Nada poderia me preparar para o que vou ouvir. É a voz dela. Falando comigo. Se eu fechar os olhos, posso fingir que ela está aqui no quarto comigo. É isso que eu faço.

— Oi, Keller. Sei que você está ouvindo isso depois que me fui e que deve ser meio estranho, mas, se fosse eu, ia querer ouvir sua voz de novo. Então, aqui vai, gato.

"Eu cresci acreditando que era meu trabalho cuidar de todo mundo. Minha irmã precisava de mim. Minha mãe precisava de mim. Eu cresci acreditando no amor, em dar e receber. Gracie, Gus, Audrey, meus amigos... Eu os amei e eles me amaram. Eles me impediram de virar a pessoa amarga e rabugenta que eu poderia ter virado. A pessoa contra a qual eu lutava. Cresci acreditando que tinha que ser forte. Eu precisava ter controle porque as pessoas dependiam de mim e eu queria estar ao lado delas.

"Se me arrependo de alguma dessas coisas? Não. Eu não curto arrependimento. Isso me tornou quem eu sou.

"Mas o dia em que entrei no Grounds e conheci você, falei com você, flertei com você? Alguma coisa em mim mudou. Foi um dos melhores dias da minha vida. Ponto. Além de me sentir absurdamente atraída por você fisicamente, porque, vamos deixar claro, Keller, você é sexy: seus olhos, seu rosto, seu cabelo, sua bunda... Hummm... Mas tinha alguma coisa genuína em você que era ainda mais atraente do que sua boa aparência. Você foi simpático, um pouco vulnerável, meio nervoso e muito, muito real. Eu soube que nós tínhamos que ser amigos.

"Eu lutei para não me apaixonar por você. Lutei muito, porque sou Kate Sedgwick... e, além de ser o tipo de pessoa que não curte relacionamentos, eu estava morrendo.

"Mesmo assim, você me conquistou. Eu me apaixonei por você um pouco mais a cada dia. Eu amava seu sorriso torto. Amava o fato de você ler literatura clássica. Amava o fato de você odiar meus atrasos. E amava sua paciência. Amava o jeito como você me ouvia, como se eu fosse a única pessoa no mundo. Amava você tocar violão. Amava você gostar de café puro (o melhor jeito de beber). Amava você não ser só pai, mas um pai incrível. Sua dedicação à sua filha é a coisa mais sexy do mundo, e sei que pode soar esquisito, mas é. Eu amava você ser atencioso e romântico. Amava você ter um instinto natural para ensinar. Qualquer coisa. Amava você trabalhar pra cacete. Amava sua persistência e capacidade de não aceitar não como resposta. Amava você exibir sua paixão e nem sempre conseguir controlar as emoções. Você chamava minha atenção por causa das minhas merdas. As pessoas não fazem isso comigo. Eu precisava. E amava.

"Você me deu meu próprio conto de fadas. Confiei em você de coração. Nunca fiz isso antes, mas você fez esse salto valer a pena. Seu amor, o jeito como você me fez sentir profundamente amada até os ossos? Foi o paraíso. Física e emocionalmente. Eu me senti tão... *amada*. Quando você falava comigo? Quando você me olhava? Quando você me tocava? Eu me sentia adorada. Eu me sentia linda. Eu me sentia admirada. Eu sentia sua devoção e paixão. Era sufocante da forma mais empolgante e satisfatória. Espero que você tenha sentido o mesmo.

"Durante isso tudo, você me ensinou que não tem problema depender de outra pessoa e não tem problema deixar que ela carregue seu peso com você e até *por* você. Eu pude me permitir chorar na sua frente. E eu não choro. Pude ser fraca e vulnerável quando precisei e você não me julgou. Você pôde ser forte por nós dois. Eu pude dar voz aos meus medos. Pude falar sobre minha família e meu passado. Você não sabe o tamanho do alívio que foi para mim. Seu apoio foi... inacreditável.

"Fui para Minnesota preparada para cortar a faculdade da minha lista de coisas a fazer antes de morrer, mas nunca imaginei que encontraria você. Obrigada, Keller Banks.

"Agora, preciso falar sobre seu futuro, porque é importante para mim que você ouça isso. Termine a faculdade e dê aula de inglês no ensino médio. Você tem um dom para compartilhar. Você vai ser como Sidney Poitier em *Ao Mestre com Carinho*. Alunos de sorte. Encontre um lugar especial no mundo para você e Stella, onde ela possa florescer e virar a mulher incrível que tenho certeza de que vai se tornar. Sempre a encoraje, apoie, ame... Sei que você vai fazer isso. E, por favor, encontre alguém com quem possa compartilhar esse seu coração enorme. Porque, quando você se entrega ao amor, gato, é de tirar o fôlego. Você ama de corpo e alma. Sem dúvidas. Sem perguntas. Sem restrições. Encontre esse tipo de amor de novo. E, quando encontrar, espero que ela faça você tão feliz quanto você me fez. Stella precisa de irmãos e irmãs, Keller. Miss Higgins é uma tartaruga incrível, mas é péssima substituta para um irmão.

"Sei que você está triste agora. Sinta a dor, mas não se agarre a ela. A dor sufoca a vida. Deixe que passe. Se lembre de mim e fique feliz. Você tem uma vida incrível pela frente. Aproveite ao máximo cada minuto. Começando agora.

"Você é corajoso. Repita comigo: você é corajoso.

"Eu te amo, gato... Eu te amo, gato."

Meu coração está doendo e meu rosto está molhado de lágrimas. É nessa hora que percebo que estou sorrindo... sorrindo enquanto meu coração partido ameaça quebrar ao meio. O sorriso é um pequeno pedacinho de felicidade que não me abandona, é Katie até o fim. Eu nunca soube que a felicidade podia ser assim. Meu coração estava fechado havia muito tempo, mas ela o abriu quando entrou pela porta do Grounds naquele primeiro dia. Demorou poucos momentos. Além de estar linda com aquele cabelo desgrenhado, olhos intensos e aquela camiseta customizada, ela foi confiante e engraçada e gentil. Ela foi a pessoa mais sincera que já conheci. Sabia tudo e sabia como tratar as pessoas, como fazê-las se sentirem especiais e valorizadas. Dei a ela tudo que eu tinha. Deixei que visse o bom e o ruim. Mostrei a ela as coisas que ninguém tinha visto. Ela me obrigou a dar uma boa olhada em mim mesmo e na minha vida. E o amor dela me deu coragem.

Ainda não consigo aceitar o fato de que ela morreu. O buraco negro de que Gus e eu falamos... luto contra ele todos os dias. Luto por ela... e por mim... e pela minha filha.

Katie tinha um dom inacreditável para encontrar o melhor em todas as situações, boas ou runs. Parece fácil, mas em uma situação que não seja o nirvana, é difícil. A felicidade de Katie, o otimismo consistente, era trabalhoso. Acho que ela não negaria isso. Era preciso coragem para perseverar diariamente. A felicidade, a atenção e o humor eram parte dela, mas também eram uma escolha deliberada e consciente. Não consigo deixar de pensar no que Gus disse. Katie não só via o lado bom das coisas... ela morava lá.

Ele estava certo.

E isso a torna a pessoa mais corajosa que já conheci.

Você é corajoso...

Agradecimentos

Dizem que é preciso um vilarejo para se criar um filho.
Também é preciso um para se escrever e publicar um livro.
Amor e agradecimentos, do fundo do meu coração, para o vilarejo *Raio de Sol*:

B., Debbie e Robin: os primeiros leitores de *Raio de Sol*. Obrigada pelo seu encorajamento durante todo o processo de escrita. Amei os textos aleatórios e retornos conforme trabalhávamos juntos ao longo do percurso (por exemplo: "É melhor você não fazer isso…" "Estou de estômago embrulhado." "Eu chorei até ficar inchada!!!" "Eu adorei…" "E Clayton!" "Mais Keller, por favor." "OMG.") O fato de as moças se dividirem igualmente entre o time Keller e o time Gus me garantiu que eu estava indo por um caminho bom com os dois. Deb, Keller é todo seu. Robin, Gus é todo seu. O que deixa Kate para B., e sei que isso não o decepcionaria. *Nem um pouco.*

Tammy Johnson, enfermeira, e dr. John Okerbloom: consultores de *Raio de Sol* sobre todas as coisas médicas. Obrigada à minha irmã inteligente à beça que compartilhou o amigo inteligente à beça. Vocês são duas das pessoas mais legais *do mundo*. Juntos, com a paciência de dois santos, eles responderam muitas, muitas perguntas. Obrigada por me ajudarem a dar realismo e compaixão à história de Kate. Vocês são o máximo!

Kody Templeman: o *sensei* da música de *Raio de Sol*. Obrigada por ler todas as partes da história relacionadas à banda, turnê e coisas técnicas de música e dar seu selo de aprovação. Responder todas as minhas perguntas e me dar seu apoio foi tudo para mim, meu amigo talentoso. *Como nota para quem estiver lendo isto, você devia dar uma olhada nas bandas de Kody: *Teenage Bottlerocket* e *The Lillingtons*. Estou falando sério. Vá ouvir. Eles são incríveis!

Jess Danowski e Inside the Pages of a Book: incentivadora e apoiadora. Você me guiou pelo mundo da publicação e divulgação indie com a precisão de um mestre Jedi. Faço uma reverência a você. Obrigada por acreditar em mim!

Eric Johnson: meu elo com uma geração mais jovem. Devido ao fato de fazer... MUITO TEMPO... que frequentei a faculdade, tive que contar com meu sobrinho para que a coroa aqui não fugisse da realidade. (Você achou que eu estava brincando sobre botar você nos agradecimentos, não achou, Eric? Você mereceu.) Obrigada, cara!

Monica Parpal: editora incrível de *Raio de Sol*. Além de você ser maravilhosa no que faz, você sempre me faz sentir que acredita tanto nos meus projetos quanto eu. Obrigada por amar Kate e por todo o *feedback* que tornou este livro tão melhor do que teria sido sem você. Você é minha heroína, Monica!

Brandon Hando: designer de capas supertalentoso. A capa original de *Raio de Sol* é linda e perfeita. Obrigada, Brandon! Seu talento sempre me deixa maravilhada.

Mamãe e papai: melhores promotores de livro do mundo. No mundo dos líderes de torcida, vocês são mestres. Vocês são minha equipe e eu não podia querer nada melhor. Obrigada! Eu amo vocês!

B. e P.: minhas duas pessoas favoritas. Vocês são meu mundo. Eu não poderia fazer o que faço... a vida, basicamente... sem vocês. Eu amo, amo, amo vocês!

Músicos de todo o mundo: não consigo escrever sem a magia que vocês criam. A música me inspira como mais nada consegue. Obrigada por dividirem sua paixão com o resto de nós.

Para mim, Kate Sedgwick é a epítome de uma mulher muito real e muito forte. Tenho a sorte de viver cercada de mulheres fortes na vida, e cada uma inspirou um pedacinho de Kate. Obrigada a Barb Harken, Debbie Clark, Robin Stonehocker, Barb Konecny, Tammy Johnson, Andi Hando, Erika Sosias e Monica Parpal por serem mulheres tão *foda*. Eu amo, admiro e respeito cada uma pela sua inteligência, atitude, confiança, humor e gentileza. Vocês fazem épico todos os dias, moças.

E finalmente, a você, poderoso leitor: você me dá humildade. *Todo. Santo. Dia.* O fato de ter passado seu tempo precioso lendo meu livro significa mais para mim do que você pode imaginar. Me deixa pasma, se você quer saber a verdade! Escrever um livro e compartilhar com uma pessoa é o equivalente a fazer um discurso sem roupa em uma sala lotada. É exibir tudo para o mundo ver. As pessoas julgam você, para o bem ou para o mal. Obrigada pelo seu apoio de sempre! Ele me faz sentir menos nua.

Vou deixar você com um último pensamento, porque às vezes a vida é difícil. Para todos nós.
Você é corajoso...

Agora, vá... *faça épico!*
É uma ordem.
Ande.
Por favor.

Sobre a autora

Vamos ser amigos.
Vamos conversar.
Vai ser legal.
Você pode me visitar aqui:
www.kimholdenbooks.com
www.facebook.com/kimholdenauthor

Leia também:

Editora Planeta *Brasil* | **20** ANOS

Acreditamos nos livros

Este livro foi composto em Adobe Garamond Pro e impresso pela Gráfica Santa Marta para a Editora Planeta do Brasil em fevereiro de 2023.